U0807228

胡明刚 著

江南蓑衣

山上美文精选集

学林出版社

文心圆响

作者在天台华顶峰

胡明刚，农民，自由写作者，乡土散文家。1965年出生于浙江省天台山华顶东麓外胡村，从事文化工作三十余年，有作品三百余万字散见于《中华散文》《散文》《江南》《文艺报》《文学报》《读者·乡土人文版》等全国各地报刊，收录于《新散文百人百篇》《菩提树下：现代禅意散文选》等二十余种选集。散文《江南蓑衣》作为全国和多个省市的高考语文模拟试题，收入人民教育出版社高中语文《中国现代诗歌散文欣赏 阅读训练》等三十余种教材教辅。著有散文集《蛤蟆居随笔》《北漂者心声》《天台茶》《徒步寒山》《石梁纪》等，编著文化普及读物《皇家珍宝》《北欧神话》《艺术课堂》等十余部。现居北京，从事文化工作，并在天台山石梁镇成立“文化名家工作室”和“山上书院”。

云上观世如看棋

自序

（一）

忽闻长林一夜雨，身披蓑衣走江湖。
桃源此去无多路，且待山中种菰蒲。
兴来歪嘴唱一曲，情深摔手喝半壶。
茶酒饮罢共徒步，流水侧畔打呼噜。

（二）

侵晨霞起好吟诗，抬头看见双鸟栖。
归来手中无一物，月光星泪落蓑衣。

（三）

兴来即往，兴尽则止。
蓑衣微雪，长乐如此。

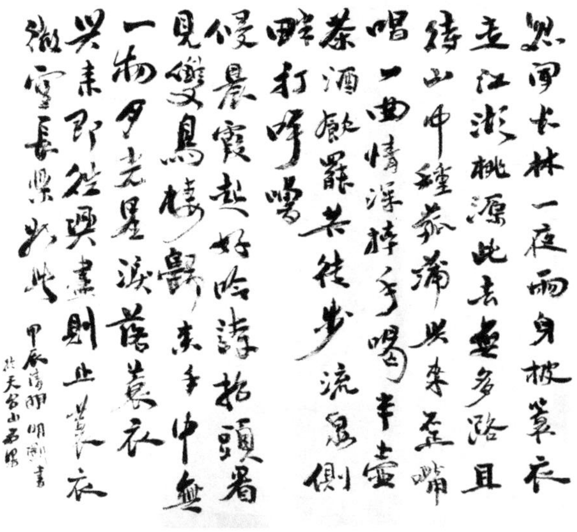

山上瑞雪满蓑衣

目录

第二辑　南方素描

第三辑　山上意境

第四辑　天地文心

第一辑

江南蓑衣

披蓑樵牧行云端

江南蓑衣

在故都的某个雪天里，突然想起老家江南的蓑衣来了。

满目彤云里，翻读一本江南的画册，心情一派宁静和畅。那连绵的苍翠山峦，那层层叠叠的梯田，那高低错落犹如穿着蓑衣的房舍，总给人平和与安详。满谷烟云，缭绕着江南的烟花三月。三月的江南，春光弥漫，而乡村道上穿着蓑衣赶着牛群的牧童，总把一管缠绵委婉的笛声传入我的耳鼓。穿着蓑衣在微雨中插秧的山地汉子，则把一篇耕作文章呈现在我的眼前。

我很少听到歌唱江南蓑衣的曲子，江南的乡野之歌除了采茶桃花和篱笆修竹外，似乎就没有别的了。而蓑衣依然沉睡在古典中。“青箬笠，绿蓑衣，斜风细雨不须归。”西塞山就在我的记忆中与我隔岸相望。这江南的景色一半是属于蓑衣的，这四季的一半还是属于蓑衣的。不光是春天，还有下雪的隆冬，独钓寒江的“孤舟蓑笠翁”，一直在我眼前描绘着悠远的江南山水。在风景中出没的穿蓑衣的人，不仅有牧童，还有渔人，他们都是志趣清雅的高人。一蓑风雨，一叶孤舟，一片兰桨，一弯明月，顺流而下，逐草而居，是多么的潇洒逍遥啊。我常把穿蓑戴笠的人称为“隐士”和“佛陀”，且看那蓑衣似乎张开诗歌或哲学的虚玄羽翼翩翔在空明中，如神灵一般幽黑而深邃。这是自由狂放的，是寒山中的极致，远峰、孤舟、烟雨和萧寺，只是绝妙的陪衬。江南的蓑衣飘扬在诗意中。一袭蓑衣穿行于时空，犹如达摩的一苇渡江，把无限的禅机融入空荡和苍茫之中。

江南蓑衣是平常的，一种极不起眼的家用物什，与镰刀、锄头和竹笠一起静默和谐地相处。在风雨中的劳作是艰辛的，也是欢愉的，蓄满微凉的忧郁。踏歌的农夫带着一身泥水，从田里山间归来，蓑衣和竹笠随即被挂在墙上，农夫歇息了，它们则开始了默默的对话。蓑衣注定是蓑衣，竹笠注定是竹笠，它们似乎与主人一样无法逃避命运的摆布，无法摆脱生活的清寒。它们的主人一直向往着远方，但总无法走出这片山坳，他与他的老牛一起在这片小小的田地间一圈一圈地跋涉着，总超越不了这历史因袭的圆周率。雨中的蓑衣凝望着主人口鼻间升腾的气息，如雾般慨叹着，幽幽地怀想着，难道主人真的没有幸福的愿望，没有丝毫改变命运的企图？

尽管如此，蓑衣一定与主人相依为命，乐享清贫。它害怕的是主人会在某一个时刻逃离，与它不告而别。蓑衣和主人同样劳累和憔悴。岁月的风刀霜剑早已撕裂了它的前襟。它毕竟诞生或寂灭在理想的记忆中，当它在尘封的空间被人翻捡、被人展示的时候，江南的蓑衣，是否还眷念着主人日益苍老憔悴而衰弱的容颜？

在更加苍黄的时日，主人来不及与它打招呼，溶进城市街衢的喧嚣。当他在难得的寂静时分一个人端坐，蓑衣的影子就清晰地显现出来了，在脑海的某个角落里难以拂去。在某个下着微雪的夜晚，在某条寂寥的街道上，在街灯漠漠的照映下，他忽然发现了久违的江南蓑衣的影子。在某个茶室和酒吧间，他看见他的蓑衣还有他的竹笠高挂在髹漆得艳红或者金黄的柱子和墙壁上，落满红尘。那里不适合它们！主人想，此刻，它们像陪酒女郎，像示众者，像引颈自戮的罪囚。它们的心里会是如何想啊！那些茶客酒客是不知道的。江南的蓑衣和竹笠经年地寻找，远远地翘首远望。它们想，城市里会下雪或者下雨，能解除心头的焦渴。它们想，

渔 蓑

下雨了，主人会重新穿戴起它们，飘飘扬扬地、潇洒地走过雨巷。

来自江南的主人躲在暗角，两眼噙泪。他在等待着内心的救赎。

本文原发表于《中华散文》2005年第6期，后转载于《考试·新语文》2012年第11期、《作文新天地（高中版）》2007年第10期、《中学生阅读（高中版）》2010年第4期等刊物，收录于《〈读者·乡土人文版〉十周年精华文丛之心灵家园（A卷）》（甘肃人民出版社，2011年）、《初心看世界》（华文出版社，2012年）、《叹为观止——高考新话题阅读3》（语文出版社，2012年）、《中国现代诗歌散文欣赏 阅读训练》（人民教育出版社，2013年）、《名家散文精选：追日出的少年》（北京出版集团、北京教育出版社，2020年）等书。本文曾作为高考语文模拟试题，受多位语文教学专家评赏。

读山品水

读山

我爱独自读山，独自读这一片平和。

每一个晨昏，我都要打开门窗，迎接远山传来的清馨。峰峦起伏回环，簇拥着我小城的楼，自是一幅好风景。遥望红日升沉此间，总能引起我无际的遐想和不尽的向往。

我不能深入山林的精微，只作细细的品读，如品读一本厚重的自然哲学之书。翻开云雾的扉页，不必说岩层间蕴有的地质沧桑，只知道这山本是浩瀚东海的水下之礁，却有不断向上的旨意，直至笔立云端，顶对三辰。单是这天台华峰的名号，就状尽大山的气势，可谓令人肃然凛然的大标题。磅礴的飞瀑、横空的石桥、崚嶒的寒岩，都是神异卓著的绝妙好辞，那桃源坑的流英、玉梭溪的清浪、九遮山的崖影，更显飞采流扬；再有琅琅的书声、悠悠的疏钟，衬现隐约的村舍和踏歌的农夫，清幽山谷里原始与文明的碰撞飞迸着至理哲思，沉淀着自然造化的鸿篇巨制。山地古老而黝黑荒蛮的日子点上现代文明的亮色，无不成为伟大而绵邈的千古华章！

如是读诵再三，则心清湛寂，感悟其博大精深。那林中的鸟唱虫歌，那芳坡的姹紫嫣红，那崖际的风啸兽啼，足使我荡胸撼魄了。

多少生命的搏击，明灭律动的吟咏，惨烈而悲壮，而山地仍显示着一派安详而宁静的意境。

多么和谐潇洒的大手笔啊！

读山如读汉赋唐诗宋词元曲，自有叠韵连绵之处，妙在言语之外。我正如初学的蒙童，个中真谛只能靠自己慢慢地领受。读山里的情、山里的爱，渐渐地扎根其中，由此想见德富芦花和屠格涅夫的山林随笔——我读山的情绪和它们熔融到极致了。

悄悄读山，漂泊的灵魂便有了归依，思想的无羁永在崇林间逍遥，恰如李白的天姥梦游，有说不尽的豪放与练达，道不尽的情隽意长。

细细地读山，是为了好好地写山。这是我日夜歌颂的、生养我的家山啊！我正作如是观时，蓦然惊醒，春天来临，该是踏青的好时候了。

品水

独依水滨，掬一泓清碧，清凉恬淡潜入肺腑，令我一派澄明。伴我身影的就是这一片平湖，眼前的水光山色独为我所钟爱，这毕竟是一种好情致。

此刻的思绪因而升腾，如洁白的云朵，四下弥漫，而心地仍如止水，映着杲日，衬着青山。

最令人欣赏、宜人品味的就是这一方静水了，澄澈见底，不着一丝尘痕，寂寂无音，却有微风吹皱的波粼——恰到好处的荡漾，伴随两三翠鸟恰到好处的飞掠和悠游。

如果说石为山之骨，那么水则为山之精了。想起它越过磐石跳下高崖的潇洒劲，振聋发聩的瀑声和轻快流畅的溪音宛然在耳，让我几度伫立，几度端坐，几度沉思。

天台山水

那轰轰烈烈的日子毕竟属于过去，而生命的旅途依然多舛而漫长。该有水的淡泊自清，该喜则喜，该怒则怒，该哀则哀，该乐则乐，该柔则柔，该刚则刚，笑对磨难，笑对困苦，一切都是那么顺其自然。所有虚假和华丽的语言都是多余的，从从容容平平淡淡乃是人生的至真。水，赋予我一种好修养好性情，既不空泛又不呆板，既才情横溢，又不造作娇糅，既不拘小节，又不孤芳自赏，既不好高骛远，又脚踏实地，不忽视任何的晋身之阶。它可容纳甜酸苦辣、世间百味、宇宙万灵，却能让我轻轻地抚弄于一掌之间。那是一种超逸的情怀，而我们恰恰缺乏这种姿态，还有什么可以洋洋得意、自命清高呢？

静水乃是积极实际的人生。细细品味油然而生东山魁夷《听泉》的那种同感，一个人舍弃自我固然很艰难，但可以像水一样投身于大千世界。要知道，处处都有立身之地，即使一个小小的罅隙，也要立命其间。对水出神，如凝望一位睿智的长老，一个眼波一个微笑，是它漾起的涟漪，有说不尽的挚爱，既谦虚又坦诚，既豁达又随和，令我如坐春风。这毕竟是君子的风度。

品出如是滋味，我渺小得犹如沧海之一粟。

作于 1992 年 3 月，发表于《东部》1992 年第 5 期、《中华散文》2001 年第 5 期。

我心如石

我心如石。

这句话的灵感是我翻看几本有关中国石窟的画册后得来的。看河南洛阳龙门石窟、山西大同的云冈石窟，还有重庆的大足石刻，那些露天或不露天的石像，风化得很厉害，有的石像臂残腿伤，却依然坚定端坐静卧，低眉善目，满眼沧桑，不显声色。他们会懂得酷暑严寒吗？我只觉得他们依然沉静，依然微笑，依然低眉，依然合掌，如如不动，如是大愿大慈，大力吉祥。

有人说，山是一个人，人是一座山。有一天傍晚，一位先生在逆光下看群山成为一位躺卧的仁智隐者，这确实是有大智慧的。每座山都是仁智隐者，可为什么要明说呢？神秘感没了。听说那位先生申请了一个专利，想想也有趣。仁者无言，绝对不会恚怨。他的内心平静如石，不会喜形于色，也不会怒形于表。那个专利，对你我来说，一点用处也没有。

许多游客一到乐山，在江边下船，就扑倒在那巨大的石像下面，顶礼膜拜。一个人没有大石像脚趾甲的四分之一大。脚趾甲上可以放一张桌子、四把椅子，可以坐下来打扑克。那大石像不会说：你们人类算什么东西，太渺小了。他知道，他的尊荣是人们给的。他不说话，只是在心里说，很好很好，谢谢谢谢。他的喃喃却被江涛带远了。

有人说他太孤单了、太寂寞了，复制了阿富汗的巴米扬巨像来当邻居。两个大石像待在一起，绝对不会吵架。他们见的世面太多了，早已心如磐石。他们依然微笑着，不动如如。

他的本质就是一块石头。

当他还是一块石头的时候，需要经过刀斧和锤凿的斫削敲打，在叮当的声音中，碎屑飞溅。他是不会喊疼的，他的心也不会流血。在这种无言的痛楚中，石头得忍受着，只有这样才能有人形，有人性。告别了混沌，他微笑着，似乎说，我们每一个人就像石头，不敲打就不开窍，不经过了苦难的斫削敲打，就没有精神。尽管笨拙，尽管不完美，这也是一种造化啊。没有经过磨砺的东西，石块还是石块，木头还是木头。你哀叹也没用。因为你没有机缘。你还得努力，得珍惜。首先你要认定自己是质地上好的石头，或者木头。否则，斧头凿子一敲打，就崩了，就碎了。除非有这个机缘，否则还是雕不成人像的。

要成为一块好石头，就得饱受磨难，他们首先是岩浆，是地火，是在地底撞击的激情的熔流，奔突着，呼喊着，运行着，突破了地壳的禁锢，像喷泉一样涌动而出。他们的激情逐渐冷却了，平静下来了，对着日月星辰静观默想：当初做得到底对不对？有过一阵迷惑后，他们想：做了就是做了，没有什么可以后悔的。这世界对努力过的人和事还是够公平的。这世界上本来就难有纯粹的对错。关键是自己心中要有准星。

尽管那只是最初的磨难，可假如不挣扎、不磨难，现在还是在地底下，成不了山，也成不了石像。在未雕琢的时候，这岩石就成了仁智者。人的相貌只是他的外形，智慧才是他的内心。

内心的智慧在石头里。

我心如石，谁也难懂。

当然，有机缘了，木头泥沙也可以成为雕像的。木头的质地与石头不同，却是有生命的，也经历了风雨雷电、酷暑严寒。无论用石头木头雕的，还是用泥塑成的，都是我心目中仁智者的别样的存在方式。石像、金像、玉像、铁像、铜像，与木雕、泥塑像一样，真正的仁智者是不讲出身的。以出身看人，他们也是烦恼的。出身是俗不可耐的人所讲究的。仁智者看一切都是平等自在的，讲出身没有什么必要。其实出身没有什么大不了的。那些泥塑像，可以造就得比石头更好。在摔打揉捏成型后，放到窑里煅烧，所受的苦比石头还要多。石头风化成泥沙，泥沙加上了水，再加上了火，加上了风，便抵达最高的境界。他们的体魄坚强了，拥有了石头一样的精神，拥有了“宁为玉碎，不为瓦全”的刚烈。

我心如石，沉静自内心开始。

我心静默，不发一言。我心就这样如石沉凝。

如果要苦心修行，这能做到。但要严格地实施起来，就很难了。有人做得很规矩，但心在别处。或许有些人很有虔诚之心，但总是急不择言，词不达意，对这些，我觉得都是可以理解的，也不会去轻易责怪。你是个善良诚实的人，有一些真实的想法，有一些特别的参悟，或许程式不符合规矩，我不会因此不高兴，也不会因此怪罪于你。我是宽容的，是沉静的，是明净的，会谅解人们的冒失和苦衷。

我应该无怖无畏，无怨无怒。

我应该博大如天，随和如水，平静如石。

我心静定如石，心领自然神会。不如石的，倒是某些人的内心。

有一个叫空谷的画家，创作了许多仁智者的画像，是水墨画，不画他们的五官，四肢也虚化了，犹如许多石块的罗列，混沌、笨拙，但有意味。从没有见过这样画人像的。

如如不动，沉静，凝固，真的应了我说的这句话。

我心如石。

发表于《散文》2004年第5期，收录于《〈读者·乡土人文版〉十年精华文丛之百味人生（B卷）》（甘肃人民出版社，2011年）。

石筑之神

我翻开一幅幅图片，石筑之神在蔚蓝的天幕和飞羽一样的云彩中，呈现浓重的剪影。

石筑之神，将风景凝固在某一个时刻，就如一个凝固的故事，一首凝固的诗歌。不是有人说过“建筑是凝固的音乐”吗？而眼前的石头建筑，让我听到了《荷马史诗》，听到了希腊神话。阵阵锤凿敲打石头的当当声，从邈远的时空那端传来，落在我的心头，撞击出电光和火花。我的心便如钟一样被撞响。

燔祭和战争的场景渐渐远去。我期待着一个天使的降落，一羽白鸽的飞临。她们展开白色的诗歌之翼，衔着绿色的橄榄，使我想起凌空而降的“紫竹观音”，扬起手中的杨枝，挥洒着温馨的净水。我的身心，我的脸庞，尽情沐浴着，如久旱逢甘霖。

在石筑的风景里，我终于看见了我的神明。是的，我看见了她们的微笑。那海风和海浪，是她们展开的美丽容颜。天地之间萦回不绝的绵绵音乐，在这个时刻凝结成形，垒叠构筑。从激烈到宁静，从炽热到冰冷。我命定的神，仿佛安睡，悠然如梦。

那斑驳的风化的伤痕，隐没在诸神雕塑的衣袂之间。我读懂了一切生命的图形和文字，让我一个人去会意象形吧！凝重的情感和凝重的精神，孑然矗立。一座座高耸的、近乎坍塌的神庙废墟，缺损的断垣残墙，如一位受伤的美神，庄严、神圣，却落满污垢和埃尘。遍身沧桑，那是枪弹和战火营造的惨烈记忆吗？痛苦的回忆终究是那么深入骨髓。其实这一切都是过眼的云烟。所有的污垢和埃尘，总会被咸腥的风吹走，痛楚的往事会被寒冷的雨洗去。在岁月冷暖的交替中，石筑之神华彩的容颜会渐渐销蚀。她们的身影依旧。坐立端庄，在空旷和寂静中，不发一语。

我的石筑之神，你会在沉默中想起过去的荣耀、过去的声威吗？你的内心会平静安宁下来吗？此刻我和她们仿佛都成为罗丹雕塑的“思考者”。我们在思考，而不是在沉睡。即使沉睡着，也是站立着的。站立着，行走着，或者沉睡着，本身就是在思考。思想和智慧，是不会轰然倒塌的，倒塌就意味着生命和精神的双重终结。石筑之神的力量在积蓄，情感在凝聚，在等待某个早晨，某个黄昏，某个激动人心的时刻，燃烧起熊熊的圣火。在那个时刻，许多人会像我一样，将崇敬的目光投向天边的彩虹。宗教和哲学的精神有着异曲同工之妙，神奇地呈现在每块石头的身上。

时光流转中，石筑之神在反反复复地雕刻、琢磨。粗粝或者精细，呈现着旷古的爱与美。在思想中，我默默无言，凝视着我的石筑之神，循着石头构筑的每一条纹路，探究着内心智慧和情感的河流。

那是我的神话，我的生命，可能会毁于地火的喷发，也许会毁于风雨的摧残。但是美和爱的形象永恒。神之石筑，来自洪荒中的故乡。她们曾是天上星辰的陨石之流，也是地下奔突的岩浆之浪，经过了亿万斯年的凝固，或变成翡翠玉，或变成花岗岩，或装点于精致的案头，或站立于辽阔的旷野，成为神的屋舍。

我礼赞纯净，礼赞表里如一的质地，寻求着梦中太阳的知己。

石筑之神，巍然屹立在人间和天堂的入口，在所有傍山依水嘉木葱茏的疆域，在绿树红花的映衬下，伟岸而温情。几度炎凉，几度沧桑，虽有残破损缺，但美丽的佳境，依然会让人看到希望和幸福的光芒。我们不能忘记以往的烽烟和征尘，不能忘却血肉之躯体垒砌的历史，叠加的情感和记忆，尽管冰凉，尽管残缺，

圆明园远瀛观残迹

却让我感到一种豪迈和悲壮。

让我们将目光投向这里，石筑之神让我勇猛精进且刚强，坚不可摧。

顿悟佳境与自觉觉他，是一种幸福的慰藉。我不再是单纯的朝圣者。我终是一个匆匆的过客。我在端坐行走中思索，寻觅自己的归宿。我不会像这里的石筑那样，脚步不再有丝毫的挪动。我是一个自由率性的人，我需要虔诚的敬拜，但我更需要自由自在的行走，在坎坷弯折的路途上，迎接更多的风风雨雨。在海阔天空和蓝天碧水中，一切都在渐渐风化，变成一缕轻烟、一粒埃尘。

而我们内心至美的仁爱，如石筑间的绿色草木、艳丽花朵，在废墟中淡然悠然悄然地开放。

发表于《绿色中国》，收录于《绿色如此美丽：〈绿色中国〉杂志五周年优秀作品选》。

水墨精神

水墨精神。一个很和美的词。偏正结构的短语。水墨的精神，升袅如雾。水墨画是我最欣赏的，要画好它很难，但我还是喜欢。“山抹微云无墨画，竹敲秋雨有声诗。”用画来表现的话，工笔绝对是不行的，而水墨写意，却轻而易举。将天边如抹的云山渲染得更加缥缈，犹如梦境，而雨中竹影的婆娑婀娜，更让人信手可掇。水墨淋漓，行云流水，情致或浓或淡，或刚或柔，倒使每一个人想入非非。

面对水墨静静地想，我总觉得工笔过于精雕细琢，将细致精美发挥到极点的话，可能流于形式或过于匠气，形具而神失。譬如，有的人甚至把小猫的毛也表现得根根可数，甚至用巨幅画出多少间屋宇、多少个人物，其实这是远离了艺术旨趣的。真正的艺术，可以是一种精神的快感，思想的自由奔放，可以简练，可以放纵，可以以一当百，甚至以一当万，寥寥笔墨，蕴涵大千，更加引人入胜，流连忘返。水墨轻扬，笔触淋漓，所显现的才是真境界。你看水墨不敷重彩，浓淡自如，墨分五色，层次分明，那满纸的泼墨，毫不拘泥，酣畅淋漓，倒体现出真正的神韵。

有位画友，曾到浙江天台山写生，恰逢山中大雨，石梁瀑水一时难以宣泄，竟在梁上喷射；瀑布底下，难以立足，摇摇欲倒，整个身子犹如被重物所压，难以呼吸。这种景象确实难以找到合适的画法来表现。在寺院驻足了好久，他想，还是用水墨写意合适。随意泼洒，满纸水痕，墨点飞溅于纸上，犹如瀑布扑面而来，带有丝丝的凉意。此境此情，也成为一个永远的记忆。

水墨精神，在于忘我。这一刻的我不是“无”，而是融进了周围的景象中，融进了笔墨间。水墨的笔法，有可能是一种没骨法，虽是如此，但骨还是要有的。骨是气度精神，要与周遭风物和谐统一。吴冠中先生说笔墨等于零，有道理，但笔墨中的情感和精神是不能等于零的。自然风景高度统一的情感，看起来是零，实际上是一，是万，是一个圆融贯通的大宇宙。水墨看起来毫无笔法，同样耳闻之为声，目见之成色，心会之为灵。水墨的笔法是无分高下、不需要评优劣的，巨幅大作可以剔透玲珑，尺幅小品，也可以意势逼人，用水墨表现山水云石竹木花卉禽鸟鱼虫，也可以绘成齐白石的蛙和虾，李可染的牛，黄胄的驴，当然还有徐悲鸿的马，细看它们总是精气神十足，呈现出独特的风格。名家圣手和名不见经传的“小巴辣子”同样是值得钦敬的。

吴冠中先生既是大画家，也是大散文家，对笔墨神韵感悟良多，自成体系。他使我想起日本的东山魁夷，同样画得美文章写得美。《放眼风景》《人与风景的对话》《水墨画中的世界》《旅环》，其中的每一篇文章都洋溢着水墨精神，神采流扬。他的《山云》《涛声》以及水墨的中国风光，画中有文，文中有画，情感精神更加酣畅淋漓。偶然间，我又欣赏到小仓辉明的画集，他所画的皆是田园村舍山水寺庙，水墨显得宁静恬淡，富有禅家旨趣。他是一个很虔诚的佛教徒，力求通过水墨体现空寂清净的境界。大雨过后，山色淋漓，太阳金光闪耀，慈祥的观音菩萨飘然而降，水墨风光无限，动人心魄。

水墨精神的一切皆是心造，我们所看到的是水石云影，所听到的是空谷天籁，所体会到的是安然自在的愉悦，所体现的是精神和情感的超逸境界。

发表于《台州日报》2004年4月9日

条 幅

墙上挂着书法条幅“镂月裁云”“静水深流”，朋友胡来宾送的。我刚漂泊到北京，他就特意写好，用挂号寄过来。我一直把它锁在抽屉里，有时翻看，总觉得平淡，就这样一直放着，没有张挂。新近添了新书柜，整理书和稿子，它们又被我翻出来，摊在大桌子上细细观摩，文字中的精神显然赫然，没想到，这么平常的字，有特别深刻的意味！

来宾来自乡村，少有豪言壮语，却脚踏实地。相比起来，我浮躁得多。胡言乱语，胡写乱涂，缺少气候。对着条幅，静观默想，我发现自己缺点多多。我开始深悔，反省自己：怎么不静下心来，做些实在的事情？为何老是发许多毫无用处的牢骚感慨，写毫无价值的矫情文章？为何不自在逍遥，坐卧自如，让自己活得更加轻松？

“镂月裁云，静水深流。”看起来像一副对联，但稍嫌不工整，有失平仄。有意思的是，我总将“镂月”与“艺术”“创作”联系一起。以前我老是以作家自居，自傲、自吹、自擂，自己会点“艺术创作”就得意扬扬，自觉高人一等。见了一些高人，领略一些世面，我发觉自己是不入流的，更上不了台面，事情一样也没有做好。艺术创作是需要精雕细刻的，如果放肆泼洒，也许就失之粗疏了。

李青葆先生曾经带我看青田石雕，颗颗葡萄雕得闪亮光滑，晶莹剔透，颗颗龙珠镂得中空透亮，更遑论一轮明月！烘云托月，彩云追月。月中的广寒宫，寂寞的嫦娥，捣药的玉兔，都是离愁别绪。

一轮如盘的圆月，一弯如钩的新月，映照城市乡村、山林海浪，有着各种人间情味，不细致领略，怎么去“镂”？镂出月华如水，镂出月魄如银，难啊！“镂月”不就像艺术创作，精益求精，方能美轮美奂吗？

“裁云”一词也好，织女穿梭，绸缎绫罗，化成满天彩霞。剪裁云锦为霓裳，让人衣袂飘举，翩然若仙，有谁不惊艳于巧夺之天工？美文犹如锦缎，需要编辑加工，这算是另一种“裁云”吧。编辑操纵剪刀糨糊粘贴缝补所做的功绩，终成默默。编辑就像匠人，对他来说，“镂月”与“裁云”只是修饰，他的心境还是宁静如水。

“镂月”也好，“裁云”也罢，都是一种艺术的工作，不管创作还是编辑，都需要潜心踏实，淡然面对。荣辱功过，泰然处之，这该算是“静水深流”吧？“静水”是有底蕴的水，是浩瀚大湖，表面平静，内心激荡，艺术品性，亦复如是。“静水”方见“深流”，“深流”才能“静水”，因果互致。无欲无求，无争无执，平静豁达，看待世事，“不以物喜，不以己悲”，就是此种修为。个中境界，佛家也有，道家也有，说起来头头是道，可真正地行到实处，却是力不从心。我还是努力做到“静水”和“深流”啊。艺术生活中会遇到很多事情，把握自己的心境，是第一要务。性情达观，豁然开朗，忽然明白，自己还得做自己的“高人”。

“镂月裁云，静水深流。”空灵而富有诗意，却能使人联想到实在的东西。来宾写这条幅时很随意，想得也许没有我这么多。在某个时候忽然回味，恰是迁想妙得，信手拈来。

我刚挂两幅书法上墙，灵感激发，搦笔成文。文毕，来宾打电话来，说他为之呼吁奔走的“台州乱弹”已经公演了，要寄一份VCD，我又得到双倍的满足欣慰。心贵以真，事贵以专，情贵以诚，就像“镂月裁云”“静水深流”，确是人生中艺术中的大境界呵。

发表于《温州晚报》2005年1月22日

清荷影

山上我们种的清荷没开花，我多少有些失落，不过失落的心被裕兄的摄影镜头弥补了。裕兄将所拍摄的几十张荷花的倩影一股脑发过来，手机一下就被各种姿态的荷花“霸屏”了。我一张一张用手指滑过去，荷花荷叶就在我的指尖开放，我淡淡地拈花微笑，看着画面依稀透过的光影，渐渐地领略到荷中的“三昧”了。

在清冷的光影下，凝视裕兄荷花荷叶的照片，我只感知到充盈“四维上下虚空”的静谧，听到丝丝缕缕的呼吸。在画面上，这呼吸如烟雾一般弥漫升袅起来，渐渐地充满眼帘。那蒸腾的水雾，那种幽蓝的颜色，深邃而且缥缈。那远处射来的光线犹如水雾一般，把所有的时空笼罩了。

此刻，我看见心中的那枝清荷，如一个舞者，伸展的花茎手臂一样摇晃颤动，浑圆荷叶裙幅一般飞扬。我听见窸窸窣窣的声音。托举着的手掌，猛然倾斜翻转，在碧绿青翠之中，一颗颗晶莹的水珠，在花叶边缘，串串地坠下，稍纵即逝玲珑剔透的光影，顷刻间被镜头捕捉住了，在“咔嚓咔嚓”的快门声中，定格了。水珠如凝结了一般，泛着净洁的光，我想，它们将会落在另一朵粉红的花心里，让那花瓣又一次颤动起来。它们将会落在静静的水面上，激起小小的涟漪。水滴落在花上“噗噗”和落在水面上“咚咚”的声音，是动中的静和静中的动，是天地和合的至美境界啊。

在静谧的水面上，更多的生灵活动：蝉鸟的鸣叫，青蛙的扑腾，跃鱼的激浪，蜻蜓的振翅。而今，这一切，被宁静的清荷消融了。

风如阳光一般，抚过清澈的一片池水，揉皱了斑斓的倒影。雾气渐渐上升，会成为逐日的彩云吗？此刻水韵和雾韵交集在一起，衬托这一枝孤独的清荷。眼前卓立的，应该是一枝将谢的花，遭受多少风雨戏弄的花。凝露微微颤动着，花瓣似乎蔫了，估计日落时分，便会漂泊在流逝的水中。我不由得慨叹，那瞬息而过的时光就这么一去不复返了吗？

飘落的花瓣与上升的水雾，在画面中形成美好的对映，在默默观照中，就像那种动与静的纠结。在淡淡的哀愁和忧伤的光影里，我渐渐地进入幻梦。我为那枝将凋谢的花黯然落泪的时候，却不知道身边一枝花正在悄悄地绽放，看它身边小小的花蕾，紧紧依偎，就像孩子依靠母亲。在幽清岑寂中自有无数深情与厚意呢！

花开得再灿烂，最终要落在水波里。水里有荷花的根源，也是荷花最好的归宿。你看那花瓣如一叶扁舟，或作淡淡的停泊，或被水流带到不可预知的地方，漂流，复又漂流。人如清荷，孑立于空明之中，各自的命运有各自的不确定性，这是无法预知的。花瓣凋落了，但有莲蓬在，有莲子在。莲子最终会沉落水底，回到最本真和本质的世界。

仔细想想，荷叶和花瓣充其量只是一件外套，一件衣衫，或是一个云烟一样的梦幻。你说，落于水中的花瓣会重返枝头吗？许多人都说不会，但在摄影师的镜头里，它会永远开放在枝头。摄影师才是我的魔法师呢，他会让时光倒流，让梦永驻。

静夜清荷，云水禅心。云水会消逝，但莲子还在。有人说，镜花水月和阳光荷影是空性，但它们又是现实存在的映照。它们是虚的也是实的，虚实相生，刚柔并济，动静随和。人们只是过分执着于相而已，其实执着于相没有什么不对，其实也是活生生的存在，至少能给人一个奋斗的目标，一个美好的指望，一个温馨的安慰啊。

最让我感受不尽的，是裕兄镜头中那孤独的清荷。诗人洛夫先生曾听人说：“欣赏别人的孤寂是一种罪恶。”由此心怀戚戚焉。其实欣赏孤独，与带着善良和慈悲做孤独的花和孤独的人，同样艰难，不但要受风雨的摧折，还得遭受人家的指责。但孤独能让内心安定下来。孤独的花只能静默地开放，对于那些嘈杂的话语是无动于衷的。真正的智慧就在于闹中取静，毫不掩饰，展示生命最澄澈最自然的本真。洛夫先生在诗中说：

众荷喧哗
而你是挨我最近
最静，最最温婉的一朵
……
蝉鸣依旧
依旧如你独立众荷中时的寂寂

因为孤独和岑寂，我与阳光下风中的清荷一起安静下来。

在众荷喧哗中，站立成最独特的一朵花，在芸芸众生中，做一个特立独行的人，一样的艰难，也一样的幸运！裕兄的摄影画面中，有自清自性的阳光和水滴，还有自清自性的荷花。阳光下，风吹清凉，盈满画面的水韵将会托举清荷，抚慰着凝视的我，将我变成一枝独立清净的午荷。

我决不躁动，决不喧哗，我会沉浸于寂静的荷风中。

那是一个绝妙的清凉地，那是一个吉祥的众香界。

发表于《台州商人》2023 第 4 期

圆响乐

圆响，也叫钢舌琴。

我与诸多义工同聚在桐柏山栖真苑里，听老师的圆响课程，并学习圆响的演奏。我想在一般乐器中，能成为圆响的，有很多，钟鼓，箫笛，铙钹，管子，喇叭，唢呐，等等。老师拿出的圆响，圆形如鼓，用小槌轻敲对应的钢舌，“哆来咪发唆拉西”就出来了。钢舌琴是中空的，一槌敲下去，嗡嗡嗡嗡，余音回响不绝。

老师名叫吕乐，专门从事钢舌琴的演奏和制作。他经常发布“微视频”和“喜马拉雅”音频，古今中外乐曲演奏，什么都有。他老家在天台山隔壁的新昌，与我家隔着华顶峰和石梁瀑。他喜欢坐在水边，也喜欢坐在山头，有时他甚至在人家的瓦楞上演奏，他的双手灵活地敲打钢舌琴，仙风道骨。他的演奏很有境界，使人沉浸在宁静之中。

吕乐的名字注定与音乐有缘。吕字双口，就像箫管喇叭，一个吹口，一个出口，我总想起“律吕”两字。秋收冬藏，律吕调阳。黄钟大吕，本来是用来规定节气农时的。音乐乃是自然的音响。“乐”字，有许多解释，有音乐奏乐的“乐”，快乐欢乐的“乐”。孟子问：“独乐乐，与人乐乐，孰乐？”曰：“不若与人。”老师心领神会，如约而来，带着他的圆响，从北京到了天台山，一路敲打过来。一起乐乐，自然是陶醉忘我而喜悦的。

山居深藏在幽谷里，一片宁静。我初听钢舌琴的声音很空灵，也很浑厚，具有很强的穿透力。这圆响与古代的方响不同，方响最早出现在南梁。《旧唐书·音乐志》中说：“梁有铜磬，盖今方响之类。方响以铁为之，修八寸，广二寸，圆上方下。”唐代有歌云：“长短参差十六片，敲击宫商无不遍。”它用木槌子敲打，用于宫廷燕乐，属于礼乐的范畴。这方响，忽然让我想起奥运会开幕式人们击打的方形乐器——缶，相传庄子“鼓盆而歌”，敲的就是这种乐器，有方的，也有圆的，本是盛水或酒的器皿。它是泥土做的，最便宜不过的乐器，属八音中的土声。铁制的方响则是金声，吕乐用钢铁制成圆响，也该是金声的。金声玉振，礼乐所然也。与锣、磬、方响不同，缶和钟鼓与圆响有个相同点，即它们的内部是空的，但这不是绝对的空，里面充满着气，随着小槌的轻叩，自有空空的声音在回荡，旋转着一片空灵。圆响音乐，旋转着，余韵袅袅，如花朵一般散落飘飞，在空谷中，萦绕不散。

老师全身心投入圆响演奏，全神贯注，神色沉凝，整个人好像在空中沉浸浮荡着，我们亦复如是。圆响音乐，如檀香烟云，起伏升腾。他是用心演奏的，鼓槌徐缓急骤，落在钢舌上，叩出和谐的和弦。圆响的声音是浑厚的，也是轻扬的。音乐如一双温柔的手，抚慰着我们的心胸，使我们的躁动喧嚣的情绪安静平复下来。在圆响的声音里，我微闭着眼睛，心中却有烛光摇晃，空气如丝，微微地颤动。这圆响无论在什么地方，都可以尽情演奏，竹林树林石上水边茶室书房尤佳。它与茶同样可以清心。空寂，静寂。它使我的身心宁静清澈起来。我沉浸在音乐中，眼前跳出两个字，“侘寂”。它是来自日本的词语，形容朴素又安静的事物，用在这圆响音乐中，是最合适不过的。

我说，若在寺观殿宇里，把钢舌琴轻轻放下，屏住气息，用槌敲击在某个要点上，你便能在美妙的音乐中与心中的神灵相会了。

什么才是音乐的要点呢？那就是唯一的，仁爱。有人说，忧伤是歌曲的灵魂，忧伤之中蕴藏着深深的爱，这个爱在我心里与哀等同。为万物而哀伤，因生命而怜悯，和光同尘，托体同悲。由“侘寂”两字，想到日本文学中的“物哀”之说。哀生活之艰难，同样也是爱万物苍生。这圆响的旋律中，充盈着一种真情，哀是善，如同大悲大慈境界。音乐大爱不是真空，有爱才有乐，就同智者乐水、仁者乐山一样。在这里，我明白“乐”字的第三层意义，就是爱，真心的喜欢。智者动，仁者静，动静皆爱，是名智者乐，仁者寿。圆响之中蕴藏的是我们充满爱的心灵。我放开思路再想，这文学艺术的要旨就在这里！

身边的各位义工同伴学习演奏圆响态度是认真的，出自内心的喜爱，内心是清净纯善的，充满慈悲与虔诚，自然会很快掌握演奏的方法技巧。圆响充满仁智的音乐，有独特的音调、音阶、音程和音色。它富有情致，如诗歌一般有韵律，如水波一般荡漾，如山风一般清灵，如泉水一般明洁。了解圆响音高的分布，掌握槌的用法，大家很快便能上手，学了两天，很快地敲出《心中莲花开》和《送别》的旋律。即使到了深夜，大家还是兴致盎然，意犹未尽，继续练习，几乎废寝忘食。经过摸索，我也会敲出《友谊地久天长》《念故乡》《往事只能回味》等乐曲来了。这圆响不复杂，几个音都在固定的位置。看似简单，不过，要敲出乐曲的和弦、韵味、精神什么的，难度非常大。但用心就好，我们演奏出来的是内心寄托的情怀。

我们的心不就是这震颤的圆响吗？在用心演奏的时候，我们也得到了许多内心的和鸣。义工们有个计划，要为大众尤其是老人们演奏圆响，带给他们内心的喜悦，这倒是一种功德。圆响在善心善行中功德圆满。

我终于明白了，哦，圆响的意义在这里。

发表于《台州日报》2021年1月30日，收录于《2022年浙江散文精选》（百花文艺出版社，2022年）。

山上吹箫

老友携箫到山上来吹奏，为什么不早点来呢？山上书院有一片竹林，边上围了一圈竹篱笆。天晴的时候阳光透过竹林和篱笆菱形的孔眼，照在我的茶桌上，投下斑驳的光点，就像一个个跳动的音符。春天来，有薄雾在竹林间围绕，雨滴坠落，“嘀嗒”作响；或者冬天来，竹林被凝雾冰冻，弯曲的竹子被风牵扯，来回摇晃，如拉二胡的颤弓，发出“呜呜”的声音。老友从囊中取出洞箫，试了一下音，一首《姑苏行》在竹林间缭绕升腾起来，那是赵松庭的曲子。忽然想到赵松庭算是赵家有松树的庭院，而我的书院也可以叫“胡竹院”吧。箫也是竹子做的，在竹院里吹箫，是最合适不过的了。

老友吹的竹箫是紫凝山一位叫陈小华的农家子弟做的。紫凝是吉祥山，紫气东来，让我想起《紫竹调》：“一根紫竹直苗苗，送与哥哥做管箫，箫儿对着口，口儿对着箫，箫中吹出鲜花调。问哥哥呀，这管箫儿好不好？”我说：“当然当然好好好”。紫凝山应该出紫竹，否则他怎么做花箫呢。可我这里没有紫竹，最多的是大毛竹，它不能做箫，但可以做打板，声音很透亮清澈。竹箫吹出的是长音抖音，而竹板只能“的的笃笃”地敲，短促，响亮，节奏强烈，如马蹄行过丛林，又如山寺的木鱼和着钟鼓。林泉隐逸的意味全出来了。

老友去过外胡村，那边竹林成片，方圆上百里，都是翠绿大毛竹，走上村前山岗，下面是连绵竹海。一大早，太阳将出之际，老友取出洞箫，轻轻一吹，山谷里长风就起来了，带来丝丝缕缕的清凉的云，然后是一朵，一片，一队，云在峡谷里翻滚升腾，穿过竹林的间隙。在箫声里，它掩住四周，白茫茫一片。竹林消隐了，翠峦也不见踪影了。在箫声中，我们几乎睡着一般，如同进入一个梦境。这时箫声成为唯一，它使我们的血脉偾张，钻入我们的身体，让胸襟舒畅起来，高扬起我们的思想。一曲终了，云雾散去，升袅空中，逐日而去。放眼远望，竹梢随风起伏，一片片倾斜，一片片弯曲，一片片摇晃，一片片挺直，旋转着，腾挪着，伴随箫声，翩跹起舞。我想，我们欣赏的是竹林的大型体操。竹林又宛如三军仪仗，接受着我们的检阅。它们是为我们尽情地歌舞着啊。我不禁唱了起来：我是山中的国王，满山的竹木是我的仪仗——太阳上山了，阵阵云雾升起，它与山林一样，被阳光照得透亮。我们吹箫的时候，华顶寺的钟声响了起来，应和着，伴奏着。我们站在大峡谷顶上，北望华顶峰，南看王爱山——那里不也是南朝陈后主之子陈胤喜爱的地方吗？不也印证着我歌词中的意境吗？

老友为我吹《鹧鸪飞》，果然有鹧鸪飞起，它没飞远，落在我的身边。是它太留恋这个地方的缘故吧。箫声维系的是不绝如缕的乡愁啊。我不知道老友是否听过日本演歌《浪花节的人生》，浸透着北国冬日歌女漂泊的苍凉。老友特别喜欢《北国之春》，还有那首《山茶花》。这两首歌我在外胡村时就喜欢，现在把这首歌的第一句“亭亭白桦”改成“丛丛翠竹”，与此情此景更为贴切。紫竹吹箫是按照季节来的，音乐律吕与二十四节气密切相关。据说上古时期的人建造了一间密闭的小屋，在地上插上竹制的“吕管”。各管一样大小，长短不一，顶上平齐，一头斜削。管中充满炉灰，上覆竹膜，插入土中。奇数的六根称“阳六”，属律；

偶数的六根称“阴六”，属吕。律吕是用来校正乐律的。冬至一到，阳气发动，炉灰从最长的管子里喷出，发出“嗡”的一声，是为“黄钟”，然后立春，是为“大吕”，黄钟大吕，表明声音的响亮与和谐。这和合和谐的“和”，以前写成“龢”，左边的“龠”是排箫的前身，读音与音乐的“乐”相同。箫可以与古琴合，可以与人声和，想起寒岩洞里老友吹奏的《寒山僧踪》，箫声如同山水间的行脚，那么自在逍遥。身边萦绕的是绵绵不绝的天籁，这天籁也是风吹竹管的声音，我在院子里每天都听得真真切切。清箫吹动的是“天籁”，当然还有“地籁”和“人籁”。“地籁”是刚才所说的律吕，“人籁”就是我们的吹箫歌唱。天地人“三才”，日月星“三光”，和着我们季节生命的呼吸，全在紫竹箫音之中了。箫笛管籥与丝竹锣鼓和谐，为我们铺陈无限美好的意境。

在竹林中吹箫，是最合适的。蓦然，我想起华顶拜经台上，在扭歪枝条的松林中吹箫，有点阿炳《听松》的韵味，箫声似乎扭曲歪斜，但总比直来直去不转弯的吼叫好听。乐曲为什么叫作乐曲，美就美在一个“曲”字上，非曲，就是直着喉咙呐喊，直来直去的，如吵架相骂，如鸡狗掐架，真的没有韵味，它根本不是音乐，不是诗歌，不是散文。不是说“文似看山不喜平”吗？我喜欢弯曲的树木，饱受岁月的折磨，如苍凉的音乐，有精神了，有内涵了。

在华顶千年杜鹃林下，我听老友吹箫，“把花吹开”，自觉甚妙。正值春季，竹出笋了，茶叶也开始采摘了，在茶园中吹箫，那些采茶女也陶醉了，仿佛箫声中也带着浓浓的茶香。这时，华顶山上的“千花杜鹃”次第盛开，它们终于“三位一体”了。坐在歪斜扭曲的花树之下，把花悠然吹开，这是多么高雅潇洒的事啊。杜鹃花开也是顺应自然节律的，贯穿始终的是时光的气息，一呼一吸，一吐一纳，如花的开落和白天黑夜的交替，在季节中，在光阴里，心情和箫声一同起伏悠扬了。

曾记得晚霞里牡丹园中的吹箫，我为老友唱歌：“啊牡丹，百花丛中最鲜艳，啊，牡丹，众香国里最壮观。有人说你娇媚，娇媚的生命哪有这样丰满？有人说你富贵，哪知道你曾历尽贫寒。啊，牡丹，啊，牡丹……”从山顶中杜鹃林再听这首《牡丹之歌》，歌词似乎太直白贫乏了。杜鹃如铁一般沉重黝黑扭曲的枝条，衬着那洁白鲜艳的硕大花朵，卓显天时地利人和的缘分，急催我们把握时不可失的生命契机。

山顶上吹箫的那种感觉，是常人难遇的。箫声能让人有苏东坡“浩浩乎不知其所止，飘飘乎如遗世独立，羽化而登仙”的情味，只不过东坡在赤壁之下，面对着滔滔的江流，箫声呜呜然，如“泣孤舟之嫠妇”，有流放他乡漂泊的无定与无住。我们吹箫华顶桐柏，自有那种升仙之慨。鸣鹤观下的瀑布，李白就写过一首诗，但没写鹤鸣一样的箫声，这里是传说中太子晋吹笙、骑着仙鹤上天的圣地。我们都是一样的凡人，始终感觉箫音在天上缭绕着。而现在，我们飞舞在箫声之上了！鸣鹤观西的琼台，面临幽深的峡谷，身边是壁立如削的悬崖，许多道士都坐在岩石上吹箫，箫声和双阙峰拱出一轮圆月，山下空蒙，一片幽邃。远方街市的灯光闪烁着，与天上群星连成一片，我想这是让人身心放飞的佳处。

不管怎样，我还是喜欢带老友去“铜壶滴漏”“水珠帘”或石梁飞瀑边上吹箫的。“铜壶滴漏”的岩壁如紫铜铸就，令我又想起紫凝山民制作的紫竹箫。在这里吹箫会引来瀑布里龙姝的歌舞。瀑布声掩盖了箫音，也遮掩了她的面容。丝丝缕缕的箫音融进水声里，也是天人合一的极致。记得前几天朋友赠我一张石梁飞瀑下道士演奏古琴的照片，透着高邈宁静的情致。设想在这里来个琴箫合奏，该有多么美好，琴箫一起，就有如七色鸟翩跹林间水上。古琴的声音细微，也与箫声一样，托起高山流水的韵味。高山流水觅知音，人间知音在山上！

五代时，有乐师用石梁边的桐木制作洗凡琴和清绝琴，成为当时的名物，现在，清绝琴没了，洗凡琴还在，据说有人用它演奏，录了一张 CD。用洗凡琴配清箫在这里演奏一曲，非同凡响。瀑布洗心，古琴宁谧，箫声清绝，又是三位一体的和谐。吹箫、鸣琴、饮茶，让所有人的内心充满极乐。

当然，吹箫不一定非得在山林间，也不一定非得在溪流瀑布旁。但山中与溪畔大公园的情味完全不一样，公园在现代都市，人流喧嚣，尽管对面一带远山一片滩林，终归太嘈杂了，箫声夹杂着市声，显得浑浊不堪，也就不那么纯正透亮了。不过，心静自然凉，只要有清净圣洁的心地，不管哪里，都是吹箫的好地方。

犹然记得，我们在寒山湖吹箫，远山倒映，微风吹拂，水波粼

平林漠漠烟如织

粼，箫声响起，音符就如一条条鱼，一羽羽白鸟，在水面腾跃飞翔，倏忽不见。突然水岸边来了一群度假的红男绿女，他们组织团建晚会，蓝牙音箱开得山响。箫声消失了。夕阳含山，晚霞落于水面，好的氛围，本身就是极好的音乐，于是心里也就不再纠结什么了。

那里毕竟是水边，这里毕竟是在山上。

我对老友说，若一时来不了山上，就找一个能看到山的高楼吹箫吧。远远地在看不到的地方，我应和着你的箫声。蓦然，我唱起据说是李白的词，它也完全能作一首极好的箫曲呢。

> 平林漠漠烟如织，寒山一带伤心碧。暝色入高楼，楼上有人愁。 玉阶空伫立，宿鸟归飞急。何处是归程？长亭更短亭！

其实我是很喜欢带着淡淡忧愁的音乐的，箫声如飞舞空中的霓裳羽衣，像夕阳箫鼓中的春江花月。幽蓝色的月光，波光粼粼的水面，听老友的箫声张开羽翼，如鸟翩然。

人生啊，喜忧参半，悲欣交集，就像阴阳相生，律吕调和。

箫声能让万物和合，令我心气和平。

无论如何，不管怎样，我还是想要与老友一起在山中歌唱吹箫。

作于 2024 年 3 月

越人之讴

为什么要写越剧呢？是因为我想起了老岳母，她是乡村越剧演员。那时她二十多岁，演的是小生。剧团生旦净丑“四柱头”，就像四根柱子撑着一个戏台。她与大家拜了唐明皇，在舞台上潇洒倜傥地摇着折扇舞着水袖，她的戏曲生涯因为一场婚姻终结了，但她总是对子女讲信陵君的仁义故事和练功的辛苦，反复告诫“要唱戏就得饱含情感用心地唱”，最后把孩子教化成热爱戏曲文学的人。我岳母说子女要有成就，就得像“越剧十姐妹”一样，走得越远越好，女子也要顶天立地。记得我与爱人谈对象时，她不嫌我生在山村，没有稳定工作，穷得连个破房子也没有，反而鼓励我说：你就像戏中的落难公子，穷愁潦倒，但还没烂掉，勤奋写作努力工作，将来还是有前途的，状元中不了，但饭总归有得吃的。吃饭是头等大事呢，唱越剧也不就是为了吃饭？幸好岳母唱过越剧，我也顺利地由恋爱进入家庭，离开老家进京了。尽管不是寒门书生赶考，我们还是在京城生存了下来。

我母亲是唱山歌的，也唱越剧，她的舞台在山头上，在田野里。那时越剧受到批判，但她唱的人们喜欢听。我是家中最小的孩子，喜欢听故事，喜欢看书，后来爱上了写作。越剧是一种诗意的表达，《诗经》云：“今夕何夕兮，搴舟中流；今日何日兮，得与王子同舟。”中国古代长江以南沿海地区，雨水丰沛，多水网江河湖泊，古越人驾木舟歌唱，风行水上。吴越、瓯越、闽越、东越、扬越、南越、骆越等，即属李白诗“天台临四明，华顶高百越”中的百越。春秋时期的越国源于今天的绍兴一带，出了个越王勾践，他曾被吴王夫差抓了去，用越女西施赎回，卧薪尝胆，结果一鼓作气，把吴国灭掉了。越剧出自绍兴，但演出西施和越王勾践的戏并不多。越剧是“越人歌”，也是越人的歌剧，1954 年，周恩来总理把新中国拍摄的第一部彩色越剧电影《梁山伯与祝英台》拿到日内瓦去放映，说它是中国的《罗密欧与朱丽叶》。越剧方言味重，最初还是从操吴语的江浙沪地带传播出去的，周总理的祖籍在绍兴，他多次来这里祭祖，绍剧越剧他都多少能听得懂。

京剧是中国第一大剧种，越剧次之。安徽黄梅戏，北方评剧，河南豫剧，湖北梆子，还有其他地方戏，我只知一些，但不会唱，不过越剧曲调我还随时能哼上几句。京剧、越剧和黄梅戏，都来自江南乡村民间，下里巴人，昆曲则是阳春白雪。京剧越剧黄梅戏，曾是乡村农民被逼出的谋生方式，江湖人混饭吃的工具，总是不被主流认可。京剧虽然唱到皇帝身边，登堂入室，但总是皇帝逗乐子的玩意儿，谭鑫培也免不了挨慈禧的羞辱。这令我想起宋代的参军戏。参军苍鹘是南宋宫廷插科打诨的。演员们很有个性，动不动指桑骂槐，梳个“双胜鬟”，意思是“二圣还”，要把宋徽宗宋钦宗请回来，赵构没斩他们的头，是他们的幸运。他们在宰相贾似道面前，摆上太师椅，自己坐上去说老太师我干的全是什么什么坏事，贾似道如果发怒对号入座，等于承认了，他不得不沉默。

戴不凡研究中国戏曲史，说清初以前的中国戏曲史，大半部在浙江。这与南宋迁都临安有关，迁都促进了南戏的兴盛。杭州、绍兴、台州、温州、宁波、金华一带，地方戏曲野花一样丛生，到清末民初，睦剧、婺剧、姚剧、绍剧、宁海平调等诸多剧种纷纷涌现。这是历史的积淀，越剧的诞生自有其深厚的基础。

从地理方面来看，绍兴新昌嵊州上虞舟山宁波，位于天台山的东坡和北坡，华顶山才是中心。天台人说话硬呛呛，乡音独特，民间曲调也影响到周边地区。天台的山歌小调与新昌绍兴嵊州一带流传的大同小异。最近我看嵊州文史资料《越剧溯源》，书中说越剧的前身是落地唱书，由嵊州马塘村的金其炳首创。金其炳祖上姓刘，为避钱镠的讳改姓金，宋代时从天台孟岸迁徙于此。这支金姓最早发脉于天台城。这也佐证了天台新嵊越剧紧密的关系。天台民间有坐唱、车灯、莲子行、词调等多种演出方式，与越剧出现同期。嵊州马塘村落地唱书，在田野庙会和人家门口演出，同时也有绍兴乱弹。我小时候听村里人唱绍兴乱弹，是《包公陈州散粮》一段，用板胡伴奏，声音高亢，歌遏行云，潇洒淋漓。邻县新昌高腔与绍兴乱弹一样激扬，情味不亚秦腔。电影《孙悟空三打白骨精》就是绍兴乱弹，就是绍剧，六龄童、小六龄童、六小龄童，他们唱得好，金箍棒舞得妙，猴戏演得出神入化。这电影，周总理也喜欢得不得了。

读鲁迅的《阿Q正传》，赵匡胤陷河东的那段《十八悔》，“我悔不该酒醉错斩了郑贤弟”“我手执钢鞭将你打”，半醉的阿Q唱着飘进了土谷祠，特别传神。天台出济公，出齐周华、陆蠡，绍兴出徐渭，出秋瑾、徐锡麟，出鲁迅，当然也出阿Q，他们代表浙江人的硬气、才气、诙谐气，还有迂腐气，绍剧和越剧把它们体现得淋漓尽致。

绍剧和越剧似乎是孪生姐妹，两者都从乡土小调脱胎而来。农民在劳作空闲时，在村头田间地垄唱曲解闷，过年过节时沿门演唱，换一些粮食铜板，这实际上是一种卖艺乞讨的方式，算是辛苦的艺术劳动。落地唱书用“四工合调”唱故事，如《双金花》《双珠凤》《珍珠塔》《玉蜻蜓》等，唱者站在人家门口或道地（天井）唱，根本不允许正儿八经地登台。族规严禁，官方处罚，都认为它是伤

戏　台

风败俗的。黄梅戏也是一样，严凤英最初学唱《小辞店》的时候，被族人追得几无藏身之地。人家总要养家糊口，卖唱也惹不出多大的事，观众大可放心。唱落地唱书得熟悉许多赋子，祝寿赋子，拜堂赋子，游园赋子，一套一套，唱到什么场景，就套进去，天衣无缝，能磨好长时间。有时演出临时现编剧情，先提纲挈领，梳理一下立即上演，叫路头戏、爬山戏。唱民间传说最方便，《九斤姑娘》中的“箍桶”和“金丝猫”唱段，一编就成，幽默风趣，与“吟哦调”一配，热闹，活跃，最受农民欢迎。农民就喜欢接地气的草根艺术。嵊州戏班以前在地头路边唱，然后发展成坐唱，唱到於潜县，当地百姓用四口方稻桶倒扣，上铺门板，就极为简陋地唱开，回老家后立即搭起草台唱戏。草草搭台，是为草台班。唱山歌小曲，是为小歌班，天台人称“小歌”为“小科”。在贫困的环境下，“小科挨门样”，不过是苦中作乐而已。有时组不了小歌班，一个人扮演多个角色，把整本戏唱下来，独脚（角）戏，难度更大。

乡村女子出身底层农家，家境贫寒，再加上男尊女卑的旧俗，五六岁七八岁十几岁，就被送到科班学戏。“科”，也应该算是专业的培训，所以说是科班出身，满师后才独立演出。演戏的是下九流，身份卑微，人称“戏子”，不管何时何地都被蔑视。一进戏班等于卖身卖命，生老病死，各听天命，忘词出错，就得挨打，而且打死不偿命。严师出高徒，鞭下出名角，她们所受的苦楚，非一般人所能忍受。她们已经被逼到死角，没有退路，只得背水一战，勇敢地挺过来，最后成了名角，正如冰心的诗：“当初它的芽儿，浸透了奋斗的泪泉，洒遍了牺牲的血雨。”

早期的越剧演出，用鼓板打击节奏，发出“的的笃笃”的声响，所以，越剧班也叫“的笃班”。20 世纪 30 年代天台乡土作家许杰写过小说，题目就是《的笃戏》，可见它在30年代的天台也是风行的。原先越剧是男人唱的，到后来全由女子来唱。京剧是男子唱女角，越剧则女子演男角，很有趣的。唱“的笃戏”的新昌嵊县的乡村农家女子，乘着乌篷船，沿着剡溪，顺流而下，经绍兴上虞，沿着运河去杭州上海，闯荡世界。天台有许多唱戏女子如我的岳母，翻不过陡峭的关岭和会墅岭，就没有进身的机缘。

演戏是越剧女子的饭碗和性命，她们不是苎萝溪边浣纱的西施，不是“越女天下白，鉴湖五月凉”。她们无法拥有戏中的浪漫，命运握在人家手里，也操控在自己手中。在都市里，她们就如路边的野草花艰难地在夹缝中生存。绍兴女子文戏是她们的代名词，越剧是她们的总旗号。她们似乎柔弱可欺，却刚正不阿。她们总是遭到戏霸地痞的欺凌，以及官府的查禁，只能挥洒热泪，忍辱负重，坚韧不拔，立志坚强，自我捍卫，勇于抗争，在舞台上，成为真正的巾帼英雄！轻歌曼舞，风生水起，《碧玉簪》中的《三盖衣》，《梁山伯与祝英台》中的《楼台会》，祥林嫂风雪天里声泪俱下的控诉，是她们反抗旧礼教不甘命运摆布的时代强音。当筱丹桂被戏霸张春帆逼迫自杀后，她们联合罢演，轰动全国。观看上虞乡贤谢晋执导的电影《舞台姐妹》，我的心中一阵阵悸动。

来自乡村的越剧女子，虽然文化程度很低，但愿意大胆尝试，对越剧进行改革，自我完善革新，从旧程式中摆脱出来，形成各自的表演风格，十几个流派如众芳吐艳，异彩纷呈。我们看到许多闪光的名字，旦角的袁雪芬、傅全香、戚雅仙、王文娟、陆锦花，生角的徐玉兰、尹桂芳、范瑞娟、吕瑞英，她们都是绕不过去的高山与河流。她们行云流水一样的流派唱腔，成为永久传承的经典，就像山花在繁华中朴素地开放。

来自江南水乡的越剧，发展到20世纪50年代风靡全国，涌现出著名的经典剧目。改革开放后，百花齐放，重新复兴。那时，我在乡村读初中，听见放映越剧电影的消息，喜不自胜，与同学跷课观看。邻近几村同时跑片，我们跟着放映机一路“追剧”，兴奋非常。《梁山伯与祝英台》《红楼梦》《追鱼》《情探》《碧玉簪》的剧情画面，在饭桌上被经常谈论，在梦境里反复重现。我们看多了也记住了一些唱词曲调，无师自通唱开了，有位朋友甚至能把整本戏唱词背下来，开始写起剧本和小说。我最喜欢的是王文娟的《葬花》：“绕绿堤，拂柳丝，穿过花径，听何处，哀怨笛，风送声声。”还有《焚稿》中的“一弯冷月葬诗魂”一句，令人拍案叫绝。听《梁山伯与祝英台》中的《十八相送》：“出了城，过了关，前面到了凤凰山，凤凰山上百花开，缺少芍药共牡丹，前面就是一条河，飘来一对大白鹅。雄的就在前面走，雌的后面叫哥哥。”标准的山歌风，尤其自然清新。没想到风格各异的唱词，出自同一位剧作家徐进先生的笔下；没想到柔弱的江南女子王文娟，也能演出《白蛇传》的《水漫金山》，演《追鱼》中鲤鱼精与天兵天将的决斗和挖鳞的蹦跳飞转的痛楚。那精彩武戏与林黛玉多病柔弱的气质完全不同！忽然我想，这场包拯出场的追鱼戏，就是东方美人鱼的故事，至少比安徒生的《海的女儿》壮烈。江南越剧女子的优雅唱腔，纤柔的台步和飘洒的水袖，乃是戏曲中的真爱善美，这才是越剧的情感与灵魂！

那时候，老家有许多村庄都成立剧团，外胡村也成立了剧团，演职人员有三十多人，演出《双金花》《血战北狼关》《三看御妹》。《双金花》是连台本戏，能演六七夜。吃饭休息的时候，村民们嘴里不停地讲着王文龙和王文虎，还有蔡必达和蔡兰英。剧团在宁海新昌等周边地区，深受欢迎，整个正月都在外演出。但遗憾的是，年轻的女演员出嫁了，小伙子出门打工了，各顾各的事业，剧团散了，集体屋失火，戏装道具如黛玉焚稿一般一阵烟消失了。几十年之后，我去邻村的文化礼堂，看到那些幸存的行头都成为一个个展品标本，再也鲜活不起来了。

现在的乡间越剧演出，大多是在宗族大事如修谱，或是节日庆典和仙佛寿诞的时候。前来演出的基本是民营的专业剧团，有些演员是流动的，临时糅合，灵活机动，组建撮拢班、插拢班、挈拢班。当然也有文化部门组织的“送戏下乡”，演出大多是在文化礼堂的舞台。有一些戏台，古色古香的，上了一些年岁，大多是亭台楼阁的式样，有些建在村中心，边上有广场有长廊。有的戏台是宗祠的一部分，面对的是祖宗的牌位；有的是庙宇的一部分，面对的是神仙佛像。专业团体临时搭建的戏台，灯光布景齐全，声光电设备一流，今非昔比。演出之前，家家户户都来摆凳子占位置，卖农副食品的摊贩也来了，戏台边几成集市。闹头台的锣鼓响起的时候，观众前呼后拥，涌动如潮；演出开始，观众立即安静下来。那些老人很快陷入剧情中，演到哭戏，他们泪流满面，演到满堂喜庆之时，他们笑逐颜开，演到落难乞讨时，他们纷纷往台上抛钱币。他们表现最真实的善意，体现着古道热肠、朴实乡风。

我清楚地记得，20 世纪 80 年代中期，浙江小百花越剧团演出了顾锡东编剧的《五女拜寿》，这是讨彩戏团圆戏，被拍成电影。来自天台山老家的徐爱武扮演老夫人角色，贯穿始终，戏份甚多，她在戏中的一段唱腔让我想起《碧玉簪》中的《归宁》，是正宗的绍兴乱弹调。而茅威涛演的还是一个配角邹应虎，只唱了一段《请姑娘放心喝下暖肚汤》，至今仍是小百花剧团的经典唱段。后来小百花演员各奔东西，茅威涛担任了团长，为演戏她真的拼了，为演好孔乙己，她特意剃了个光头，在《西厢记》中她还独创"踢褶"。她演陆游，演梁山伯，演爱看书嫁给天一阁范家的女子，把浙江的元素演了个遍，观众亲切地称她为"茅茅"，如风中的芦苇摧而不倒，坚韧不拔，丰姿翩翩。她与当年的越剧女子一样，赋予越剧新的时代精神，她建起了剧场，让越剧经典永流传。我也联想到芳华越剧团的王君安，把自己唱晕在舞台上。越剧，是她们心头永恒的维系。

遗憾的是，好长一段时间，我很少在老家的电视台电台中看到听到越剧的播放，它被"小鲜肉""超女""好声音"替代了，甚至连《越女争锋》都没见踪影了。有人说越剧老土，我承认，但又说，越剧落后于时代，我不认同。越剧现在也在不断革新，筹演《第一次亲密接触》和《新龙门客栈》，与时代接轨，努力开拓一种新路。谁说越剧没有收听和收视率？广大的城乡百姓都是它的知音，都在寻觅着它的光影。

越剧是越人之讴，是江南的风土精神，来自草根，终究要回到草根中去，它的归宿在民间。傅谨在《草根的力量》一书中说，浙江的民营越剧团非常多，尽管很少得到任何物力财力支持，但经常在城乡盛演不衰，从不间断。那些新时代的越剧女子，依然以戏台为家，在城镇村庄中漂泊穿行，她们喜爱以乡音歌唱，只要有人打心底里喜欢就好。

"山有木兮木有枝，心悦君兮君不知。"《越人歌》中的唱词，用在越剧女子的身上，是最恰当，最合适不过的。

作于 2024 年 1 月

吹气成歌

“行吟”这个词很文学，用白话来表达，就是边走边唱，唱有词的歌。无词的曲，内涵也是丰富的。信口哼来，吹气成歌，最原始的是口哨。两片嘴唇一嘬，一股气流从胸中或急或缓地冲出，纤纤细细地，带着血和肉、性与灵的颤动。哨声尖细，没有共鸣，却是自然音律。吹口哨，魏晋人最时髦，阮籍就很擅长，在山林中，一声长啸，花叶纷飞。武侠书中说，内功超常的，一声长啸，能使人肝胆俱裂。岳飞《满江红》云：“仰天长啸，壮怀激烈。”可能是心里蕴藏着更多悲愤的缘故。口哨和箫笛声频率很高，犹如超声波，为天下的绝响。古人云“八音克谐”，乃致中和。“八音”即为金石丝竹匏土革木。口哨是肉音，被摒除在外，难登大雅之堂，人们喜欢的，还是金石丝竹，金为钟，石为磬，丝为筝琶二胡，竹为箫笛，革为鼓，土为埙，木为柷、檀板、木鱼。吹气成歌，口哨和箫笛的声音就成了天籁。

“天籁”，本是自然之声，人们听到风吹竹管的声音很悦耳，就开始制作箫笛。中国最早的乐器，应是浙江余姚河姆渡出土的骨哨和骨笛。这应该算是“肉音”，有着神圣灵魂的寄托。史书记载，上古时期的伶伦本是乐官，听到凤凰的鸣叫声，开始制作音乐。凤凰的叫声如何美妙，谁也没有听过，不过也是吹气成歌的一种，估计与风吹竹管或者箫笛的声音差不了多少。

横吹为笛，直吹为箫。箫又叫洞箫。洞箫声音是很幽怨的，据说它是汉代时羌人传入中原的，又叫“羌笛”。羌地，本是苍凉荒漠之处，“大风起兮云飞扬”，自然有着一种悲怆之声。唐诗云：“羌笛何须怨杨柳，春风不度玉门关。”“杨柳”不是树，是很幽怨的乐曲。箫出自西部，是很苍凉的，不像江南的牧笛洋溢着春色。在江南乡野中，牧童骑在牛背上，笛声悠扬，一片烟雨滋润之气。笛子曲《小放牛》，是著名的笛子演奏家赵松庭先生演奏的。贺绿汀先生有钢琴曲《牧童短笛》，意境与《小放牛》相同，但表现方式迥异。牧童短笛经常成为中国画和民乐的独有素材。牧笛音韵清越，意味高古，总让人感到一种神仙气韵。

箫笛的声音绝不浑浊，虽然幽怨，但没有俗念。八仙中的韩湘子口吹金玉笛，自在乐逍遥，精神毕现；周灵王太子晋吹箫（一说为笙）为凤鸣，最后乘鹤飞升而去，吹箫的地方名曰“箫台”。古曲《夕阳箫鼓》意境与《春江花月夜》相近，空旷开远。“一个吹箫，一个捺孔”，是人们熟悉的俗语。华君武先生以此画了一幅著名的漫画《科学分工？》，虽然大俗，但涵大雅。

笛清脆，箫柔和。《诗经》云：“箫管备举，喤喤厥声。”箫管在古代又叫排箫。许多高低不同的箫管组合排列，箫管管口被封住的，叫底箫，不封的，叫洞箫。排箫有二十三管或十六管。在欧洲也有排箫。古希腊神话中畜牧神潘向山林水泽之神绪任克斯求爱，绪任克斯跑到水里，变成芦苇。芦管被潘取下来，制成排箫。截竹凿孔，贴上苇膜，制为箫笛。芦苇管也可制笛，泰戈尔《吉檀迦利》说：“这小小的苇笛，你携带着它逾山越谷，从笛管里，吹出永新的音乐。”首先发明这苇笛的是中国人还是印度人，很难查考，我想发明者是小孩子应该是肯定的。湖荡里，江河畔，孩子们在水波里吹着苇笛，吹出最纯正的歌。

唐宋时期，中国的箫传到日本，称为“尺八”，指的是它的长度，一尺八而已。

美洲印第安人也有排箫。地中海排箫有箫管二十根，单排而且弯曲，是不是杜聪吹的那种，有待细考。我手头收藏杜聪的排箫演奏曲，其中音乐剧《猫》中的名曲《回忆》，情味就很独特，抒情悠远。有一首排箫演奏的秘鲁歌曲《秃鹰飞去》（音译为《宜康巴刹》），应该是排箫演奏的上品，它的旋律有一种回旋感，升高，沉落，又升高，有一种傲然不屈的感觉，一种翱翔苍空的意象。秘鲁是山地国度，秃鹰是当地人的神灵，排箫吹奏的音乐，让我听到风声的飒飒，感到寒意的凛冽。这是一首反抗西班牙殖民主义的爱国歌曲，被列为秘鲁的国家文化遗产。秘鲁山巅上的马丘比丘是山鹰能飞到的地方，它与印加文明、玛雅文明、奥尔梅克和阿兹特克文明一起，早已被殖民者毁成一片废墟了。但安第斯原住民是坚强的，失败了照样不屈服。在排箫的音乐中，他们与山鹰一样成为我景仰的英雄。排箫的声音中有不屈的精神，我宁愿飞行，像飞去的一只山鹰，即使被束缚，孤单地坠落到地面上，也要把最悲伤的声音传递给全世界。排箫的声音是高亢的、空灵的，让我感受到高贵的思想和灵魂。

美洲的印第安人，据说是从白令海峡横渡过去的亚洲人，欧洲和美洲的排箫，是不是从中国传过去的，我只能做一些大胆的猜测。邹蓝先生在《安第斯国家与安第斯音乐》一文中说，印第安人的排箫叫“桑波尼亚”，“其状平排而不弯曲，一般由六至七根笛管组成，有时双排并连以方便吹奏”。“安第斯排笛有口径巨大者，可以奏出沉重的低音。口径细小的，发声高亢嘹亮欢快。”“单独吹奏的与中国的笛子几乎一样，有短有长，有粗有细，以表现不同的音高。当地人把它称为‘西古’，或称‘凯纳’。西方把这些风管乐器统称为‘印第安笛’。”排箫与陶笛一样，同属印第安笛。演奏时，用一种名叫“恰兰戈”的吉他伴奏。两者风格迥异，却相得益彰。山地风光和当地风情，伴随排箫和陶笛的音乐，袅娜地充盈在时空中。在近代，印第安人是“没有家乡”的，欧洲殖民者的杀戮，美国白人的戕害，早已让他们流徙于家园和故土之外。阿根廷演奏家迭戈·麦地那（Diego Modena）和法国演奏家杰恩－菲力普·奥汀（Jean-Philippe Audin）的和谐组合，用陶笛和大提琴演绎《陶笛之歌》。听他们演奏的《吻别》，有一种很特别的漂泊流浪的感觉，外来和本土文化纠缠着，融合着，让人感觉到一种沉重而又别致的味道。

排箫的音乐，带着故乡的呼唤。排箫像芦笙那样深蕴着温馨感。芦笙是生活在中国西南地区的苗族、侗族、水族、仡佬族等民族常用的古老乐器。芦笙是爱情的天使，“芦笙会”成了狂欢的良辰美景。男女青年吹着芦笙，跳着芦笙舞，寻找着相爱的人。电影《芦笙恋歌》插曲《阿哥阿妹情意长》，悠扬而富有磁性的旋律，让人如醉如痴。芦笙声里融合了爱情的心跳和呼吸，有着柔曼的味道。甜美的氛围、柔和圆润的音色，让人难以忘怀。

箫笛与笙，是空灵的。春秋时期，笙就在民间广为流行了。“笙师”应该是宫廷里的乐官，“掌教吹竽、笙”。竽比笙大，但管下的“斗子”比笙小，“斗子”是用匏和铜做的。“滥竽充数”讲一个不会吹竽的乐师，混在合奏队里，装模作样，蒙混了很长时间，这是因为齐宣王喜欢听合奏。齐湣王登基了，喜欢独奏，他就偷偷溜了。曹操在诗中说：“我有嘉宾，鼓瑟吹笙。”这是一种很高的礼遇。笙同样是礼乐中必不可少的东西。历史悠久，非同一般。

箫笛的声音，清悦幽远。用泥土捏成的中空的埙，充满浑圆的空灵之韵。埙是土捏的，自然属于八音。贾平凹就喜欢这个玩意儿，他录制了一盒演奏埙的磁带，前面有一段他说的陕西土语，怎么听也听不懂。有时，音乐胜过文字和话语。贾平凹老土，文字也很老土，但老土得有精神。《废都》中，他写了一个在城头

"朝天子"

吹埙的老者，埙的音乐在空中四散飞扬，像一个个精灵，带着一种苍茫和虚无。"废都"就是一种残迹、荒凉、幻灭的意境。有人说贾平凹的作品有"巫气"，埙也与箫的怨气和笛的清气不同，有着神秘格调。

箫笛和埙是雅致的，而喇叭却是世俗的。童谣唱道："我也叫，我也叫，三只蛤蟆来扛轿。扛到三角街，一起吹喇叭。前面扛大旗，吹到下泉溪，下泉溪人吹喇叭，猪肉豆腐满檐阶。"下泉溪是浙江天台山的一个村庄，吹鼓手最多。在旧社会，吹鼓手级别最低，比娼妓乞丐还不如，七讨饭，八敲吹。元朝灭亡后，任职江南的外乡人，回不到家乡，万不得已做了吹鼓手。喇叭有两种解释，在中国民间，指的就是唢呐，我初以为，唢呐是中国土生土长的，其实不然，它是从丝绸之路传过来的，不过现在也深入中国民间了。在浙江民间，唢呐叫作"官堂"。戏曲里文武官员出场时，锣鼓敲打一阵，唢呐就呜哩呜啦地吹"梅花"，营造强烈的威严气势。"马蹄声碎，喇叭声咽。"百姓怨声载道。明代小令《朝天子·咏喇叭》云："喇叭，唢呐，曲儿小，腔儿大。官船往来乱如麻，全仗你抬声价。军听了军愁，民听了民怕，哪里去辨甚么真共假？眼见的吹翻了这家，吹伤了那家，只吹的水尽鹅飞罢！”老百姓对喇叭唢呐深恶痛绝，怨恨的对象不是喇叭，而是一群指挥吹喇叭的衙役。

吹喇叭并不是某些人的专权，老百姓同样可以吹。红白喜事一来，喇叭就派上用场了，无论欢喜还是伤悲，喇叭都张扬了情感，该热烈就热烈，该哀怨就哀怨。喇叭还是很真切自然的，我觉得，唢呐有点儿闹。有几首唢呐曲，如《百鸟朝凤》《鸭子拌嘴》，就反映出两种鸟儿不同的命运。韩少功1981年获全国优秀短篇小说奖的《风吹唢呐声》，写了一个吹唢呐的哑巴的命运，让我默默流泪几天几夜，对于这个哑巴来说，唢呐是宣泄情感的唯一通道。将心比心，对于无权无势的漂泊的我，文学是不是我无可替代的宝贝唢呐、宝贝喇叭？

茅盾散文《风景谈》写到一个站在山顶上对着太阳吹喇叭的战士，他吹的喇叭是号。号因为声音嘹亮，在军队里用得最多，起床吹起床号，熄灯吹熄灯号，冲锋吹冲锋号，少先队搞活动也要吹队号。为什么叫号呢？我想它有明显的号令作用。以前中国军队号令的是旗鼓，后来鼓变成了号，可能是西方的影响。比如有一句话：“你打什么旗号？”绝对不能说“你打什么旗鼓”。小号、圆号、长号、萨克斯与唢呐一样都是铜做的。圆号和小号法国人做得最好，就像意大利人制作小提琴一样，工艺非常精美。小号音色明亮，闪耀着黄金的光泽，光洁而透彻，更有许多浪漫的情调。法国小号演奏大师杰恩－克拉德·波里莱（Jean-Clande Borelly）吹奏的《晚霞的剪影》《渔火协奏曲》《海边的小号》，始终贯穿着法国人特有的浪漫情调。就像宁静的夜晚里，坐在海边，清风拂面，浪涛隐隐，有很多美好的想象。

萨克斯是比利时一个叫萨克斯的人发明的，乐器以人名命名，就像中国人的阮咸一样。萨克斯属于号管一类的乐器，肯尼基的《回家》和《茉莉花》，更多地体现一种特有的忧郁。

在英语中，“萨克斯”(sax) 和“性感”(sex) 相近，犹如“忧郁”和“蓝色”（blue）一样，其理趣是值得深究的。萨克斯是最性感的吹奏乐器，伤怀成了萨克斯最撩人心魄的缘由。sax，也可以翻译成“萨克斯风”。为什么叫萨克斯风呢？我想是因为萨克斯音乐中传达着更丰厚的情感气息。

吹气成歌，气息和情绪融为一体，情感与音乐更同步，更和谐，更淋漓，更生动，更传神。心里想的是什么，吹的就是什么。这不需要掩饰，比如爱尔兰风笛，也同样能让人能品味到更多的乡愁。风笛中的乡愁，委婉，悠长，流扬在轻风里，带着激动的颤音，如鸟羽一般划出悲凉的云迹。风笛是靠簧片发声的。簧片是风笛的声带。演奏时，把兽皮做的气囊夹在腋下，臂膀一张一合，笛管中便流出被挤扁了的声音，细弱，单薄，孤独，感伤，如无所凭依的鸟飞翔在森林里，对家园充满无限的眷念。《爱尔兰画眉》在我的音响里萦回，但我总找不到欢愉的感觉。风笛的声音很苍凉，让我想起电影《勇敢的心》中失去故乡的苏格兰男子的孤独、沉凝、愤懑和忧伤，与内心肉体的艰难挣扎。爱尔兰风笛，把情感弯折，演绎成远去的风尘沧桑，可惜的是，它不是直接用嘴来吹奏的。

靠气流发声的乐器还有很多，如风琴、手风琴，唱歌跳舞用来伴奏，在大教堂里用得更多的是管风琴。管风琴似乎太过于庄严崇高了，太奢华了，不自然，毕竟是机械，失去了生命的活力与最原始的本真。

反正，庙堂里面的音乐绝对不是天籁。我认为。

发表于《华夏散文》

月光盲琴手

夜幕降临了，渐渐地，街边的路灯亮了，两旁高楼顶上的霓虹灯也闪烁着了。这是一个海滨城市最热闹的时分。每个夜晚千篇一律，大同小异，展示着时代的浮躁和繁华。不过，今天我感到特别新鲜，一阵阵悠扬的电子音乐，从街头的那棵樟树底下传来，带着布鲁斯的风格，那是我们所熟知的流行音乐，民间的蓝调音乐，犹如微风吹拂脸上，让我感到秋天阵阵忧郁的幽凉。但，我还是感受到音乐中蕴涵的那种倔强，那种向往。

我循声而去，骑车的速度渐渐地慢下来。于是我去找一棵瘦骨嶙峋的树，靠上我瘦骨嶙峋的单车，走近了，我看见一个瘦骨嶙峋的年轻人在全神贯注地按着电子琴的键盘。音乐从他的指间流出来，不复杂，很单纯，很动听，很悦耳。很快的，年轻人身边围了许多听众，年老的，年轻的，姑娘，小伙，当然，还有一些天真烂漫的学生。那琴声肯定有人能听懂的，肯定。

我这个星期四次见到这位靠弹奏电子琴谋生的琴手了。琴手是个盲人。他的家在什么地方，我不知道。他一直拖着他仅有的家当，摸黑走四方。他的家当是一个四脚装四个小轮的小琴架。小琴架分三层。底层放一对破旧的音箱，中间放一台破旧的功放机，上面安一台破旧的电子琴。为了防止被雨淋湿，他用塑料布做了一个简易的套子蒙上去。白天，他一直漫无目的地敲着探路棒。只要好好地生活，城市里总会遇到好人，总能找到一口饭吃的。盲琴手的脸色很是憔悴，夕阳把他的影子扭曲了，复又拉长，投在高楼大厦的玻

月光盲琴手

璃幕墙上，晕染开来。夕阳下去了，他的背影抹去了，这没什么关系，霓虹灯会亮起来，圆月会升起来，照亮他期待的脸庞。当然，还有音乐。

一个微不足道的盲琴手，卑微得犹如风中的一棵草。只有音乐是他唯一钟爱的，只有音乐让他潇洒光亮起来。尤其在天边明月高挂的晚上。

我不知道他的眼睛是怎么盲的。对琴手来说，眼睛盲不盲并不重要。他非常熟悉电子琴面板上的每个按钮每个开关，还有黑白分明的键盘。他演奏时候只凭直觉，只要按下去就是，和弦节奏什么的都不重要，音乐就是音乐，只要有所寄托，就错不到哪里去。人们喜欢的是旋律。对，是旋律。当然还有其中的思想，感情。

盲琴手的音乐像一羽羽灵鸟在空中飞舞着，整个街道的角落都飞撒着它的彩色翎毛。这无所归宿的灵鸟，满天飞呀，飞呀，在这个华灯初上的都市秋夜，找一个暂时歇脚的枝头，停下来啁啾，明天清晨又要飞向自己不明白的远方。很快地，他的身影会消失掉，只有音乐还在原地里打转，绕街三匝，慢慢升腾成追月的彩云了。

在黯淡的路灯光下，我发现盲琴手面目清秀得很，文质彬彬，举止端庄，他并不像有的琴师演奏时前后俯仰，在陶醉中虚张声势，而是一片安详，音乐仍然起伏顿挫，错落有致，不乏透澈明净。不知他是如何使之和谐起来的。他按着琴键就像按着自己的胸膛，那上下跳动的琴键就像他几度激动的心。此刻他内心是安静的。他知道心里怎么想琴就怎么弹，其他的形式都是多余的。而街头的繁华美丽，盲琴手是看不见的，城市的喜怒哀乐，他是无法得知的。喧嚣的车声人声，还有许多叹息和呵斥，他是听得见的吧？但在他的音乐中，这些都微弱得不值一提，只是按下琴键的时候，各色音符就会飞舞出来，灿烂起来，盖过这个城市特定的时空。

渐渐地，有人在他面前的塑料桶里放硬币，硬币落在桶中发出“咚”的一声，很响，如打爵士鼓一般。施舍对琴手来说，也许是一种亵渎。音乐是值得尊重的。月光下的琴手也是值得钦敬的，他只是希望自己的音乐能激起一些感动共鸣。盲琴手安然自得，因为他用另一种方式劳动，人也本分，得来的钱也干净，这月光下流浪的盲琴手是否感到了快乐和欣慰呢？盲琴手抬起头来，对面高楼是本市最豪华的娱乐城和大酒店，听说到那里去放歌一曲、曼舞一圈、聚餐一桌，其花费足以让他弹奏几个月乃至一年了。“卡拉 OK”的光斑闪烁着，洒落一片金色。从那里进出的俊男靓女对他是不屑一顾的。身边的一切，盲琴手看不见。他所能看见的，只是音乐的七彩光环。在音乐的光环中，我看见一滴清泪挂在他的脸颊。

灯光和月光融合着，把我和盲琴手的身影重叠起来。其实我是他的另一种缩影，用另一种形式生活着。在这城市中生存着，我许多时候是牢骚满腹的，找不到合适的宣泄，心头总缺乏那种平静。而此刻盲琴手的音乐月光，透彻明净的涵养气度，正是我所要寻觅的。有时我觉得我并不比盲琴手高邈超逸，因为我眼前的物象很纷繁，世上的诱惑也很嘈杂，我一直在晕头转向着，却老是摆脱不了。眼不见为净，月光下的盲琴手啊，你是否印证了我久寻不到的智慧禅语？

在月光般的音乐文字里，我们换了另外一种方式说话。你弹奏的每一段旋律，都是我真切的话语。

圆月升起来，该是中秋啦。月光下的盲琴手，该想起他的家啦。

发表于《北方文学》2004 年第 6 期

仰望雪山

我所生活的这个江南的临海小城，是很难见到真正的雪山的。雪山活在诗歌里，是很缥缈的一抹。“横空出世，莽昆仑，阅尽人间春色。飞起玉龙三百万，搅得周天寒彻。”“山舞银蛇，原驰蜡象，欲与天公试比高，须晴日，看红装素裹，分外妖娆。”在城市喧嚣而繁杂的一隅时空，读到如此撼人心魄的词句，也能体味到雪山的伟岸和清纯。雪山是宁静安详的，在记忆中不动一丝声色。此刻我只能一个人孤独地仰望。仰望雪山，成了唯一的精神艺术鉴赏。

我不由得想起老家华顶山的雪景来，那里是经常下雪的。“华顶山上无六月，一阵西风便下雪。”下雪的日子开门出去，真正清寒的雪山扑面而来，充盈了我的视线，半个月甚至一个月，雪山的洁白无法消融。某个深夜里，有微微的风吹着，那些小小的晶莹雪片如一个个精灵，满天飞舞着，从瓦椽的夹缝和板壁的空隙中潜进来，落在脸上慢慢地洇开，就像我女儿温柔小手的撩拨。于是，诗意的铃铛便“铃铃”地响起来，一个个童话也就完成了。雪山顶上有我家的木屋，木屋后的杜鹃树和绿竹林，都成了优雅的儿童画。谁家的录音机翻来覆去地播放一首歌：“叮叮当，叮叮当，铃儿响叮当。”原来是哄孩子入睡的。而我干脆让竹椅子木凳子仰面朝天，自己一屁股坐上去，童年也就自由散漫地从缓缓的雪坡轻轻地滑下来啦。

雪 山

我家乡的雪山是明快的，因为习以为常，我并没有仰望它，因为我在童年不懂得仰望。雪峰下积着厚雪的屋顶，就像我读了一半后反扣在桌上的书，有美妙诗句蕴藏着呢！雪霁初晴，太阳从山脊上升起，那一本本书更显得神光熠熠。这雪山是我的诗歌，虽然听不到林中萧寺的疏钟，但雪山缭绕的雾霭和升袅的炊烟告诉我：这里是你的老家，你雪天里读书，你雪野里打猎，你雪峰上放歌，随你的便，在这里行走，你是自由的。感受北方的雪山，却有南方的温柔和清丽，两者没有什么两样。在艳阳下，我看见晶莹的雪粒反射七彩灵光，像许多星星的眼睛，它们是否在仰望着我，仰望我这个万物之中的灵长？

其实在雪山上，我是一头困兽。为了生存，我不得不离开雪山。南方的海滨城市里，我的本性暴露无遗。灰尘四起，浓烟满天，在推土机和砖刀的协奏中，我挥洒的血汗变成一座座拔地而起的高楼。不停地，有汽车和摩托车从身边掠过。在十字路口，我旋转着，飘摇着，我羡慕起雪山上的一棵树，雪山给它一个安身立命之所，但我没有。我就像一片落叶，漫无目的地飞呀，飞呀。在飞翔的过程中，我好不容易感到些许可怜的自由时，却发现原来的自己早已消失。在滚滚红尘的尽头，在放眼可及的天边，雪山，横贯着一抹飞白。

那是我真正的雪山啊，我只能一个人孤独仰望的雪山啊！

我现在所栖息的江南小城，是很难见到真正的雪山的，让人印象深刻的，是从不远处海面袭来的台风。它往往是暴雨的同谋。因为暴雨，肮脏的街道被冲得干干净净，因为狂风，许多虚伪的霓虹灯和广告牌被胡乱地抛撒一地。台风在狼藉中重建秩序，却总有点蛮不讲理，台风肆虐城市的时候，雪山依然安睡。雪山是平和的，它微笑着，用摇晃的旗云向我诉说招引的心语。

只有雪山是值得我向往的。在炎热的盛夏，翻开一本记录中国冰川的画册，顿时感到凉快起来。书中说，冰川的前身是最底层的海沟。后来造山运动把它挤压成世界的屋脊。那汹涌的海水和遨游的鱼族凝固了，皑皑的白雪掩盖的是依旧鲜灵的生命。雪山将所有事物掩埋着，用一尘不染的洁白来封存，清寒地诉说着智者的心境。天长日久，明净的雪水从怀中渗出，犹如乳汁，流出昆仑山、唐古拉山和天山，成为大江大河的源头。迸涌的明泉是雪山的孩子，从来的地方到去的地方，当它走完生命旅途的时候，只不过完成了一个小小的轮回。

我也经常拷问自己：我是不是雪山的孩子，是不是雪山孕育的明江呢？我的歌唱是不是我脚下腾起的玉色浪花呢？可惜，我饱受污染，浑身黝黑，身边蚊蝇滋生。“保持清洁卫生！”“保护环境！”而谁能听懂我微弱的心灵话语呢？

看起来，我只能向雪山学习沉默。沉默是金，沉默是发自内心的无声之歌。只要活着，就得有流动的激情。雪山沉默的胸怀照样激流澎湃，它能滋生盛开的雪莲花。雪山是河流雪莲的母亲和故乡，而我的母亲和故乡在哪里？

在真正的雪山面前，我是渺小的。沧海会变成桑田，只有雪山永恒。

而南方的都市丛林里能找到真正的雪山吗？

雪山只能活在人们的梦中。真正的雪山是有福的，它不忧伤，也不心痛，想立着就立着，成为危崖绝壁和孤峰，想躺着就躺着，成为平冈丘峦和缓缓的山坡。只要安详地打个盹，漫天的大雪会给它披上厚厚的棉袄，当晴天丽日到来的时候，它轻轻地打个哈欠，浅浅地露出慈祥的笑靥。它是神圣的，无人能亵渎它。有人想爬到它的头上，想插上一面旗帜，一阵风来，他们所谓的丰功伟绩也就消泯得无影无踪。真正的雪山是有尊严的，在它面前，任何妄自尊大的人都是猥琐的，就像蝇营狗苟的蝼蚁。

在寂静或者喧闹的城市中，我仰望雪山，盼望内心的一场大雪。尽管在我生活的南方，连小小的雪花都飞不起来。

发表于《台州日报》2002 年 3 月 29 日、《文学报》2004 年 1 月 22 日、《兰州文苑》2004 年第 3 期。

鸟语飞行

《迁徙的鸟》是一部多国联合拍摄的纪录片，我喜欢它的另一个译名，《鸟语飞行》。我在城市的天桥上从一个神色慌张的小伙子手里接过DVD时，一架巨大的“铁鸟”掠过天空，发出震耳欲聋的声响，把整座天桥震得颤抖起来。不过，它虽在天上飞翔，却是没有生命精神的鸟，而我与那位小伙子一样，如鸟一般，到处乱飞。

纪录片的摄影团队是《微观世界》(又译《微型世界》《点虫虫》《小宇宙》《草丛中的居民》)的原班人马，它拍摄的是虫子，但很精致，这个关于鸟的作品，我也喜欢。画面很美，没有太多的解说，除了鸟的鸣叫和飞翔的身影，就没有其他的了。片子里没有太多的人。有一位住在湖边小屋的小男孩，他的奔跑就像鸟儿的飞翔。六百多名拍摄人员一直追踪着这些飞鸟，从东方到西方，从南极到北极，用了六年。许多的镜头是在“铁鸟”上拍的，这使我想起在天桥上买碟片的那一刻，我想，那“铁鸟”上载着的人，会不会拿着摄影机朝我们猛拍，把我们当作那群飞翔的鸟儿。

我直截了当地说，我就是在地上行走的两条腿的鸟儿，用于飞翔的翅膀变成了一双甩动着的手臂，但气流总无法托我直上青云。不过，在天桥上，我俯瞰着犹如甲虫蚂蚁一样的人群和车流，恍然大悟：我也是天上的鸟，不，是天桥上的鸟，停留，复又迁徙。

大雁从北飞到南，我却从南飞到北，为了寻求好生活，为了寻求好风景。假如迁徙需要理由的话，这也是人与鸟共同的充分理由啊。其实迁徙是命定的，无论是一个人还是一群鸟，总要飞翔。去远方，你总是无法逃避。迁徙是苍凉的，翅膀和双脚载满风霜雨雪。在某个时刻，一些鸟与人就是这样意趣相投，同病相怜。渐渐地，看着鸟儿在蓝色的天际消失，我也进入了哲学的冥想之中，想岩上的秃鹰，像极了罗丹的雕塑；想那些大雁和天鹅，在地面行走，仿佛成了教授和学者。这些在天穹行进排列成“一”字或者“人”字的灵秀之鸟，又让我感悟出道学玄机来。

鸟与人的哲学智慧在此刻融合着，在扑腾的鸟翅下，闪着太阳和霞彩的亮光。

两个词在脑海里打转，“鸟人”“人鸟”，到底鸟就是人，还是人就是鸟？但鸟绝对不是人们所轻蔑的名词。人的行为，鸟看不见，而鸟在天空中飞掠的身影，人们却一览无余。鸟的迁徙和渴想因此充满了阴影。鸟无法安然地飞行和歇息。它们所担忧的只是在突如其来的某个时刻，身边的草丛或幽林中冒出一缕烟，然后就是砰的一声钝响，它们惊慌失措地直冲云霄。也有倒霉透顶的鸟，在空中打了一个旋，像断线的风筝一般落了下来。那些在黑暗中两只脚走路而不会飞翔如鸟的人，就成为它们生命的终结者。

纪录片开宗明义地说，这是一个关于承诺的故事。这也使我想到了电影《鸟人》。艾伦·帕克完成了一个牵肠挂肚的承诺。

“鸟人”是一名渴望飞翔的少年，他在身上扎上假翅膀飞翔，最后还是摔在垃圾堆上。命运把他带到血与火的战场上，在硝烟和火光中，群鸟被炮火炸得四分五裂，如雨落下，那一幕惨烈的场景，在“鸟人”眼前挥之不去，折磨着他的神经。他远离了两条腿走路的人，一个人赤身裸体张开双臂，站在床架和阳台边，时刻做出飞翔的姿势，从窗口飞出去的时候，他回头一笑，显得非常幸福和甜美，撩动人的所有情愫。

鸟语飞行

我将关于“鸟人”的记忆铭刻在我的生活里，走向一个充满自由的境界，这境界近在咫尺，却又是那么遥远。远离灾难的迁徙是幸福的，是天经地义的，就这点，我倒非常羡慕在我头顶飞过的所有的鸟儿。它们要到什么地方就到什么地方，要干什么事情就干什么事情，都可以自由地降落歇息，心安理得，绝对不为什么暂住证务工证发愁。这些鸟儿为什么不会在城市降落，反而在经过城市的上空时飞得更高？

鸟语飞行，是一首飞翔的音乐，很神圣，鸟的合唱伴随唱诗班的放歌，鸟的飞翔伴随天使的舞蹈，倒显得庄严辉煌。这令我感受到一种生命的尊严，就像阳光和霞彩下鸟儿鼓翼时闪耀的亮光。

当我这样想时，不知怎的，又一只大“铁鸟”飞过天桥上空，响起震耳欲聋的轰鸣。一只鹦鹉，用弯弯的喙衔开笼子上的插销，冲天而去。那成群结队的鸟儿，还有那群想成为或已经成为鸟儿的人，早已消失了踪迹。

发表于《中华散文》2004 年第 4 期，收录于《文心写意》（中国文史出版社，2011 年）。

列车穿过夜幕

在杭城的阑珊灯火里，我告别了饯行的师友，登上了北上的列车。江南的烟雨三月如柳絮般飞离了我的视线，唯留心底的微澜。列车的终点站是北京。因为提速，只需要十六个小时便可到达。对于我，这十六个小时的路程竟是那么漫长。直至现在，我的行迹还没有跨过省界，而在同行者看来，江南和北国，仅在指掌之间。我总感觉到路程是那么的苍茫和辽远。前程未卜，走过的风景一派迷离，我总希望前景中蕴涵着我的宿命，那里，或许有日月星辰能照亮我并不灿烂辉煌的目的……

夜九时整，火车启动了。一声汽笛穿过喧嚣的城市，进入幽邃的旷野和深不可测的夜幕。夜九时三十分，火车经过湖州。夜十时三十分，经过上海。无锡、苏州……一座座繁华的城市在夜幕中跳跃，如闪烁的街灯，忽而便消逝了，不留一点记忆的痕迹。如果说，并行的铁轨是一条河流的话，那么，城市便是岸上的礁石或是水中的波浪泡沫。我们这些无根无蒂的一叶兰舟，只有被汽笛催发的份儿。没有准许，你永远找不到可以停泊的港湾，就像这火车一样无休无止地哐当哐当地开下去。从杭州到北京，火车只能停靠三个站头：上海、南京、济南，每站只能停靠五至十分钟，歇息片刻，又匆匆上路。旅途中，我们只能行走，不停地行走……

我与阿慧一起离开了家乡。孩子先寄放在老家，一上车，铁轨就把思念拉长了千万里。夜已经很深，午夜十二点钟倏地过去了，阿慧一直在我的肩膀上打着盹。从天台到杭州，然后上火车，整整一天都没有休息过，现在，她累了，但至少有我不坚实的肩膀可以依靠。我们一直相依相偎。哦，终于出远门了，余华十八岁出门远行，我出远门时却已三十八岁了，三十八岁之前我走了什么路，做了什么事，那回忆化成了斑驳的光点和列车车轮磕碰铁轨的哐当声，能迸出灿烂的火花吗？我无法得知，也许摆脱不了漂泊的命运。倏忽而过的城市容颜，瞬息而逝，闪烁的霓虹灯中能映现我踉跄而憔悴的身影吗？

我忽然发现身边的一对相偎的中年夫妇，妻子很胖，奶着一个四五个月大的孩子，大概车里人挤，空气闷而热，小孩子无法安静，便哇哇大哭起来。丈夫就手忙脚乱了，他抱着孩子蹲在两节车厢的相接处，那里倒有几缕凉风冒出来。孩子的哭声越来越响，有睡眼惺忪的旅客从鼻孔里哼出一丝不满来。那丈夫笨拙地拍打着孩子的屁股，渐渐地奏效了，孩子声音低落了。车厢过道上横七竖八地躺满疲惫的旅客和行李，那丈夫抱着熟睡的孩子，像跳华尔兹舞一般绕过睡熟的旅客和行李，将孩子送到母亲的怀中。孩子经过一阵子折腾，反而在睡梦中露出了甜美的微笑。或许未来他也避免不了命定的颠簸和折腾，这未尝是一件坏事。

那孩子的父亲为妻子打上一杯开水，然后掏出一袋方便面，用热水泡着将就着。他说，车上的东西很贵，一碗鸡蛋面要卖十来块，舍不得呢。一交谈，得知他是天台的老乡。在千里外的火车上，“老乡遇老乡，两眼泪汪汪”了。他说，他在北京开了一家服装店，生意一般，但店里的事放不下，为了生计，只能又挈妇将雏北上了。他在北京过得挺累的，但至少有妻子孩儿做伴，自然有滋有味的。我的孩子懂事了，可以放在幼儿园里，工作回来三口之家其乐融融，更况有文学，有音乐啤酒，有朋友老师相伴。尽管北京不是老家，我依然感到充实、自由和幸福。林子里大了，什么鸟都可见到，什么机遇都可争取。尽管这夜幕幽深变幻，但我完全可以感知身边的风景呵。

那位中年男子问我什么职业，我说是“码文字”的，他说，我只听过“码砖头”！我笑而不答，那位中年男子就顾自喝茶嚼方便面了。我忽想，文学就像这方便面，有味道，但没有多少营养，是不能当正餐吃的。方便面是调剂品，文学亦复如是。特别是在这个追求经济效益的时代，我没必要当文学的“苦行僧”。生活是必要的，我抬头看窗外，灯火连成线、连成片。列车好像在过桥，桥下是宽阔的闪着泪光的江面吗？我看不清，但我可以设想，现在列车正穿过南京长江大桥……

我忽然想起故乡来。我曾在江南的一个城市中生活过，那里有一座桥，也有一条江，桥不是很高，江不是很阔，但城市很浮华。我满怀伤感地离开了它，离开我倾洒热爱和心血的城市，去投入另一片紫陌红尘。我觉得我的雪山仰望和京华遐想不是空穴来风。我选择了北京，这里各代王朝经历过，各样烽烟熏燎过，自有一种博大的胸襟，也许能为我提供一片施展之地。面对窗外静观默想，一切人事都如昨日梦痕远去了。我把脸贴近玻璃窗，看着路旁一侧的景物，拉洋片似的一幅幅地拉过去。火车经过一片树林，那树林灰蒙蒙的，忽然我发现枝梢上竟悬着半圆的月，这景象与美国摄影家安塞尔·亚当斯的《月出》竟有异曲同工之妙，柔美的月色啊！旷野无声，那丛丛叠叠的庄稼和错落星散的村舍，还有薄阴的云朵，竟宁静得不动一点声色。假如有不眠的鸱鸺从林间倏地飞起，假如有野猫在铁轨间窜过，我的心肯定会狂跳不已，呼吸肯定会急促起来。忽然，脑海中冒出严辰的诗句：

夜航船滑行在黯黑的小河上
载着乡间乘客们朴素的愿望
……
渔火在远处河边闪烁
船底在蟹簖上轻轻擦过
老船主照例下着警告
快过哑巴桥了，客人们别说话！

夜深了，不用警告，人们自然会睡得酣甜。而这夜行车竟与半个世纪之前的夜航船无甚两样！我明白，你到异乡，是不能胡说八道的啊，虽然，列车经过的地方没有“哑巴桥”……

自杭城到京城几千里的铁道沿线，所经行的几乎全是无垠的平畴，看不到连绵的山脊。窗外起了一层霜，车上的电子屏幕显示，车外已经是零下三摄氏度，列车经过山东地界，时间已是凌晨一点二十分，抹了抹车窗上凝结的霜露，我看见天边那片闪动的殷红的光。我想那是一个大都市，然而出乎意料，是小城镇。灯月交辉是和谐的，星野迷蒙是静美的，而它只能让我隔着玻璃遥望。美丽的风景需要距离，无法去接近它。假如我让列车停下，走入幽冷的月光，我肯定会颤抖的，那种凛冽之气令我难以忍受。当我蓦然醒悟时，列车早已远去，却前不着村后不着店了。你能独享这月下美景背后的孤独和苍凉吗？

文学艺术，毕竟存在于我的臆想中。我无法在梦境中像海德格尔那样诗意地栖居。现实往往把我美好的向往和诗意击打得支离破碎。生活实在，如同这列车，行走在既定的轨道，从这一站到那一站，无数的下一站，无数的圆月和半月，走完布满风景的旅程。即使有些风景让你沉醉，你总无法作久久的停留，作为漂泊者，远方才是你的唯一。你所经历的人和事，就像窗外的风景，往往被你所忽视，在不经意中与之失之交臂，连追忆也难以为继。但某些迷人的景致，具有许多诱惑，就像这半月下的旷野，你只能隔窗观看，去领略，但无法进入，否则就进退两难了。远处又有一片红光闪耀，至于是大都市还是小城镇，都无关紧要了。

忽然想起了郁达夫。我也有他的那一份忧郁，车轮遗下的铁轨上布满惆怅。郁达夫沉郁的远乡让我黯然落泪。我月下的身影是沉寂的，总落满冬日旷野中寂寥的霜露。郁达夫踏着富春的晨光来，徘徊在蓟门桥畔的落照里，终显得像只失群的孤雁。他南飞了，故乡的山水总留不住他匆匆的步履，他的生命依然归于云水渺茫中。从故乡到异域，依然有满腔的清愁。夜行的列车是莫测缠绵的乡愁，把我与郁达夫的身影糅合起来，穿越一个又一个时空的隧道，不知所终！乡愁，我如列车疾驰的乡愁啊！

渐渐地，有了一些山，终于看到山峰了。不高，七八十米，百十来米，恍惚得犹如海市蜃楼。山后的天空露出一片鱼肚白，山脚下云霭升沉。渐渐地，鱼肚白在扩大，在变幻，由白转红，继而鲜艳娇美，绚丽纯净，与我老家华顶山上看到的景致绝无两样，甚至更觉旷远。霞色落满车厢，列车穿过夜幕。一切都是新的！

清晨六点半，列车进入山东枣庄。路边丛簇连绵的是枣林吗？林中的小院农家和草垛被红光笼罩着，如镶了金一般。太阳在山脚下升起，黄且红，大如车轮。那些老乡们还在沉睡吗？低头看脚下的草坡，竟凝着一夜如雪的寒霜，它们在阳光的映射下，晶莹闪亮，继而化成晨雾，如鸟般飞远，太阳特别的圆润，滚动而摇晃着前进。那中天的半月，依然睁着并未渴睡的眼。阳光犹如橙汁，伸手可掬，我畅饮着它的甜蜜，它洒在村舍、田畴和枣林的枝柯上，融合着升袅的炊烟。我们在阳光下穿过枣林，穿过城镇和乡野，阳光煦暖地慰抚着我的脸颊。我摇醒了阿慧：“醒醒，今天的日出特美！”真没想到，我在列车上看到的月升和日出，

列车穿过夜幕

竟是如此荡人心魄。

阳光中，我的心头升起喜悦。列车穿过了夜幕，整整一宿，我竟不眠且思绪连绵。在列车上看到的月升与日出，会是我的好兆头。

阿慧紧攥着我的双手。在和煦的阳光和她的抚慰下，我睡得酣甜。

京城遥遥在望。

发表于《中华散文》2002 年第 12 期

江南民居

第二辑

南方素描

古宅

蛤蟆品

在山里长大的孩子，对乡间的一切都充满了感情，蛤蟆亦是我心爱之尤物也，它来自田园郊野，如我胡某之不起眼。城里人说我山里人“蛤蟆穿绿袄”，我认了，蛤蟆是庄稼卫士，我胡某也不至于是个无用的人，我也同样为祖国和人民做贡献，同样光荣。

家乡人说的蛤蟆其实是蛙类的统称，包括了以下三种：一种叫田鸡，皮肤斑纹如虎，背上一根金线，叫声咯咯如鸡，故名；另一种体形比田鸡小，皮肤土绿色，宛如狗屎，称“狗屎蛤蟆”，叫声呱呱的，贱得很；还有一种，遍身疙瘩，本地人叫作“气胖”“疙布”，颇形象，用小柴拐轻轻一笃，它就运起气来，癞蛤蟆是也。它虽丑陋但可入药，提取疙瘩中的浆汁，曰“蟾酥”，可治小儿惊风等症。田鸡与“狗屎蛤蟆”会叫会跳，可它不能，只会爬。它还会耍气功，练蛤蟆功者，则拜其为师也。

我从小在蛤蟆的叫声中长大，小时候听母亲教导我们说，不许打蛤蟆，否则你会“倒脚趾头”的，到后来万一脚趾头被石头什么的砸成蛙蹼一样的模样，那可不得了了。你见了蛇拖蛤蟆可不要驱赶，蛤蟆没什么可报恩的，在你的鼻梁上安一个疙瘩，那你就比猪八戒丑陋一百倍了。你遇到半死不活的蛤蟆，应当给它舒肢按摩，或用青草叶子盖着它，用小柴拐轻轻地笃，口念：“打死蛤蟆无棺材，三根青草救转来。”蛤蟆随即就会跳起。如见到死掉的蛤蟆，用断砖破瓦为它砌一个小小的坟茔，或者火化了它，它的灵魂也就得到超升了。我想这不单单是童年中的游戏，也包含了佛家戒杀行善报应的论调，深含着博爱众生的遗风。在汉代张衡的《灵宪》中，嫦娥（姮娥）奔月化成了蛤蟆，是故月亮又称为“蟾宫”，后来留下了一个“蟾宫折桂”的吉祥语。《晋书》载，晋惠帝司马衷研究过蛤蟆叫是为公还是为私，这大痴皇帝似乎还有点可爱。

我们从小脑袋笨，虽然长辈如此教导，但依然抓蛤蟆玩。夜里只需一支手电、一把火钳，蛤蟆一见就“目瞪口呆”了，任我轻轻一夹，扔进竹篓里任它们胡叫乱嚷。我们把蛤蟆抓来喂鸭子，鸡是不会吃它的，只有那些昂首挺胸的嘎啦嘎拉“做报告”的鸭子们会吃，它们摇头晃脑地甩着头颈，那些蛤蟆就像一个球似的，在鸭子的喉管里滑下去了。拿一根竹梢，一头上缚一根棕榈丝，拴上蚯蚓，在蛤蟆前面一抖一晃的，蛤蟆扑上去，衔牢不放，及至发觉，悔之晚矣。蛤蟆常成为我们恶作剧的对象，用钓鱼钩子扎住它们的下巴让它在半空中“跳迪斯科”，或者把它抡圆了让它在半空中当“流星”，或者用石头砸正在叫嚷的蛤蟆，呱呱呱呱——啪！蛤蟆的肚皮被砸破了，呜呼哀哉，我们却拍掌大笑，今天想来，我们的欢乐是建立在蛤蟆的痛苦上呀！

蛤蟆是弱小的，人要捉它，鸟要啄它，蛇要吞它，可它连半点的反抗能力都没有，唯有撒一泡尿而已。蛤蟆的防御本领等于零。假如有一天我把一只乌龟一条蛇一只蛤蟆捉来，对它们说：我要了了你们的命，乌龟肯定把头缩到壳里去，你奈我何你奈我何；蛇肯定张牙露齿吐着信子对我说，你要杀我，我就咬你，把你毒死，就已经够本儿啦；蛤蟆在我手里挣扎了好一会儿，却安静了下来，与我对视着。哀怨乎，惧怕乎，绝望乎？蛤蟆嘴巴一张一合，说些什么呢？咒骂，求饶，立场坚定，视死如归，慷慨激昂，参禅入定，壮怀激烈，正气凛然？我说不清道不明。蛤蟆啊，我分明看见你的身子在急剧地颤动！

蛤蟆是弱小的，但它们很懂得和平共处，不像人类一样处处斗争。农药的毒害它挺过来，蛇鼠蝙蝠的追杀它挺过来，人类的疯狂抓捕它挺过来。蛤蟆喜欢安静，以静制动，身体蹲伏，目视前方，沉凝而富有耐性，一俟飞虫掠过，即起一举猎获，这也是成功的诀窍。我们许多人没有坚忍的品性，而蛤蟆恰恰就是我们学习的好榜样。你看那“气胖”越打越硬，忍气吞声，连眼睛也不眨一下，忍耐到底却安然无恙。蛤蟆不是一味地静，而是以静制敌，以静制动，静为动的前提，动为静的结果，一如阴阳两仪，“道之所存，师之所存也”。所以人学蛙潜水脚穿蛙蹼，尊其道也，而制电子蛙眼用于侦察战斗，反其道也。

蛤蟆的优势就在于对自然环境的适应性，无论水里陆上皆能生存。它会叫会潜确实非凡，朔风又起，入土冬眠，蛰雷再鸣，又当腾越。得天地灵气，候天时地利，此乃灵活高明的战术也。蛤蟆不但能和平共处，而且不畏强暴，一致对敌。老家天台山就有五十只蛤蟆共同对付一条蕲蛇的传说。据说一条蕲蛇正午时分盘在岩石上晒太阳，见有一只蛤蟆跳过，以为美餐，就把头高高昂起，不料那只蛤蟆正落在蛇的“七寸”上，它四脚紧紧一抱，蛇就被勒得头昏眼花。憋不过气来的蕲蛇乱扭乱晃，可奈蛤蟆何？紧接着另外四十九只蛤蟆一齐上阵，抱着蛇滚到水里，把它紧按在烂泥里。蕲蛇呛水而亡了，蛤蟆的伟力如是，若不是英勇协力，安能取胜？人当效之。

综观蛤蟆，美德齐备，人类却常常嗤之以鼻，曰：“癞蛤蟆想吃天鹅肉乎？”曰：“蛤蟆塞桌脚，硬挣乎？”如此等等，甚至编造出蛤蟆自吹自擂被蛇吃掉的故事。是啊！人类是伟大的，蛤蟆是渺小的。可如果人类把地球上的蛤蟆都灭了种，人类将来的结局又会如何呢？现在乡村荒芜的田地越来越多，夏夜里叫嚷的

鼓 舞 图

张开阔嘴就唱歌　伸腿蹦跳便起舞
田野风光无限好　作伴蛤蟆打花鼓

蛤蟆越来越少，我忽然想起自己的命运，不觉悲从心来。

其实蛤蟆身上蕴涵着一种伟大的精神，平等和博爱是我们所共同追求的。我们不需要尔虞我诈，也不需要战火纷飞。我们若能有蛤蟆平淡恬静的情感，天下也就太平了。我们爱自己也爱宇宙中的万物，当然热爱蛤蟆也是热爱生命。

作于1997年春节，发表于《江南》1997年第3期 。

蜻 蜓 话

我又看到蜻蜓了。我终于看到蜻蜓了。

在北京，春天和夏天是没有界限的。树上刚吐绿没几天，就绽开了花朵；不出几天，就要扇扇子了。天气很快变得闷热了，与孩子一起在小区溜达，忽然孩子叫了一声，爸爸，蜻蜓！我终于看见蜻蜓。不是一只，而是一群，它们在低空中款款地飞，轻扬地飞。它们从我的眼前飞过，翅膀打着我的脸，我清楚地听见它们振翅微微的沙沙的声音。

蜻蜓忽上忽下，忽进忽退，如同高明的特技表演。用“飞”这个词来形容蜻蜓，是很难体现其神采的。

孩子缠着我说：我要一只，我要抓它。这完全可以。一只蜻蜓就停在叶尖上，静静地挂着。翅膀颤动着，闪着亮光。我能分辨出翅膀上细小的筋脉纹路。透过它的翅膀，我清楚地看见叶上的露珠。蜻蜓转着头，它累了，要休息。它安静了下来。它会闭着眼睛睡觉吗？孩子问。我没回答，我蹑手蹑脚猫着腰，接近它，无声无息地潜入它的背后。我轻轻地一捏手指，那蜻蜓就在我的手指上，惊慌失措地振动翅膀，六条毛腿杂乱无章地蹬动。它要挣扎，它要自由。但是这一切是徒劳的，它最后还是一动不动，莫非被吓傻了？我的蜻蜓？

我把蜻蜓递给孩子，孩子不敢接，她问：它要咬人吗？像蚊子一样吸血吗？

我说，不咬人的，不吸血的，不过它能在飞行中捕捉虫子，比如，蚊子，苍蝇。

那是益虫了，孩子接着问，在虫子中，它是最强大的吗？

这就很难说了，它停在树枝上，也许会被鸟儿发现，停在荷花之上，要当心青蛙。青蛙下面等着，荷花枝头一晃动，青蛙就蹦起来一口吞掉它。蜻蜓点水的时候，水下的鱼也等着呢，一下子就衔住它，拖到水底。所以它必须飞，飞的时候，也有许多的危险等着它。它必须在飞行中锻炼，强身健体。灵活机动，避实就虚，要在快速飞行的时候，猛然立即停止倒退，或者从低空直接升到高空，或者直接左右转弯180度掉头，这样，鸟也就抓不住它。它是弱小的，也是强大的。生活环境把它逼到绝路上了，它要不停地飞，在飞行中掌握生存技能。它要比飞行的蜜蜂和苍蝇更快，绝不能停下，否则，就被我们一下抓住了。不飞，怎么行啊？蜻蜓是善于飞的，但不像蜜蜂和金龟子，它一飞起来就“嗡嗡嗡嗡”地响，虚张声势，而蜻蜓飞，近乎没有声音。为什么要这样呢？孩子说，飞起来“嗡嗡嗡嗡”的，容易暴露目标，容易被鸟吃掉。

孩子转着头，眨着眼睛，过了许久，问：老家有没有蜻蜓？北京这里多还是老家多？

当然是老家多啦。北京城市里，没有我们老家那么多的山林稻田和水塘，老家蜻蜓多得不可计数，更多的是黄蜻蜓和红蜻蜓。当然，还有蓝蜻蜓、花蜻蜓，我们叫它们“大面蜻蜓”。它们才是“巨无霸”呢，威力大着呢！蓝蜻蜓和花蜻蜓体型比红蜻蜓黄蜻蜓大一倍以上，根本不把红蜻蜓和黄蜻蜓放在眼里。它们恃强凌弱，有些还直接从红蜻蜓和黄蜻蜓的口里抢食吃，有的黄蜻蜓和红蜻蜓不松口，还要被花蜻蜓和蓝蜻蜓吞掉呢！

黄蜻蜓和红蜻蜓是最小的吗？

不是。也有比黄蜻蜓红蜻蜓更小的，身体精瘦，身体和翅膀都是透明的，翅膀很长，透明的，真的像玉一样。有的翅膀是黑色的，有点儿圆，它们成群结队生活在水边池塘中。那些圆黑色翅膀的蜻蜓，飞起来真的像舞蹈家。怎么说呢，就像——就像梁山伯祝英台。

梁山伯和祝英台，不是蝴蝶吗？

我说的那些黑色圆翅膀的蜻蜓，不是蝴蝶，叫作“豆娘”。

种豆的姑娘？多好的名字啊，多像女孩的名字啊。许多人把自己叫作蝴蝶，但为什么没人取名“蜻蜓”呢？

他们可能认为，蜻蜓点水，不深入，不专一。但蜻蜓有自己的生存之道。蝴蝶的翅膀太漂亮了，红红绿绿的，飞起来，比蜻蜓好看，但太招摇了，很容易送命，尽管翅膀上的“圆眼睛”也能吓唬住别人，但是一旦被识破，露了馅，就成为别人家的食物，连蜻蜓都要把它当美餐呢。

任何一只蝴蝶和蜻蜓都是珍贵的，它们不会放弃生命的！你想，蝴蝶和蜻蜓本来是一颗米粒那么小的卵，它们咬破卵壳爬出来的时候，柔软嫩嫩的，一只小小的蚂蚁或一条鱼都能结束它们的性命！但是它们还是躲过了敌害，渐渐蜕化，渐渐长大。在脱壳的时候多么艰难，牵着内心的痛楚！它们刚脱壳的时候，身体晶莹透亮如一个婴儿，有多少贪婪的眼睛在盯着它们，多少张嘴巴等着它们？有的昆虫不但脱壳，而且“作茧自缚”，它们却根本无法防备人家的伤害。脱壳而出之后，它们飞的时间又有多少？停留在花丛中，每次都暗含危机。它们可以交配产卵，但是产卵之后，它们就要与这个世界告别。孩子啊，蝴蝶和蜻蜓都是一样的，它们飞翔的时间大多不过一个夏天，飞翔的时候，它们也许会被突然吃掉，但是它们绝对不会悲观。它们安慰自己，我已经在空中飞过了，展示了生命中最美好的风采，我们是应该感到满足的！你看蜻蜓产在水中的卵，不如米粒大，不断地破壳，不断地觅食，不断地长大，然后爬出水面，从壳中脱身，伸展纤弱的翅膀。在阳光下第一次举翅，是多么艰难，却又欣喜而幸福。微小的生命也是伟大的，值得我们敬仰！

那么，你玩过蜻蜓没有？

玩过，那是因为我不懂事，现在我很内疚啊。小时候，我曾在蜻蜓身上拴上丝线纸条，摘掉尾巴，让它们失去平衡，发疯一样四下乱撞。这也是人为地制造痛楚，断送它们的性命啊。现在我觉得生命是宝贵的，怎能轻易地将它夺走呢？

孩子陷入了沉思，迟疑一会儿，她说，放了它吧。它紧捏蜻蜓的手指放松了，蜻蜓一下子飞了出去。起先它很不稳定，有些慌乱，但逐渐飞得安详轻扬起来。

我看见孩子的笑脸，纯朴得犹如天使。

收录于《最温馨的精品散文》（黑龙江人民出版社，2011 年）

独坐林下花惜命

蝶 书

书本打开，书页晃动，如一只展翅的蝴蝶；蝴蝶停落，蝶翅收敛，似一本合拢静放的书。

在淅沥的雨声里，读一本厚重的书，读到中途，竟然发现一只蝴蝶。手掌那么大的蝴蝶，已经枯干的蝴蝶，从书中掉落下来，无声，寂然，仿佛一片落叶，一瓣落花。我轻轻地把它从地上拾起。蝴蝶的翅膀张开，在风中颤动，我听见了类似琴弦振动的微音。蝴蝶停留在我的手掌心，如同安睡。我不会说它是标本，也不会说它的生命已经逝去，我只是说它已经悄悄地睡着了，很香甜，很安然。它枕着我的手掌，就像一个依偎在爱人胸前的美丽少女，沉浸在爱情当中，做着一个悠长的梦。

蝴蝶的梦，美好的梦啊，安宁得不动声色。蝴蝶的形体已经定格了，但在我的眼前，在我的视野中，它依然飞翔，翅膀舞着阳光。我真的不想说这蝴蝶已经逝去，我只知道它是我昨日的影子，我的祖先，我的父辈兄弟，我的好友乡亲的影子。从山那边飞来，经过森林，溪流，村庄，以及开满繁花的田野，我知道它从江南来，迁徙到了北方的平原，在烟尘喧嚣的城市中，挥舞着翅膀，因而逐渐变得羸弱和疲惫。我的蝴蝶啊，终于落下了，翅膀带着露水，一头扎进文字营造的梦中。

梦，猛然关闭，就如一本书合拢。在寻寻觅觅中，蝴蝶永远地安息了。而梦，会永久地平静安详下去吗？

那来自江南的蝴蝶，落在一本厚厚的情书上，它不是寻梦的庄周，更经受不住文字的重压。它无法承载更多的东西，比如，思想和情感，还有沧桑的岁月。因而鲜活的蝴蝶，灵动的蝴蝶，最后成了一张轻薄的纸片，它无法抖动翅膀，却已经最大限度敞开了它的胸怀，就像一只滑翔的鸟。

那是我的蝴蝶。一本翻开的书，翅膀上的文字和图案，浓墨重彩，炫然夺目。蝴蝶，毕竟凝固了，到底是什么时候，凝固那舞动的情愫？是什么时候，潜入一本厚重的书中？蝴蝶，我行动着的情书，它到底为什么猛然凝固？一个曾经温馨过的记忆，停留，或者降落，在无限的时空，凝固在记忆的长亭和楼台！为什么，这满载着美好情感的书本，会成为蝴蝶的归宿？文字，灿烂绚丽的文字，蝶翅上的文字，会如花朵一样芬芳地绽放吗？

文字，毕竟不是蝴蝶的生命和心灵，蝴蝶是通灵的，是活生生的愿望，它不会与文字一起寂寞，堕落在某个鲜为人知的角落，染满尘土。可是现在，与我相逢的蝴蝶，翅膀早已残破不堪了。

久违的江南蝴蝶，风云烟雨中，与我邂逅在寂静时分。

蝴蝶，以及飞舞的爱情，在这个时刻，能否焕发出新的生机？

蝴蝶的灵魂飞起。它什么时候能够远离虚幻的文字，重返故园？渴望中，蝴蝶的爱情扬起，与我的梦一起回到烟雨霏霏的三月，回到花红柳绿的江南。

在漫长的盼望中，完成永恒的回归。

收录于《文心写意》

鸟鸣蝉噪皆人语

“蝉噪林逾静，鸟鸣山更幽。”这句诗说的是在山林中漫游时得到的一种真切而平常的感受。鸟鸣春山，蝉噪深林，本来是司空见惯的，把它当作人语来听，倒别有一番新滋味。

市廛里听不到林鸟的啼鸣，见到更多的是一种花面麻雀，它们在市民头顶上若无其事地喧闹，这使我想起那些整天与“麻雀牌”为伍的人，他们在吃饭穿衣之外就没有别的追求了。人和鸟中都有标准的“混蛋主义”者。寒号鸟在冬天里哀叫：“寒风冻死我，明天就筑窝。”红太阳出来后却又得过且过了，结果给活活地冻死了。不想鸟鸣竟成了警钟，我真不快乐。

鸣蝉如我

其实，鸟鸣蝉唱是等同于人语的。天台老家有一种鸟叫声似“蚊虫蚤虱捉捉”，传说是受公婆虐待脱光衣服给蚊虫蚤虱咬死的小媳妇。无独有偶，杜鹃鸟的“不如归去”竟被天台人理解为“豆腐焦臭”，也是传说中偷吃焦臭豆腐被公婆活活打死的女子。类似的，有麦黄鸟叫“逷个囥个（天台方言，“囥”就是藏的意思），豆腐做做”，则是旧社会妇女地位低下的痛诉；斑鸠的叫声“猪屠救救”，也是那些苦命媳妇的一种哀求。还有一个麻雀故事，大姐见小妹夫家有财，竟把妹妹推到井里淹死了，妹妹灵魂整天整晚地叫着：“叽叽喳，叽叽喳，狠心姐姐代妹嫁。”这种鸟叫作“骂姐鸟”，天台人言“麻雀”音近“骂姐”。我听到类似的故事，有关于婚姻的，上述是也；有关于训教的，如鹁鸪，叫声似“布谷播谷”；有关于乡思的，如杜鹃，“不如归去”；有关于爱情的，如鹧鸪，“行不得也哥哥”，情真意切，催人泪下。

我坐下来仔细听听，觉得鸟与人可以对号入座，它们就像社会中的各色人等，秉性各异，更有“违背道德”的损人利己之举。比如，杜鹃经常把蛋下到莺的窠里，小杜鹃出壳后个头比雏莺强壮，就把雏莺挤出窠外，让它们啼饥号寒而死，而自己却优哉游哉洋洋自得。人类类似的行为，恕我不一一列举。

古人云，鸡有五德，人有五常。人可以向鸟类学习的东西实在太多了。乌鸦有反哺之德，不齿于人间的不孝男女，虽叫声聒噪，却能预言凶兆，是直谏者；猫头鹰叫声如哭，却能在黑夜里捕食田鼠，是实干家；鸳鸯从一而终，是忠贞不渝的爱情典范。人见鸟振翅高翔，便制造飞机风筝；人听鸟鸣啭啁啾，便制作笙管音乐；鸟衔枝做巢，人架木为屋；鸟择地而群栖，人选址而聚居。然而，人拜鸟为师，如虎拜猫一般，本事学精通了，就恩将仇报，以网罟罗之，以木笼囚之，以猎枪击之，以釜鼎烹之。以鸟观之，鸟安能快乐？

炎阳如炽，沿街的法国梧桐上传来一阵阵的蝉鸣，单调而沉闷，老是“死啊死啊”的，听着真叫人泄气。而真正被人称为“知了”的蝉则喜欢栖息在梨树上面，音近“只我知——只我知——”，趾高气扬目空一切，见没有了听众，则变成“知我死——似我死死死死死——”，低落了下去。另一种喜欢栖息在毛竹之上，音量宏大，“嗡——昂昂昂嗡——昂昂昂嗡——”，似嫌沙哑，却如山民号子，一波三折，颇有韵味。还有一种叫作“沙捉金”的，文人听起来如“啥？捉金捉金——”，好像一个财迷，农民听起来像有人在台上做报告，“这个这个——这个这个——这这这”。我说它好像母亲在尖着嗓子唠叨：“这死刚——这死刚——这这这。”同伴猛然一笑：你怎么把自己也扯到蝉声之中去呢？

其实，作为一个性情中人，把自己溶进蝉声中有何不可？如果对一切事物没有感情，不将人语鸟鸣蝉声等量齐观，那听蝉聆鸟有什么意义呢？林鸟与秋蝉是高逸的，夜饮莹露，朝沐清风，要唱则唱，要说则说，没有人追究它们的责任，谁也封不住它们的歌喉。我忽然想起作家郑九蝉先生，当时我曾经开他玩笑说，一只蝉就足够了，你竟然来了九只蝉，岂不吵闹？九蝉先生说，文人作家就像蝉鸟一般，拥有真诚理趣，才能皈依自然，此蝉似我非我矣。还有一次在陈镛先生作品的座谈会上，听诗人邵燕祥说：“我在南岳听蝉鸣，与北京不一样，‘蝉鸣高杪带湘音’。这回在天台听到的蝉声短促急切，别具一格，该是‘浙音’了。”这与我在城里在山林听蝉的感觉相同。在城里听蝉有市廛尘嚣，在外胡山村听蝉有田园情味，在山寺听蝉则有禅家风范。无论听蝉还是聆鸟，至少要有一些心灵投入的，聆鸟听蝉如论自己，其意隽永至极也！

鸟鸣蝉噪皆人语，恰应佛家所说的“万物有灵”。我终于听懂鸟鸣蝉噪的真正意味了！

发表于《江南晚报》1999年8月16日

山地牛话

对于从乡村走出的人来说，牛是一种财富，一种记忆，也是一种事业与情感的寄托。现在社会多维，生活多元，学而优则仕则农则商，与学而优则杀猪宰牛，不分高下。老家有一个村叫“溪边”，村中有位女大学生毕业回乡养起了牛。她父亲办了个养牛场，却竭力反对女儿养牛，以为她大学白念了，但拗不过她的愿望。她从小在牛群中长大，对牛情有独钟，说养牛比在城市打工还要赚钱，还要自在，还要潇洒。当“牛大王”，值，养牛的路走对了。

乡村老人养牛出于情感需要，与女大学生不同。孩子出门打工了，留下一个“空屋壳”，连个说话的亲人都没有，养牛完全是精神的寄托。家乡有位老汉家里田地被征收了，子女在外地，他不肯去，觉得在城里更孤单寂寞，就独自在村里养起牛来。他每天牵牛在田埂山坡上行走，看着牛悠闲地“啃青”。夕阳西下的时候，他坐在牛的身旁，抽一袋老烟，呵呵地笑着与牛说话，牛抬起头，瞪着圆溜溜的眼睛，与他对视。他感到满足。牛的眼神多么明澈纯净。人们劝他卖牛，他非常生气，说牛是他的性命。

老人与牛形影不离，一前一后走在乡村土路上，让我不由自主地想起韩国电影《牛铃之声》。腿有残疾的老农与牛厮守了三十年，在老农的注视下，老牛走到生命的终点。故事平稳安静，乡村田园沉重感伤而温馨，催人泪下。

作家沱沱说她老家对门的葛母，一次大早从城里抱回一头小牛犊，小牛出生不久，走不了太远的路。葛母只得抱一程歇一程，等抱到家，已是下午三点多。几个小孩饿得嗷嗷直叫，她放下小牛，赶紧煮粥。粥煮好了，边舀边说，给军军一碗，给牛牛一碗，待牛就像待孩子一样。小牛犊一直长大，与她形影不离，成了壮健的大牛。后来，牛老死了，她让孩子葬掉，但孩子偷偷地把牛挖出来剥皮吃肉。老人哭了，沱沱也哭了。

牛是农家之宝，养牛要细心呵护，把牛当亲人朋友。王祯《农书》记载："古人卧牛衣而待旦，则知牛之寒，盖有衣矣。饭牛而牛肥，则知牛之馁（饥饿），盖啖（吃）以菽（豆）粟（小米）矣。衣以褐荐（垫），饭以菽粟，古人岂重畜如此哉？以此为衣食之本，故此所谓时其饥饱，以适性情也。每遇耕作之月，除已牧放，夜复饱饲。至五更初，乘日未出天气凉而用之，则力倍于常，半日可胜一日之功。日高热喘，便令休息，勿竭其力，以致困乏。此南北昼耕之法也。若夫北方陆地平远，牛皆夜耕，以避昼热。夜半，仍饲以刍豆，以助其力。至明耕毕，则放去。此所谓节其作息以养其血气也……"

山村农家刚懂事的孩子一出门，就看到鲜活的哞哞叫的牛，父母说这叫"哞哞"，孩子看见牛就"哞哞"，牛也对着他"哞哞"，情感互动，尤为和谐。村里牧童称为"牵牛细佬"。孩提时我居住在千米高山的顶上，经常在林中放牛。早晨放出去容易，傍晚拦回来很难。个性老实的牛，会自动跑回村里，而调皮捣蛋老奸巨猾的牛，总喜欢躲在林子里不肯出来，不动声色，林子茂密，树色草色与牛色混在一起。我找牛好几次差点踩在蛇的身上，要拿着棍子一路打草前行。当女孩男孩一起去放牛，太阳照亮山峦的时候，他们沿着村道一路喊着"放牛啦——"，各家的牛栏门就打开了。牛们欢蹦乱跳成群结队上了山，孩子手挥着树枝和篾梢（竹枝），山歌对唱随牛蹄叩打的节奏扬起，在山坡和峡谷中飘荡。

我最初放牛是在大集体的年代，牛是轮流着放牧的，也分养在每户农家的栏里。当年山上居住条件清苦，牛栏就在厨房隔壁，牛伸过头来瞪圆眼睛，看着农人们吃饭喝酒，主人兴致来时也给它尝上几口，农人唱歌的时候，它也应和着“哞”上几声。村里的牛都有名字，“膨角”“老黑”“岔耳”“黄背”……秉性各不相同。放牧时呼唤哪头牛的名字，哪头牛就来到身边，就像学生点名一样。牛吃饱喝足了，就来到我们身边，鼻子喷着气，蹭着身子，翻卷着口舌，扇着耳朵，摇着犄角。牛脸也是乐呵呵笑着的。牛与人一样饱受磨难，同病相怜。一些人真的不如牛呢，牛亲切真挚，尽管执拗，犟，不听使唤，但还是率性自然的。

春天，天气温暖，花草嫩绿，牛发情了，它可不像人谈恋爱一样遮遮掩掩扭扭捏捏的，激情一上来，它们猛地追逐，不管窄路上还是悬崖边，两头相爱的牛一不小心就会轰隆隆地摔滚下去，为爱情“壮烈牺牲”。有些牛不小心吃了毒草，整个肚子胀得像气球一样，或者不小心踩着岩缝别断了腿，自然是没命的。老太太为它们念经烧纸，愿它们下一世投胎做人。村里汉子大饱口福，打牙祭。剥皮，剔骨，剁肉，按人头分上几斤，或者在空地上架起大锅煮熟，共聚会餐。肚皮爽快了，可回过神来照样心痛。耕作还得靠其他的牛完成。

20世纪80年代，我读到史铁生的《我的遥远的清平湾》，他与破老汉一起放牛。夏天拦牛最辛苦，他们东奔西跑地吆喝着，叫骂着。破老汉骂牛就像骂人，爹娘八辈祖宗都骂了，但对老牛很亲热。他喂的那头老黑牛，称得上老谋深算，诡计多端。史铁生说陕北的牛苦，有时候看着它们累得草也不想吃，呼哧呼哧喘粗气，身子都跟着晃，真害怕它们“趴架”（倒下）。写牛如写自己，绝了。

栏里关着的牛，不如在野地里的自在、自由。以前村里的牛都是轮流放的，这几年来年轻人都出外打工了，各顾各的了，牛在春耕的时候犁一下田，其余时间都在休息，村里人索性把牛鼻绳子解了，将它们野放了。牛们长年累月在山林里转悠，乐得当“隐士”，等到冬天草枯的时候，牛们又会自动回到各自的家门，主人们早已为它们准备过冬的粮食和温暖的家了。仔细想想，老家山村的牛，比西班牙的牛要幸福得多了。

老家天台山是海内闻名的佛道名山，有道是：“山高四万八千丈，山有八重，四面如一，顶对三辰，当牛女之分野，上应台宿。”牛宿女宿与牛郎织女的传说有关。20 世纪 80 年代，我参加《中国民间文学集成 浙江省天台县卷》的编辑工作，搜集了许多关于牛的神话，还记得其中一则。天帝让牛神撒草种，叫他三步撒一把，牛神听错了，以为是一步撒三把，结果大地杂草丛生。天帝将牛神贬到人间。牛神下凡的时候，蚕神过来说，天上不自由，人间有快活，我陪你。不过我吃的你不能吃。下凡路上，性格耿直的牛神张口就说，我什么都吃，说什么你吃的我就不能吃？蚕神一生气，就把牛神甩下来，牛神摔落地上，把上颌门牙磕没了。所以牛只能吃草，还多出四个胃，每天晚上都要反刍，连觉都睡不安稳。而蚕身上的黑点据说就是牛蹄印。这传说体现中国传统文化中“耕织”的关系，与牛郎织女的故事一脉相承。

牛被尊称“牛王”。牛的生日是四月初八，也叫牛王节、脱轭

逍 遥

节。农人在四月八日一律放耕休息，将耕牛牵到河边，把它梳洗得干干净净，喂它吃鸡蛋，吃青精糯米饭，饮菖蒲雄黄酒。耕作必须靠牛完成，养了几年的牛，人们记得它的勤劳辛苦，有感情了，收获时，给牛尝新米饭，犒劳犒劳。牛维系着农家的命。

天台潘岙杨村有一处“水牛坟”，传说主人家孩子放牛时，林中窜出一只老虎来，水牛把大虫顶跑了，小孩吓昏了，水牛将角穿进小孩腰带，举着小孩回家，小孩父母以为水牛顶死了孩子，就挥起榔头敲死了它。小孩醒来一说原委，父母后悔不已，专门为它造了个坟，直到现在，坟还留着呢。

史铁生在《我的遥远的清平湾》中写道：“北方黄牛一般分为蒙古牛和华北牛。华北牛中要数秦川牛和南阳牛最好，个儿大，肩峰很高，劲儿足。华北牛和蒙古牛杂交的牛更漂亮，犄角向前弯，顶架也厉害，而且皮实、好养。”水牛在南方见得多。天热了，它们就泡在池塘里，在泥水中打滚，身上糊满泥浆，可以抵挡寄生虫的叮咬。水牛的好朋友牛背鹭，在牛背上跳跃，为水牛梳理皮毛，捕捉害虫。水牛总是仰着头，鼻孔朝天，笑容可掬，显得特别惬意。

南方高寒山地，少有池塘，人们都养黄牛。老家天台北山海拔千米以上，所见黄牛个子小，但结实，有力，名曰“小狗牛”，如狗一样大，或称“小结牛”。山上梯田很小，碗一样，多的是。小狗牛转身方便，灵巧，耕作必须靠它。每头牛都喜欢自由悠闲，不愿意被人驱使着拉沉重的犁耙的。

穿牛鼻是必需的。“拎衣要拎衣领子，牵牛要牵牛鼻子。”牛鼻绳是路线，也是纲，只要攥在手中，胡萝卜和鞭子并用，再彪悍的庞然大物，也得服服帖帖。小牛一岁的时候，就穿牛鼻，大家先热情微笑着招呼小牛，给它好吃的，抚摸搔痒，和颜悦色安慰它，让它放松警惕，忘情陶醉，然后趁其不备，用绳子套住它的四条腿，系在柱子上。小牛动弹不了，跑不掉了。一人抓住牛鼻子，一人拿锥子刺穿鼻中隔，位置要准，否则拉鼻绳太轻或太重，难以把握。小牛痛得难受，四蹄乱蹬甩头吼叫，鼻中隔被刺出一个洞来，用绳子把鼻环拉过去。小牛即使不愿意，威力大两条腿的家伙也惹不起，也只能战战兢兢地就范了。

“周岁牛，背犁头。”农民趁着小牛畏惧，赶紧将牛轭套在它的肩胛上，再做一个袢襻上。黄牛肩上有峰，套牛轭刚合适，教牛学犁田，前面一人将牛鼻子摁到地，因为牛昂头会落轭，就难以驾驭了，后面一人把犁，牛旁边站着两人，扶正牛身，不让走偏，唱道：

> 撇头（头右偏）落畈（垄头），
> 肩头落畈（肩膀与垄头处于一直线），
> 一畈上，一畈落（下），转弯抹角哦——
> 山田有弯曲，弯弯曲曲都要犁哦——
> 耙田看高墩，犁田看板青。呵你立，喊你走啊——
> 畈是一条路，两眼要看犁路！
> 前脚如弓，后脚如箭，做起生活来好看哦——
> 耳朵生来给你听，眼睛生来给你认（看）！
> 两三个早上独自犁好看，两三个人陪着难看，哦！
> 做牛学犁，做马学骑，做小娘子要学织苎纺棉，
> 做和尚要学化缘，哦！
> 犁得好，放你三天吃青草。
> 犁得好，放耕早，犁得坏，打篾梢！

小牛拉犁动作准确，给好吃的，草也好，麦也好，豆也好。得到物质鼓励，小牛耕得更卖力了。小牛消极怠工，用篾梢狠抽它一下，给它惩罚。连教三四天后，便可以放绳让小牛独立耕田了。但如果中途断档不练，小牛还是要忘记的。教牛歌听起来很有人情味，是情感教育。

犁田要把土翻出来，拉出滚滚泥浪。犁是要扶的，犁把一提，翻得深，犁把一按，翻得浅。耙是一个方形的木头框，两侧有孔，拴牵引绳，横放在水田里，前后横档安木齿和铁齿，人一站上去，一声吆喝，牛就拉着前进，如列子御风一般。土块打碎搅稠，便于插秧。城市人只能在图片影视上看到耕作的景象，但不能亲身体会犁田耙田的妙处。

城市人体验乡村农耕生活，大概只能坐牛车。牛拉车不紧不慢，平稳不颠簸，悠闲，散漫，自在。牛车最早出现在商代，独辕，双轮，人坐车上，随处安稳。孔子周游列国，坐的就是牛车。有个七岁的名叫项橐的“牵牛细佬”在路中央玩造城游戏，振振有词：“只有车躲城，没有城躲车！”孔子觉得“细佬”说得有道理，就拜其为师。老子资格比孔子老，骑青牛出函谷关，紫气东来。农村牛车一般拉粮食草料木柴，现在也拉城市游客。牛车慢吞吞地走在山地，如黄包车游走于胡同，算得上时尚的“慢生活”。

乡村的牛，如农民工，要流动迁徙的。牛碰到牛贩，心惊胆战。牛换了一个主，命运未卜。天台朋友天村（葛其明）写了《骑牛上扬州》，获了《人民文学》杂志的奖。他祖父在民国时期把浙江台州的牛贩运到扬州一带。“祖父和做贩牛生意的伙计们，每人起码牵着三只牛，每次都有三五个人一道往返。”“祖父说过，最好一次贩牛生意，一千余里往返费用除外，赚钱还有一倍多。每次结伴做贩牛生意，为了途中安全，生意顺利，都做过周密安排，他们带自卫武器，一路上均有普通社会朋友和官方友人联系接应。”“那次扬州呀，你真是‘死卵大田客，一千不卖卖八百’。”“呵呵，那次真是的，被买主身边跟着的扬州美女一句鬼话，丢了两百赚头！”怎样选择好牛，怎样讨价还价，文章却没写，有点遗憾。

田雁宁《牛贩子山道》获1987年全国优秀短篇小说奖。秦川和大巴山的山道是贩牛之路，一个瘸腿老头，以贩牛为业。不擅耕作，但对牛了如指掌。牵着“水牯子”和“黄牯子”，走在那条印满蹄痕的山道上，一路歌行：“天上起云云重云依哟，妹儿身上裙重裙吔嘿。”韵味悠长。贩牛投资比贩猪大，风险高，辛苦得多，赚得多，但弄得不好，折本很厉害。早年浙东山区的牛，一般是从集市上买的，淘汰的老牛被赶到宁波象山一带出卖。牛行走缓慢，一般得走上十天半月。一路上要照顾好，否则没到目的地，牛就趴下了。

牛贩子之间讨价还价，不用嘴，而是把手伸进对方的袖管里相互捏，捏得对，就这个点，捏得不对，就换个数，捏手算。同意，相互一笑，点头成交。交易时也有“切口”，如数字一、二、三、四、五、六、七、八、九，用“收、台、早、茶、拐、劳、条、考、梢”表示，旁人好像听洋文一样不知所云。据说厉害的贩牛客走在路上，能从牛蹄印判定牛是否怀孕，在三百米外辨出牛的雄雌。这才是绝活儿呢。

老家的水牛总是仰着头，鼻孔朝天，笑容可掬，显得特别惬意，这是摄影绘画的好素材。李可染画水墨渲染的牛，柳枝，牧童，寥寥几笔，随便一点染，就洋溢着江南的灵气。韩美林画牛，每画一笔，就哞哞地吼叫几声，几乎把整个生命力量融进去了，一牛画下来，他常常筋疲力尽喘粗气，仰面躺倒。韩美林牛气冲天，他说，牛跪地落泪求生，“长太息以掩涕兮”，哀“牛”生之多艰。又曰：“我问苍天，美林此生苦读圣贤，所得何物？作喻苍天一笑。曰：牛也。”又曰：“因为我是牛，有草就活，不用大鱼大肉、人参鹿茸，长寿要诀：知足。”韩美林除了画母亲外，画牛和狗最多，两种乡村动物，最有人情味。

现在乡村种田的少了，小狗牛被当成了菜牛，杀掉卖肉。以前县城南门大桥下，有一长溜的“牛肉羹馒”摊子，供应煮牛肉、酱牛肉、杂碎汤、牛血旺等。牛是家养野牧的，物美价廉，温润，清爽鲜美。在寒石山脚下的“寒山全牛宴”，有牛眼、牛唇、牛尾、

晨 曲

牛掌等，二十多道菜，生意特别红火。寒石山是唐代诗人寒山子的隐居地，寒山子曾引导乡里农民养牛致富：“丈夫莫守困，无钱须经纪。养得一牸牛，生得五犊子。犊子又生儿，积数无穷已。寄语陶朱公，富与君相似。”这是“资本的原始积累”，与前述女大学生的想法相合。

牛看起来笨，但眼里透出智慧。怀海和尚诗云：“放出沩山水牯牛，无人坚执鼻绳头。绿杨芳草春风岸，高卧横眠得自由。”梁武帝时的傅大士道：“空手把锄头，步行骑水牛。人从桥上过，桥流水不流。”看淡一切，烦恼成空，心无牵挂，方能得大自在。

乡间人讲话直来直去，猛打猛撞，说他“牛样”。“人不欺牛，牛不欺田。”“坏牛倒犁耙，恶人犯风化。”“牛吃牛拉，人家当败。”“牛怕赤骨柴（瘦），人怕倒水赖。”“人碰着相噢（招呼），牛碰到相操（角抵）。”这些俗语出于乡村，也充满禅意。

发表于《农家书屋》2013年第11期

野 蕨

一棵野蕨，长在门廊下的墙缝中，仅仅有一小撮泥土，半点阳光也照不到。野蕨摇曳在风中，对开的蕨叶，像变形的手掌，在风中向人打着招呼。门开了又关，关了又开，野蕨，就这样静静地等候着。

不远处的花坪中，草叶茂盛，花朵怒放，墙缝中的野蕨也许会羡慕地看上几眼。呼呼作响的割草机从花草头顶上推过去，推过的地方满是残枝败叶，溅满了绿色的浆汁—— 那是花草的血泪。

墙缝中的野蕨，多了一个被人羡慕的理由。

墙缝离地不高，即使一丝微小的风，也会使野蕨浑身沾染尘土，而经过一阵雷雨冲刷，它就会显得相当鲜绿精神。野蕨总让我想起山间的草木，以及泉水的清灵。野蕨依然在风中颤动，那么平静。野蕨在说，安静。安静，就能找到泥土，不要太多，一丁点儿就足够，一个缝隙就足够。夹缝中生存，照样是自在的。

《论语》说："既来之，则安之。"我在北京，见到这棵野蕨，也有了些许安定的感觉。在山林中，野蕨是最平常的，与苔藓一样，它在诸多植物中，是最低级的，最矮、最微贱。许多高大的草木遮挡了它，夺取了它应该获得的温暖阳光，野蕨不奢望，期待再下一场大雨，脚下潮湿的泥土，能使自己变得水灵又鲜嫩。

潮湿的境地也能滋养生命。

野蕨是不会引人注意的，它不会开花，只能与苔藓为伍。山民把野蕨叫作"狼萁"。"狼萁"—— 一个富有野趣的名词。它有大叶细叶之分，我在门廊下见到的是细叶的，仿佛是野蕨中的女子，大叶的则是野蕨中的男子。野蕨处于植物世界的底层，也因此更能抓住脚下，好高骛远也许不是坏事，崖头上的野蕨，照样是绝好的风景。

野蕨长高了也不过一尺，其生命力却是值得惊叹的，倘若蔓延开来，漫山遍野的野蕨，再也没有大树遮挡了。嶙峋的崖石之间是野蕨的乐园，岩石的纹理因野蕨而更为立体和生动。

野蕨和崖石是绝配。天台山中的桃源和琼台，岩缝中生长着成片成片的野蕨，那是绝好的风景。

山中的野蕨盘根错节，根如手指，虬曲有力。越是贫瘠的地方，野蕨越是生机勃勃。

山上，野蕨成为主人，脚下都是它们的王国。在岩石块垒间，它们也能吸收养分，经年累月，蕨根粗壮，结实了，如同红薯一样，富有淀粉。山民们把蕨根挖下来，然后捣碎捣糊，加水过滤到桶里，将沉淀下来的粉块压细晒干，煮熟了，绿色透明，晶莹如玉。用蕨根的淀粉做饼，揩上蒜泥和油，口味甚好。没想到野蕨虽然低微，虽然身处恶劣环境，但能靠自己的能力活命，而且还养活更多的人。

据说野蕨类似琼台瑶草，是一种人们求而不得的仙药，与黄精

野　蕨

乌药相似。蕨根可食，蕨叶也可以做菜，因此许多人都上山采蕨，乐此不疲，甚至忘了归家。

能当菜的是野蕨的嫩尖儿。一场春雨后，野蕨抽出嫩芽，上端卷曲，像个毛茸茸的问号。人们采摘了回去，加点肉和油，做成难得的野味佳肴，“拳头菜”是也。这对野蕨也是好事，去了枝头，根会长得更结实，扎得更深。野蕨被采，庆幸自己到底是有用的。

山上的野蕨太多了，能被人采去做菜，也是千载难逢的因缘。

采蕨的人是高邈的隐者，似乎不食人间烟火。其实这是误解，他们没理由不热爱生命和生活的。《诗经》中有“采蕨”“采薇”“采葑”，薇与蕨类似，是古书中的野菜，葑，有人说是车前草。伯夷、叔齐在首阳山采薇，结果饿死了，可能是山中薇蕨不够丰富的缘故；介子推同样采薇采蕨，结果被一把火烧死，化成了缕缕的烟尘，足以令人惋惜。生活在人间，就要与世事融合和谐。当隐士很早就行不通了，何况在讲实效的当下！

我才不当隐士呢。我从山中来，到了城市，就成了城市中的野蕨。我散发着浓郁的泥土气息。看门口的野蕨依然不动声色，我内心开始安静、安定。这时，对面的幼儿园，有群孩子唱着稚嫩的歌：

没有花香，没有树高
我是一棵无人知道的小草
从不寂寞，从不烦恼
你看我的伙伴遍布天涯海角

野蕨遍布天涯海角的朋友，除了我，还有这些孩子，更有路边的车前草——我们管它叫蛤蟆衣。

收录于《文心写意》

山芋

朋友齐雄画了一幅国画送我，画中只有一个孤零零的山芋，空落寂寞像个打坐的野僧，名之曰《芋禅》。我问朋友“禅”出个什么，他却说“不可言，不可说”。我便拍拍他的肩膀说，你不愧是一个“滑头毛芋”也。

这种坐禅的山芋，山里可以见到一种，人称“独自人芋”，我戏称其为“光棍芋”“和尚芋”。山里没有荷莲，见不到“小荷才露尖尖角，早有蜻蜓立上头”的风姿，推开窗门正对我的就是这一片芋地了。山芋叶子亦如荷莲，梗儿挺立，晃晃悠悠的，如我戴笠挑担，于是我对它亲近了起来，很有同病相怜的感觉。

说山芋亭亭玉立如婆娑少女，那是俗见。在朗朗的星月之下，微风吹过芋叶之间，把它们弄得啪啪直响，犹如击掌。把山芋丛比作聚在一起的市民，戴帽打伞熙熙攘攘，是最恰当不过的；山雨骤来，落在叶子上面，确有“大珠小珠落玉盘”之韵，广东音乐《雨打芭蕉》也是如此吧。我的房子周围没有芭蕉，却有一丛生姜，木木地连成一排，如一队孤旅，一阵豪雨过后，生姜叶子耷拉着茎儿歪斜着，像吃了败仗似的，一蹶不振。而山芋叶子依然挺立着，捧住几颗雨珠玩弄了一阵，任其玲珑剔透地滚动，少顷，水珠被抛向天空，山芋叶子依然击掌而歌，像作胜利的欢呼。

蓦然，我发现几只青蛙危坐在芋叶中间，神情庄肃，圆眼如灯，嘴巴一张一合，仿佛有许多偈语要说出来。我对青蛙伸出了手，

芋 禅

煨火芋头四五块
傍林茅屋两三间
道人若欲来相访
定是忙忙赶出山

它却无怖无畏，做道行高深之相。我想此刻青蛙是极乐的，至少心无杂念，纯澈的，“天蛙合一”，归于自然的。

我从山芋叶子上的青蛙想起了许多。山芋从土里被掘出来的时候，黑溜溜的一坨，往角落里一倒，它们就自甘寂寞了。有些忍不住又蹦到地中央，就被人家一脚恶狠狠地踢了回去。除“独自人芋”外，许多山芋“芋娘”和“芋子”紧抱一块，要一个一个地分开，那断伤处竟沁出许多白色的浆汁，如泪如乳。众谐为“芋艿”，我愿称之为“芋奶”。

山芋不会开花，不会炫耀，不会招蜂引蝶。它很少得意扬扬。芋梗蒸熟晒干了就是干菜，读鲁迅《藤野先生》一文，得知日本有“芋梗汤”一味，不知做法如何。我看天气渐渐地秋凉了，芋梗也渐渐地枯萎了，一阵秋雨过后，芋叶烂了，就像平淡无奇的青春转瞬即逝，我不禁潸然泪下了。或许这是一种多愁善感，但情寓于物，是很真切的。

清除山芋外表茸茸的皮毛，是很费时的，我们只好用破瓷片一个一个地刮。这很烦，刮久了，手上粘了一层“芋奶”，漆得牢牢的，很难洗去。它使我们痒得难受，我们只好把芋头洗净了一锅煮。山芋不像番薯那样光滑，随便抛几下就完事了，它需我们一个一个地摸过去。生山芋不像生番薯一样可以直接吃，如果你吃了它肯定像吃了毛毛虫似的，嗓子痒得难受，拼命地挠你的喉咙。把山芋整个煮熟了，边剥边吃，用酱油蘸着吃，味道就出来了。山芋可不比青椒，非要配精肉不可，它只需小葱一碟、大蒜几瓣就行。

最讨厌的就是山芋的皮毛，这是共识。豆腐表里如一，但没骨气，一碰就垮，而山芋硬得清白，有的山芋不管你怎样煮还是硬到底，怪不得有人把执拗难驯的人叫作“生芋头”。熟山芋被煮得溜溜滑滑的，用筷子夹是很困难的，山芋外表丑陋邋遢而里面清白，即使加了酱，也仅是染红了外表，渗不到里面，这也就象征着一种人格精神了。山芋即使被煮烂了，也要保持原来的风味不变，民谚云“烂芋抵粽”，实不诬也。

说到底，人亦如芋，外表丑陋或放荡不羁，而内心清秀者大有人在，如徐渭、阿炳，在天台山则有济公和寒山子。而今大多人都看重外表而忽视内在品格的修养。“人眼好比缝衣针，只认衣衫不认人。”这是人类社会的一大通病，许多外观不美而内蕴锦绣的人得不到重用，反而遭嫌弃冷遇，这是很可悲的。

中看不中用的人被称为“绣花枕”，而中用不中看的我愿称之为“山毛芋”。山芋来之于山归之于山。我忽然想起佛教天台宗祖师定光的故事了，他得道比师父早，在佛陇岗用石子化毛芋度师父，让他领受“做人呆修，山芋变石头；学佛要顿悟，石头变毛芋”的道理，可谓用心良苦。某一天，我在高明寺与觉慧法师同食山芋，忽然想起这段公案，猛地一个激灵，筷子一抖，滑皮山芋落在桌面上，打了几个转又掉到地下去了，山芋没吃成，我却品味出山芋禅理的些许皮毛。

收录于《菩提树下：现代禅意散文选》（齐鲁书社，2006年）、《参透凡尘的经典禅意散文》（太白文艺出版社，2013年）。

番 薯

见到这个题目，朋友们都问我为什么不写“卡拉 OK”和股票，尽开时代倒车。我说王蒙可以写稀粥，我为什么不写番薯呢。前阶段我写了一篇“山芋文字”，现在又补上一篇“番薯文章”，不也就相称了吗？山芋和番薯都属于山野，也都属于我。我的数学根底差，脑筋老是转不过弯来，人家就指着我的鼻子骂：“你是番薯吃大的？”仿佛吃番薯长大的就成了笨猪似的。说真的，我是吃番薯长大的，我不忌讳。

20 世纪 70 年代前后，番薯是山村的主粮。山上的作物是单季的，稻一季，麦一季，洋芋一季，番薯一季。当时山村的耕作技术很落后，稻麦只能吃半年，到了夏季青黄不接的时候，就只能吃洋芋和番薯干。番薯皮实，可以整镬整镬地煮，或者削去皮熬成汤加上糖精吊吊味，配上几只馒头一碗咸菜，就可以打发肚皮了。好番薯是不能喂猪的，当饲料的只是番薯中的“腐败变质分子”。番薯要过冬怎么办？挖洞呗。在村前庄后的空地斜坡上，挖横的竖的洞窖。直洞搬运番薯用吊篮很不方便，但一盖上顶盖，连老鼠也偷吃不着的。

把番薯切成小条，蒸熟晒干储藏，是很难变质的。在冬天里，把它放钢精罐里炖得又糯又糊的，加上白糖益发清甜，味道好极了！节日里，番薯条铁砂放在镬里炒起泡了，又松又脆又甜，是上好的糕点。番薯粉是由番薯磨烂滤浆沉淀而成的，切块晒干又白又细，煮熟的粉块如翡翠一般剔透玲珑。除此之外，就是制作番薯豆面了，把粉浆注入笼罐里蒸熟起出，宛如轮盘，冷却后用丝刨刨下晒干即成。多余的番薯可以做番薯烧酒。第一馏的酒浓度太高，口味不好，第二馏酒浓度刚好，口味也醇，第三馏的浓度低，口味稍微差一点。喝番薯烧酒很过瘾，市酒哪有家酿香啊。

番薯是最能体现乡村情调的。它的生命力特别的强，从城里剪下番薯苗，用一整天的工夫担到老家，把干瘪了的番薯苗往地上一插，再加上一勺水，一夜之间，它就翠绿可人了。此乃番薯微贱之一。番薯喜欢在沙土里生存，土质越是瘠薄的坡地，番薯生长得也越“生粉”。把它插到大田里，它反而结不成薯块了。此乃番薯微贱之二。忽然我想起“自古雄才多磨难，从来纨绔少伟男”的老话来，可见番薯是庄稼中的英雄好汉了。它与山芋是一对好兄弟，同样外表不雅；山芋生毛而番薯光滑，生山芋是不能吃的，而番薯生吃熟吃同样甘甜。大概番薯由于过分随和才显得微贱吧，反正很少人有写它画它，而山芋则比它幸运多了，至少朱屺瞻画得很拿手。番薯的不入画犹如猪的不入画一样，不是微贱又是什么呢？

番薯给我的记忆是辛酸却有诗意的。我小时候在番薯地里当过一阵子“闰土”—— 尽管目前我还弄不清鲁迅笔下的“猹”到底是什么玩意儿。管番薯是为了防野猪，好端端的一块番薯地，一下子就给野猪的莲蓬嘴拱得乱七八糟。我们把两个稻桶对口一立，蒙上一张竹簟和一件蓑衣，就成了一个很好的窝棚。我和哥哥睡在里面，摇一阵竹拍，唱一阵山歌，星月依稀，远山迷离，番薯地里漾起醉人的绿色，如诗如梦如幻。

这世界上死搬硬套的别扭事真的太多了。听说有人曾经将番薯强插在大田中，殊不知番薯的“道德品质”太“恶劣”了，一上大田就成了“胡萝卜”。大豆水稻和番薯是“各自为政”的，不能“彼可取而代之”的，这是自然规律，如果你去强加个人意志，结果吃亏倒灶的还是你自己。

番 薯

我在村里来　久于土里埋
生活在底层　身心观自在

去年夏天，几位朋友来到我的“蛤蟆居”，我让他们吃番薯，他们说这是喂猪的，不肯吃，结果尝了就停不住，满满的一镬番薯让他们吃得滑脱精光。我说，街上烤番薯卖两元钱一斤呢。“吃厌了番薯粥，就想吃蹄髈肉，吃厌了蹄髈肉，就想吃番薯粥。”人们的欲望就是这样反反复复的。番薯粥和蹄髈肉对我们同样重要。我们的欲望还是不要太盛的好。许多不可一世的人倒了架，就是欲望太盛的缘故。《七品芝麻官》里说得好：“当官不为民做主，不如回家卖红薯。”这是为官的准则，但对我们同样适合。总之，不管是士农工商还是东南西北，吃到番薯后，多少有一些智慧和觉悟呢。

收录于《蛤蟆居随笔》（中国文联出版社，2001 年）

喝粥

今年夏天喝什么，电视里的先生和小姐老是这样问我。我答曰："喝粥呗！"其实电视在教导我们，喝时髦的饮料最合适。我总认为现在市面上流行的饮料，不是纯天然的东西，化学味太浓烈了；时不时还冒出什么假冒伪劣产品来，弄不好要损坏肠胃的，甚至丢掉小命。而喝粥就没有这种担忧了。

我喜欢喝粥。喝大米粥是有情调的，野外的劳动结束了，我汗流浃背地回到家里，端起一碗凉粥咕嘟嘟地喝了下去，既可解渴又可品味，我的喉结一上一下地滑动着，是很畅快的，如夏天喝冰镇汽水那样快活。民间俗语说，关门吃冷粥，人家还说你吃猪肉。可见喝粥和吃肉的趣味不分伯仲。肉可以少吃，但粥是不能少喝的。天台是讲究喝粥的地方，民间有"一日不吃薄（粥），三日无下落"的说法。可见粥在家乡食谱中的重要性。天台人即使吃鸡蛋灌麦饼和饺饼筒，也非得用粥来配不可。在高明寺参加笔会，听管厨的师父唱歌似的高喊："二粥一饭！二粥一饭！"很是悠闲的。可见"二粥一饭"是僧人饮食的"按需分配"。我曾到过宁波余姚一带，那里很少提倡喝粥的，一天三餐老是吃干饭，吃多了很腻味。

家乡人所说的吃饭，其实指的是吃干饭，这是同喝粥相对应的。一般来说，要吃干饭就不能同时喝稀粥了，其实不然。把米多放一份在水里，水烧开米半熟之时，捞一半米于饭篱中，沥下来的饭汤重新回锅，烧糊后舀到甑罐里。捞起来的干饭放在锅里焖一二分钟就行了。这种烹饪的方式叫“煮粥撩（捞）”，干饭和稀粥可以同时吃，进食有节律，又不损失营养。在喝粥时佐以萝卜黄瓜冬瓜酱豆腐乳之类，增进食欲，很能开胃，清淡中有了更多的乡野风味。

时下的煮饭方式是大失营养的。米淘了又淘，米饭熟了，又要撇去多余的米汤，殊不知营养失去了大半。而煮粥则不同了。煮粥最好用新米，浮去残留的糠粉后，文火慢慢地熬，熬出来的粥就又糊又香。据说体虚的病人不能急用红参什么的，会弄得更加虚弱，只有烧得又糯又烂的粥，可解急救难。与米粥相类似的，是甜酒酿。把糯米洗透了，放饭蒸里蒸熟了，起出后再用冷水淋，盛于甑罐内，加白药发酵，放一两天就成了，从营养学的角度来说，是舍本逐末的。至于粥，人为加工的痕迹少，韵味也出于天然，其人情味是不言而喻的。

家乡天台春节的五味粥，在大米粥里加上番薯、红枣、桂圆、豆腐、芋艿、莲子等，五味毕具，在大年初一喝下，可以增“五福”，考其渊源也在北方。北方有腊八粥，制法也与之相类似。在天台乡间媳妇做月里，亲戚朋友都要来送礼，纸包鲞（用纸包装海边出产的干鲞）也是少不了的。干什么用？熬粥呗。将咸鲞切成碎片，加上豆腐皮、虾米，再加上鸡蛋，腌腊的肉片，一罐儿炖粥，浓香扑鼻，令人馋涎欲滴。据说这种粥喝多了，母亲的奶水就像山泉一样长流不断，小孩子也就养得白白胖胖的了。我坦白地交代，我的妻子做月里的时候，我也想大喝三碗这样的粥，我说这种鲜味长留于心，是永远不会腻味的。朋友们都在笑我，一个男子汉大丈夫怎么能与月里媳妇争粥吃呢？但我认为食之甘味是人之常情。想想历史上有个皇帝，说老百姓如果没有饭吃，就让他们吃肉粥吧！其实这个皇帝还是很可爱的，皇帝喝肉粥，老百姓也能喝肉粥，一概“平等主义”起来，天下不也就太平了？何况在当今，喝几碗肉粥是很平常的事！

喝粥是蕴含有朴素的思想感情的，却也是高品位的文化享受，宛如喝酒品茶一般，其味道是不言而喻的。喝粥用的是五谷杂粮，喝粥的感受也是平民化了的。正因为如此，我们更应当珍惜。喝粥时的色声香味感觉齐全，体现的是情感上的终极关怀。无独有偶，王蒙在一篇散文中说到他是喜爱喝稀粥的，他喝出的是疗养、悠闲、软弱中的平静，对于健康的期待和信心，理解和同情，善良和谦逊。这些都是民族文化的精华所在啊。王蒙说粥也是一味药，能去瘟解毒，能补气和中，能舒肝养脾，能安神止惊，能防风败火，能寡欲清心。医学上的知识我不懂，但“寡欲清心”这四个字，我是奉为圭臬的，因为智者必须具备的这样的心境。曹雪芹写《红楼梦》时，甘于贫寒和寂寞，能以断齑画粥为乐，中国文人潜隐的那种高逸就在喝粥中体现出来了。无论市井还是乡村，无论山野还是田园，不管尊卑贵贱，喝粥这一饮食方式是不能消除的。即使人类上了水星和火星，喝粥也是不会停止的。喝粥中所充溢的宁馨温煦，粥味中的细细遐想和回忆，都是让人欣喜万分的！

作于 1994 年 6 月， 发表于《台州日报》《台州少儿文苑》。

素 斋

到天台山游览，应当去寺院里吃素斋。尤其尘海中的朋友，吃惯了油腻荤腥，再去吃素斋，既可调剂胃口又可愉悦心情。在天台山寺院吃素斋，牢记“多说多听多看多想”八字，素斋才显其旨趣。国清寺的素斋制作精致，花样和种类也丰富繁多，譬如豆制品就有豆腐干、油泡、油舌、麻辣豆腐。素火腿、素鸡、素牛肉等，这些是市井人起的名字，但绝对是素的，用植物油加工的，制作的讲究，不说不知道，一说真奇妙。席间说起名荤实素、名臭实香的佳肴，若济公活佛尝此素斋餐桌，亦能神采奕然。

天台山中方广寺

在方广寺吃素斋不同，关键在于听。在小座听瀑布的轰鸣，还有丛树振叶的簌簌，雀鸟的啁啾，风拂竹林如箫管的声音，构成一种绝妙氛围。若有梵钟佛唱之融合，更觉此间素斋的味道当属上品了。在华顶寺吃素斋，应当先看寺外那几棵大柳杉的摇曳，云雾缭绕的山峰，尤其冬日的雾淞雪淞，又是一种超然。在高明寺吃素斋，就得与想相结合了，食中有想，想中有悟，便成了禅家的一种风景。

小住高明寺七天，确实不一般，写了一段文字，就听梆声橐橐地响，我知道开饭的时间到了。高明寺早餐定早上六点半，中餐定上午十点半，晚餐定下午五点半，僧人的生活颇有节律。食堂（客堂）内悬一匾，曰“大彻堂”，令人拍案叫绝。大彻大悟于饭食之间，果然不同凡响。走进餐室又见一匾曰“当思来处”，入席甫定，思我来处，思他来处，思食来处，还是思佛来处？可见佛家也是深得攻心之法要的。高明寺在山腰深谷，交通不便，买东西得肩挑手扛走十来里山岭，僧人当然靠自食其力、自给自足，你若不小心洒落饭食，自然感到过意不去，也就当思来处之不易了。高明寺的斋饭是清苦的，但颇能饱腹，虽米饭粗糙，菜也简疏，但尽出天然，极少有人为加工痕迹。素斋食材主要有青菜、咸笋、笋干、笋片、鲜笋、豆腐、豆荚、萝卜酱、冬瓜酱、匏酱，还受季节影响。尤其有一种叫“苋菜果”的菜蔬，本是凤仙花的茎秆，去硬皮后或煮或腌，入口颇觉清香，倒还开胃。吃过数餐素斋，食欲大增。高明寺素斋可算是真正的粗茶淡饭，虽不丰盛但照样使人吃得乐趣无穷，感慨良多。席间谈到诗僧寒山子本是国清寺一僧人，他常将众僧遗落的饭粒洗净晒干，置于竹筒内，背负到寒岩，重新煮食，诗句也就此连绵迭迭地出来了。无独有偶，前些年我在高明寺认识一个叫法喜师的，行为举止与寒山如出一辙，出言无状却甚超然，可惜他已经去世了。无论如何，僧人是颇讲究节俭美德的，在他们眼里，暴殄天物就是一种罪过，想起当今惊人的浪费事例，不觉愀然。

在高明寺吃素斋多少会有点开悟的，几位同行起初不习惯，但到后来就习惯成自然了。从不自觉到自觉，是一种造化，而素斋所体现的清净淡泊的情调，也是文化在心灵中的漾波。在这里安安闲闲地吃素斋，的确有无为的心境，所有尘俗的烦恼浊念消泯一空。素斋赋予我们与世无争、与人无斗的心情，让内心明澈无私、襟怀坦白。在食堂里，我听管厨师父说："你随便吃，里镬外镬一样无分彼此，结缘结缘。"我很感动，因为在市井中很少听到如此朴实而真切的话了。我觉得作为一个文化人是应当到寺院里吃点素斋的，体味方外人士的生活心态，你的内心就朗如素月了，再看看寺外的竹林稻田和乡村，便想到农耕与诗意的相融，这又是另外一种感受了。

吃吃素斋，当思来处，包括生活，包括我们自己。

发表于《中华散文》2002年第1期，收录于《菩提树下：现代禅意散文选》《台州市文学优秀作品选（散文卷）》（文汇出版社，2021年）、《山风海韵》（四川文艺出版社，2022年）。

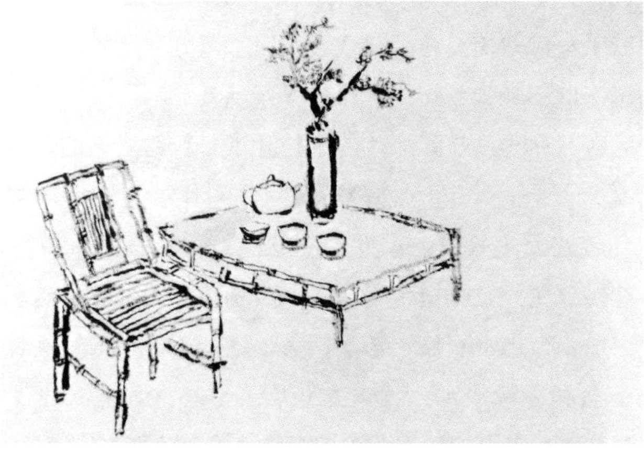

清 雅

偶过竹院逢僧话

难得浮生半日闲

海　鲜

到北京后，我已经十几年没有好好吃过海鲜了。

最近在电视中看到《舌尖上的中国》第二季，勾起了我对家乡海边美味的忆念。纪录片的第二集，说到了台州三门湾海涂上的跳跳鱼，它也叫“弹涂鱼”，老家的人叫它“弹胡”。弹，是它行动的方式，它总是在海滩上昂着头，蹦蹦跳跳。渔民们就从它的行动中知道潮水的涨落。因为以弹跳为生，行动灵活，它也成为口感最好的餐桌美味。在镜头里，赤杨村渔民戴斗笠，挎竹筐，钓竿一扬，一条活蹦乱跳的弹涂鱼，就挂在四齿钓钩上，接着飞到了他的手里。他捕获速度很快，仅用了八分之一秒时间就成了。这种钓鱼法，年轻人学得少，早成了绝活儿。

农历六七月间，是弹涂鱼的生长旺季。新钓上来的弹涂鱼，可以直接拿来红烧。海边有种微型章鱼，叫作“望潮”，据说，红烧之前，将它反复摔打，口感会更松软鲜嫩。在纪录片里，是用弹涂鱼红烧豆腐汤，味道也不错。把活蹦乱跳的弹涂鱼清洗干净，倒入锅中加水，加上豆腐，盖实锅盖，烧开后，加入料酒、蚝油、白砂糖、盐和适量清水，大火煮开后旋至小火，煮到收汁关火，撒点小葱装盘。或再加鲜肉和葱姜蒜酒，炖成鱼煲，味道异常鲜美。

海滩上弹涂鱼多，吃不完，咋办？做鱼干呗。把弹涂鱼用芦苇秆串起来，放麦秆上熏烤，当然也可用稻秆，但味道稍逊。弹涂鱼干炒米面最好吃，先把它放二三十度的温水里泡开，然后放油锅里炒一会儿，加到炒好的米面上，味道好，蘸着酱醋蒜姜吃，味道真的好极了。

类似弹涂鱼的，还有属于软体鱼的水潺。它骨头细嫩柔软如水，似乎不堪一击，但生性凶猛，是标准的“肉食主义”者，鱼类、贝类，甚至甲壳类的螃蟹和节肢类的跳虾都是它的美餐。因为信奉“肉食主义”，它的味道也非同寻常。它的叫法难听，“狗母鱼”“虾潺”“龙头鳑”“豆腐鱼”“细血”“狗奶”甚至“鼻涕鱼”什么的，但是它通体雪白，几近透明，肤如凝脂，丰腴肥美，如美貌少女，“水做的骨肉”是也，不能久藏，只能现买鲜吃。水潺切段，加上酱醋姜辣椒，红烧起来，鲜甜，或与豆腐同炖，味道圆融。汪曾祺先生说它柔若无骨，入口即化，如同豆腐，用筷子是很难夹起来的。将水潺裹粉油炸，一口咬下，酥软同体；或清蒸，味道同鲜。它被晒干，极咸，食用时，得洗掉盐分，用以佐粥，尤为合适。

东海汪洋，出产一种土名“虾狗弹”者，或称“虾勾弹”“虾蛄”“皮皮虾”。这虾前面两个大钳子，身子带着大盾甲，边缘带刺，尾巴如桨又如刀，全副武装。在海鲜市场里经常见到一些鲜活的，在水里身子一弓一直，许多小脚一齐划动，很是可爱。许多人不知道吃法，张嘴就咬，嘴唇容易被盾甲划破，吃不住痛，便战战兢兢了。会吃的，先将它仰过来，翻一个面，拿根筷子从后半身尾部插进去，一撬，它就分成两半，蘸着酱醋蒜姜吃，味道真的好极了。我初到椒江，作家钱国丹先生待我以“虾狗弹”。我一问这是什么鱼，不答，又问这是什么虫，不答。三问这是这么蟹，不答。四问这是什么虾？她说，终于问对了。

老家有一句话，虾兵蟹将。螃蟹横行，大将军一个，与“虾狗弹”一样，举着大钳子耀武扬威，虽然它威风凛凛，但还是斗不过“虾狗弹”。我在英国广播公司拍摄的纪录片《海洋》中看到，这“虾狗弹”一勾一弹的力量大着呢，当螃蟹钳住弓着身子的“虾狗弹”

得意扬扬的时候，它猛地一直身子，把螃蟹的钳子拗断。螃蟹的钳子断后，不能反抗了，只能任“虾狗弹”饕餮消化了。它们在水里是冤家，在餐桌上却是好搭档。

作家王寒说，海蟹有六七种叫法。“蟛蜞”，这是温州农村人的叫法；“蝤蛑”，文雅；“梭子蟹”“岩头蝤”，好听；“棺材头”“红脚王”，就难听。阳澄湖大闸蟹，人工养殖的多，而三门青蟹，是海蟹，养殖的也多，市场上所见多是活货，用稻草绳子捆住两个大钳子，如粽子一样，以防伤人。遇到不法奸商，一根稻草绳就好几两，买它不合算，但海边人一拿一个稳，不会捆绳子。青蟹拿来，配上鸡蛋黄酒，直接蒸，可以炒，也可以配上豆腐、香菇、笋肉、生姜，或煮或煲，是极好的汤品。海边渔民，不那么讲究，食蟹用“蟹八件”，那是迟钝缓慢的，消磨时间，形式主义，不爽，也不见得能品出真正的蟹味。

在老家，一些人直接吃生蟹，比如蟹酱。取新鲜海蟹，清水洗净后，去壳、去胃、去鳃，将其捣烂，再加食盐，发酵，二十天后就可食用了，没有丝毫的腥气，鲜味更加浓郁。有些蟹酱是在用大蒜、生姜等各种佐料调制的酱油里腌制的。《周礼》中说到“蟹胥”，实际上就是一种蟹酱。将活梭子蟹直接洗净放在盐水里，腌制四到六小时，甚至二十四小时，这叫“呛蟹”，蟹肉是生的。

类似的海鲜做法有“鱼生”，用的是海水鱼，如鲷鱼、三文鱼等，此即“脍”或“鲙”。杀鱼放血，去鳞，平放，沿鱼脊背顺刀开缝，去鱼骨，片下肉，吸水分；将鱼翻转，片下另一边鱼肉，撕下鱼肚皮肉，沥干。切成薄肉片，或切丝，然后将姜、葱白切细丝，芫荽、紫苏叶、鱼腥草、香茅草剁碎，米醋与蒜蓉拌匀，或加朝天椒，拌着生吃，边吃边喝烧酒压腥。这叫生猛海鲜，广东人吃得多，内地的人不提倡吃。吃多了，容易得寄生虫病，影响健康。

鲎与蟹同宗，大小如脸盆，分两截，前半截圆凸，光滑如钢盔；

后半截稍扁，周边长满棘刺，身后举着一条一尺多长的剑尾，一弹一弹地行进，在夜里在海滩上成双搭对，交配产卵。如果把雌的抓住，雄的就会跟着，如果把雄的抓住，雌的就溜走了。鱼贩子说，这是青蟹的妈，当然可以吃。作家钱国丹先生说，掰开鲎壳，里面全是豆大的“蟹黄”，挖挖一大碗，再把鲎体剁了，炒炒一大锅，配点小酒，便可尝鲜了。

北京出售的带鱼和黄花鱼，大都是冰冻的，广东和山东出产的不如舟山的。舟山海岛上可以吃到新鲜的带鱼，基本上是海钓的，用的鱼饵是河虾、小青鱼、小泥鳅。带鱼食性凶猛，一口咬钩后不放口，一条上钩后，其他的带鱼也紧咬住尾巴不放松，一提竟有好几条。取钓钩的时候，能拉出带鱼的血，但出血的带鱼滋味更鲜美。不过，带鱼一出水，就死了，为了尝鲜，许多人驾船出海，现钓现吃。有个网红作家一本正经地写文章说，舟山的带鱼是养殖的，把人们的嘴巴都笑豁了。热带带鱼不好吃，肉粗疏，不细腻，口感和味道都差，舟山出产的是冷水带鱼，口感好，鲜味浓，不腥。大小黄鱼脑子里有鱼石，用来辨别方位和保持身体平衡，许多渔民用敲帮法来捕捉它们，即敲罟，敲打船帮上的竹杠，大小黄鱼被震昏，然后一网打尽。现在吃的多是黄花鱼，它不是真正的黄鱼。

吃海鲜，当然贝壳类的占一大宗。比如，鲜蛏、蛤蜊是活的，养在水里，还时不时喷出水。淡盐水中浸泡一个小时，让它们吐出泥沙杂物，刷洗干净，然后将油锅烧热，放入葱姜丝、红椒等煸出香味，再把它们放进去翻炒；然后加入料酒、盐、生抽、白糖炒匀，蛏子壳张开，就可以大快朵颐了。蛤蜊牡蛎等可以这样做，当然也可以炖汤。

诗友张一芳曾为海边渔民。他曾唱到这样一句歌谣：“三月三，辣螺爬高岩。”三月三，海水温度升高了，辣螺也爬到崖上。随便拿个篮子捡，都能丰收。把辣螺洗干净，在水里滴上几点麻油，把它们放进去，吐出泥沙，就可以下油锅爆炒，或水煮。蒸，当然也可以，辣螺身上有辣腺，所以鲜味中有天然的辣味，配上啤酒，苦辣鲜味，啥都有了。

在泥涂中生活着小小的泥螺，形如蜗牛，活泥螺直接加酒盐腌制，食时轻轻地一吸，用来佐饭。还有一种叫作“海瓜子”，它不是泥螺，但也特别杀口。海边诸螺，有花螺、香螺，还有一种如同螺丝钉一般的，用水煮了，夹掉尖部，轻轻一吸，肉不多，但十分鲜美。许多当地人将田螺肉与牛肉加葱蒜姜酒等剁碎，装入螺壳中，蒸熟吃，味道也很特别。有些大海螺，吃了肉后，壳可以拿来当螺号吹，也可以当装饰品。一看到它，耳边响起大海风浪声，闻到一股海腥味。

在北京很难吃到真正的海鲜了，除非是在高档菜馆餐厅，价格贵，且与海上现捕现做的海鲜相差甚远。北京街头有人做铁板烧，烤鱿鱼、墨斗鱼，但基本上还是冰冻的。真正的海鲜，还在老友所在的海角天涯。在那里，老友们每时每刻品味着海鲜。他们是美食家，也是最会享受幸福生活的人。

完稿于 2014 年 11 月 27 日，发表于《农家书屋》2014 年第 7 期。

寒山湖中的鱼

寒山湖食话

里石门水库又叫寒山湖，因为寒山、拾得和丰干总在那边为吃食而奔波。寒山子在国清寺做清洁工，整天老是作诗，在墙上乱涂乱画，总遭人白眼。临时工“土饭碗”随时会被敲掉，幸而拾得在那里当烧饭工，可以“假公济私”，将别人吃剩的米粒收起来晒干，用竹筒装起来让寒山子背到寒岩洞，以泉水泡汤饭。他们三人有空到山上挖点黄精或苦荬菜等佐餐，倒也吃得香。寒岩离国清寺太远，他们还是往周边溜达溜达。我猜想他们除了修行外，到附近村里化缘是免不了的。他们识文断字，在不影响修行的前提下教书推磨做佛事，赚点吃食完全不成问题。三个人做法事，比一个和尚敲木鱼好；三个人叮叮敲磬念诵，总比一个人冷清清好；三个人聚在一起吃饭喝汤，也有许多话唠叨。他们的工作餐至少比米粒泡泉水好。否则在寒岩怎么住得久啊。他们半僧半俗，半佛半道半儒，比僧人自由多了，否则怎么写仙佛气烟火味十足的诗句啊。

寒山子是大才子，在当时却被人看不起，假如放到现在，他会是世界级大诗人，绝对不会穷愁潦倒。寒山拾得很早成了和合仙，有人把他们画得红光满面，神采奕奕，乐颠颠，胖乎乎，笑眯眯，估计现在吃得并不赖。吃百家饭，穿千家衣，真好，正好，真正好。

一看到和合二仙笑嘻嘻的脸，我自然有了吃的念头。想到寒山湖搞吃的，千方百计要吃好的中意的。米粒汤饭当然是不行的，至少要有新鲜的鱼，新鲜的蔬菜，有无污染的米，无污染的瓜果，无污染的肉，无污染的酒与茶。现在的人被食品添加剂弄怕了，被弄虚作假的小菜贩吓得手脚乱抖，不敢靠近灶台半步。而寒山湖有无限的绿色食材可餐，干干净净。待在那里，对着湖水，大快朵颐，不觉日已西斜，忘了归家。这里云生水起，风平浪静，山好水好空气好食材好，菜品的鲜美，自然更能滋养容颜和生命。

寒山湖滨用餐，好吃的地方多，岸边，亭子里，林子里，可以升帐篷，点柴火，造饭做菜。从环境休闲角度考虑，直接住在村里，花几个小钱，让村民做现成的最好。天台人性格随和豁达，笑容可掬，如弥勒菩萨。寒山湖村舍临水，食客可以看远山近树凉亭，云霞倒影，湖面小船漂荡，就好像面对着一锅鲜美的羹汤，正好滋润，正好陶醉。

在寒山湖吃肉喝汤，有些特别。寒山湖的水是山林逼出来的，清澈，没有任何杂质，是一类水，不用过滤可直接饮用。养出来的鱼，干净，健康。鲤鱼跳过里石门，化成龙了，自然不会被人钓走；成不了龙的胖头鱼，则被人用钓竿钩住，拉上岸来，成了做鱼头汤的好材料。将胖头鱼的头破开，去掉杂质，洗好，文火炖上几小时，然后添上手工制作的手磨豆腐，再加上面条、炸鹌鹑蛋、土豆粉，弄得红彤彤、香喷喷，微辣鲜甜可口，美极了；鱼头和其他食材的滋味融在汤里，富有浓厚的自然滋味，好极了。这胖鱼头汤，乳白、温柔、温腻、温馨，一边喝汤，一边咀嚼着脆松松的“糊拉汰”（天台山的一种风味食品，用麦粉调糊，在油锅里拖成圆形薄如纸片的薄饼，上敷油和葱花鸡蛋等，香脆可口），先是嘴里一阵咯吱咯吱响，又是喉咙里一阵呼噜呼噜声，色香味俱全，好一番快意。

寒山拾得行走乡野之间，为当地农民做事也是一种活路。或许在农民眼里，他们是守山的，连草棚也不支一个。他们住在天生的岩洞里，垒起石头当镬灶，卧块石头当眠床，风扫地，月当灯，逮着什么吃什么。他们把诗句写在人家的墙头上，劝别人要读书识字，要夫妻和睦，大家自然念着他们的好，当面不给礼物，就偷偷扔只鸡在山上，让他们捡去。他们总不能白白浪费这只鸡啊。拾得是烧饭工，随便在地上挖个坑，捡来枯枝生堆火，在岩下池塘摘片荷叶用泥裹上，往火堆里一扔，火一盖，燃几支香的工夫，扒开来，鸡肉香味扑鼻，肉煨得稀烂，连骨头都酥了。这本是一道民间底层的菜品，现在登上大雅之堂了。别人叫它“叫花鸡”，糟践它了，我愿叫它“拾得鸡”，有自然诗意，有随手拾得的妙趣。“拾得鸡”，如今是远近闻名的一道名菜，但制作上与拾得的最初做法无甚两样，不过得先煨上大半天，直至荷叶清味完全渗入鸡肉内，骨肉酥烂，细尝鲜美滋味到心头。

吃完“拾得鸡”，主人呈上一盆牛头肉。如果说，鱼头汤和拾得鸡是“软菜”的话，牛头肉就是“硬菜”了。据说牛的上颌和下颌连接的地方最好吃，因为牛要吃草，这两个部位运动最多，富有韧性弹性，有嚼头。吃着牛头肉，想当年寒山子与赵州和尚的一段对话，有人赶着一群牛走过，寒山对赵州和尚说：“这不是牛，是五百罗汉游山。”拾得赶着牛群在佛寺大殿过，也说这牛是前任的首座和僧值什么的。那时的牛不会被杀掉做菜吃，因为农民僧人都需要它耕作。牛是寒山子喜欢的，他作诗道：“养得一牸牛，生得五犊子，犊子又生儿，积数无穷已。”养牛耕地致富，养牛吃肉也致富，“积数无穷已”是对的，可“财多为累愚”，大家却一点都不明白！

牛头肉里放着一些黄精，是寒岩出产的山珍，像手指姜似的，一年就长一小节，据说是“仙人余粮”。拾得诗云：“一入双溪不计春，炼暴黄精几许斤。炉灶石锅频煮沸，土甑久蒸气味珍。谁来幽谷餐仙食，独向云泉更勿人。延龄寿尽招手石，此栖终不出山门。”天台黄精九蒸干与诗意的寒山牛相配，更是“两绝”了。附近的娄金岗有做黄牛排的，算是天台寒山湖美食双璧了。

寒山湖还有一道好吃的菜，就是风干肉了，风干的火腿肉，虽然不像金华的火腿那样名贵，但也是土法制作。周边农家杀了过年猪一时吃不掉，就用盐将肉腌起来，挂在檐下梁上任它自然风干，随时割下取食。我愿称它为“丰干肉”，“丰干”谐音“风干”，何况此肉品为寒山特产。据说猪跑路时，后腿蹬得有力，就像牛头上下颌连接的部位一样，运动得多，味道口感更好。先用盐腌制一个月，然后在太阳下晒干，两个多月后才可食用，剁块，下锅，炖上两个钟头，满灶满室都是腌肉的浓香。要是加上竹笋同炖，就成为天台独特的腌笃鲜，名头大着呢。东坡说，宁可食无肉，不可居无竹，寒山湖“丰干肉”炖笋，兼而有之，东坡也会羡慕不已吧！

寒山湖的家禽家畜，全是农家野放的，用来做菜，味道最纯，最绿色，配农家制作的糯米酒番薯酒同食，鲜透了。在寒山湖搞些好吃的土菜土饭，完全不成问题。这里在农家隔壁，与水面零距离，土菜都是用土灶头自做的，乡村食谱随时变出许多花样来。寒山湖边有个田芯村，是专门做豆腐丸的，全村经营小作坊，所做豆腐皮薄如蝉翼，入口即化，味道鲜美，适合做菜放汤。雷马坑的糯米粉丸，焦坑的粉皮，茶坑的三鲜蛋饺，九遮山的乌糯扁食，还有用粳米粉蒸熟以石臼石杵捣成的年糕，它们配上湖里出产的鱼类水产，吃了之后口齿留香，别有一番风味。

在寒山湖当食客，品尝佳肴，喝酒饮茶，是相当潇洒自在不过的！对着波光粼粼的湖面，望着蒙眬的远山，看着天边的云霞挂着帘幕，多么自在惬意，多么宁静安详，充满无限的诗情画意。农家土菜一统天下，饮食风光，可饮可啜，足慰平生。

我久久流连，乐而忘归。寒山湖精于烹饪的高手多的是，因为他们把这里变成人们热切向往的美食天堂。

发表于《台州商人》2023年第2期

咸 菜

汪曾祺先生写过一篇《咸菜和文化》的文章，其中写道："中国不出咸菜的地方大概不多。各地的咸菜各有特色，互不雷同。"有人尝试写一本《咸菜谱》，但往往受地域和阅历所限而不得不放弃，写这样一本书，是很难的。我能写老家的咸菜。我这个人，口味有点偏咸，一般的菜拿上来总觉淡兮兮的，无味，什么原因造成的？吃咸菜吃的。

我家山村海拔1100多米，清明前后，吃到鲜笋，夏天的两三个月才能吃到地里种的新鲜瓜菜，其余的时间基本上是腌腊酱菜，久而久之，口味自然地偏咸了。山里人家不是个个富有的，"划粥断齑"的生活我不是没有经历过。关门啃腌菜吃冷粥，别人还忖是吃猪肉。现在城市人猪肉吃多了，觉得烂腌菜也是可口的，如仙药一般。宋代魏泰《东轩笔录》中说到范仲淹少时读书，"唯煮粟米二升，作粥一器，经宿遂凝，以刀划为四块，早晚取二块，断齑数十茎，酢汁半盂，入少盐，暖而啖之"。"齑"与"机"同音，捣碎的腌菜也。清代顾仲的《养小录》言，菜齑（大芥菜），洗净，将菜头十字劈开，萝卜紧小者，切成两半。晒去水迹，薄切成小方片，入罐，加茴香椒末盐酒醋，摇动数十次，放在灶台温热之处，三天后可食。"青白间错，鲜洁可爱。"估计范仲淹没时间没精力做，腌菜多半是别人给的。《养小录》又说："腌菜之法，白菜一百斤晒干，勿见水，抖去泥，去败叶。

先用盐二斤，叠入缸，勿动手，腌三四日，就卤内洗净，加盐，层层叠入罐内，约用盐三斤，浇以河水，封好可长久。”《养小录》在这段话后面加了个说明“腊月作”，可见腌菜是在寒冷的冬天里做的，有“干闭瓮菜”“闭瓮芥菜”“水闭瓮菜”等多种做法，皆以瓮密封储藏。山里农家瓮用得不多，用大陶缸和大木桶腌菜，则是很平常的。

腌菜最多的是大白菜。白菜也叫“菘菜”，棵高，梗多，用来腌制最好。每到打霜后，大白菜就要收割了，否则会“兜底烂”。收割好的白菜，得在阳光下“瘪”一下，然后洗净沥干，进行腌制。腌白菜用的陶缸和木桶的大小，是衡量农户实力的标志。腌菜时，先在底下撒一层盐，盘第一层白菜，梢头叶朝里，梗茎朝外，围成一圈；再撒一层盐，盘第二层。为了让白菜腌得更透，事先洗净双脚，在上踩踏使之更实。如此，撒一层盐，加一层白菜，层层踩踏，末了，再在上面压几块大溪石。石头经年受水冲刷，光滑，圆溜。几年来反复使用，黑油油亮刷刷的，有品。十天半月后，菜就腌熟了，可以直接拿来吃，一咬菜梗，爽口脆凉，佐饭佐粥，当为上品。如此腌制的，除了白菜，还有萧菜芥菜雪菜，直接炒肉、炒笋、炒年糕、炖鱼，味道甚好。大冬天，一桶腌菜一桶水糕（放在水里保存的年糕），是必备的。春天一来，气候回暖，水糕与腌菜不能继续存放，就干脆取出腌菜挂在竹笼上晾干，等竹笋出产的时候，再将其切碎，与笋片同肉炖煮，乃是佐餐的上品。竹笋出产时，村里人也有腌制咸笋的。挖下来的竹笋，选些个头柔嫩而洁白的，切去头尾，剥壳，剔除粗老根部。洗净，沥干，用食盐预腌一两天，放入没有沙眼和裂缝的坛中，进行腌制。腌制咸笋头，最好用煮笋干的汁。《养小录》道，山民煮笋是“换笋不换汁”，“色黑味鲜，性比酱油，山僧受用者多，民间鲜致”。腌的咸笋，颜色紫黑，更有鲜味，用它可以腌制其他的咸菜。

山间竹林，出笋季节产量大，山民没有时间腌笋，方便的做法还是煮笋干。笋干与腌菜干是绝配。芥菜干、油菜干、白菜干，基本上农家手工自制。将菜叶晾干，堆黄，加盐腌制，晒干装坛，十分清口。它们的制作时间多在清明前后。腌制好的芥菜，扎成一束一束的，盐渍，熏熟，放在日头下反复晾晒，直到发亮红黑为止。据说，梅干菜还是朝廷的贡品呢。做梅干菜，要按照严格标准，先把鲜菜清洗晾晒一天，放在阴凉地下堆放四到五天，菜叶发黄，然后腌制，百斤鲜菜三斤盐，每层放盐加菜，每放一层踩踏一次，挤出菜汁。等腌菜黄熟转鲜、卤水起泡后就可以晒菜，使之成为酱褐色。其中的“长吊菜”，是用整株芥菜腌制的，“短吊干菜”则是腌制后切碎晒干的。“梅干菜焖肉”老家人喜欢，鲁迅喜欢，连美国总统尼克松也吃得津津有味。山上有多种萝卜，选萝卜英洗干净，整棵放在锅里煮透，然后晒干，切碎，密封收藏。萝卜菜干成品几成紫红色，用来煮肉，也可与豆同煮，酸甜咸味毕具。记得读中学的时候，我每天就吃这种萝卜菜干。一搪瓷杯菜干煮豆可吃一星期。冬吃萝卜夏吃姜，不用医生开药方。夏秋季节，萝卜可以鲜吃，可以生腌。将萝卜切成条状，洗净晾干，再放入凉白开，加盐、生姜，码放在坛子里密封，或将曝晒干后的萝卜条，加入适量的辣椒、食盐、生姜、花椒等混合揉搓，完全入味后，入坛密封，经过七天半月，就可食用。大萝卜切块，放入糖醋盐姜，咸味中有酸有甜，夏天食用，尤其爽口，黄瓜、茄子也可如此腌制。

前不久，与诗人沙牧和高汉先生同席，谈到浙江萧山的萝卜干。这种萝卜干的做法很讲究：选用的是圆柱形萝卜，直径四到五厘米，重约一百五十克，外皮较厚，色白，含水量少。先用刀切条，每条带有边皮，然后摊晒，每日翻动多次，晚间苫盖。晒上两到三日，俟柔软后再腌制。萝卜条置陶缸中，放盐拌匀，用力揉搓，使盐融化。分批进缸，逐层踏实，两日后出缸，匀薄摊晒，勤加翻动。三四日后再加适量盐拌匀，分层装坛，逐层压实，加盖面盐，封口，还要经常摇动。它需要一周左右才能做好，经年不坏，香味不散。据说，萧山萝卜干已经有八百多年的历史了。小萝卜不能腌制的，也可做萝卜冻。加盐煮熟，晒干，密封收藏，随取随食，或将萝卜切丝，加盐煮熟晒干，食用时如菜干一样，加猪油，放点米汤在锅里一炖，如炖鸡蛋浆一样，尤其方便。

山村多种番薯洋芋，番薯是甜的，不能做咸菜，但小个子的洋芋可以连皮加盐煮熟，直接连煮汁一起放进坛子里密封，十天半月后食用，皮紧，口感柔韧，有弹性，也有嚼头。

中国美食制作中，最值得称道的，是酱。开门七件事，柴米油盐酱醋茶。盐与酱最靠近，同用来调味，酱味含有盐的咸，麦子和豆子发酵的香，在乡里人心目中，酱香是最美妙的。冬瓜、葫芦、茄子，切块，直接加蒜瓣、豆瓣酱同煮，凉后放坛中密封，在炎热的夏天食用，就着粥和饭吃，颇为可口。

在城里，真正原汁原味的山里咸菜是很难吃到的。在超市上看见塑料袋包装的萝卜条、酱瓜、竹笋、雪菜，花花绿绿，一看说明，加了许多增色剂防腐剂之类，胃口就倒了许多。

老家山中的寺院，僧人吃的都是萝卜酱、冬瓜酱、匏酱，虽做得多，但不常有，受季节影响。有种花梗，本是凤仙花的茎，去硬皮腌制，入口颇觉清香，有腐乳的味道，吃过之后，食欲大增。老家方广寺，建在瀑布石桥边上，下临悬崖幽谷，风景特好。旧时，这里的僧人煨芋头、花梗、咸冬瓜、腌笋头，为山中素斋四大名菜，皆制作得极咸。山林清修，苦寒非常，颇能砥砺心智。弘一大师说，咸有咸的味道，淡有淡的味道，诚然有一种合乎自然的禅意，有一颗超尘脱俗的明净之心。

山居农家，不会单纯去吃素。杀了过年猪，就把猪肉切成小方

我老家的灶台

块，先在锅里与盐同炒，直接在瓮里码放。下一层肉，抹一层盐，是为腌肉。或将抹好盐的肋条肉和肘子肉烟熏，直接挂在廊檐之下，任其风干，是为腊肉。因为在大冬天制作，腌腊的肉经年不坏。吃的时候，随意割取，洗掉肉上的盐和杂质，与竹笋菜干同煮共炖，有着时光凝留的香味。

山里人把肉叫作菜，腌腊的肉算咸菜，倒能说得通。

发表于《农家书屋》2014 年第 9 期

农家山居野菜闲话

春来万物生，山野菜集天地之灵气，采日月之精华，浑然天成，是春天赐予人们的最好礼物。农家山野菜，吃出的是清新和淡雅，是对自然、健康和闲暇岁月的无尽回忆。

山地农家野食闲话，应从竹笋说起。清明谷雨，山民挖笋最忙碌，笋农吃住在山中搭起的简易窝棚里，不管刮风下雨，挖笋不止，为的就是与竹笋生长抢时间赶速度。来不及出售的竹笋，笋农将其剥壳加盐，整齐堆放在“淘蒸”里，一尺左右长短的竹笋，可以加盐煮成咸笋干，小个的半尺以下的，则可制成“笋茄”。因它颜色形状犹如茄子，故名。煮笋时先用大火烧开，再用文火煮六至七个小时，放在架上烘焙晒干，经过七至十天方成，置于袋中经年不坏。个头大的竹笋，煮熟后以大石压扁，榨出水分，如同鳗鲞一般，称为“笋毡”。食时浸胀，刨成薄片或切成细丝，加肉骨同煮，清香四溢；还可将腌制的大白菜切碎，加上笋片同煮晒干，食用时或炒或炖。但我以为最美味的莫过于将笋脑笋干与山间腊肉同炖，肉味笋味相互补充融合，配一口烧酒，回味无穷。山地农家吃笋菜与竹桌竹椅竹床竹屋互致和谐，有人说，不俗不瘦，竹笋炒肉，雅俗兼顾，其妙难以言传。

山野中的野菇，当地农民叫“蕈”，它不是植物，而是一种真菌，形同伞盖，称为伞菌，蘑菇是别名，用其煲汤味道鲜美。在林野中，蕈、芝（灵芝）、菌同类，人称“灵华三秀”，是祥瑞之物。传说，唐代时隐居在浙江磐安的高道羊愔，曾在山中迷路，获食野蕈，成为长生不老的“菇仙”。宋代浙江仙居人陈仁玉著《菌谱》，说浙江的四明、温州和台州等地山谷中都多产这种野菌野蕈，南宋时台州出产的野蕈是食单中非常重要的一道食材。陈仁玉记载了十二种山中野菌：香蕈、合蕈、稠膏蕈、栗壳蕈、松蕈、竹蕈、麦蕈、玉蕈、黄蕈、紫蕈、四季蕈和鹅膏蕈。现在人们大规模种植的平菇香菇草菇之类，有野蕈之形却无野蕈之神。一些野蕈是有毒的，人吃了之后能产生幻觉，严重者甚至有生命危险，食用野蕈还是要当心。

山居民谣唱道：“九里坑，九里坑，蔓菜和笋梗。乌糯当糯稻，蔓菜吃到老。”蔓菜是山地常见的野菜，有两种，一种是长藤蔓的，叶色绿中带黄，食时仅取菜脑，根茎不食，留于地上，十天半月又抽出新嫩枝叶，可再度采摘；另一种矮棵的，叶如芥菜。采摘蔓菜最好的季节是清明前后，万物复苏，草头鲜嫩，最适宜食用。食前先在开水中汆十来分钟去除苦味，捞出，沥干苦汁，放油盐葱蒜爆炒片刻即可，既可制麦饼馅，又可用来佐饭，有清凉解毒之效，为山民之主要菜肴。蔓菜亦作“孟菜”，北方人称“苦妈菜”。宋诗人范成大《宿莲峰庵》诗云：“满山苦孟食不尽，绕屋长松四为邻。”以此咏叹山林僧人清修之苦，蔓菜总是与苦连在一起。有则民间故事说，天台山有个女孩名叫“欧山娘子”，她回答父母“靠天靠地靠父母不如靠自身”，被父母指为大逆不道，轰出家门，只给她一匹马，让她“骑马嫁郎”。后来娘家败落了，父母乞讨寻到她，见其富贵而不敢相认。欧山娘子以蔓菜加盐卤招待之，父母叹道：“苦！苦！苦！蔓菜加盐卤！”欧山娘子答：“蔓菜加盐卤有何苦？小娘子骑马嫁郎实在苦！”父母赧然。

《诗经》里有“采葑采菲”之句，所谓的“菲”，为芫荽萝卜类植物，“葑”，也就是蔓菜。而“芣苢”，就是车前草，俗称“蛤蟆衣”，它们都是可以采食的山野菜。“春在溪头荠菜花”，在山中踏青，采摘野菜回家，亲手烹调，别有一番情趣。荠菜的别名很多，有“地丁菜”“花花菜”“护生草”“净肠草”“清明菜”“香田芥”“鸡脚菜”等多种，或说形态，或道功效，食之可明目、解热、利尿，也被用来止血。与蔓菜一样，荠菜可以做馅，也可以做羹，尤其与山野鸡肉竹笋等一同烹调，更有风味，另外，将其洗净放在开水中浸泡片刻，加上油葱酱蒜生食，味道也很可口。除了薇蕨外，鱼腥草、芝麻菜（又称“飘飘菜”）、马齿苋和马兰头也是乡村农家在春天经常采食的野菜。《诗经》中，亦有“采薇采薇，薇亦作止。曰归曰归，岁亦莫止”之句，说的是戍边的士兵，无以为食，采集一种名叫薇的野菜充饥。薇，俗称“大巢菜”“野豌豆”，鲜嫩的植株随时可以烹调。有人把薇当成了蕨，其实是不一样的。蕨菜也叫作“猫爪菜”“龙头菜”，山民称为“狼萁”，有大叶细叶之分。清明前后，蕨菜长出如问号一般的嫩芽，如一个个高举的小拳头，所以蕨菜又称“拳头菜”。把这些“小拳头”放在开水里焯一下，去除涩味，切碎加上油盐与肉同炒，鲜味十足。

大蕨的根饱含淀粉，挖掘大蕨的根，洗净后放石头上用木榔头捶碎，将捣糊的蕨根加水置入滤袋中，下接木桶沉淀，之后倒去滤水，切块起出晒干，便成山粉，山民称为“乌糯”。歌谣中，“乌糯当糯稻”，指的就是它。蕨粉细腻洁白，用以制饼，糯软可口，比番薯粉更天然。采薇采蕨，总令人想起首阳山的伯夷叔齐，他们的身体消瘦得犹如薇蕨一般，最终活活饿死，但终不失气节。

适宜清明时节采摘的还有“青”。“青”艾蒿的幼嫩鲜绿植株，叶子细碎，也就是苏东坡诗“蒌蒿满地芦芽短”中的“蒌蒿”，还有一种“青”叫“鼠曲草”，也叫“猫耳朵”“佛耳草”“寒食菜”“香芹娘”，长有白色绒毛，叶很小，如同菊花一般，是絮状小黄花。与蔓菜一样，“青”富有清凉解毒之药用价值，但唯有清明时节可采食。

老家山民有采大叶青者，其叶形如蒲扇，正面为绿色，背面为白色，有绒毛，将其采下之后，先洗净，放锅里汆熟，去除苦味涩味，然后加糯米粉、麦粉或番薯干粉，放石臼里捣烂，捏成小饼。或用雕刻花纹的木模脱印，外形甚为精巧可爱，用箬竹叶衬底，放在蒸笼里蒸熟，食时将其洗净，与糯米粉小麦粉番薯干磨的粉同蒸，熟后放捣臼里捣糊拌匀，即可压制成青饼青馍糍。若擀成饺子皮，裹肉丁、萝卜丁、咸鱼丁，可制作成青饺，因状如蚌壳，亦称为“青蚬”。无论青饼还是青饺，皆为清明必备之物，也是乡野特色美食。既可用作祭品，亦可用来待客。清明饼久藏不坏，浓郁野味之中，寄托着念亲思故的丰富情感。

清明端午时节，南方人制作青精饭，先把米蒸熟，之后晒干，然后再浸上“乌饭树”（南烛，又名“草木之王”“染菽”“青精草”“牛筋草”“黑饭草”）树叶汁液反复晒九次，经过“九蒸九曝”之后，可当干粮随身携带，食用时即泡即食。也有将乌饭树叶捣烂滤汁，米放在汁液里，染成墨绿色后捞出，把汁液倒入锅中烧开后，再加浸泡过的米煮饭，据说食用青精饭后，可防止蚊虫叮咬。在浙江温岭一带，则有乌饭树汁浸泡糯米捣成麻糍，可以冷吃，其味道与寒食清明饼相同。

春日山野，放眼而望，野花野草生机盎然。老家有一处“鹿葱岢”，漫山遍野都是鹿葱。鹿葱常生于溪边或山坡潮湿之处，其味如大葱，每年农历三四月份开花，植株的颜色类似于萱草，为鹿喜食，花的颜色和形状与“金针”（黄花菜）相差无二，非常美丽。《本草纲目》说，鹿葱能祛温利水，除湿通淋，止渴消烦，开胸开膈，消除忧郁，令人心平气和。所以，鹿葱又名“忘忧草”“疗愁花”。鹿葱的叶子与花含有水仙碱，食用时必须在滚烫的开水中汆透，去毒后方可烹调。

山间野菜自然绿色，丝毫没有化学污染，成为农家乐接待游人的美味佳肴。那一抹隐约悠远的清香，充满着田园情趣，勾起人们心中永远的乡土情怀。

发表于《农家书屋》2012 年第 5 期

山中竹笋春滋味

竹笋与茶，为江南山居春天的“绿色双璧”！清明前后南方的山地，竹笋又开始冒头了。竹笋壮实、肥厚、鲜嫩、洁白，是不可多得的绿色野生食品，天然至味，可称山珍。“尝鲜无不道春笋”，春天的餐桌上没有比竹笋更鲜香美味的了。

李渔在《闲情偶寄》中说，饮食首推蔬食，蔬食里又首推竹笋：“此蔬食中第一品也，肥羊嫩豕，何足比肩？”又说：“论蔬食之美者，曰清，曰洁，曰芳馥，曰松脆而已矣。”李渔先生“蔬食四美”言之在理，而竹笋都具备了。

我们老家，山民挖得最多的是毛竹笋。采挖毛竹笋不仅是山民的主要收入来源，也成为观光客体验山居生活的主要项目。采竹笋，不光在春天，大雪封山的冬天，村里人也会扛着锄头竹篮，上山挖冬笋。冬笋笋壳金黄，味道鲜美，个头如拳头粽子一般，圆溜溜的，所以又称“团笋”。冬季，许多笋贩催着村民上山挖笋，收购价为五六元一斤，冰雪灾时卖到十六七元一斤，还是供不应求。在北京，过年前摊贩出售的冬笋，连皮带壳要四十多元钱一斤。冬笋嫩，鲜味足，可以直接烹饪，老家人常配以腊肉、年糕、米干面、鸡蛋豆腐皮同炒，为农家乐待客的上好佳肴。山中有歌谣云：“清明之前笋宝贝，清明之后笋当菜。”此乃春笋是也。清明前后，竹笋产量最大。不管刮风下雨，笋农都要上山挖笋，他们砍毛竹，割茅草箬叶，搭盖窝棚，吃住在那里。泥土下的竹笋，笋壳金黄，叫作“黄须笋”，卖相好，滋味也鲜甜；出土之后，笋尖变黑，成为“乌头压”，滋味变苦了，采挖下来，先在滚水里氽一下，才能烹调做菜。在山上，十几二十几斤一根的“黄须笋”多的是，个头高如一个小孩子，壮实得很呢。

笋农的寮棚一般搭在交通便利、水源丰富的地方，周边搭起架子，架子上放上竹帘，可以晒制笋干等。同时构筑地灶，将口径特大的铁锅与木桶连在一起，制成“淘蒸”，用于煮“笋茄”。将“笋茄”切片后，加葱油调料或炖或煮，也可先放至水里泡胀后，再切片切段烹调，不管凉拌、煎炒还是熬汤，都鲜嫩清香。煮笋的卤汁，浓缩了竹笋的精华，亦很鲜美，宛如高汤。山地笋农将其当调味品，用来拌凉菜和熟食，滋味独特。

天台山笋农也有制作笋脯的，其法记载于袁枚《随园食单·小食单》：“笋脯出处最多，以家园所烘为第一。取鲜笋加盐煮熟，上篮烘之。须昼夜环看，稍火不旺则溲矣。用清酱者，色微黑。春笋、冬笋皆可为之。”袁枚又说到天台山中另一种笋品制法：“笋十斤，蒸一日一夜，穿通其节，铺板上，如作豆腐法，上加一板压而榨之，使汁水流出，加炒盐一两，便是笋油。其笋晒干仍可作脯。”他还强调，天台山的僧人制这种笋油用来送人。袁枚所述此种制法，也适于天台山人制作“笋毡”。

将竹笋撕成薄片，或者切成细丝，加盐蒸煮之后，烘焙晒干出售，可以卖到四五元一斤，销路甚好。山民腌制竹笋，与腌制咸菜的方法一样，腌制竹笋费事，产量并不是很多，在江南，竹笋可以制作一道名菜——腌笃鲜。笃，其实就是炖的意思。咸肉是过年前特意留下来的腌腊肉，加上带上骨头的五花肉，竹笋切成滚刀块，三样食材都要先焯过，别忘了竹笋还得在冷水里激一下，这样可以保持口感的爽脆。先把咸肉和鲜肉放在砂锅里，再加水，大火烧开，再文火炖。两个钟头炖了之后，再加竹笋炖半个小时就可以了，其鲜香滋味，颇能勾起食欲。尝一口汤，嚼一口肉，咬一口竹笋，鲜啊，美啊，简直要把眼眉毛都鲜掉了！东坡爱竹，初到黄州就吟“长江绕郭知鱼美，好竹连山觉笋香”“无肉令人瘦，无竹令人俗”。若要不俗也不瘦，餐餐笋煮肉，竹笋炒肉，雅俗兼顾，妙得难以言传。

竹笋可以直接剥壳烹调，与竹笋相配的，应当是大肥肉，竹笋能吸油，肉香融合在竹笋里。还可将竹笋与腊肉、鲜肉，加梅干菜和腌白菜同炒，肉、笋和菜三种滋味融合在一起，尤为奇特。整大锅整大锅地煮熟，然后放在大簟和竹帘上晒干，可随时取用。除此，我以为山中最美味的，莫过于用笋脑笋干同山间腊肉同炖，肉味笋味相互补充、相互融合，配一口烧酒，回味无穷。

方外僧人对竹笋喜欢得不得了。济公在毛太尉家掘了新笋一篮，觉得滋味极美，便道：“一寸二寸，官员有分；一尺二尺，百姓得吃。和尚要吃，直待织壁。”他包了竹笋到净慈寺，孝顺长老。长老道：“这品鲜味，你写一启感谢毛太尉。”济公举笔：“才向泥团掘出，那堪露水烹尝。趁嫩正好结缘，老了却难享用。使山僧滋味感激，愿施主福禄尝新。”众僧见到竹笋，谁都想吃。济公让大家作诗，只有方丈写出一首：“竹笋才生牛犊角，蕨芽初长小儿筵。旋挑野菜炊香饭，便是江南二月天。”想起来，实在妙极！

在南方山地农家，吃笋宛如品茶，旨趣甚为高雅，悠远，有隐者之风。久住北京，好些年没有吃到来自南方的鲜笋了，对它的想念愈来愈烈，今日有老友不远千里捎来竹笋，让我感受到故乡泥土的滋味。夹一块笋肉于口中，细嚼慢咽，又好像回到故乡绿竹摇曳的大峡谷，在山村的农家院里，倾听竹片烧笋炖肉毕毕剥剥的声音，真乃人生一大乐趣。

发表于《农家书屋》2014 年第 4 期

泉边品茶

我最初在石梁中方广寺的楼上品茶。这里曾经有一个昙华亭，宋代时，有人供奉罗汉茶，很出名，据说传到日本去了。现在昙华亭早没了，新楼成了品茶的好去处。

我与一些词曲作家在天台开笔会，先在瀑布下转了很大的一圈，仰望瀑布映照日光。久旱无雨，瀑布成了细细一线，跌落崖下深潭，如壶倾注着茶水，点点滴滴落入碗中，发出微微的叮咚之声。小瀑轻扬与大瀑飞泻，又是截然不同的境界与情调。倚靠着茶室外的石栏杆，顿觉四维上下虚空，妙不可言，不可思量。下方广寺金碧辉煌，隔着空谷飞瀑，乃见彼岸景象，宁和而安谧，隐隐有经声萦耳。日正中天，我们的身影与瀑布一起，落入山崖的阴影里，心地却明亮起来。

依次在席间坐定，我们不发一语，止静，观慧。老僧边举茶杯，柔声细语，娓娓道来。最早发现石梁胜景的是晋代来自敦煌的昙猷尊者，最初搭建茅蓬于此，念诵，行走，经过石梁桥，忽然看见桥端竟有辉煌殿宇，许多人喝茶游戏，吹拉弹唱。据说这些人就是五百罗汉。他们是自性修行的“缘觉声闻”，随遇安乐，闻瀑布声，缘自在觉，风声鸟声自有空寂之意。妙不可言。而今坐在石梁上方的寺院里，一起在寂静中品茶，在壶水倾入茶碗的一刹那，感知山水禅道、生活与艺术和合的因缘。石梁，瀑布，寺院，老僧，清茶，构成最和谐的画意诗情。在这个世界上，再也找不出第二个如此美妙的地方了。

静静地，顷刻间，清亮的茶水带来吉祥的时光。茶水落入茶杯，茶叶散开，飘飘袅袅的水汽在升腾，浓浓淡淡的茶味在飘漾，隐隐的。渐渐地，水声变得更加细微，在虚空中留下的，是我们的呼吸和心跳。仿佛听见有人在撩拨丝桐。五代时出自石梁的名叫“洗凡”的琴声，应该可与山水实景中的石梁茶韵相媲美。

我清楚地听见茶水落入瓷碗的声音，也闻到茶香中夹杂着花朵的芬芳。

忽然想起这昙花一现的韵致，有着无限的美丽，短暂，倏忽绽放，一瞬间，就销声匿迹了，昙花一现，如同无上妙法的难见稀有。这昙花是否像茶花一样为空性之花？山间繁华乃是圆觉之花，满坡遍野的油茶花、杜鹃花，还有飘摇在水面上的荷花莲花，有着不同的形态，其旨趣与精神是共通的，所不同的是，杜鹃和茶花生于冷峰之上，饱受冰雪风寒，而莲花荷花飘摇水面之上，随波逐流，出污泥不染。山花的天性圣洁，同样能慰藉净化人们的心灵吧。茶性如花，又何尝不是呢？

石梁飞瀑周边，杜鹃、油茶花、莲花、荷花见得甚少，几近于无。但宋时击拂茶水出现的莲花纹，足以引人入胜。宋人以斗茶为时尚，茶筅不但击拂出八叶莲花宝相花，居然还有“大士应供”的文字，也算是石梁禅茶的又一殊胜因缘，尤当神秘。有人提议，若以罗汉供茶为题材，写个词曲，也是独一无二的高妙，也是足以标新立异的。几十年过去，那关于罗汉品茶的词曲还是没有作出来。

猛抬头，看到墙上悬挂的对联：两龙争壑不知夜，一石横空不度人。其实喝茶的当儿，我们的魂灵就已经被度到石梁对岸去了，与桥端吹箫弹琴读书的人会面，仿佛成了其中的一员。依稀记得宋人诗句：“我来不作声闻想，聊试茶瓯一味禅。”猛然一激灵，茶碗磕在茶桌上，发出“叮”的一声，犹如引磬。没想到“茶禅一味”，出处就在这里！

在上方广寺品茶后不久，我离开石梁，远走他乡。20世纪90年代中期，一个月夜里，我陪四川朋友在下方广寺住了一个晚上，拜见了月真法师，向他讨教做人为文学佛的问题。法师文质彬彬，戴着眼镜，笑容可掬，泡茶开示，话语犹如茶味，隽永而温和，同他的书法一样，宁静而安逸。很快两个小时过去，我们合十作别，在寺里漫步，看殿宇灯烛点点，落在空阶上，融合朦胧的月光，倍感清凉。适才的茶味如月光一般幽然。我们将寺院里的小门虚掩，溜到瀑布边上，凝望“银地秋月色”，倾听“石梁夜溪声”。静坐了许久，回到寺里，月真法师屋里的灯依然亮着，估计他又在奋笔疾书。在写字的当儿，他会不会不时地停下笔，抿一口茶，细细地，把茶韵灵感融进笔墨之中？

石梁中方广寺和下方广寺的品茶，记忆依然清晰。但我一直为生计奔波，再也没有闲情雅致去石梁的寺院里品茶了。我去过石梁不下数十次，也曾伫立仙筏桥上，若能在瀑下潭边石上，放几个茶壶茶杯，在山水间自然畅快地品茶，是最好不过的。有细细的瀑影伴我，有幽幽的林声伴我，瀑韵茶韵悠长，水光茶味相应，恰到好处。我果然看到有人在石上铺了块蓝印花布，摆上茶碗茶壶，叮叮地弹奏古琴。古琴的声音过于微弱，被瀑布声掩盖了。我欲举起茶碗品饮，却担心在众目睽睽之下出尽洋相，也不作非分之想非分之行了。瀑下潭边的石上，是众人拍照摄影的公共场地，是不能独占的，最后还是撤了茶席，但见一队队穿旗袍举阳伞的女郎载歌载舞，仪姿万千，与品茶、弹琴又是不一样的情调。

水声依旧。仙筏桥东侧那片空地上，我听到风吹木叶的飕飕声，还有鸟儿蝶儿振翅的沙沙声，有层次感，也有空间感。设几个茶席，供游客品茶享受，是最好不过的事情。前几天又去了石梁，看见那片空地上摆着茶桌，挂着印有书法绘画的条屏、布帘，还撑着黄罗伞，写着“罗汉供茶”的文字，这里是经常举行茶艺表演的，但我一次也没欣赏到罗汉供茶的情韵，多少有点怅然。

一位云游天台山寺的喜欢唱歌的僧人，约我去下方广寺楼上品茶，那里与石梁飞瀑相对。我们走上木梯，就到了楼上，窗明几净，茶桌木椅方正，雅室宽敞安宁。三面开着排窗，视野开阔，丛林飞瀑，宛如画轴，有色有声。中方广寺如在天上，石梁乃是天桥，瀑布也是天水，引领我们飞升。我与瀑布近在咫尺，隔着竹树，伸手可掇。每时每刻，瀑布都是新的。

瀑声如过筛一般，丝丝缕缕，绕梁不绝，落在我的身边，让我们保持和善恭敬之心，不发一言。许多好茶，来自华顶、双溪、香宝坪、万年山等地。手中的云雾茶，都是我老乡的佳制。民国年间天台人齐中嵚在《峭茜试茶录》中，将华顶石梁周边的茶分为十二个品类，其名有“昙华献瑞”“华顶云腴”“觉岸清尘”“弥陀珠赐”“妙峰滴翠”“彩云片羽”“天柱茸香”“万善报春”“双溪鳞甲”等，我想在此处细品，有妙觉清心，一尘不染。隔着石梁飞瀑，我品茶所在的上方广寺与下方广寺，乃是此岸彼岸而已，在一念妙觉间，彼岸即成此岸。

我曾在天台山佛陇真觉寺和赤城山的晤月楼中品茶。花枝摇曳，日影云影，皆落于杯，被我举起，被我放下，细细品尝，心无挂碍。而石梁的瀑影泉声，为真觉寺和赤城山所无。它没有丝毫的分别执着，把一切都放下、看开之后，无论何时何地，一切皆是佳境。

我的心情灵性，如一羽灵鸟，振动翅膀，和着瀑声，在茶韵中破壁而出，上下翻飞。

发表于《台州商人》2023 年第 12 期

四月茶事品江南

从北京出发，坐了一夜的火车，一到杭州，立即走访浙江作家协会主席叶文玲先生，谈起杭州茶事，她回忆起西湖南山路国际茶人村品茶诗会的情景。在茶席中她兴致勃勃，出上联云：生生所好，相期于茶；浙江古籍出版社王翼奇先生对出一联：岁岁为文，独言以纸：戴盟先生对曰：句句求新，记志以笔；诗词与楹联学会副会长张学理先生云：字字堪珍，最惜是墨。次日，王翼奇先生又打电话给叶文玲先生，另加两联，其一：款款之情，尽抒诸笔；其二：娓娓而谈，不绝如缕。杭州茶事诗意雅致如是。

时近傍晚，天台同乡丁凯与某大学的两位女博士，邀我到浙

西湖品茶

江大学附近的茶馆小聚，一起将光阴交付给温润的龙井茶。茶馆橘红的灯光映照墙上龙飞凤舞的书法，龙井茶配上西湖藕粉以及富有杭城特色的茶食，别有一番江南情味。杭州茶馆皆配有“茶博士”，泡茶使长流壶，将沉重的茶壶高高举起，滚烫的茶水从一米多长的壶嘴中泻下，宛如飞虹，将茶碗中的茶叶冲得上下翻滚，宛若杂技，堪称绝活。茶席间谈诗论文，情趣盎然，感受雨中湖山如茶，蒙眬婉约，淋漓尽致。每人消费五十或百元，品尝了一夜的龙井，神志清新，了无倦意。

西湖沿岸许多茶馆，点缀着湖山的风景。次日早晨七时，从西湖北山路苏堤下车，一路行走。湖山的茶味充满了蜜意柔情。我在湖边见到了一个茶亭，诸多老人围坐品饮闲话唱戏。身边就是西湖的明波，特感潮润。茶亭上有匾：绿水芙蕖。西湖仿佛就是别致的茶壶。茶客早已落座，一边品茶，一边凝望湖水，悠然出神。梅家坞是个远近闻名的茶村，与西湖一山之隔，是我“龙井问茶”的下一站。

龙井问茶，好在“问”字，品饮就是一种“问”，在舌尖上“问”出妙来。梅家坞翠峰环绕，茶园连片，出产的茶叶色绿、香郁、味醇、形美。外国友人纷纷来此探访，周恩来总理曾五次亲临这里，关心茶叶生产。此时正是采茶季节，采茶少女三三两两，唱着声声的茶歌。梅家坞茶村，有浓郁的田园情调，现在却成了一个喧闹的茶市。

我坐上了 27 路公交车，直上龙井茶园。诸多小木楼点缀在茶园之间，空寥寂寞，穿过茶园，我走上山顶，远望四山围绕，隔山茶园绿浪层层，旷人心目。绕道而下，我也见到了十八棵御茶树。龙井问茶，皇家的气派远去了，在浓郁的田园风情中，又多了商业的气息。从原路下来，经过龙井村，沿路两旁店铺中，摆了许多茶灶，现炒现卖。一些农民妇女热情地与我打招呼，刚采下的鲜茶摊放在竹簟之上，我走过一段下坡路，登上了一座长满绿茶的小山岗，见龙井村白墙青瓦，一片安闲。

龙井茶龙井村皆因龙井而得名。龙井原名“龙泓井”，汉代高道葛玄与其法孙葛洪在此炼丹。龙井边有龙井寺遗址，该寺的方丈辩才，与苏东坡结为茶友。宋人斗茶时，用茶筅搅动茶汤，水乳交融，乳花多者为优胜。据说辩才给苏东坡饮用的是天台乳花茶。故东坡诗云“天台乳花世不见”。在龙井茶园我见到了一小段文字，说是山水诗人谢灵运在天竺山翻译佛经时，从天台山带去茶种，种植在香林洞附近，故龙井茶的前身是香林茶。

有人说，浙江茶有“两龙”，杭州的龙井和开化的龙顶，钱江源头出产的龙顶茶，与龙井茶堪称“双璧”。双峰脚下的中国茶叶博物馆，是一家以茶叶和茶文化为专题的国家级博物馆，掩映在绿树之间，藤萝爬满院墙。小桥流水，洋溢着浓郁的茶香，茶史、茶事、茶具、茶俗、茶萃、茶缘，涵盖了中华茶文化的精粹。这里举办各种国际性的茶事活动，促进了茶文化的交流和传播。博物馆的大厅里如同瀑布一样的水流，从镌刻着茶字的墙壁上泻下，让我感受到茶文化的源远流长。

绿树，绿水，绿茶，绿韵，互致和谐，叶文玲先生道，茶是一杯淡，二杯鲜，三杯甘又醇，四杯五杯韵犹存，如此品饮，方品出茶的神魂底骨。她又说，饮茶可谓“茶醉”。在西湖品茶，真的如痴如醉。人到西湖不到龙井问茶，实在枉来空行。喝过茶中奇品，而不看仙居阆苑一样的茶叶博物馆，也是遗憾。我想对叶文玲先生说，两者我都见识了，没有什么遗憾可言了。在杭州的湖山中，我体会到真正的茶醉。

在龙井问茶，看到谢灵运将天台茶带到杭州去的故事，我兴致盎然地追溯天台茶的历史。天台山是佛道圣地。葛玄最早在天台华顶峰上种植茶叶，已有一千七百多年的历史。这是浙江有文

天台山万年寺

献记载最早的种植茶叶的史事。华顶山成为浙江产茶最早的地区。从杭州到天台仅有一个半小时的车程，在车上记起了唐代诗人皎然的诗句："越人遗我剡溪茗，采得金芽爨金鼎。"剡溪在越中，源头在华顶峰，上游是石梁飞瀑。此地出产之茶叶当属上品。

在天台品茶，最先的是悟道。道家饮茶，与餐霞服雾坐忘相结合，成为修炼成真的法门。赤城山闻名中外，在崖端的道家第六洞天玉京洞品茶，别有升仙之感。皎然诗云："丹丘羽人轻玉食，采茶饮之生羽翼。"丹丘山也就是东横山，崖色赤红，隔着一条河床通红的赭溪，与赤城山遥遥相对。汉代时，仙人丹丘子修炼于此，余姚人虞洪在天台瀑布山下，遇到这位仙人，获得仙茶。此事记载于陆羽的《茶经》中。

在天台城乘公交车，到了国清寺，在隋塔之下的松林中，约两三朋友同品共饮天台茶。朋友在国清寺学禅，说曾在国清寺方丈楼边的小关里饮茶，禅意无穷，与隋塔松林下品茶旨趣相同。国清寺掩映在丛林之中，梵呗阵阵，晚钟声声。在茶席间，读天台茶书，得知天台茶声名远播，影响波及海外。唐代新罗使者金大廉带回天台茶种，植于智异山双溪寺附近；日本高僧最澄法师到天台山学习天台宗教义，归国后将天台茶种带到了日本，种植于比睿山日吉茶园。宋代日僧成寻到天台山学佛，亲眼见到石梁方广寺罗汉供茶时杯中呈现瑞花纹和“大士应供”字样的神异，细致记录在他的《参天台五台山记》。日僧荣西到万年寺学禅，归国后将天台茶种子播种于肥前的脊振山，并赠予栂尾高山寺的明惠上人。荣西所写的《吃茶养生记》为日本最早的茶书。自荣西开始，经过大应法师、一休和尚、珠光、千利休等人的完善，日本茶道日臻完善。可以说，日本茶道“和”“敬”“清”“寂”精神的发源就在天台。

黄亚洲先生把国清寺之茶，称为“天茶国水”。所谓“天茶”与云雾相关，雾芽吸尽“香龙脂”，“香龙脂”就是山中的云雾。天台山名茶，如“华顶云雾”“丹丘雾芽”“罗汉云蘖”等，都体现出雾的精神。在天台山，除了国清寺，石梁飞瀑品茶，情味亦属上品。在上方广寺昙华亭旁静坐品饮，看四山凝翠，林鸟萦回，瀑声轰鸣，又是一种禅的境界。下方广寺外有一个茶座，可品茗看瀑，或者在石上品茶，全身被水濡湿的感觉，畅快无比。中方广寺建于东晋，为五百罗汉道场。入座先尝甘露蘖，余香吟诵罗汉经。罗汉茶，就产于石梁飞瀑上游的平地村和万年山，堪称佛茶中的名品。去华顶山，走访平地和双溪村。作为天台茶的重要产地，这里更适宜品茶。竹沥水本是山民在长夜里断竹取出的竹体中渗出的竹汁水。华顶山村品茶，所用的都是崖壁水，用竹笕接引，也称天台的竹沥水。其实，据说苏东坡以此水与江苏无锡惠山泉相斗而得胜。华顶寺建于后晋天福年间，为佛教天台宗创始人智者大师开辟的十二道场之一。智者大师率先提倡僧人饮茶驱困悟禅后，丛林中饮茶成风，形成了系统而完善的茶礼供养仪规。天台山周边的普陀以及新昌出产的佛茶，也是国内的名茶。在茶园边上的茅蓬或在寺院内品茶，看云海缭绕，树影婆娑，云水满怀，听山间采茶女茶歌轻唱，情味更浓。

天台茶采摘一般在农历四月中旬，采一芽一叶或一芽两叶，正宗的云雾茶极品，如国清寺隋梅，为稀罕珍品，用来接待最尊贵的客人。华顶茶园也就是葛玄的茶圃，可寻仙翁的遗迹。归云洞下，有八棵葛玄亲手所植的茶树，人称“茶祖”。国内外茶人一到这里，无不顶礼膜拜，虔诚致敬。天台山品茶，配上天台乡间特有的茶点，如水品蛋糕、浸糖糕、番薯枣等，感受到乡土的甜柔和清素。回想鲜嫩的茶叶从枝头摘下，被火炒，被揉制，被烘干，被热水冲泡，经历了许多的水火劫难，在痛苦中解脱而超越，我感受到另一种幸福和欢愉。在天台品茶，我的心地变得高远起来，领悟到真正生活的禅道。

从天台山出发，行四五个小时的车程，直抵江苏常熟。常熟以产虞山茶著名。虞山也叫作乌目山，出产的是剑门绿茶。山中有一千五百多年历史的兴福寺，僧人待客都用虞山茶。作家池莉说，兴福寺的月亮是成精的月亮，我想，虞山茶、龙井茶和天台茶亦是成精的茶。这种“精”是人文的“精”，乡土的“精”，情感的“精”。

“常熟品茶最好的地方是沙家浜。”在当地电视媒体工作的朋友许军先生说。1939年，沙家浜翠绿的芦苇荡中，隐蔽着三十六位江南抗日义勇军的伤病员。在当地百姓的保护下，他们恢复了健康，重返了战场。而这里诸多的茶馆，成了抗日力量的联络站。现代京剧《沙家浜》中的《智斗》，直到现在还盛演不衰。

驱车沿常熟到苏州方向的高速公路疾驶，我走进沙家浜。春来茶馆已不是京剧里的“旧模样”，花格子门窗把芦苇荡和茶座分隔开来。阿庆嫂的唱段茶烟一样缥缈。“开茶馆，盼兴旺，江湖义气第一桩。”“垒起七星灶，铜壶煮三江。摆开八仙桌，招待十六方。来的都是客，全凭嘴一张。相逢开口笑，过后不思量。人一走，茶就凉，有什么周详不周详！”华美的花腔韵律，如茶水入喉，充满了市井的智慧滋味。春来茶馆的匾额，出自《沙家浜》剧中郭建光的原型之一夏光先生的手笔。从春来茶馆向窗外望去，芦苇出水不高，远处小船穿梭。阳澄湖上许多茶馆挂着红灯。

苏州喝茶的地方，最好的还是老城区。周瘦鹃道，原先苏州虎丘出产的茶叶也很有名，到了清代，太湖洞庭东山的碧螺春后来居上。碧螺春原是一种野生茶，康熙年间被人发现，采摘时竹篮装不下，揣在怀前，发出神奇的香味，人称“吓煞人香”，后来被人进贡给康熙皇帝，康熙帝嫌其名称粗俗，遂改名为碧螺春。

在苏州品茶，我感受到江南水乡文化和地域风情的浸染。有人说，在园林里喝茶，人太多，环境也太闹，少有安静，不如在小巷的茶馆中自在品饮。陆文夫写到苏州山塘街的茶馆，第一壶茶是清胃的，吃完早点后该去上班，但许多人都留在茶馆里，把胃里的所有东西消化完毕，方可过瘾。所以，苏州人把茶馆品茶称为“孵茶馆”，像母鸡一样安坐不动，显出江南特有的悠闲。

在周庄品茶，也有苏州品茶的韵味。在一条狭窄的小弄堂里，我与友人庞亨福先生见识了真正的“阿婆茶”。穿着蓝印花布衣衫的阿婆围坐在一起，做着针线活，茶具与绣花的小鞋香袋等放在一起，颇能吸引游客的目光。阿婆唱起本地的民间歌谣，是真正茶叶一样的吴侬软语，茶食有苋菜果、酱瓜、酥豆、菊红糕、豆腐干、熏青豆、茴香豆、醉枣、花生酥等。客人饮用阿婆茶须喝“三开”，也就是冲三次开水才可离席。隔壁的一个茶馆，有一位女艺人弹奏着琵琶，演唱着评弹，等候茶客到来。我顺手拍下一张照片。

周庄的三毛茶馆如北京的老舍茶馆一样著名，为茶客必到之处。“馆长”张寄寒，原来是文化站的干部。1989 年他认识了中国台湾女作家三毛，与之往来书信，成为要好的朋友。馆内陈列了三毛的亲笔信，以及与三毛有关的文章和照片。琴棋书画一概齐全，戏曲评弹不绝于耳，与茶韵融合，非常和谐。张寄寒是乡土散文作家，写过一些与周庄有关的书。他送给我一本小册子，里面有著名画家吴冠中的题词：初识周庄，便识寄寒先生，周庄依旧，寄寒先生依旧。寄寒和家人一起卖茶书。每天他和家人一早起来，迎接客人。每天夜深人静的时候，他们打扫店堂，收拾茶具，日复一日，年复一年。在茶馆临窗落座，面朝水乡河道，船娘摇橹载着满船花木穿过小桥，吴歌和桨声入耳，拨动着温馨的茶韵。

在昆山茶馆，可听评弹。苏州评弹，弹词开篇，是有韵之书，如京韵大鼓，昆曲与京剧同台献艺，但在周庄苏州茶楼中倾听，别有典雅的地域风味，华丽而精美。品一杯茶，欣赏原汁原味的《牡丹亭》，一曲《游园惊梦》，倾倒了多少人如茶的柔情！人与茶之间，人与人之间，除了温润的交流之外，更有一种眉眼的传神，一种安详和默契。听听弹词，赏赏昆曲，聆聆古琴，清雅至极。古琴虞山派在音乐史上有重要的地位。最著名的琴曲就是《流水》。在流水一般的古琴昆曲和茶味中，我感受到文化遗产的润泽。此间的心情，就像水里泡开的青叶，在激烈浮动翻滚中沉寂了下来，坦然地舒展，宁静而安详，释放着悠然的清香。在姑苏品茶，体现的是一种和谐的生活，一种积极的人生态度。

此次江南茶事之行，我感受到杭州问茶的湖山田园情愫，天台品茶顿悟的禅道精神，还有姑苏饮茶的水乡悠闲生活，江南茶事别具神采。

我渴望着行走，在漾满绿色茶韵的江南。

发表于《绿色中国》，收录于《绿色如此美丽：〈绿色中国〉创刊五周年优秀作品选》。

注想篱笆墙

看电视连续剧《篱笆•女人和狗》，听到那首脍炙人口的主题曲，篱笆墙的影子便从荧屏上斜过来，投射到我的脸上。我认为最体现中国传统社会属性的大概就是篱笆墙和四合院了。

农家里不能没有篱笆墙，犹如不能没有猪狗一样。这些事物所组成的空间，是一个和谐的整体，呈现了中国几千年来沿袭的农耕文化。读陶渊明的诗“采菊东篱下，悠然见南山”，那情致是高邈而悠逸的，也是顺乎自然的。乡居的屋舍或散落或群聚在山坡和水滨，四周是一片沃野和平畴。沿着村道踽踽而行，随手可触摸的是两旁的梯田和垄地间连绵的篱笆墙，乱石垒砌抑或天然的杂木屏障，皆是牢固异常的，忽然我想起一首歌所唱的“一个篱笆三个桩，一个好汉三个帮”，那些热心肠的山民恰有这么强烈的群体观念，肩挨肩手拉手，经历世代的风雨霜雪和雷霆，在这崇山峻岭中度过峥嵘的岁月，让我品读到篱笆墙上些许的沧桑。这足以让我遐想了……

乡居有了篱笆墙，就有了生命的诗意和浓绿。青砖墙，竹篱笆，庭院栽满桑和麻，这是江南农家的共有特色。清晨，听篱上公鸡的啼鸣，篱下猪犬的哼吠，都是一种和谐的生活。傍晚，在篱下操琴或聚饮，唱卡拉 OK，跳迪斯科，或把电视搬到室外，或将电灯牵过篱墙，或劳作或畅谈，或下棋，或看孩子在篱下自由自在地做游戏。篱笆墙如童谣一般，捋着银髯的老翁勾起许多快乐的回忆。篱笆墙里是我们共同的栖息地，却各有独特的新奇之处。人们即使隔篱而居，终不会感到孤单寂寞的。许多瓜果挂在篱上任你采撷，无分你家我家；你的猪狗跑过篱墙，我的鸡鸭飞过篱墙，它们都会自动返回；你需要什么物件，扶篱高喊一声，篱墙上便出现你所急用的东西；你病卧在床，自然也有人端着饭菜从篱笆墙那边过来，嘘寒问暖，你的眼睛就不由自主地濡湿了。

篱笆墙里体现出乡间农家的一种挚爱。随着时代的变迁，许多农民走出了篱笆墙，向往外边的天地。物质生活提高了，城市也使一些人富裕了，但他们很难找到值得留恋的最本质的东西。小住城市这些年里，我时常感到莫名的悲哀。商品经济和机器工业的碰撞，使善良的人变了，丧失了原有的坦诚和真挚。我感到迷惘和惆怅。城市的房子像许多直立的蜂桶，嘤嘤嗡嗡的是喧嚣烦躁的人生。城里找不到半点篱笆墙的影子，即使人家庭院和阳台上的花草，也是蔫然失色的。放眼可及的高楼，如一支支直立的口琴，芸芸众生居住在小小的方格里吹奏着毫不相干的单音。在城市里，竹木的篱笆不复存在，取而代之的是愈来愈坚的心中篱墙。我曾到一位老同学家里，推开大门又是一道铁栅，看见室内锃亮的地板，还有“先锋音响”“画王彩电”，只好脱鞋登堂。主人却连一声“请坐”也不说，怕我这位乡野草民弄脏他的沙发；连一句“喝茶”也不说，怕我穷酸秀才污染了他的茶杯。我好不尴尬！终于他挤牙膏似地说了句“在这里吃饭吧”。我顿感沉闷。我还有心思在这里吃饭吗？没想到过去与我同吃同睡的老同学住到城里没几年，我们之间就多了一道迈不过去的水泥墙，我还高兴得起来吗？

城市毕竟与乡村不同，我不否认山里人直率愚昧，城里人精明聪慧，可我想，如果你把 85% 的心思用于提防别人，日里防抢夜里防偷，那么无论你多么富足，终不会感到快乐！缺乏感情的交流，恰恰给自己围了一道窄窄的篱笆墙，心地也逐渐地荒芜了，这是文明的进步还是悲哀？我不禁感到迷惘了。

在城里，活在水泥钢板的夹缝里，我总要向往起乡村的篱笆墙，一想到它心里就倍感亲切。撞了几次社会和人生的水泥墙后，我的一位朋友终于大彻大悟，承包了村里荒芜的茶山，开始了竹篱茅舍的农家生活。我们不应该说这是避世退居的消极行为。一个文化人在饱经岁月的磨砺后，找到篱笆墙下一片丰腴而安逸的家园，拥有葱葱郁郁的茶林和清纯如茶的少女爱情，那又会是一种怎样的境界啊！我看到茶山上连绵不断的云海林涛时，感到一种全美与和谐，不再有心灵的篱墙了，展现在山川风物所护卫的风景里，岂不快乐逍遥？

我老是这样想，无论市井还是乡村，拆除了思想上的篱笆墙，进入大自然的生命家园，我们会得到天然的真趣，真正读懂了篱笆墙、女人和狗，这恰恰是乡野生活中最真实的福祉。我终注想着乡间的篱笆墙，那是我生息的乐土呵！

发表于《文学报》，收录于《蛤蟆居随笔》。

篱笆围绕农舍

潘岙溪钓话

曾几度听到姜子牙、严子陵的故事，总想追随他们的高风，在春帷不揭的潘岙溪，我随老标当上了真正的钓者。流水在我们脚下飞激洄旋，我们却在静静地钓着自己的思想。

我说，老标，思想其实是一条鱼，一条上了钩的鱼。你看我提着钓竿只是装模作样，其实我根本不会垂钓，我只是披一袭破旧的蓑衣，在细雨连绵的三月风中，把孤零零的影子淹没在古典的情调里。

诗人老标平生酷爱垂钓，他写过不少佳句。“一阵欣喜，钓竿弯成了彩虹。”老标在此手执彩虹钓竿，下钩处应在何方？老标却道不明白，只说垂钓是一首实实在在的好诗。他举例说，读柳宗元的绝句“孤舟蓑笠翁，独钓寒江雪”，想那一江晚雪为己独拥，岂不快哉？人说醉翁之意在于山水，我说钓叟之趣在于诗情，又岂不陶然怡然吗？老标埋头垂钓，而我在默默地思想。

潘岙溪自潘岙杨村以上，当属大雷之山，水质清澈见底，不着尘痕。阴雨中的山色融于水面，呈现畅游之锦鳞，倒也如诗若梦。此乃一境界矣！溪中的游鱼亦是快乐至极的，有清明之水漂漾，又是那么自由，至少它们可以自在地来去。看这溪中游弋的鱼儿，谁又暗下诱饵，了却它们的微生。

我老是重复这样一句话：“钓翁出现在山水之间，却恰恰败坏了自然风景。”但浓眉大眼的老标会找出许多理由为自己辩解。

老标说除了写诗作文琴棋书画之外喝酒抽烟，垂钓仍不失为文人雅士的一大乐趣矣，找一个清净的水域，放一个小小的钩儿于水中，把注意力集中起来，倘有鱼儿咬钩，快乐无比。关键在于沉静忍耐的功夫，你不要四处乱钓，只有小猫才三心二意。钓鱼在于眼明手快反应灵敏，见浮子一浮一沉，竿梢一抖一弹，你就当机立断轻轻一提，闪闪亮亮的鱼儿就在空中蹦跳了。岂不美哉？除了鱼外我们就别无他求啦，老标说着，眉飞色舞，笑逐颜开，仿佛自己成了钓叟仙翁。

但老标只是普通的钓者，他不能脱俗也不能超尘。他到这秀山丽水中只想钓许多许多小鱼，然后一条条放在溪水里开膛破肚洗个干净，加几两油葱糖醋酒煎得焦黄酥脆，得意扬扬地送到嘴里，然后哇啦哇啦地胡叫乱嚷“山美水美鱼也美”——啊，这就是诗了。其实老标不知，惠子云“子非鱼”。你活活杀害小鱼而面不改色心不跳，安知鱼儿的痛哭惨叫乎？你的欢乐快感建立在生灵的痛苦之上，仁义之心安在？你看过丰子恺的《护生画集》吗？安知“我肉众生肉形殊体不殊”乎？安知鱼有灵鸟有性兽有情，皆是妙诗美文乎？从鱼的目光来看，从鱼的角度来思想，你或许该折竿而忏悔不已了！

老标说这我也懂，其实它违背了自然的法则。弱肉强食物竞天择是达尔文进化论的真理。你想鱼们降生水域，有多少能平安度过一生的？大鱼吃小鱼，小鱼吃虾米，如大蛇吞蛤蟆，蛤蟆吞蚱蜢一样，你改变得了吗？鱼们或许是智者，它在考虑，与其被大鱼吃掉，不如自动上钩，葬身于人类这万物灵长的肚腹，得其所哉！退一万步说，垂钓的乐趣不在于吃，而在于钓，小的我放生了，大的我留着，不像某些人那样欲望无底。钓鱼是仁义之举，而电鱼毒鱼工业污染，他们让河水变质发臭，让游鱼们断子绝孙，你怎么不悲伤？我在这世间受尽欺骗活得疲累啊，只好借这潘岙

秋　意

溪垂钓调节心情，它终使我心平气和远离尘嚣，这才是真正的皈依佛法返璞归真啊！

我无语，因为一时无法辩驳。老标举指让我看看对岸，微雨中走来一群四五岁的孩童，他们举着细长的竹枝唱着轻快的童谣向我走来。他们垂竹枝于水中，随手一拉就是大鱼一条。你说这些小孩就是残忍透顶的人吗？

潘岙溪依然明明白白地流淌着，老标口若悬河滔滔不绝。现实社会总不允许我用童话的目光去看待它，更不能让我用虚妄刻板的思想套它。与其在人家的哲学里旋转沉浮，不如心地明净地在自己的岸石上轻松执竿垂钓。这才是真正超越生命和宗教的方式了。我陷入深深的思考，但越想越感到思想的贫乏和苍白，难道迷茫中就没有顿悟吗？老标却也道不明说不清。而此刻，潘岙溪升起了一层白色的雾，眼前的景色更加迷蒙，对岸的树林虽近在咫尺，却遥远得犹如梦境了。

仙不可求，而梦更不可求，看看水底翔集的鱼群，我把它想象成自己和周围的芸芸众生。蓦然觉得人活世间就像钓鱼。在这时世，什么都可以成为钓饵，譬如权位、美色、钱财、名誉，等等，你一上钩就摆脱不了。老标说，我也为生计奔波，经常成为上钩的鱼，你发表作品或许也是沽名钓誉，想当几回岸上的渔夫，可一不小心就有潜于水中、陷于泥淖的可能。所以人间的垂钓也是实在的生活，别的不要想太多，活得实际一些吧，别在垂钓中去装饰思想，那是一种从容不迫的实际生活啊！

可我怎么实际，怎么实际得了呢？

那钓钩像个大问号一直在眼前晃荡着，有水从头上淌下来，是雨。我张大嘴巴，像一条上了钩的鱼。

那是一条什么样的鱼啊，老标？老标无语，只管钓他的鱼儿。我扔掉钓竿的时候，衣衫尽湿。

作于1996年8月，发表于《台州文学》1998年第3期，收录于《蛤蟆居随笔》。

走读生

我初中是在华顶山脚的天封村读的。我是通学生，也叫走读生，每天走路上学。天封村的同学中午可以回家吃饭，住校生可以不走路，而我们村远，每天一个来回，无论风雨，中午就在学校食堂蒸饭。其实，上深坑和东峰村的同学比我更辛苦。我对天封村的同学和住校生羡慕得要死。

华峰中心校是在被火烧掉的天封寺废墟上建起来的，一个石头垒砌的小院子，几间矮屋，一个天井，就像农舍小院，居然有学生三百个左右，书声琅琅，歌声阵阵，这里是全乡最热闹的地儿。走读上学，我得翻过五里外胡岭，跨过两座石拱桥，经毛竹蓬村，再跨过溪流上的石碇步，沿溪走三里，穿过天封村，到村后学校上课。每天早上六点钟起炒点冷饭，呼噜几下快速下肚，然后舀小半盏米抓一把番薯干，包在手巾里，往书包里一塞，就出门了。

刚开始，游游荡荡，打打闹闹，优哉游哉。看太阳升起，照亮峡谷和稻田山道，映红竹林村庄。看到云海薄雾缭绕，炊烟升起，空气清新，凉爽惬意。思想自由，一路唱歌。如果头天晚上看了影戏，或玩累了，次日早上起得不准时，那得急着跑，幸好走的是下岭路，脚步风快。

每天走读上学其实很苦啊！风雨天，到学校早已衣衫淋透，也得湿着上课；大夏天，晨昏走路不热，若路上遇到雷阵雨，在岭脚可以躲到石拱桥下，在半岭可以跑进路廊里，但走在没有拱桥

乡路带我回家

和路廊的路上，只得由大雨淋着。整个人淋得像蛤蟆似的，圆鼓鼓，滚墩胀，瞪着乌溜溜的眼睛，拧干衣服照样上课。

到了冬天，清早怕冷赖床，挨到点了，也得跑步上学。满身发热，可抵御一阵子寒冷，可要是出大汗了，上课的时候更冷得发抖。要是刮风下雪，刺骨寒冷不说，一步一滑走得不快，到学校，得花上一个半小时。但习惯成自然了，也不觉得难受。每天走路上学，也就是锻炼身体啊。

走读生自己蒸午饭吃。买个铝饭盒，把米放进去，加上水，水加得太少，蒸出来的饭是生的。但肚子饿，囫囵下去，也很熬饥。水加得太多，变成稀饭。有一次开饭了，同学一窝蜂上来，把它弄洒了，眼看饿肚子，大家匀出一些，对胃才有了交代。我们每个星期吃一罐头瓶的腌笋头，条件好一些的，吃一罐头腌菜炒豆，有些同学没带菜，就拿两分钱到学校下面的供销社买一块豆腐乳，再加一分钱可以多添一调羹豆腐乳汤，一餐饭就愉快地解决了。放学回家的第一个动作，就是翻锅盖找吃的，母亲知道我食欲旺盛，总在锅里事先放几个番薯芋头预备着。

既然中饭要在学校里吃，柴火也得上学时扛着去。一棵碗口粗的树，换十张柴票，一根竹杠可以换三张柴票，一根搭拄（挑担时所用与肩膀同高的棍子，可以抵住担子借力歇息）只能换一张柴票。每次炖饭的时候，交给生活老师一张柴票。柴票是学校刻印的，邮票那么大，又小又薄，弄得不好总是丢失。有次我一下子丢了二十张，心疼得要命，竟然哭了起来。

我家里经济条件差，上学的费用是我和母亲一起上山挖草药挣来的，我采的草药有柴胡、麦冬、黄精、党参、山楂、夏枯草、金银花，晒干了，先把它们装袋背到学校，中午放学再背到收购站卖掉，然后转到粮站买米。当时买十斤米得搭上三斤番薯干，要用粮票。粮票比柴票还要小，弄得不好更容易丢，我总提心吊胆的，没了粮票，米就不能买，大哥非把我敲扁不可。

走读生在路上是最自由的，打打闹闹，嘻嘻哈哈，是没人管的。时间来得及的话，在人家的山林田地里，撬根竹笋，挖几个番薯洋芋，或到溪里抓几条小鱼，捏掉内脏。挖到螃蟹更好，要点盐，往饭盒里一扔，盖上盖，一蒸，就是上好的菜。

放学路上，在人家的玉米地里，掰来几个玉米，到石拱桥下烧烤熟了，整个嘴唇啃得黑黄黑黄的，然后用溪水洗净，若无其事。同学带上小扑克，坐在石拱桥下“争上游”“斗地主”，故意磨到太阳下山才回家，后来被发现了，扑克被没收了，屁股也挨了大人狠狠几脚踢。因为我打扑克水平差，同学们都不与我打，说是我告的状，我因此被孤立了，他们不与我做伴。

我很冤枉，只好一个人走，走累了，坐在路廊里和石拱桥上看张光祥老师给的《少年文艺》和《儿童文学》，看完了，就看山青了又绿绿了又青，水流过去又折回来，看蜻蜓飞蚂蚁爬鱼儿游。看多了，就自然而然地写进作文里，云上的山峰像海岛，阳光照亮村庄和竹林像仙境，生活在这里的人像神佛。语文老师问我为什么作文好，我说是看书看的，走路望风景望的。同学们对我刮目相看。

我们与大自然零距离，放纵自由。山路两旁风景特别美，后来读了更多的书，才知道我走读上学的路是徐霞客古道。大旅行家徐霞客在游记中说，他是从八寮毛竹蓬村方向走到天封村的，那也是我每天上学必经的一段路。天封村是《徐霞客游记》中的第一村，天封寺是佛教天台宗创始人智者大师的第五道场，地方志载，寺后的灵墟山是中国道教第十四福地，陆游曾住在寺里，还写了一篇好文章呢。直到现在我还引以为豪。

我算了一下，那时除去假期和星期天，我每年要走三百多个来回。初中三年我得走一千多个来回，一天来回走十六里呢。我的走读，也算是万里长征的第一步吧？

今年夏天，我把在北京读高中的女儿带回天台，走了一趟我当年上学的山路，让她体验我当年走读的滋味。一家三口，相携而行，自有许多感触。山路早已长满杂草，但路廊已经被整修一新，依然有人行走。

但这路上再也不会找到像我一样的走读生了。

登载于微信公众号“六根”

古道穿过老村

老 谢

我一直在心底里想念着宁波的老谢，他与我同年，同样的语不惊人貌不出众。“天台临四明”，我与他也成了患难中的兄弟。一直以来，我们都在漂泊中过日子，搞文学创作。我常蜗居在T城中学的破宿舍里听阿炳破旧的老二胡曲，而老谢飘飘零零如云路中的飞羽，不知在何处停留。

在朋友的反复述说中，我知道了年方廿八岁的老谢已写了十五年的小说！他十三岁时父母双亡四处打工的时候，我却承欢在母亲的膝下。听说他辍学后，扛岩石，当挑夫，到后来才在建筑队里成了一个为祖国建设添砖加瓦的角色。泥水汗水和泪水混合在一起流到嘴鼻里到底是什么滋味，老谢品尝得真真切切。它们滴在稿纸上化成谁也理会不了的文字，老谢管它们叫小说。他边流浪边母鸡下蛋一样地创作了一篇又一篇，《白纸风轮》《登》《狼孩》，等等，每成一篇就复写好几份分发给我和其他的朋友。我连读了好几篇，觉得他的文字桀骜不驯。故事情节似嫌滞塞，人物性格似嫌扭曲，但叙述方式有点特别，近于莫言和苏童。后来我读了卡夫卡的作品，和他一样，老谢写的作品也是黑不溜秋的。我反复劝他写得明朗清亮一些，不料他吹胡子瞪眼睛：“文以载道，真诚则灵，否则我还写什么狗屁小说！”终于他的处女作《狼孩》在一家县级刊物上发表了，不料却遭到了非议。其实那篇小说没有什么大不了的，只不过写了一个靠偷东西致富了的专业户的变态性格而已。“做小说就怕对号入座！”老谢愤愤不平地说。

老谢得知我生了一场大病，火速从上海汇来百来元钱，帮我度过那个倒霉的寒冬。翌年夏天，他来到我工作的文化馆。他的头发蓬松如蒿，一身油黑污腻的工作服，染满汗渍灰尘。老谢说，在上海做建筑工人每天得干13个小时，成天在脚手架上上下累得吐了血，也没有时间来读书写作了，心爱的一套普鲁斯特的小说给人家当了抹布和草纸了。当时的《浙江日报》和《钱江晚报》对他作了介绍，他依然找不到发挥特长的单位。他真的像报上说的那样，辛辛苦苦在上海忙活了一年，挣来两千多元钱后，到上虞县下管镇卫生院他外甥的书房里，不分天昏地暗地写小说。写了一年，完成了两部长篇小说，十篇中篇小说，八篇短篇小说，结果却都发不出来。他对我一字一顿地说，文学是没有任何功利性的。他说，你知道与鲁迅打过笔仗的徐懋庸吗？你知道夏丏尊笔下的白马湖吗？到时候我带你去看看春晖中学和平屋。真正的文人常在乡野草舍之间，你会理解吗？在下管镇，他撮合了一批人研讨作品，但终于继续不下去，只好四处告贷。后来，他写了一篇小说《饿》，那饥肠辘辘画饼充饥眼睛翻白的描写真叫我心痛。下管山虽然美丽，那里毕竟不是枫丹白露森林和瓦尔登湖，更不是他心目中温馨的白马湖。

老谢写了十五年的小说，文字功力渐渐已经到家，思想也日趋成熟。他读了不少的书，从小说到诗歌，还有戏曲和菜谱。他可以把越剧《红楼梦》和《梁山伯与祝英台》的唱词从头到尾地背下来。记得在下管卫生院，他一边亲手为我煎鱼一边为我唱越剧，唱了整整一天，我对蒸汽腾腾的他说，姑娘嫁你是幸福透顶的了，你不愧是一个标准的模范丈夫。老谢苦笑了一下说，可惜这里的姑娘的眼睛老是生在天灵盖上，鼻孔也像拖拉机的排气管一样朝天嗵嗵地哼。他说为了生计，正准备到上海翔殷路的那个小小的工棚里去，正巧听说有个来自松厦镇的工友像一架熄火了的飞机从11米的高空栽下，他的整个身子瘫软了，直冒冷汗。老谢终于

寒山草木

天生百尺树
剪作长条木
可惜栋梁材
抛之在幽谷
年多心尚劲
日久皮渐秃
识者取将来
犹堪拄马屋

（寒山作）

大彻大悟了。他不顾一切地跑来对我说，准备筹借一些人民币，修补修补破房屋，种种稻谷来补贴生活，可我的生活也捉襟见肘啊。他说，等日子安定下来再写小说，小说是他的生命之根、活力之源。“不能写小说，那样活着还有什么意思呢？”老谢重重地叹息道。

老谢终于要同我告别了。他要回到余姚四明湖畔的那个小小的风光秀丽的村庄里去。他可以一边耕读一边创作，又或许会迫于生计再度奔波。我忽然想起加缪笔下的西西弗斯，那个不断推石上山遭受酷刑的家伙是他，也是我们这些生活在社会底层的文人。老谢从我的书架上拿走了几本书，《瓦尔登湖》《百年孤独》，当然还有《麦田里的守望者》。我对远去的老谢说，小说是生活的方式而不是目的，老谢却头也不回地消失了。

我的眼前一片模糊，依稀间，我知道他走的是一条浪迹的“不归太阳路”，走向真正属于他自己的“寂寞太阳村”。

发表于《文学港》2004 年第 1 期

圆 规

凌晨我做了一个梦，梦见了一个写诗的朋友，他的名字叫圆规。

圆规不是俗名，而是一个出家人的法号。十几年前，圆规很年轻，云游四方，他驻足在浙江天台山的一个寺院里。他不念经拜忏，也不打坐参禅，一有空闲就到处乱跑，老是到城里溜达，带着他的诗歌，去敲文联的门。不久他的诗歌被《天台山》杂志刊用了，是现代的爱情诗，透着一股怪异的味道。他这样写道："你轻轻地一合倒三角，孟加拉的鸟就飞过了青藏高原。"令人捉摸不透，幸好这首诗前面有许多铺陈的意境，读起来还是意味深长的。在该期刊物中，许多作品质量平平，而圆规的诗却独树一帜，相当出彩，非常醒目。诗的作者署名"楚天游子"，我猜测他肯定是湖北人。一问《天台山》的编辑，果然。他还是个行脚云水的出家人。

那时我很狂热地写诗，诗写得不怎么样，但至少会点欣赏。这"楚天游子"的诗，是我很喜欢的，但是我不认识他。我刚从华顶山下来，在城里打工，立足艰难。虽然一个劲地写诗，但还是不上路。我喜欢圆规的诗，很想与他见面。当时，天台城里的许多与我上下年纪的朋友，都热衷写诗，经常组织一些活动，编辑一些刊物，如《风世界》《杜鹃花》，私下传阅。他们经常一起聚会，把国清寺和赤城山当成了乐园，一起喝茶，一起吟诗。听朋友说，有次在国清寺外的隋塔下喝茶吟诗的时候，圆规也来了。

大家你喝一口茶，我吟一句诗，最后成为完整的一首。朋友转述诸多的诗句，我记不清，只有圆规吟的那句直到现在还一清二楚：沉寂的钟声敲落了梵天的花雨。可惜那次我被打字店的活儿拖住了，很遗憾，否则又是很好的回忆。

在朋友的小小的书屋里，我终于见到了圆规，他坐在靠窗的位置，木讷，说话缓慢，面色黝黑，行动迟缓。大家都觉得他好玩，寻他开心，先是唱《小和尚》的歌，问他：你在念经吗？他说，不念。打坐吗？他说，是要打坐的。打坐的时候想什么？他说，打坐时，什么都不想。有人尖尖地发一个长长的怪腔："想什么啊——？想姑娘——了—— 吧？这么年轻的小伙子，不想也太——苦了，想想也太——苦了，'你轻轻地一合倒三角，孟加拉的鸟就飞过了青藏高原'。"他微笑不语。我故意手指着他的鼻子，咬牙切齿，厉声地作教训状："你——你——不肖种种，你——你——你——你——这——佛门的——叛逆！"圆规低下头，涨红了脸，但似乎内心很平静。

对于饱经压抑的我来说，窝囊已久的情绪宣泄了，很开心！可

途中小景

我忽然想，我这样闹，是不是太伤感情，太伤他的自尊心？叛逆就叛逆，我有什么必要讥笑指责？但他没生气，一个劲地笑。很憨厚的，心如止水。

朋友又问他，你平时在干什么？他说，练武。那么，你练点给我们看看，见识见识。他说，可以。于是拿起一块青砖，直接往头上砸。砰的一声，砖头没碎，头上却冒出血丝。我说，不练了吧，看着也太痛苦了，不看也太痛苦了。他又憨厚地一笑，不练就不练了吧，不痛苦了。我觉得他就像一块结实的砖头，表里如一。

他像我一样木讷，但我没有他那种宠辱不惊的安详境界。许多人都很难将他的诗歌精神与他的外表挂上号。我总是喜欢他发表在刊物上的诗，有境界，有独特的思想。

这种境界思想归结起来，就是自在。圆规经常溜出来，不在寺院里做功课，而是一个劲地飞拳踢腿，与寺院的安静庄严形成很大的反差，他与俗家的红男绿女一起悠悠荡荡，在某些人眼里，他似乎是个矛盾体，既木讷，又过于放纵。这是不为一般社会规则所容的。没想到，我指着他鼻子故意咬牙切齿寻穷开心的玩笑话，却是无法避免的现实。

有天晚上，我拜访忘年交老王，没想到在他家里遇上圆规。圆规把老王和我一样当成好朋友。他翻出一张草图给我看，说自己的兴趣不是写诗，而是创作剧本，剧名是《木鱼鸟》，是关于唐代隐居诗僧寒山的传奇。

寒山是个诗人，像济公、圆规一样，生活在国清寺，他做着清洁工，衣衫褴褛，咒天骂地，舞着扫帚扫地，尘土飞扬。他结识了一个骑着老虎自由进出、来自天台东门的烧火工丰干，两个人成为知己，随地躺卧。寒山把僧人吃剩下来的米饭晒干装在竹筒里，背到几十里外的寒岩，寒山也因寒岩得名。在路上，丰干收养了一个被遗弃的小孩，名为拾得。在充满禅意的山水和诗歌中，三个人成为一体，一边静坐，一边写诗，把诗句写在松间石上，后人辑录起来，有三百多首，称为《寒山诗集》，影响波及海外。那寺前的一个亭子和一座桥就以他们的名字命名。圆规与寒山一样找到了与心灵相契合的地方。

因为寒山，我们的话多了起来。宋代时，天台山有一个与寒山类似的禅僧——释道济，戴着破帽子，摇着破扇子，拖着破鞋子，胯下吊着一个酒葫芦，摇头晃脑，不坐禅不念经，随地躺卧，念歪诗，唱歪歌，像蛤蟆一样蹦跳在街市之上，在娼妓院子说因果。济公得罪了许多有权有势、刁蛮霸道的人，弄得他们实在难堪，济公不但在天台山寺里待不下去了，跑到了杭州，同样遭受监院法师的压制。幸亏主持僧瞎堂说了一句，佛门广大，难道容不得一个颠僧吗？济公才得以在寺庙里容身。我说，一个特立独行的僧人，在生前能够得到寺庙或者社会的接受和容纳，是一种幸运，也是绝好的因缘。但其实真正的僧人，还是喜欢心性的自在，喜欢云游山水，他们行脚本身就是修行的极致。只要内心安静，随处都可以修行，在市井喧嚣和乡野陋舍中同样能臻入化境。

寒山和济公，尽管在天台山生活了很长的时间，最后还是离开了。圆规的剧本也着墨于此。从他勾勒的草图看，这剧本人物众多，关系错综复杂，情节跌宕起伏，倒是一个很浩大的工程。圆规说，他已经看了几千斤的书，每本书都是精华，除了读书，就是云游，四海为家。既然如此，又何必局限于一座名山、一处伽蓝？

我帮圆规把许多书打捆起来。他说，我既然离开天台山，这些书成为身外之物了，你喜欢的话就拿去看吧！没想到老王对我说："不是你的东西，你不能要！你的情感和性格本来就很压抑，再看这些消极的书，你会更加无精打采的！你会毁掉自己的！"老王说的第一句话我能理解的，但后面的话，我内心不服，顾及礼节，我也不再与长者争辩了。

宁静山村

圆规的这些书，就寄放在老王的家里。老王顺便把它们放在阁楼上，肯定会受烟熏火燎，落满灰尘，成为黑黑的一摞。

圆规一去无影踪，隔断云山千万重。我为生计所累，奔忙颠簸，也没有时间和精力想他了。

过了好长时间，老王说圆规来信了。圆规说，他已经落脚于北方的一个以武术著称于世的寺院，带着许多僧人练武，同时写了一些武术题材的本剧，正准备开拍呢，信中还附上一些报纸的报道。后来我又在一本画报上看到圆规的身影，他进入了国家级的戏剧学院学习，学院专门为他提供了单人房间，供他写作、读书、打坐、练拳。我不知道他还写不写诗。

圆规签名的时候，先是画一个圈，中间点上一个黑点。看起来，有点像甲骨文金文的“日”。

圆满。

发表于《华夏散文》，收录于《台州市文学优秀作品选（散文卷）》。

我的两位老师

周老师

周老师叫周志松，他常把自己的名字写成“紫松”，大概他喜欢华顶山头上那种被风雨扭歪的紫黑色的松树吧。听村里人说，周老师是海宁人，原来在杭州的一所大学里当教授，后来到我们这个又穷又破的华峰中心校教我们语文和历史。

周老师是个乐天派，典型的“三只手”：写得一手好字，画得一手好画，写得一手好文，在学校里，他是公认的“活宝”，什么时候都要用着他。譬如村里墙壁上的那些毛主席像和大红标语，

外胡村

都是他的手笔，直到现在依然清晰。批《水浒》的时候，他画了一套三十二幅的《水浒》连环画，在各村巡回展出。当时我在外胡小学读三年级，那套画挂在小学校的墙壁上，引得众人观看，称赞不绝。周老师一旁讲解，到后来竟成了说书了。从“智取生辰纲”到“武松打虎”，尽管他有海宁口音，但村里的人都被吸引过来，忘了下田劳动。人家都说，听周老师讲《水浒》，比看电影还要过瘾呢。他边讲边表演，绘声绘色绘神，栩栩如生，有点像农村演的“独角戏”。周老师在乡村还是大显身手的。

说到底，我走上文学写作的道路，与周老师有很大的关系。我读初中二年级，就一直坐在第一排第一桌，周老师讲的我听得一清二楚。他讲故事不但拟声，而且拟形，还能拟画。他讲《三国演义》，说到张飞的丈八蛇矛，怕我们不懂，就在黑板上画一柄，说到关羽的青龙偃月刀，就在黑板上画一把。我还喜欢在周老师讲故事的时候，故意肆无忌惮地“放横炮”。周老师说到吕布辕门射戟的时候，我说，这戟本是吕布的心爱之物，是自己的命根子，他射戟等于射他自己，看起来要送命了。周老师接上去说，真的，吕布是在白门楼送命的。同学们又缠着他说白门楼。周老师弄得没办法，总是拖堂，别的班级下课了，就集中在我们教室的门窗外听。有一次，周老师说张飞在长坂坡退曹兵的时候，跃马横矛，在桥上“哇啦啦啦”，表演起京剧的大花脸来，接着说曹兵的一个大将吓破了胆，周老师立即换了一个角色，手脚乱颤，眼睛翻白，嘴巴一歪，口舌一伸。我大叫起来：“完啦，死啦，这一喊，张飞的马受不住了，屁股往后一矬，桥也受不住了，啪的一声断了，张飞和马都掉进水里去了。”同学们被我一闹，一股子气朝我出，要说你来说！周老师说，你们怎么没想到呢？张翼德真的喝断了长坂桥。这是很活跃的思维，是新创作，也可以啊。好马跳过河很容易的，刘备骑“的卢”也跃过檀溪呢。有一次周老师说俞伯牙摔琴谢知音的结尾：俞伯牙最后找到钟子期的坟墓，弹了一曲《高山流水》后，就“啪”地把琴摔碎了。我说，我真惋惜那张好琴，这琴留着不是很有纪念意义吗？周老师竟高声尖叫起来：“人琴俱亡！人已不在，要琴何用？”很有那种古人的味道。以前我不理解，现在，我终于明白了。“人琴俱亡”一句竟出自《晋书·王徽之传》：“取献之琴弹之，久而不调，叹曰：呜呼子敬，人琴俱亡。

听周老师讲很多文学故事，我模仿作了一篇“小说”，是写一个贫穷的人渴望读书的事情。当时，周老师布置的是命题作文，我对命题很反感，老是顺着自己的意思胡写一气。不过，周老师不计较我的“离经叛道”，反而老是拿我的作文当范文讲。那篇“小说”一出笼，我心里还等着周老师的批评呢，不料他用了三节作文课来点评它，真的让我受宠若惊。

我跟周老师学语文，得到的不仅仅是语文书上的知识，还有书本之外的文史知识。他可以把一个汉字的本义、古义、今义、引申义，从甲骨文、钟鼎文，到篆隶正草等的汉字书写流变，不厌其烦地讲得透透彻彻。比如“祭”字，他画双手捧着祭品放在桌子上，表示虔诚的祭祀；讲到“礼”字，他先左边画一个人在跪拜，右边画两串谷穗放在高脚盘子里，表示敬礼。他讲古代的官职，边说边画，皇帝的冲天冠和宰相帽，九品县令的乌纱，文官胸前背后的“补子”以及所代表的官品，都讲得滴水不漏。说武官就画戏曲武将的盔甲和靠子（背旗）。可惜那时我太调皮了，没有听懂多少，现在真想在他身边听他讲，可相聚的时间毕竟太少了。我很喜欢模仿他用海宁腔读《赤壁赋》《醉翁亭记》《桃花源记》和《岳阳楼记》，别有一番境界。他朗诵“至若春和景明，波澜不惊，上下天光，一碧万顷，沙鸥翔集，锦鳞游泳，岸芷汀兰，郁郁青青”，一个劲地摇头晃脑，仿佛身临其境，有点像鲁迅先生《从百草园到三味书屋》中的寿镜吾老先生——“铁如意，指挥倜

外胡村

傥，一座皆惊呢；金叵罗，颠倒淋漓噫，千杯未醉嗬”，很陶醉，心胸旷远，透出一股真正的老夫子气来，真正文化人的精神气质也就弥漫开来。周老师的语文课堂是很宽松的，他用文学故事来陶冶学生的情操，在今天算是切实可行的素质教育方式吧。

在班级里，我是家境最差的一个。整天少言寡语的，衣衫褴褛，行为迟钝，也很自卑。周老师一来，我便充满了活力和精神，周老师一走，我就像秋天的桑叶树一下子蔫了。许多同学都很小瞧我，但周老师说：“他的作文好，语文好，你们能写到他的程度，我就高兴了。”他讲沈括的《梦溪笔谈》，一本正经地说，沈括曾经很潦倒，但他善于钻研和观察，勤于思考，后来成了著名的学者。其实穷没有什么不好，可以磨炼一个人的意志，可以强化一个人的精神。刘备是贩枣的，关公是织草席的，朱元璋是讨饭做和尚的，毛主席也在山村里种过田地。我们不是说穷人孩子早当家吗！曹雪芹穷，整天吃烂腌菜冻冷粥，“断齑划粥”，但他能写出《红楼梦》。蒲松龄穷，却专心于《聊斋志异》。要脚踏实地去干，要干就把它干好。干你自己喜欢的，认准了就义无反顾地干下去。

我们班上有人可能会成为沈括，“烂絮秀才”也可以成大器，像曹雪芹一样的人，我们班上又不是没有，至少还有几个。同学们都笑了，我还是一个字一个字听得清清楚楚，深记在心底里。毕竟这是周老师对我的最大勉励了。

周老师没有回他的老家海宁硖石镇去，那也是徐志摩的老家。他定居天台，也算是一个漂泊者了。天台的山水好，人文美，足以使他欣慰平生了。我知道，他的心中依然记着我这个学生。我在城市打工，他也调到教师进修学校去了。他约我去他家，亲自主厨，做了一桌好饭菜，然后拿出他的一些散文诗歌素描书法，还有童中焘送给他的国画给我看。他画画，山水花鸟，老鹰老虎虫子，什么都有，格调清新，宁和旷远。

周老师是在教师进修学校退休的。我问他退休后想干些什么，他说，还是去山里走走，写一些潇洒的小文章，画一画心中喜爱的山水。他说他看到我的不少散文，很高兴，希望我努力下去，能出大成绩。

我离开天台到北京后，想把自己的新作品寄给他，但总联系不上，估计他搬到新家去了。

发表于《台州少儿文苑》

陈老师

陈老师名叫陈瑜。他退休已经有二十来年了，在文化馆馆长职位上退休的，但“退而不休”，担任了县文学协会的会长，自愿公益活动，没什么工资拿，但他更乐意，结果把自己累趴了。

天台人常以“陈老总”称呼他，因为陈瑜老师是馆长，管的是文人，文化馆几十号人物，清高气和执拗气十足，还有许多人不服气，陈瑜老师踏实苦干，终于把它管好了。他当馆长的时候，编辑《天台山》和《始丰报》（后来成了《始丰文化报》），还有《赤城》，都是内部刊物，几度起落。陈瑜老师身边汇聚着一大批业余作者，他们都把陈瑜老师的办公室当作家，或者是“沙龙活动室”。陈瑜老师对任何一个人，总是态度温和，一视同仁。

我是北山偏僻乡村的农民，年轻时候便爱好文学，与陈瑜老师的交往已经有三十几年。他首先把我从偏僻的外胡山村牵到城市里，尽管生活漂泊不定，陈瑜老师总是鼓励我，在生活学识品格上教化我，让我看到社会上善良正直美好的一面，不使我的内心那么灰暗。文学拯救了我，改变我的人生道路，是许多像陈瑜老师一样的前辈提携了我。与他们在一起，我没有什么拘谨，反而多了随意自然。

1985 年我开始学习写作。由于家庭遭到变故，为了排愁解忧，读了一些书，就自然而然地动起笔来。陈瑜老师得知后，就让他当税务员的儿子为我带信带作品，我也把我的小说和诗歌带给他。他觉得我尽管沉郁，但语言功底好，知道我家境贫困，不时带些钱物接济我。

陈瑜老师觉得我是一棵苗子，就想让我到城里来。山上没班车，我走了一天六十五里的山路，去文化馆与他见面。他当时五十岁左右，相貌清癯，满头白发，声音响亮，面带微笑，给我递上热茶，轻声细语询问我的生活和写作情况。我从小被人轻视，受人欺侮，而今得到陈老师的垂青，感激不已。总觉得陈瑜老师就如父亲一样慈祥。

他推心置腹地鼓励我不要在困境中沉沦，要学得坚强些，农闲多读些书，多观察身边的环境和村民的生活，多写最熟悉最感动自己的素材。他说如有机会要把我介绍到城里工作的，我的心很热乎。交谈了一个下午，陈瑜老师把我带到中山东路他的家里，为我做饭，铺床，我始终感到温暖。我住了两天，陈瑜老师一直陪我。我从黯淡中看到了新的希望。

1984 年，我母亲去世，到 1986 年，我父亲也去世了。我在老

天封村石拱桥

家很失落。陈瑜老师来信说，县里搞民间文学集成工作，举办培训班，让我参加。我没有积蓄，路费是他给的，开了三天会，遇到一些民间文艺家，听老人讲故事，更感到亲切。我觉得这会是我最喜欢的工作。培训班结束后，陈瑜老师让我搜集故事歌谣，这些我从小喜欢，再经过半年专门搜集，手头自然积累许多。陈瑜老师向县文化局推荐了我，我愉快地投入了工作。结束了，他又推荐我到地名志办公室做“水系名考”工作。因为我是“农民临时工”，完成项目了就走人，我也看到社会上许多不好的现象，总提出自己的想法。我以为工作很努力就好，就万事大吉了，其实不是这样。我很委屈，很不理解，就对他说，我是不是牢骚太多？他很豁达地说，有时还是沉默最好，多看多想多听少说。我说，写东西不也就是说吗？他说，写出来的与说出来的不一样，它是要经过思考过滤的。社会是复杂的，但做人要坦诚。我喜欢你的老实和单纯。你可以通过文字让人理解你，体现自己的价值，但首先要学会谦虚，要“夹着尾巴做人”！我明白他的用心，但我一直没有做好，直到现在我还感到愧疚。

陈瑜老师说，我想给你介绍稳定的工作，但权力有限，不能违背政策，你漂着就得漂着。可这种漂能让你经历别人没有的磨难，给你别人没有的感悟，这是智慧的修炼，也是你的财富，将来肯定会好起来的，关键就得坚持。有什么问题，尽管找我说！

我在城里做临时工，买米需要粮票，农村粮票城里不能用。我的月工资70多元，花在买城市粮票上将近30元，加上房租搭伙费，还要买书，所剩无几。陈瑜老师把全家省吃俭用留下的粮票，每个月给我匀出30斤，让我节省了大笔开支。见我衣衫单薄，他送给我衣服和被子，我心中有许多话，但不能说出来，只能像小孩子一样低着头。

唯一让陈瑜老师欣慰的是，我没有停止写作。从1986年到1990年，我全靠他周济，才得以在城里继续生存。据说，文化馆有个女人笑他，明刚这么穷，衣裳这么烂，呆滞，猥琐，乱说话，大痴一样，你怎么对他这么好？陈瑜老师说，他穷，是因为生在偏僻山区，家庭有变故，他穿得烂，神色呆滞，是生存压力大的缘故，但他会努力写作，不会烂下去，社会还没有把他用到合适的地方，他有骨气，内心潇洒，能刻苦钻研，经得住磨难，他为人诚实，隔几年他肯定让人刮目相看！听到这话，我的泪也流下来了。

我们是知己，相互之间也很随意。我甚至大大咧咧地对陈瑜老师说，文人相轻相轧，就像齿轮一样啮合着，你这馆长就像沙子卡在中间叽里嘎啦地响，两头不讨好。当馆长没意思，不当也罢！我们走山水旅行画画去！陈瑜老师说，既然公家给我馆长当，我就要踏实干，我要对党和人民负责呢。我在内心里暗暗地笑他，但他一本正经，一脸的严肃。

陈瑜老师笑脸如佛，我很少见到他发怒的样子。到陈瑜老师办公室的人不计其数，大家一有空就往那边跑。陈瑜老师退休了仍旧搞文学辅导，办公室照样住，他主动付馆里房租。办公室窗

妙山老宅

朝北，三楼，两个小间，堆的旧书和旧报刊，都发黄了，有20世纪五六十年代之前的，他舍不得扔，说这是档案资料，十分难得。他一直在那里写作，练字，会客。他学颜真卿柳公权字体，写出来的字自有“颜筋柳骨”。

陈瑜老师的书房里种了许多花草，文竹和绿萝被照顾得生机盎然。每个星期六上午，他就在这办公室里等人，老中青“三结合”，甚至有中小学生，大家都会过来聊天，不仅谈文学，而且谈家事。甚至有些家庭闹别扭，请他调解，生活上遇到了难题，请他救急。只要一说出来，陈瑜老师立即起身行动。

我们去陈瑜老师那边，主要是解闷，寻乐子，在他的书架里随手乱翻，看到好的，就把它拿走占为己有，但大多时间与他瞎聊。聊着聊着，就过午了，他约我们一起上街品尝小吃，给我们讲地方掌故。许多时候都是他买单的。他说退休了，我们过来说话，他就不孤独，他很开心，作为主人，请客是应该的。大家哈哈一笑，没有二话。

陈瑜老师经常组织大家出去采风，先打印好通知分发邮寄，然后联系车辆，解决食宿。尽管事先向各位收取费用，但有些费用是随时产生的，收上来的不够用，他自己暗中掏钱贴补了。他说就说，唱就唱，跳就跳，四个照相机，身后背一个，胸前挂一个，手里提一个，腰里别一个，背上还驮着一个三脚架。他拍摄的风景民俗人物照片，积累了十几本集子，许多人都想要，拿去就是，他不会要钱，有时他还主动冲好送货上门。大家也习以为常了。

陈瑜老师除了经常资助我外，也让我把一些积蓄放在他那里，以备急用，我每个月发工资后，存一半钱在他那里。然而我还是捉襟见肘，不但把存在他手里的钱用得一个不剩，而且还向他拿。他知道我拿钱肯定是买书和磁带唱片去了，知道我不看书不听音乐就像没水分的庄稼一样很快蔫掉。我买了喜欢的书和磁带唱片，经常拿到他的办公室，两个人一起分享。

陈瑜老师说，搞文学是艰难的，板凳坐得十年冷，江湖夜雨十年灯。何止是十年，是一生一辈子的事。陈瑜老师除了文学创作，还学习书法绘画和摄影，在山水中体会人文哲学与自然融合的精神。他喜欢旅行，发现美景，总有感悟，信手摄之，随手记之。与陈瑜老师在一起，最重要的是学会做人的道理，为人淳朴，与人为善，刚正坦诚，是我们需要的。文学是“人学”。他曾经细心照顾过偏瘫的堂兄陈平先生，数年如一日，他说，一个人连起码的做人道德都没有，文学艺术搞得再好，也是枉然的。

我被特聘到台州市文联去当文学杂志编辑，每次回天台，首先要到他的办公室或他家里走一趟。每次交谈，都有新的教益。有一次，陈瑜老师约我们去南山看梅花，看桃花，春天的花丛中农家三两，宁静如画。我说，我要到北京去，趁着年轻闯荡一下，他也鼓励我去，去北京的前夕，陈瑜老师和几位朋友一起为我搬书，设宴送行。

在北京谋生不容易，与陈瑜老师见面的机会很少了，他经常打电话来，询问我的生活学习情况。不知怎的，他的电话渐渐少了，我想大概是太忙碌的缘故。我在电话里说，不要太劳累了，保养身体要紧。陈瑜老师口头上答应，但仍“我行我素”。他参加街头镇老人协会的活动，忙前忙后，很晚才回到城里。他不直接回家里休息，而先去文化馆三楼写东西，写完稿子起身，眼前一黑，就一头栽倒了，他没吭一声，想自己挣扎起来，不打扰人家，他不挣扎还好，一挣扎，竟加重了病情。原来这是劳累过度引起的中风。不过经过及时抢救，加上刻苦的锻炼，他终于能拄着拐杖走路了。他在电话中很乐观地说，我没事！我看到你的作品了，有进步！他说，天台有许多文学朋友来看他，很满足！他说，康复之后，再与文友采风，与诗友到北京来看我。新的一期杂志要编辑了，寄些作品来！陈瑜老师关心的还是文学创作与文学作者。因为文学，他立显精神，因为文学，他笑靥如莲。

今年我回天台，特意去了陈瑜老师的家，他的老房子已经成了政府保护的民居，宁静，恬淡，清雅。他坐在椅子上，与几个来访的文学青年谈笑风生。我对他说，您还是把自己历年的作品整理一下，出本书，做个人生纪念吧！这也是时代的印记，生活的印记，原汁原味的好。他说好啊好啊，是应该要出一本了，到时我请你编辑作序啊。

我觉得作为一个后辈，为他写序是很冒昧的。他是平常朴实的。我想，不管是谁写序，都应当用最平常最朴实的文字来写。

微雨敲窗。望窗外，瓦脊如鳞。

陈瑜老师的白发在风中愈加醒目生动。

为《缅怀陈瑜先生纪念集》（内部资料本，2023年）所作

母亲唱着山歌走过

当我幼年的时候　母亲教我歌唱

在那慈爱的眼里　隐约闪着泪光

如今我教我的孩子 唱这首难忘的歌曲

我的辛酸眼泪　滴滴流在憔悴脸上

——《母亲教我的歌》[捷克] 阿道夫·海杜克 词

[捷克] 德沃夏克 曲

现在我唱着心中的歌，真真切切地纪念我的母亲。十几年前，我也是唱着山歌为母亲送葬的。而今那首山歌竟使我涕泪交流！伫立在母亲的墓前，重拾散落的音符，记忆四处弥散，看山村炊烟袅袅飘起，牵系着的是我和母亲漂泊的魂啊。那山歌是悲怆的，音律中显出一种冷色调的美。凄风苦雨里，我和母亲细小的背影渐次迷蒙。

母亲是外胡村一个很平常的农家妇女，也是我们附近的一名很普通的山歌手。她的娘家欢岙大段村与外胡村仅隔两座山岭，却要走半天的路程。她与我父亲成婚时年仅 16 岁，听老一辈说，当时在婚礼上她唱了一首山歌很感人。不久国民党到外胡村抓壮丁。当时母亲看见那些人远远地来了，就不顾一切地跑回家叫我父亲赶紧跳窗逃跑，结果自己被抓去关了好几天，遭到一阵毒打。父亲不得已自投罗网，她的精神受了刺激，隐约地恍惚起来。

父亲说，既然无奈被抓，就要混出个样子来。他能断文识字，人缘好，几年后，在国民党的部队里当了个缉私队队长。不过他远远地想念着我母亲，又跑回外胡村生活，几年后被推选当了一个保长。后来党的联络处的同志驻扎在外胡东峰村，父亲被分配了许多工作，都完成得很出色，尽管如此，他当过“伪职”的“历史污点”还是存在，这也就成了我家难逃厄运的原因之一。

我出生时母亲已近五十岁，年华渐衰。我是一个“老来子”，1965年出生，不久“文化大革命”开始了，父亲被打成“历史加现行反革命”，母亲顺理成章地当了“反动家属”，可她依然喜欢唱山歌。母亲把我背在肩膀上，用布拦腰随便一系，我的命就同她连在一起了。我们一起饱受蚊子叮咬和太阳晒，但坚强的我照样长大起来。在绿色的茶山上，同村的妇女请她唱山歌，最终拗不过大家，她就站起身来，捋一捋飘到额前的头发，很投入地唱了起来。她的嗓音很优美，很清亮，唱的是本地的采茶歌。

二月采茶茶绽芽，高山大岭实难爬。
郎采多来姐采少，半斤八两好仙茶。

三月采茶茶叶青，茶树脚下接手巾。
接起手巾绣花朵，中央要绣采茶人。

四月采茶茶叶黄，郎也忙来姐也忙。
郎忙种田割麦忙，姐忙浆洗落蚕房。

母亲把十二个月唱完，一个上午很快地打发了。村里人都喜欢同她一起劳动，都尊敬地称呼她为“大段婆”。《采茶歌》后来被我整理编入《中国民间文学集成 浙江省天台县卷》中。

别有用心的人说母亲唱山歌是“破坏生产”，她挨了一顿批，但邻居讲了好话，沉寂了一段时间，她又唱开了。唱山歌是她的习惯，任何人都管不住。大家也习以为常了。我五六岁的时候，母亲常把我带到田野里挖青，挖荠菜采鹿葱，在开满鲜花飞满蝴蝶的山坡上，在清流飞泻的小溪边，母亲教给我许多童谣，从“燕啊燕”到“黄胖黄胖，日头过冈”，有好几十首呢。至今，我还是很清楚地记得母亲教我的一个连环谜歌谣：“谜啊谜，两头拖到地——扁担；扁担扁担，两头弯——弓；弓啊弓，挂天空——虹”，到“仰仰镬，炒炒豆，一粒落镬底，两粒落镬外——心”。母亲总结说：“心要真，心要善，这才是做人的根本啊。”母亲的文化不高，但话讲得很实在，很中听。

这也是我最初的启蒙。我从小听母亲的山歌长大，由于时时刻刻跟牢母亲，不喜欢合群从众，也少言寡语，村里人叫我“大痴明刚”。当时，我们村的朱封鳌老师说，明刚会念童谣就不是“大痴”，他在我没上学的时候，就教我看小学三册的语文书。我读小学一年级的时候，能把三年级的语文书倒豆子一样地念下去，却对数学一点都没兴趣。母亲的山歌恰恰能影响我的一生。

我小学毕业的时候，“文化大革命”已经进入后期。当时母亲为大哥提了一门亲，订金和聘礼花了近千元钱。女方父母是邻村的，根红苗壮，但那村的环境与外胡村相比，也好不了多少。起初他们认为我大哥老实诚恳，能过日子，就很爽快地答应了。当他知道我家阶级成分差，而且屋舍狭窄、“水缸镬灶连眠床”的时候，就开始反悔了。但由于我母亲据理力争，没有反悔成功。我大哥结婚那天，我父亲被拉到公社批斗，在天封桥头示众。一边是花烛高照，一边是标语口号，真让我心寒，加上七搅八缠阻挠，大嫂进门已经是晚上十点多了，大家兴致索然。过了一年左右，大嫂找个借口回娘家，结果就一去不复返了。我父母卖了所有的家当，寻了三四个月，才得知大嫂又嫁给宁海县一个姓王的了。生米煮成熟饭，母亲气得半死。

但母亲是坚强的，她硬是挺了过来。用她的话说就是“抓老蜜蜂不做蜜，强捺牛头不喝水”，那是一首山歌的唱词。但她总是找人家诉说，就像祥林嫂在反复说着阿毛的故事。

母亲替我大哥说亲的时候，我的小姐姐也出嫁了，嫁到天台最偏僻的大同乡，一个叫银板坑的两县交界的山村里。那里到乡政府驻地大同寺有十五里陡峭的山路，中间要过一条很湍急的大溪。姐姐夫妻和睦，相敬如宾，不料姐姐在生育第三个小孩时大出血，势头很急，连准备担架都来不及。家人是眼睁睁地看着她流着眼泪逝去的。母亲听到这个消息后，一下子软瘫了下去，邻居灌姜汤捏人中把她弄醒。她没有痛哭号啕，只是眼睛直勾勾地盯着人看，一声声断断续续地叫着我二姐的名字。不过我姐夫是重感情的，丧妻时年仅三十几岁，一直没有另娶，一个人把两个女儿抚养成人。现在孩子已经成家立业了，可姐夫还是孑然一身。

我姐姐过世两年后，母亲紧接着给二哥讲了一个媳妇。房子小，的确是个大问题，两间破木楼，无法分家，楼下一间狭小的厨房里打了两个锅灶，烧饭时烟雾四起，呛得眼泪鼻涕一起流。大哥睡在隔壁里间，楼上我和父母住在外间，二哥二嫂住在里间，中间只隔了一层薄板壁，什么声音都听得一清二楚，无遮无拦，真的不方便。二嫂忍不住了，就跟母亲吵架，不知她怎么想的，服了农药。等送到天封村，已是一命归天了。

归根结底，在偏僻的小山村，如果没有宽敞的房子和丰厚的家产，娶媳妇简直比登天还难。屋漏偏逢连夜雨，母亲的思维纠缠起来，越来越紧，再也解脱不了。她经受不了接二连三的打击，万念俱灰，一蹶不振，日显憔悴，整天呆若木鸡，丧魂落魄的，好像换了一个人。在月明星稀的夜晚，她在窗前点起香来，唱起凄凉的山歌，又是唱又是跳，歌声和舞蹈中带有一些幽冷的味道。我躲在角落里伤心地哭了。

疯子有“文武”之分，母亲属于“文疯”，语无伦次，歌舞不止，但也不挥棒弄刀乱砸东西，对邻居构不成危害。我哭了一阵以后，害怕和恐惧渐渐被忧伤代替了，我整天跟着她，担心她回不了家。我现在理解母亲，终于发现，她很凄美，很哀怨，很古典，她的样子好像《天仙配》中严凤英扮演的踏云而去的七仙女！她就像那位拉着二胡游荡的阿炳！他们的身影凝结在我母亲的身上，唱出的是人世最苍凉的歌！

母亲已经对子女付出应有的关爱，但她的热情与心血的回报几乎等于零，家境贫寒，她的疯又在我们的心头插了很深的一刀，我们也同样地鲜血淋漓，便更多地把所有的怨恨恶气都倾泻到她的身上。她更加失去依靠，精神垮了，情感的弦断了！大家都说她疯了，可我们到底多少真正地理解她啊！

那时，我刚高中毕业，走出校门，为前途为生计终日忧心忡忡。有好几个地方都知道我的写作特长，请我去做事，但因为母亲日益加重的病情，我放弃了，我既要洗衣做饭，打柴割草，又得料理她的生活。她整天唱呀跳呀，不分昼夜。我时常要照看母亲，防止她放火烧山。母亲早已经失去自理能力，我也累得精疲力竭。前途一片灰暗。我真想找个宁静的地方永远睡个安稳觉去，又想从类似于石梁琼台一样的悬崖上跳下去一了百了。但母亲凄苦悲伤的身影，让我打消了这个可怕的念头。她常反穿着衣服，漫无目的地在村道上游荡，悲凉地唱着《望郎》《别兵》；她常头缠白布在门前蹦跳起舞，像出没在夤夜中的幽灵。她沉陷在臆想的世界中，不懂人情，也没有理智。她挡道碍眼，村里人免不了横眉冷对，一些顽皮孩童更是堵在她的前面，乱喊乱叫，“癫婆癫婆，豆腐做做”，向她吐唾沫扔泥巴，可她依然无动于衷，沉浸在她的歌唱之中……

我并不计较人家的漠视，我心里明白，她的山歌只是向苍天的

我家旧屋

别样的起诉。母亲唱的是本地山歌，是我的摇篮曲，严酷的生活早已使她伤痕累累血肉模糊，而我们照样有意或无意地在她的伤口中撒盐。我烦恼到极点的时候，也忍不住骂她，盼望她死，早点死立即死，何必拖累我们！话说出口，我又感到愧疚，这是一个儿子说的话吗？简直是畜生的叫唤啊！我想起她在大热天里挖草药，被雨淋得一片透湿，想起她冬天冰雪天里一大早烧饭做菜浆洗衣衫被冻裂的双手，看到她苍老的瘦弱的身体和无神的眼睛，我久久地拷问自己：母亲生养你成人，现在伤痛不堪，你的回报难道就是这句话吗？我越想越悲伤，越想越痛不欲生了！

母亲一直疯了四年，整整的四年啊，那么漫长！为了照料她，我放弃了好几次进身的机会，到后来，母亲躺在床上再也起不来了，但她还是要断断续续地唱，当她一句也唱不出来的时候，生命也就走到了尽头。临死前母亲处于半疯半醒状态，她说：“我最对不起的就是你了，对你的两个哥哥我已经尽了责任，但你的事我无法管了。”“我只能唱，只有唱才感到快乐一点，我只唱我自己的命不好，别人的不能代唱的。你可别忘了自己的歌怎样唱！”她说的虽然是半疯的话，却成了我一生的准则！

母亲去世后第二天，晴朗的天空聚集了朵朵白云，到第三天中午出殡时，天下起了滂沱大雨。村里人都来了，深一脚浅一脚冒雨走在泥泞的村道上，为她送行。我挥洒着清泪，却不敢大放悲声。母亲已经到遥远的国度去了，她的歌声或许能感动神灵，而孱弱的我将来又要到哪里安身立命？我又要到哪里找心中的依靠啊！这时候远处广播喇叭里传来苏芮的《酒干倘卖无》：

虽然你不能开口说一句话
却更能明白人世间的黑白与真假
虽然你不会表达你的真情
却付出热忱的生命
远处传来你多么熟悉的声音
让我想起你多么慈祥的心灵
什么时候你再回到我身旁
让我再和你一起唱

母亲的疯唱无人理解，但我终从中领略到生命的终极关怀，充满对美好生活的向往和奋斗的力量！母亲唱着山歌走过，引我走过坎坷的人生和蹉跎的岁月；母亲唱着山歌走过，在千叶的华顶上布雨散花。我会对她说，我深深爱着美丽的山歌和温馨的乡土，我会好好地活着。

1994年8月初稿，2000年7月改毕，收录于《蛤蟆居随笔》。

过街楼

第三辑

山上意境

蛛网和家

意 境

我与我的爱人在来世的山谷中生活着。

我在山顶上守着我的小屋，看管着我的小小的“思想灵魂发射台”。我忽然觉得自己是个孤独的苦行者，自以为高尚清雅，却不知俗世红尘。我拥有自己的书本，当然还有山水。在这个意境中，我仿佛坐化成一尊佛。看着荧屏中五彩的都市和时代的风貌，我竟发现了我的前尘、今世和来生。

它们竟离我那么的远，又那么的近。

我所亲历的大山风景与城市大相径庭。那崚嶒的岩石，那飞溅的溪流，那高悬的瀑布，那苍翠的丛林，我在漫天星星的寂静中，孤灯读书，捧着诗句入睡。醒来的时候，日光照耀在我的脸和书本上，一片纯黄色，我的脸颊就像脚下的山崖，被星光晨曦或朝阳所涂染，一片深邃的神色，沉凝，黝黑，而且炯炯有神，散发着思想的活力。一个人栖居小小石屋，我依然坚守着童真、烂漫而潇洒庄严的本质。当山顶被阳光抹上一片金色，当雨水走进我的眼帘，当云彩在我脚下升袅，我会想起阿慧，还有我的孩子“小山坡”。

可我总是嫌她们吵，让她们住在半山腰的村庄里。

我的阿慧很美，披着一肩长发，“小山坡”也像她，头上扎着四个朝天的小辫子。我每天挑着必需的粮草，沿着九曲十八盘的崎岖山路，走过无数道石阶，从日出走到日落，在金星闪烁的那

山间石屋

一刻，到达我山巅上那座犹如庙宇的石屋。石屋虽然很小，却是一件珍贵的文物，古代的文人雅士住过，村野农夫也睡过，荷枪实弹的军人也驻扎过，地基扎实，墙体坚牢，很能经得风雨。

阿慧和孩子住的，倒是她们喜欢的小茅屋，在一座巨崖旁边。它的身后是一片峭壁，峭壁下面是一汪深潭，左首却是一片平旷的菜园和稻田。她喜欢在菜园中种上刀豆、大蒜、黄瓜、青椒、萝卜、芋艿，养上许多鸡鸭鹅猪牛羊，其中有一头粉红色背脊的小牛，一头背上画满梅花头上插枝的小鹿，当然，还有一匹红棕色的矮脚马。只要她一挥手，这些生灵就如童话一般在她的眼前弥漫活跃起来。其实只要翻过对面的峡谷，我们都可以如愿以偿地进入大城市，都市就在我目光所能及的天际。当云霞散尽的时候，我会看清楚那片街衢，夜幕升起时，我却分不清那里的霓虹和繁星，它们紧连成一片，让我眼花缭乱。

阿慧会经常对着空旷的山谷唱歌，她的鸡鸭鹅，她的粉红色牛和红棕色马，都会一起蹦跳歌唱，山谷中响起久久不绝的回声。她的歌唱我听得十分真切，无论峡谷还是都市，她与孩子一样，都是出色的歌手。她喜欢这半山上的小村落，许多村人都走了，那些田地、房舍全是村人送给她的礼物。她要住哪间房子就住哪间房子，她要种哪块田地就种哪块田地。她住在那里，或许只是继承祖业，或许在等候前世的爱人，等待着百年一遇的孤独。而我厮守着我的“思想灵魂发射台”，尽管没有多少薪酬，我守护着我的圣殿，履行着我的神圣职责……

她什么都不要。她只需要眼前的一切。她总是望着连绵的峰峦出神。我挑着柴米油盐，走过她和“小山坡”的身边，孩子就会对我说：“我要奥特曼！我要孙悟空！我要霸王龙！我要高低床！”我都尽量满足她的要求。她有一台“小电脑”，那其实是我给的掌上游戏机，我骗她的，是城市孩子不要的破玩意儿，她却很满足，从早到晚“嘀嘀嘀嘀”按个没完。阿慧可不喜欢这个呢。这，她可见得多了，没什么兴趣，她只要那些茄子青椒，粉红色牛和红棕色马，她只喜欢对着这空旷的峡谷歌唱，或者久久地呆望。

我挑着我的重担，一步一喘，老牛负重似的拾级而上。我就看见半山上的风景，已经隐现在蒙眬的雾霭之中，犹如蓬莱仙岛和海市蜃楼，但我无法立足。我的妻子抱着孩子，守候在路口，微笑着，叫着我的名字，从“大痴明刚”到“蛤蟆居主”，一个都不放过。仿佛经过一个世纪，她们一直在这小小村落等着我。在来世的山谷，她们依然深爱着我，让我落泪不已。我喜欢与她在云床上缱绻，在云山间相依，但是她的房子太狭小，容纳不下我。而我总离不开山顶上的“发射台”，那是我的工作，也是我的衣食之源。我与她相聚在正午时分，当我们亲热的时候，“小山坡”在旁边拍手大叫：“没羞没羞没脸皮，奶奶给你两块糖，你却要奶奶的瓜子皮！”

当然，“小山坡”也喜欢我，说，你们结婚吧！其实，我们一个世纪前就结婚了。我现在喜欢她亲手种的番薯，喜欢她用石臼和石杵舂米。我喜欢她采摘的天台茶，既给我解渴，也让我感到愉快清凉。我喜欢品尝她种的蔬果，享受甘甜的滋味。但这些仅仅够自己吃用，我的薪酬也仅仅能满足我的衣食。我不能在此住下，放弃我的工作，我的职责不允许我在此停留。

我是思想的传播者，我是灵魂的布道师。我路过门前，看见她们脸上充满惆怅。她们随手在悬崖的树上采摘桃梅，弄得满脸都是果渍。“小山坡”动作灵活得像个猴子，她说，我们吃了果肉，把果核往地上随便一扔，几年过去，身边长出许多的果树，蔚然成林了。她们总在林下端坐，嘴唇嗫嚅着，叨念着我的名字。孩子总是随手抓起石子往峡谷底下扔，那石头在风中打着旋，轻飘飘的，像一片树叶。孩子说，我明明把它扔下去了，为什么听不到它落地的声音？

她母亲嫣然一笑，对我说，你得走了。我每天能看见你在山顶上，感到落寞时，就到山谷边上喊你的名字。你会听到的，你肯定喊着回应我，那风雨是能传声传情的。要不，我带着我的梅花鹿和粉红色牛、红棕色马去，可惜它们太小了，还是载不动我，我也不能骑。但它们会引导我，每到一个转弯，每到一个上坡或者下坡，它们会扬起鬃，昂起头，咴咴鸣叫。那，我就得当心脚下了。

我离开阿慧和孩子走远了，她依然久久地抱着孩子坐在矮墙边瞭望。女孩跪坐母亲的脚边：妈妈，给我讲故事！母亲讲的故事，无非是“从前有座山山上有座庙”，为什么人们的命运、历史的命运就像这个故事打着圆圈？就像这个峡谷，外面的人想进进不来，里面的人想出出不去。这个铁板钉钉的圆圈，谁也动不了，谁也奈何不得。不过，我已经沉静下来了。山顶上，我完成一天的工作，拿把躺椅，坐在门口，举起一本书随意地看，或者什么都不做，躺在山顶上，看云聚了，又散开。雨下了，山色更明净，云是否凝结成雨雪霜露，并不重要。而我的激情，经过一阵风雨，会温暖这里的峡谷、岩石和森林。不管是她唱的，“小山坡”唱的，还是我唱的，只要歌声响起，云就起了，雨就下了，彩虹高挂在峡谷的两边，她和我会在虹桥上跨过，就好像我们的前世是织女

山坡之上

和牛郎。

不知怎的，远处响起一阵车声。我的意境也开始散开了，我的眼前竟出现了矗天的高楼。倏忽间，山林峡谷隐没了，山谷云岚无法驻留，我的被霞光映红了半角的石头房子，也像云烟一般飞走了。这个意境，一直在现实生活中继续，我带上了我的柴米油盐，从崎岖的山道负重而上。阿慧在半山的村庄等候的身影，我想那是一篇散文的逗号。那粉红色牛和红棕色的矮脚马，它们的蹄敲打着一个个顿号。至于省略号，那是她的小鸡、小鸭子和小狗写下的。

这篇文章的意境已经很美，却总找不到句号和合适的标题。

记清晨时分的一个缥缈的梦。

2002 年 6 月 16 日于北京青年路

发表于《台州教育文苑》

山路

在家乡的山岭上，我遇到了一个身穿绿衣的乡村邮递员。他是我熟悉的朋友，与这条山路一样，我和他已经阔别数十年。

山路在绿色山岭上蜿蜒延伸。我少年时，每天上学砍柴都得从路上走过。出门在外，三十多年没有踏过这条路了。满眼都是久违的绿，竟是那么的鲜活！绿色的庄稼，绿色的树，绿色的田，绿色的山，沿路两旁，浓荫蔽日，百花吐艳，泉声鸣响，云朵灵动。我深深地沉醉。走上山冈，豁然开朗，山林深处，点缀着一两间佛寺和一两个村庄。我靠在一块石头上安闲地歇息，忽然有人拍我的肩膀，大声地呼唤我的名字。猛一回头，打了一个照面，四目相对，我一下子就认出了他，久违的“乡邮”。

他与我同乡，比我大几岁，我在读高中的时候，他就当“乡邮”了。二三十年过去，他还是操持旧业，行走山路，早已胡子拉碴，满脸皱纹，风尘仆仆。尽管是中年人，他看起来却像个老头子，假如没有特定的邮政制服，假如没有绿色的邮袋，我肯定把他当成山中砍柴的樵夫。他放下邮袋，说，老朋友，先歇息歇息，聊聊坐坐。于是，我们坐在石头上对话。

他说，几十年不见，你在外地干得不错，山村里出来靠写作吃饭的，就你一个，还跑到北京去。我正佩服你呢。你怎么独自一个人走山路？我说，我一来回家看看，二来重新考察乡土风情，写一些乡村游记。以前我窝在老家读书写作，经常向编辑部投稿，还订了几份报刊，都是你给我邮递的。你带给我的总是退稿退稿退稿。那时我很苦闷，对你说，我很羡慕你呢，一边走路看风景，一边还有稳笃笃的工资拿呢。他说，你不要老是用文学想象，一个“乡邮”，走路送信的，又不坐办公室，有什么了不起的。你可不知道我的辛苦呢。

是啊，他当初进小镇邮局的时候，感到很光荣，充满着美好想象。但一上路，就感觉不浪漫了。不管风雨落雪大热天，都要行走在山路上，有时前不着村后不着店，连个路廊也找不到，假如一下雨，他只好躲在大树下，或仄在岩石缝里躲避。“六月天，孩儿面，说变就变”，雷雨隔山头。走到半路，顷刻间黑云阵阵，雷电隆隆，大雨滂沱，他只好全身伏在邮袋上，全力护着它。人可以淋湿，但邮袋是不能淋坏的。邮袋是饭碗，是性命。雨小下去，他又背起邮袋，加快速度，几乎是一路狂奔，否则就赶不上时间。不能返回镇邮局，第二天的乡村邮递，就要被耽误掉。

从镇里到我们村有三十里，再往里面的片点还有三十里，算算路程，“乡邮”朋友一天要走八九十里，上岭下坡，转弯抹角的，有些地方，走十几里路找不到一个人影。山路陡峭，有的被雨水冲毁，有的是陡坡和悬崖，一脚踩空的话，就会带着邮袋滚到峡谷里去，叫天天不应，叫地地不灵的。

他“嘿嘿”地笑着说，这种活儿，只有我才干了几十年。我走的路加起来，抵得上你从老家到北京的距离了。只有我们这些笨小子才坚持得住，当年你在村中务农，“穷斯滥矣”，还一直省钱买书订报投稿，我说你有大志向，将来肯定比我活得有出息。我的话没有失灵吧？这下轮到我“嘿嘿”地笑了。

顿了顿，我对他说，在村庄里，村民也把你当成明星呢。确实如此，每当“乡邮”到村口，村民就围上来，七手八脚地翻邮袋。有我的信件吗？有他的报刊吗？村民的亲戚和家属从外地寄来汇款单，他就先让村民签字，然后代领，带过来。村民都相信他，直接托他带东西寄出去。看见他远远地来了，村里人都迎上去，纷纷接他进屋，收信的人家还烧“鸡子茶”给他吃，一碗茶起码要打四个鸡子，这是山村待客的最高礼节。

村民不叫他“乡邮员”，而叫他“送信师傅”。在乡村，能叫“师傅”的，等同于“先生”，还能得到如此尊敬的高规格待遇和荣誉的，就是老师了。

在村民心目中，“乡邮”带来的都是好消息。他是幸福的使者。在山中行走，他发现以前走的山路，变成宽广的柏油路。山村有一些新房子，是近年建造的，出门打工的农民挣了钱，就回来盖房子，很大，很宽敞，估计是回来养老用的。在外面谋生活的农民工是要写信的，父母妻子孩子都喜欢写信。为什么呢？信可以随时看，随时回味，信是永久的，看到手写的字就如看到容貌一样。电话一说就没有了，连个影子都没有。是啊，文字一笔一画是用心写的，都是亲情，都是气息和血脉，有欣赏收藏价值。不过，目前写信不多了，简明扼要的电报也淘汰了。有手机微信呢，

山　居

写什么写？山里经济发达了，农民种植无公害高山蔬菜，还有竹笋林木什么的，名声在外，但懂用电脑上网的还不多，大都沿袭传统的方式与外界联络了。

我说，既然山里都通柏油路了，你可以开摩托车邮递啊。他说，摩托车只能停在山脚下。山前岭后还有一些村没有通公路，还是要走山路的，这边上去，那边下来。山里有一些货车客车拖拉机，都是村民自己开的，司机都熟悉他，可以白搭一段顺风车。有段邮路经过风景区，旅游班车也多，很方便。更何况，规划好的山区邮路，本来就要兜一个大圈子，不走回头路，该步行的地方还是要步行的。他的妻子是当地人，到城里打工买了房子。孩子也成家了。为了照顾他的家庭生活，邮局也考虑把他调下山去。但他觉得，换了环境，面对陌生人，不适应，顶多是分发报纸，干不了别的。山上没人接班，“乡邮”工资不高，即使当地青年到城里打工，收入也要比送信高许多。他每天得走几十里山路，老路，那里的一草一木一水一石，每座房屋，每位乡亲，他都烂熟于心。谁也舍不得啊。走山路是一种体育锻炼，不走身体就不健康。山路风景好，自然，没有污染，干净，自在。离开山路，就好像鱼儿离开了水，要干死的。我问他，你送信到什么年头结束？他说，送到退休吧。可以再干几年，身板结实，到七十岁没问题啊。

不知不觉坐了一个多小时。我说，去我家坐坐，他说，我已经去过你们村啦。我要上路了，他站起身来，背起邮袋，走进群山之中，先是一个移动的绿色的小点，然后渐渐地与整座大山的绿色融为一体。山路上，“乡邮”边走边唱，惊飞了许多美丽的长尾巴鸟。

发表于《台州少儿文苑》

南山之麓

我见到了这座山，它很矮，但满山的红叶反射着阳光。它是这座城市的地标，潮流风涌，萦绕身周。这里的节奏如摇滚一样狂烈，这里的楼宇水涨船高。车流如海上那鼓荡的波浪，层层涌起，那些驾车的人就如波浪中穿行的鱼儿。在风潮之中我晕乎乎地旋转着，丧失了自己，不辨方向。我在奔波劳碌中看见了都市中的山峰，走近山麓的时候，我感到了一种特别的氛围，一种特别的气场。

这座都市里的小山占地不广，不足十平方千米，峰顶不高，不足四五百米，但有茂盛的树翠绿的草，所见的树不是乔木，而以灌木居多。乔木太高大，遮挡视线，容易被风摧残，而矮小的灌木和柔软的小草，才会摇曳着翠绿。草木丰茂，簇拥着寺庙。那寺庙在山麓之西，香烟缥缈，宁静，且充满禅意。

山不大，却负累很多，有帝王的足迹，还有佛禅精神，更有连续不断的时代风潮。我经常在南麓行走，头顶潮雾，钟声和梵呗与山脚城市车流的声音夹杂着，别扭却又和谐。在爬山的时候，心里千万不要有什么负累，虽汗流浃背，气喘吁吁，但一路上看到许多树木，也悟到许多生与死的问题，比如，树叶的飘零，小草的荣枯。山上的风花雪月，禅林之下的觉悟与涅槃，以及生死阴阳的界域。

山上长满红叶的树，不多，但足以使这座山出名。人说，红叶是山下墓园中壮士的血染红的，沐浴着高秋的风。清风拂面，一

南山之麓

片清凉。风是爽快的，没有什么愿望，也没有任何欲求。没有欲求，就很随意了，没有拖累了。我爬山是有欲求的，想图个清凉，图个宁静，但这个欲求，是不是合理的？但我确实很随意，总是漫不经心地行走。在上山的路上，我见到一处陵园，感知生死的大义。红叶掩埋阵亡的壮士，行伍之人，在血肉纷飞的战场上，没有时间，也没有闲情考虑生死的问题。什么是生，什么是死？就像逃难时路过这里的婉约派词人李清照所吟唱的，“生当作人杰，死亦为鬼雄”，活着还是战死，他们都能成为英雄。他们不会像我这样在林间漫步，悠闲地考虑生死的问题。生存还是毁灭，莎士比亚提的这个问题，我仍未得到满意的答复。红叶落了下来，了无声息。

长眠在我脚下的年轻壮士啊，他们在堆积红叶的缝隙，凝视着我。什么是生命？生命有没有价值和意义？他们牺牲的时候，大都二三十岁，豆蔻年华，青春浪漫，却在硝烟中如红叶一样飘落，花瓣一样纷飞，最终回归沉寂。年轻的热血迸流，躯体扑倒的场面何等沉重！他们的生命灵魂在林中缭绕着，在山下的水面上漂泊。这些异乡人，怅然地遥望故里，思念远方的父母兄弟？青山绿水之间，生命就这样交付了，在黑夜和黎明之间，倾听冥冥中的告慰。我忽然想，我是幸福的，我比他们幸运多了，我至少多活了三四十年，享受了将近六十年和平阳光的照耀和雨水的滋润。我的身上找不到他们的慷慨豪迈、热血沸腾，而只有一些儒雅中的贫寒和衰弱。他们会抿嘴窃笑我否？

我的身边响起节奏鲜明的流行音乐。许多人在音乐中腾挪，跳跃，手所推开的，脚所踩下的，都成了音符。也有人踢腿、打拳，什么才是江湖霸主，怎样才算精武英雄？那究竟是怎样的境地呢？

我经常在南麓见到一些祭扫瞻仰的人。太阳在枫林中升起的时候，耳鼓里充盈着圣洁庄严的誓言或诔词，让人热血澎湃。它们如一团团烈火，让人感受炽烈的温度。温度渐渐冷却了，亢奋激昂的管弦乐慢慢消隐，被寺院木鱼钟声的清音所掩盖，被林鸟的鸣啭所替代。两种声音回响着交响着，履行各自的使命，就如战场上的生与死，或季节的流转。在生死这个大问题上，音乐算什么？仪礼算什么？豪言壮语算什么？顷刻间，如过眼烟云那么缥缈，然后蒸腾，成为残影流光。岁月是否真的值得我们流连？

南麓树荫遮天蔽日，阳光已经枝柯过筛，成为闪光的跳跃的散点，或浑圆或细长，如诡异的眼睛。我迷惘着，感受两种不同的存在方式。墓园和佛寺近在咫尺，在同一片红林中，就像文学中两种不同的体裁——诗歌和散文。我说，墓园是散文，寺庙是诗歌。殊途同归，只不过表述的方式不同而已。任何人都希望众生平等，没有剥削，没有强迫，没有争战，没有贪污受贿，没有悲哀沉沦，没有彷徨烦恼，生活富裕，安居乐业。每个人都自觉做乐事做好事，这才是和谐社会天下大同。对和平的渴求，对安宁的渴望，是每个人的神圣，是自然赋予的精神。在红林中行走，心境变得淡然，就如山间的草木那么自在，忽然间，脚下出现一朵花、一只蝴蝶，头顶上有一羽鸟在云间飞过。所有这些鲜活的日常细节，都成了音乐和文学。

我站立的对面是小和山，显示着和谐、和合、祥和、平和，最真切的境界。能拥有平和的心境就已经足够，何必刻意地跪拜而念念有词，又何必拘泥于形式而言不由衷地祈祷？逝去的人就让他安睡，而打坐的高僧就让他安禅。我想，我所看到的一些祭扫和朝拜，多少还是寄托着明确的欲求的。它们像例行公事，像戏曲中的过圆场，在那里，语言竟成了伪饰的工具。当然许多朝拜和祭扫，虔诚纯净的心地，被华丽的语言所遮掩了。

琼　台

天籁之和，在南麓全面地呈现着。庄严世俗的中和韶乐，和佛家的木鱼钟磬融合在一起，一切的声音和颜色，无法矫饰，无法伪造。各种各样的音色融合在一起，组成真正的自然天籁。鸟是智者，风是智者，树是智者。它们竖着各自的耳朵，悉心地倾听生命中最细微的声音，自南麓陵园开始，我一直攀登山顶，感觉到这里气场特好，适合练功。有人在吊嗓子，对着山风，一点也不呛噎，声音洪亮，有人在白鹤亮翅，有人在山路上急速地飞奔。一个僧人在默默地扫着石阶上的落叶，一个姑娘在路边随意地采着野花。俗人和高人相遇，如寺庙和墓园共栖。抬头看到山顶上，一只鹰逆风而飞，风一个劲把它往后推，鹰似乎感到乏力，就回转身来，翅膀一展，一个盘旋，却飞得比原来更高，最后成为一个黑色的点，一颗黑色的星星。它是令人瞻仰的圣物，应该是神的化身吧？以俗人目光来度量，它还得抓捕田鼠野兔小鸟，来延续生存的根本需要。我发觉，在山顶上看鹰和在山脚下看人，没有什么不同，那些忙碌的市民们穿梭在街衢巷道，多为稻粱谋，煞费苦心，心力交瘁。无论是鸟还是人，能够有一份林中飞行和禅坐清修的安闲情致，就算是幸福的了。没有任何欲求的人，只是不食人间烟火的山间木石，而非鲜美活泼的生命，但沉迷于过分的欲求，往往会丧失了应有的自在。千方百计地掩饰内心的真实，使本来明澈的眼睛蒙上阴霾，像虚空中缥缈的云雾遮掩着山峰，像乌云遮挡着明媚的阳光，到底有什么必要呢？

在城市高楼大厦掩盖下，这座山显得很矮小，很出世，但也很入世。山中的隐者可以接近世俗，世俗中的市民，可以感受幽林的归隐。随遇而安，没有刻意，随和自在温馨，难怪人们把这里当成快乐静修的好处所了。

在山顶上，我看到了大海，念诵海子的那首诗：

从明天起，做一个幸福的人
喂马，劈柴，周游世界
从明天起，关心粮食和蔬菜
我有一所房子，面朝大海，春暖花开
从明天起，和每一个亲人通信
告诉他们我的幸福
那幸福的闪电告诉我的
我将告诉每一个人
给每一条河每一座山取一个温暖的名字

从今天起，从现在起，我就是一个幸福的人。山下墓园里睡着的壮士也是安详幸福的人，他们是永生的生命，好好地活在一个美好的意境之中。我得好好把握生命中的每个时刻，在祥和而温暖的阳光下，步行南山之麓，我发现了自己浮躁之后的安详和宁静，与这座不动声色的山没有什么两样。

我没有忽视青山，也没有忽视自己。

南山之麓的每个角落，都是相当和美的妙界，在行走中，我珍惜着与人间草木和禅道交融的良缘，感受明净中的亲和。

我渴望着南麓那种温和大度包容一切安静的氛围。

从山上下来，走过一座桥，来到了山下老街，踅进一家旧书店，在堆积的故纸中，在落满灰尘的字里行间，我拥有了与山上同样的安详超脱。

发表于《海风》

临波照影

这几天我总是对着西湖的明波出神。

我从庆春路径直走向西湖。穿过浣纱路，我才想起，西湖又名“西子湖”，这是苏东坡的一个绝妙的比喻。“水光潋滟晴方好，山色空蒙雨亦奇。欲把西湖比西子，淡妆浓抹总相宜。”“西子”即西施，来自西湖之南的山水形胜之地，在今日诸暨的苎萝山，她曾经坐在石头上悠闲地浣纱，唱着柔美的山歌，山溪山歌一同清澈地流动着。苎萝溪流得欢快，甚至很急湍，是没有西湖这样的柔波轻浪的。苏东坡诗中所说的“潋滟”，就是水波荡漾的意思，是西湖晴天最好的景致，只有宽阔的水面才能出现这样的气象，而雨后山色空蒙，西湖就幽暗隐晦了，隐晦，倒也蒙胧，风姿绰约。西子湖在下雨的时候“淡妆”呢，还是在晴天的时候“浓抹”呢？这个，苏东坡没有道明，让人尽情猜测。

确实，天晴的时候，西湖的明波同样是风姿绰约、风情万种的。晴天的西湖之波，我称之为“明波”。这个词，是读朱自清那篇散文《绿》所得到的灵感。西湖的波太明了，秦淮河的波太暗了。晴天西湖水倒映着天上的云彩，还有远处的青山亭台楼阁廊榭，即使水面近旁的树木浓荫和鲜妍的芳草繁花，也是充满天然明亮的浓绿的；秦淮河在小巷下流过，落满了红尘女子的粉黛，自然地黯淡了颜色。而今，西湖明波就在我的眼前荡漾着，一个微粼，一个微粼，从我的身边传向远方，从此岸抵达彼岸。西湖的景致，比如雪景月色，张岱就写绝了，但西湖的明波，据我的蠡测，好像还没有人写过。

最近一段时间，在西湖之畔住的日子很多。我经常一个人独自走在西湖岸边，从少年宫出发，往南行走到“柳浪闻莺”，一旁是城市的高楼，一旁是宽阔的水面，游人密集，如过江之鲫，似乎过于喧闹了些。在傍晚时分漫步于“柳浪闻莺”一带，一边欣赏西湖的波浪，一边倾听杭州人所唱的越剧，真是精美绝妙。不时有人在唱《追鱼》中的一节：“碧波潭碧波荡漾，桂花黄疏影横窗。”可是现在不是月夜，夕阳下的波光粼粼的湖面中倒有许多锦鳞跃浪，颇能牵动浪漫的情愫。越剧的唱腔婉转缠绵，依然有那深深的柔情味：“鲤鱼啊，你那里是凄凉水府，我这里是寂寞书房，我白衣你未成龙，我单身你可成双？咫尺间情愫难通，空惹下满腹惆怅。”临波照影的文弱书生张珍，以真诚感动了水波中的金色鲤鱼，经过了生死的磨难，人鱼缔结了美好的婚姻，成了患难的夫妻，比安徒生的美人鱼故事要美妙百倍！西湖的浪一波波地涌过来，我想在西湖临波照影的有情男女，也会得到些许的宽慰。那心中期盼的佳人，会在水波之上迎迓，就像王文娟扮演的鲤鱼精一样，曼舞绰约，深情回眸。那波中闪烁的光点，不也是饱含深情的眼神吗？

望着水面的粼波，我的耳边充满越剧的旋律。人不但可以与鱼恋爱，也可以与蛇结婚。同《追鱼》和《白蛇传》相比，《梁山伯祝英台》过于哀婉了。中国四大爱情故事，杭州西湖就占了两个，我明白杭州才是爱情之都，西湖也成了爱情的渊薮。下午三点半的光景，阳光已经与西湖的水面成四十五度夹角，远远望去，苏堤在粼光万点的水面上浮动，在阳光之中，就像架在空中的鹊桥！我竟然把波粼击碎的阳光当成发光的鹊鸟了。在苏堤的阳光和波影之间行走的人，不是牛郎和织女，而是张珍和鲤鱼、许仙和白蛇啊。

忽然我的身边响起“咔嚓咔嚓”的声音，临水的草地边上，一对年轻的新婚夫妇在拍摄新婚纪念照。男的西装革履，女的婚纱摇曳，两人含情脉脉地对望着，就像水中游来的一对白天鹅，不时地拍打着翅膀。能走到婚姻殿堂是多么珍贵的一种缘分啊。越剧《白蛇传》里，西湖水波里划船的艄公唱：“百年修得同船渡，千年修来共枕眠。”这对拍摄新婚照的新人，有着多好的情缘啊，他们在罗曼蒂克之后，将面对现实的生活问题，他们所驾的航船，能在波浪中载满多少的重量？是否会吃不住重，是否会无声地沉没下去，这些还都是未知数。如水波那样虚幻的爱情啊，如航船那般的生活啊，在现实起伏的波浪中，划啊划啊，哪里才是彼岸？

在“柳浪闻莺”停留了片刻，我悄声地离开，不想冒昧地打扰那些年轻人。我继续行走在西湖的水岸，已经习惯看将要走进结婚礼堂的新人。每天都能看到他们，只不过换了不同的人而已。

我关注起前天在白堤上放飞三角风筝的那位中年男人。他的三角风筝很大，两根线被牵着，左右手各牵扯着一根，相互协调。左右手不断地收放牵扯，那大风筝呼啸着在空中旋转着翻筋斗，“嗤啦”一声贴近湖面，“嗤啦”一声擦过水波，又“嗤啦”一声猛地冲上天空，他控制着风筝线就像拉着操纵杆，驾驶着一架飞机做着各种惊险的特技动作。左手收紧，右手就要放松。左手要牵扯，右手就要抖动。不然，风筝飞不起来，就不能在空中旋转，不能猛地扎下又猛地升起了。果然有人在尝试着操纵，左右手不协调，风筝就直直地插进波浪水面，软塌塌地躺着，再也起不来了，仿佛成了一只死鸟。这婚姻不就是三角风筝吗，丈夫和妻子如左右手协调地操纵着。生活怎么去和谐，经济怎么去兼顾，只有协调的左右手才知道！

这是我在西湖临波照影时遇到的最有特色趣味的场面了。

我需要更多的风景充实照相机的内存卡，我转过雷峰塔，转过净慈寺，转到苏堤。苏堤东边的两岸都是水，都是闪烁的波浪。朝东望去，岸边的高楼大厦浮动在水面上，在蒸腾弥漫的水汽里，成为缥缈的海市蜃楼，但依然充盈着市廛不绝的喧嚣。我坐在苏堤东侧的一个不起眼的亭子里，不再看远方的景色，只对着身下闪动的波光凝望出神。我低头看自己的倒影，看自己的脸庞被水波扭曲，长了，短了，歪了，正了，斜了，弯了，就像面对着哈哈镜。在柔波起伏的水面上，我看不清自己的表情，是哭了还是笑了，笑中有哭，哭中有笑，怪异得宛如济公活佛一般。我在西湖边上潇洒地走，但在水面的映衬下，我的身影也夸张地扭歪着，不再是现实中一本正经的模样。到底是波浪将我扭曲，还是现实中我就像在波浪中一样的扭歪？到底是什么力量把我飘摇成不定的水波？透过水波，我看见水底下翔泳的鱼，它们似乎无忧无虑自由自在，潇洒地游动，还不时地与我的眼睛对视，向我的嘴唇亲吻，然后畅快地游去。我多想与它们一起遨游，穿透那密密的波粼，而闪动着的水纹，在我的心目中竟然成为一张铺展开的网，这网紧密得我无力穿越。我最终还不能成为西湖里的一条游鱼！我与西湖的游鱼那么近在咫尺，它们又是那么遥远不可及，就像西湖边挽留不住的夕照流光！

对着西湖凝望了许久，转过身来，往西望去，夕阳西下，天空布满了鱼鳞一般的云，投映在波光万道的水面，微风吹动微澜，细细点点，一丝丝地飘到远方，飘到远处的岸边。有许多人都举起了相机，忘情地呼喊着，多么美的晚光！他们面对的是夕光，而忽略了身边的波澜。湖面映着霞彩，伸展到夕阳的脚下。“落霞与孤鹜齐飞，秋水共长天一色。”它们与跳跃的水波互成一体，好像金色的游鱼，也像燃烧的火。满湖的水燃烧起来了，与天边的晚霞相映，到底是晚霞映红了湖水，还是湖水染红了晚霞？此

湖 滨

刻的湖水和晚霞，就像一对热恋的情人，一对缱绻中的夫妻，满湖的草木都在欢呼，满湖的水波里都响彻他们欢快的放歌。天上飘过的鱼鳞般的云，与脚下涌过的波粼没有什么两样。只不过天上的云是流动的，慢慢地游移，水面上的明波则是闪动的，慢慢地散漫开，又慢慢地回荡回来。不断地叠加，不断地融合，就像一个梦，叠印着另一个梦。

在西湖边临波照影。照自己的影，也照别人的影，照山水的影，也照情爱的影。生活如湖中泛起的金色波浪，是活生生的现实，是不甚起眼的性灵细节。抬头看去，临波所照的那夕阳，已经成为淡淡的一抹红，水波暗下来了，黛色的山峦又呈现了出来，我清楚地认出，那边是丁家山，那边是龙井，那边是双峰，那边是灵隐。

灵隐啊灵隐，我临波照影。灵隐啊灵隐，我波粼之中灵性的照影啊！我想起我的爱人在灵隐寺对我说过的话。万物有灵，隐于万物，这灵性，这魂魄，不也隐藏在西湖的柔波中吗？

发表于《台州教育文苑》

灵光塔影

我对山水间的古塔产生了浓厚的兴趣。本来我到山水形胜之地，首先要寻访的就是古寺古庙，直到现在，我才发觉，到一个地方不欣赏古塔，是枉费造景者和宗教家的苦心的，尤其是天边挂满绚丽云霞的时分。第一次我对古塔感兴趣，是在北京潭柘寺的塔林里，潭柘寺的历史很悠久，古语说：先有潭柘寺，后有北京城。潭柘寺的高僧，全埋葬在寺外老林的塔林中，我刚到潭柘寺山门外，就先看到了大小不同高低不一的古塔林。旅游车开得飞快，古塔林一下子映入我的眼帘，却又在倏忽之间隐去了。

我是在下午一点钟光景抵达潭柘寺的。潭柘寺虽然离城市很远，但热闹得犹如农贸市场，尽管有尊贵辉煌的气息扑面而来，带着皇家宠爱的那种趾高气扬。在潭柘寺转了两个小时，看见有人在敲寺院的钟，说是求福，十块钱可以敲三响。等待敲钟的男孩女孩们排了很长的队，就像买彩票一般。钟声杂乱无章喤喤地响着。我随意地转了一圈，拍了一些大殿和树木的照片，做文章的配图，随后避开尘嚣，直截了当地赶到寺外的塔林里。

塔林坐落在一片老树林里，一片安静。这里没有人，只有我单身只影。我仰望这高耸的塔群。天色清朗，阳光落在古塔上，如佛镀金了一般。塔林中有一些覆钵形的喇嘛塔，我就把它们当成了蹁跹着的佛，而那些修长的单层单檐塔、单层密檐塔和多层密檐塔，则当成侍立的菩萨。在塔下行走，在阳光和塔影之间坐卧，我的内心就安静下来了。在寺里的那种不平与牢骚，也渐渐地消泯殆尽了。

潭柘寺回来，我对阳光下的塔影产生了极大的兴趣。我想到近在咫尺的通州运河畔，有一座燃灯舍利佛塔，是北周宇文氏执政的时候兴建的，曾经几次兴废。刚来通州的时候，我曾好几次穿过西海子公园，拜谒这苍老的古塔。运河的水枯干了许多，塔的倒影早已看不见了，只有塔下的民居鳞次栉比，它们大都是低矮的瓦房。从西海子那边进去，要买三块钱的门票，经过一座高架桥后，才能抵达塔下，在桥上行走，能把各家各户的行动看得一清二楚。通州塔保护得不错，在历史上，它是京杭大运河北端的象征性建筑，一个独特的地标。古诗云："万千漕船扬帆至，一支塔影认通州。"塔下有寺，可惜没有僧人居住，只有几个老头老太太在虔诚地插香，不发一语。

我也曾去过河北赵州的柏林禅寺，那里有座塔，叫作真际禅师塔，是唐代的遗物，真际大师也就是因"吃茶去""庭前柏树子"公案而闻名于世的禅宗大德从谂大师。在一个月夜，我一个人仰望这座古塔，不知不觉地，感到自己在与佛对话，与大师畅谈。寺里的法师告诉我，前些年寺院荒芜倾圮的时候，只有这座塔孤零零地兀立在空旷之中，身后还有一片柏树林。而通州的佛塔之下，连一棵古树都找不到，不过在戒台寺，我找到了一座抱塔松，那棵松树枝条光秃，尤其苍老，探身空中，与辽塔相拥，别有一番情味。有些时候不由自主地想，或许，塔比树木古老，树木比寺院还要久远。树木也是一座绿色的塔，在我的心目中，树林也是塔林。难怪有人说，一棵树是一尊千手观音。许多树木和塔集中在一起，就像莲池海会的佛菩萨。

潭柘寺塔林在山脚下，寺院的北面是山，地形有点类似于天台国清寺，但没有国清寺那么多的树木，山谷没有国清寺周边的那么潜藏，看起来有些“豁”，不够隐，所以世俗气还是浓了一些。通州没有山，平原河道，直拔笼统，塔影孤零零的，有些落寞。北京城区的许多塔都孤零零地立着，戒台寺、八大处的塔是单身只影的，香山的琉璃塔与碧云寺的金刚塔虽然有些呼应，但不能同时出现在我的视线里。碧云寺金刚塔是一个平台上的五座小塔，有点像北京站的建筑，是很独特的。但是它们都在山脚下，总不那么显眼。而在云居寺我看到了一些塔，与潭柘寺塔林的感觉差不多，但很残缺破败。

真正的塔，不立在半山腰，而应立在山顶，或者开敞的有山脉凭依的谷口间。天台山的两座佛塔是最美的，赤城山上的梁妃塔，就在山顶上，脚下是悬崖峭壁，一到天台境内，就立即看到她的倩影。“赤城霞起建高标，万丈红光映碧寥，美人不卷锦绣缎，仙翁洒下丹砂瓢。”赤城霞与钱江潮、巫山云一起成为闻名天下的奇观，也算是自然赐予的宝贵遗产了，但是没有这白色的塔点上一笔，就逊色了许多。太阳一照，塔影放光，我觉得，那位在赤城山顶建造佛塔的人，是真正的山水园林美学大家。如果说，梁妃塔是倩柔女子的话，国清寺外的隋塔，便是一介武夫。他伫立在那里，风雨将他的衣衫吹去了，把内心的情感裸呈在人们的眼前。他们也许是真心相爱的。是什么力量将他们分开，遥遥相望而不得亲密相聚？双塔遥应，演绎一个充满悲情的故事啊，家乡的人是否想过，他们为什么天各一方呢？在云南，阿诗玛可以变成一块石头，而在天台，相爱的人为什么不能化成一对宝塔？他们的反抗是不是受到强权的镇压？

在民间传说中，塔总是与镇压有关的。《封神演义》中，哪吒不满父亲李靖的做法，就踩着风火轮提着火尖枪穷追猛打，最后还是燃灯道人（燃灯佛）给了李靖一座玲珑宝塔，等哪吒追到面前就劈头盖脸猛罩下去。哪吒被关在塔里破口大骂，李靖一拍塔身，塔

赤城山梁妃塔

内就燃起熊熊大火来，把哪吒烧得惨叫不已。在强权的宝塔里面，哪吒虽然是莲花托身，也不得不忍气吞声。

在杭州西湖边行走，我看到了雷峰塔。白蛇与卖药的许仙相爱结婚，也没什么大不了，但把道貌岸然的法海大师给惹翻了，法海大师不但把白娘子覆钵罩住了，而且在钵盂外面建造了一座宝塔，双保险了。法海镇压了白蛇，说，西湖水干，江湖不起，雷峰塔倒，白蛇出世。尽管西湖没有干，钱塘江照样要涨潮，雷峰塔还是倒掉了，白蛇与许仙还是要成夫妻的，这印证了一句话，邪恶压不住正义，正义必胜。雷峰塔被同样不正义的倭寇烧了，火光映红了西天的晚霞，也映红了一湖的水波，被烧得支离破碎的雷峰塔，依然矗立在风雨中。杭州人觉得这雷峰塔既然能镇住白蛇，塔砖肯定能避邪，于是就纷纷去挖塔脚的砖，塔脚挖空了，塔就撑不住，轰然倒下了。有人说，正义伸张了。鲁迅先生开心地高喊："活该。""南屏晚钟"还在，雷峰塔只留下一个塔基，于是干脆把地宫也挖了，看看到底藏了什么宝贝。真相大白了，没有白蛇，宝贝倒是很多，还有佛经和舍利金塔。最终重建，呈现在人们眼前的，不再是晚霞下的垂垂老衲，而是富丽堂皇的奶油小生。每当夕阳落下，红霞收敛，塔上的彩灯就会不停地闪烁，塔下的射灯将耀眼的光柱射向天幕，来回地扫描，要替白蛇搜索法海这个坏和尚似的。可是，和尚老早钻到西湖螃蟹的肚子里去了。只要在西湖边随便抓一只，或许能找到该死的他。你也不用搜索了。

要看西湖雷峰塔，还是得到雷峰塔的北面的对岸。如果是一对恋人或夫妻，最好以这座塔当背景拍摄照片，当作美好爱情的见证，也是不错的选择。

在我的心目中，雷峰塔与六和塔类似，是密檐塔。雷峰塔是镇白蛇的，而六和塔是镇压钱塘江潮水的。潮水从海上涌来，到了这里，被佛塔一压，就呈之字形折个方向前进，保住了杭州西湖。在钱塘江对岸看六和塔，是看不大清楚的，塔影隐在树色里。它坐落在江边的山腰，只有在北岸才能看得较为清晰。江水是流动的，塔是宁静的。尤其是太阳落山的时光，塔影映在天边，倒也十分醒目。

为认真欣赏六和塔的塔影，我和孩子在下午三点多钟到了那里，外面的光线还是很强，不过塔内的光线就暗了。我走进塔里，沿着木梯子盘旋而上，双脚踩在木楼板上，橐橐地响，空灵，宛如老钟。在一个转角处，阳光忽然透过塔门射了进来，明亮，透澈，宛如神谕。孩子走在这纯真的阳光里，她的剪影被涂上了金边。我看塔内孩子的身影，有着一种别样的圣洁。

我在六和塔一边摄影，一片欢悦，拍摄阳光中的檐铃和木窗，以及流淌的钱塘江水。现在不是涨潮的时刻，我走下六和塔的时候，已经下午五点多了，阳光正照耀在塔身上，然后照在塔刹上。我左转三圈，一边顶礼，一边念祷，一边举起相机和眼睛。太阳落下去的时候，天边飘过丝絮一般的流云，逆光中的塔影更加显目。我把流云想成江潮的背景了。只有这样的流云，才能与六和塔影相互映衬。太阳落山的时候，我们与六和塔影交融，一起“常乐我净”了。

发表于《台州教育文艺》

携手走过芦苇坡

坐在芦苇坡上，我将会告诉你，我也是一个“性耽山水”的人，我爱山水文章真的犹如我喜欢你和芦苇。忽然间我觉得这芦苇花如箭头如笔杆，想投射到什么地方，想涂写些什么文字，我却无从知道。此刻我与你携手同沐在这芦苇组合的风景里，在欢欣惊喜之余，总有说不出来的激动，不知不觉双眼濡湿。我忙于世事，疲于奔命，很少有时间出来与你漫游山水。与你同坐岸石上，眺望溪山烟雨，我自然而然地感到无上的幸福。忽然发现，你静静的身影犹如坡上芊芊的芦苇，我也终于看清你的明眸在刹那间闪动起的一线灵光，像溪水荡起的涟漪，倒映着两岸的树林和青崖。清风吹拂你的脸庞，升起淡淡的一抹红晕，阳光那样的灿烂，此刻的一切显得那么宁和与安谧，再倾听你心灵的颤动和气息的温和，宛如天籁。

天籁，是世上最完美的声响啊！身边充盈的是溪水流动的汩汩，还有微风轻擦树叶的簌簌，很悠扬很飘逸的，是我喜欢听的音乐。

远远地，我看到了芦苇坡。那一枝枝苇秆摇曳着，如孩子高举的手臂，我仿佛又回到童年。那时，老师常牵着我的手，走到学校前的空地上，同其他的小朋友们一起挽着手围成一个圆圈，跳着，唱着我最纯真的歌谣。老师的手轻轻地拍着我的肩膀抚摸过我的头顶，我抬头看见她的目光是那样和蔼可亲。除了母亲和老师这

坡上芦苇共白头

样爱抚我，能关切温暖我的就是你了。我总发现你的手与你的目光的契合，传递的是一种叫作感情的东西。这是纯理念、纯自然的，没有什么大惊小怪的秘密。其实我对你的情感多少包含着对母亲和老师的那种敬慕，那些情感相互交织，犹如水中的涟漪，一个晕一个晕地扩展开来。

芦苇坡确实迷人，其神韵难以用语言和色彩来描述。读《诗经》的“蒹葭苍苍，白露为霜”，不知道“蒹葭”到底是何物，现在才知道它本来就是我们身边的芦苇。我与你来到此岸，身靠苇丛，这无限的美丽近在咫尺，伸手可及，可我又不敢触摸那些芦苇，怕亵渎了那高洁的美。此刻我与你促膝面对，就像岸上的两枝并排的苇花，互相扶持，互相依靠。如果没有你，我也就孤零零寥落落的，在凛冽的风雨中很快地摧折倒扑下去。苇林总让我感到特别的温暖，你告诉我它有许多许多好听的名字。有人管那成片绿色的枝叶叫“青纱帐”，管那卓立飘摇的雪色芦花叫“白头老”。我不由问你，那苇林也在为谁一夜之间愁白了头？青春的大好时光是多么可贵，爱情的甜蜜又多么撩人心魄，为什么我们不去珍惜，不去把握，让它在不经意中悄悄地随风飘去？

我忽然想起芦苇坡下那两只洁白的水鸟来了。它们潇洒地游泳，击打着波浪，一派逍遥。我不知道它们的姓名。它们到底是一种极乐之鸟，一种能够比翼齐飞的共命鸟。看到它们扑棱棱擦过水面盘旋而起的时候，我发现那敏捷的影子也落在我们的身上了……

透过芦苇坡颤动的花叶，我看到远方隐约在薄雾中的小镇，那里有一座小小的平桥，那座桥也成了小镇的名字。就在那古朴的瓦脊下，诞生了一位闻名遐迩的散文家。这条小溪就从他那里流过来，也悉心地孕育了他，于是他就想做一个溪水沙石中的小蚌，自由地安天乐命。可惜他生长在岸边的岩背上，而立之年早殇了。不屈的灵魂义无反顾地投入中流，连头也不回。我相信宿命，认为自己身上有他的浓重的影子，只不过生活的年代不同罢了。他同样深深地影响着你影响着我，我觉得苇林脚下流淌的是源源不断的文字。这里倒映的青山和民居，蕴含着三千大千世界的妙谛。我们一起溯源而上，在那位散文家破旧而沉寂的故居前，驻足了整整一个下午。我们一句话都不说，任老房子的檐阶把我们的目光紧接在一起。其实你同我一样，一直对这老街古居情有独钟，我们一起支开画板，涂抹着那布满水痕的岁月沧桑。那老街在元代已经定型了，而现在冷冷清清、寂寂寞寞了。我觉得这恰恰呈现着另一种永恒的美。你说你不羡慕那城市的高楼华堂，喜欢乡间宁静而平和的生活，你到过许多城市，那些纷杂的人际关系确实令你无所适从。那个夜晚离开小镇，看到老街两旁高挂的红纱灯，你黯然泪下，当你从远方归来，坐在这芦苇坡遥望风姿依旧的老街，你想再也不会离开它了。乡土情愫使你提起笔来，没有丝毫功利，写着芦苇坡画着老房子，注入了真感情，无师自通，轻松自如，这不也是一种无上的禅觉吗？

看芦花飞扬，确实激发我们的怀旧情绪。芦苇花谢了可以再开，老房子破了可以重修，但随着岁月的更替，本来不屑一顾的东西却永远难以再找回。这溪流的下游，滩林消逝了，溪水浑浊了，成了极大的遗憾。无言中回望身后，紧靠芦苇坡兀立着一座简陋的小屋。它只能容纳下两个人，是当地的农民管山林和庄稼时留下来的。房子后有并肩的两棵树，倒是天造地设的，精妙绝伦。在这空旷中，它更加引人入胜了。可惜我们没有真正地拥有它。它只属于懂得享受这种情趣的人们。我们渴望着得到生活和爱情的恩赐，在走了好长好长一段路后，应该找这样的小屋安顿一下，备些可口的饭菜，缝洗些破旧的衣服，品些清碧的香茗，听些优美的音乐，写些恬淡的文字，唱些欢快的歌谣。这陈旧的房子，更能令我感到温馨备至。幸福与否，是心里的感觉，主观的东西，人人都能体会得到，这天赐的因缘，在于你真正的感知。我们在这房子里安顿好了休整好了，就一起行路，我给你披上红斗篷，你给我戴上青竹笠，我吹笛，你佩剑，像金庸笔下的侠客英雄，远足天涯，笑傲江湖。那是多么让我向往啊。行走在山水和乡间民居之间，我们再也不会被乱七八糟的尘俗所左右了。譬如在今日的芦苇坡上，我们携手走进风景里。

在这芦苇坡上，你向我讲述一个故事，仿佛是一个缥缈的梦，一首别致的诗。我知道那位歌手的名字，而你永远是我心中的歌手了。我呢，那个沉沉相思着的我呢，早已没有了自己，因为我的心被你，被这美丽的芦苇风景消融了。

我终如一支小小的苇笛，只望你轻轻地用心，用自己独特的气息去吹响。

一支小芦笛，采自溪之滨……

我忽然想起本地那位散文家所唱的歌谣来了。

发表于《江南》1997年第3期

秋天的小山坡

秋天，中午十一点的阳光正照在产房的百叶窗上，一片温暖。附近的学校响起放学的铃声，田野中那些农人正踏歌而归。你喊叫着来到这个崭新的世界，降生在这个丰收而喜悦的日子，这是你的福分。十月的乡村是宁静平和的，正像十月的山坡。山坡上的芦苇花也在频频点头，田野上金色的稻浪也在甜甜地微笑。在这个秋天，你开启你的旅程，前面有坎坷和风雨，也有更多的温情和欢乐。我对你的母亲说，天凉好个秋，你应当为自己加衣啦。

山坡是你的名字。我和你母亲相爱在这片长满芦苇的山坡上，我们都写过关于这片芦苇坡的文字。因为文字，这些激动一生的文字，我们之间结下了不解的情缘。而今，你就像那芦苇坡上的秋阳。与我们温煦的感情相辉耀，使我们的情爱如高扬的芦苇花，超然出尘，素洁高雅。这已经足够了，就是因为艺术，因为艺术氛围中孕育的你。

我把你的名字取为“山坡”。山坡高远而开旷，有野草，有繁花，有绿树，有白云。坡上有牛羊悠闲地飘过，更有小屋静静地安睡。当然，坡上还有一片垄地，长满你喜爱的瓜菜果蔬，这是我的故园，一种安宁的静如处子的生活。“林间小溪水潺潺，坡上青青草。”“我家住在黄土高坡，大风从坡上刮过。”这些都是我们常唱的歌谣。你渐渐地在这歌声中长大。山坡是美丽的，悠闲与宁静是一种境界。我喜欢山坡，这个名字，至少比那些梅兰竹菊花草芬芳好得多了。

那些名字总有点小家子气，不及“山坡”来得高雅朴素而大方。

我知道拥有你是我的福分，说到底，你的父亲是蠢笨的，是傻瓜，除了能写几句哇啦哇啦的破文章画几间东倒西歪的破房子外，几乎一无所长。至今，你父亲还没有稳定的职业，没有一所属于自己的房子，为我们的日常生活作艰难的“稻粱谋”。生活把他压扁了，如一条鲳鱼，在布满泥沙和礁石的海底，艰难地游动。但他依然感到快乐，不单是因为有了你。生活是清寒的，地位是卑微的，但不要怨天尤人，这也是一种福分，一种磨难，一种鞭策，可以造化你的好品格，坚忍，奋发，刻苦，勤劳。一个人到达绝境的时候，就能把所有潜藏的力量迸发出来，把整个智慧全部调动起来，置之死地而后生。只要去努力，房子会有的，面包也会有的。共产主义我们一时还达不到，但是，“土豆加牛肉”还多少是有一点的。人活着，多少要有一点愿望，不管这愿望是大还是小，只要是美好的，只要你朝这个方向努力，它一定能实现的，只不过是时间的迟早而已。在世为人，不单单有物质的需求，我和你母亲的结合，基本是源于精神上的契合。我们都不名一文，但我们很富有，我们有许多文化艺术上的宝藏。很多时候，文化艺术蜕变为用时舞几下、不用时当的一声扔到角落的锄头柴刀，变成一种无生命的工具，但我们依然执着地坚持下来。我们还有自己独特的思想、独立的人格，要做人类精神思想文化的传承者和传播者。要知道，一个人的思想情感被物化，人被“格式化”的时候，他便不再是人，充其量是一台收音机，这是极可悲的。所以，在你长大的过程中，我在生活的细节上要管得很严格，说不定会经常打你的屁股。但我愿在思想情感上给你极大的自由，你是一个在秋天出生的人，一片芳草芊芊的小山坡，是美的。我相信你的人格精神是伟大的，你是一棵芦苇，一棵独立于天地苍茫之间有思想的芦苇啊！

秋　日

正因为你是一片小山坡，你的故乡注定在山村，而不在城市。这不是你的错，你不要悲伤。城里虽然繁华，霓虹灯火闪烁，高楼大厦林立，却也有邻里老死不相往来，汽车和工厂排出的尾气尘埃。城里不是你的天堂，但你必须要学会在那里生活，你要读书，要学习，总不能回到我们破旧的外胡老家去。要知道，外胡村依然是个贫穷落后的小山村，破烂不堪，那些老石头房子，那些爬满牵牛花的篱笆墙，那些连绵不断的竹林，从艺术的角度来说，是美丽而富有诗意的，从现实生活讲，却又是困苦的。这个可怜的外胡村，开门见山，低头过坎，至今没有广播没有电话，没有邮路，没有电视信号，许多人依然面朝黄土背朝天，为一日三餐而鼓足干劲。当城里人手按着电脑鼠标在因特网上漫游世界的时候，外胡村人却不知道电脑究竟是何物！这个有着光荣革命传统的小村子啊，现在却被人遗忘得一干二净了。有些人在那里连一天也待不住，以后你长大了，懂事了，我一定要带你到那里体验体验这种艰苦的环境，让你自己明白。你在城里读书，需要付出比城里孩子多几倍的劳动和辛勤，你是桌子底下的青蛙，得靠自己的力量一步一步地蹦，即使翻筋斗也在所不辞啊！

但是，艰苦的生活还是能造就一个人的美德的。外胡村的人们很善良，很纯正，你到那里去，许多人都会来看望你，拿出最好吃的东西给你，送上最好玩的东西给你，他们会给你做木陀螺玩。这圆圆的陀螺，上圆下尖，在地上呼啦啦地转，越用鞭子抽就越是转得欢，你能说出什么道理呢？话又说回来，你爸爸虽然笨，像木陀螺，但也曾呼啦啦地转。他出生于一贫如洗的家庭，从山村里闯荡出来，到城市打工，不管是当搬运工还是打字工，不管是做企业里的秘书还是文学杂志的编辑，都在脚踏实地地去做，不管收入多少，都是来之不易的，都值得珍惜。做人不必讲太多的官话空话假话大话，不要瞒骗糊弄人，更不能坑人，你要真挚坦诚平静地面对，也不必为那些势利眼而伤怀。你爸妈的同龄人，有的当上了官，有的成了商人，还有的背着一把吉他流浪，而你爸爸竟鬼使神差地成了一个作家，虽然钱是挣少了点，但是社会是尊重的，老百姓认可，这也已经足够了。有人说生活是解不开的疙瘩，是麻绳拧成的花，其实从我的眼光看，是筛子，是石磨，是捣杵头与石臼，是铁锤和铁砧，你必须经得起颠，经得起捣，经得起磨，经得起锤和炼，为着你心中的理想拼命地打造自己。你要相信自己是一个强者，不是怂包软蛋，千万别让人家当软柿子一样捏！

我的小山坡啊，你活着，首先不是为父母，而是为自己，你学习读书也是为自己增长知识，让自己生活得更好。吃喝拉撒睡，起居娱乐，都是为自己活着，这不是自私！一个人连自己都料理不好，怎能为社会做贡献？唯一遗憾的是，你爸爸没有给你留下多少钱财，你还是要自己去争取。经济上你过分的要求我是满足不了的，但是我为你留下数万册的书，还有数千盘古今中外的音乐磁带和唱片。书和音乐是好东西。书可以让你增加智慧，音乐可以给你调节好心情，让你不感到烦躁和悲伤。不用说“书中自有黄金屋，书中自有颜如玉”，我通过书结识了许多老师和朋友，通过书认识了你的母亲。书里有许多知识，政治的，历史的，天文的，地理的，物理的，化学的，建筑的，民俗的，生物的，还有畅想未来生活的，各个方面都要懂得一些，但也不必过分地去钻牛角尖。至于留给你的磁带唱片，大多数都是经典的，不管是贝多芬还是莫扎特，不管是《让我们荡起双桨》还是《友谊地久天长》，不管是《二泉映月》还是《新大陆交响曲》，不管是台湾校园歌曲还是美国乡村民谣，不管是木村好夫的吉他还是肯尼基的萨克斯，都会让你感动而忘情。你在文字和音乐中陶醉愉悦，是天大的好事情。你完全会成为漂流孤岛的鲁滨孙、林间散步的卢梭和瓦尔登湖上自耕自食的梭罗。文化和艺术是人类最高的智慧，你拥有就拥有了整个生命的真谛！

我的小山坡，我只能看着你一天天地长大，不会违背自然的规律拔苗助长的。我耐心地看你挣脱襁褓，然后拉着我们的手叫“爸爸妈妈”，然后摇摇晃晃地学步，然后奶声奶气地唱着那首“小燕子，穿花衣”的歌谣，然后蹦跳着背着书包上学，然后打起行囊说到一个很美很美的地方旅行。这是我期望的。不管怎样，你还是要多读书，多注意身边的事物，注意街头上走过的各色人等，注意每个小吃摊和店铺上的招牌字。如果你到了乡村，可以注意路边的车前草、坡上的矢车菊，还有蹦跳欢叫的牛羊和猫狗，还有淙淙流淌的小河里畅游的鱼群。当然，你更要注意的是在乡村小院生活的父老乡亲，把他们写下来画下来，他们就永远属于你的记忆了！你应该为周边有许多老师和朋友关照你而感到高兴，他们在你迷惘和低落的时候与你说知心的话语，在你高兴和悲伤的时候为你唱动听的歌曲，这足以使你快慰一辈子了！没有关爱的孩子是可怜的。你可以不要钱财，但千万不要拒绝人们的关爱和帮助，人活着，不就是这样互相搀扶过来的吗？

山坡老家

山坡，好好地珍惜自己吧，生命来之不易，一切都看你自己的了。你爸爸是个料理生活能力极差的人，你得靠你自己去身体力行，不管遇到多大的困难和挫折，千万不能躺倒不干，否则，你就是孬种！你是丑小鸭，可以变成白天鹅，你是大鲤鱼，可以变成“小龙人”，主要在于你自己的修为。我总这样相信，二十几年后的这个秋天，你跑来对我们说，爸爸妈妈，我考上大学了，爸爸妈妈，我找到工作了，或者，带来一个很英俊而实在的小伙子说，爸爸妈妈，我恋爱结婚了，这些都会让我欣喜若狂的。你属于这个秋天。

你走在秋天的山坡上，你的身边开满洁白的芦苇花和金黄的矢车菊，耳边萦绕的是画眉和百灵鸟的鸣唱，阳光洒落在你的额头上，一切都显得那么精美绝伦！

好好珍惜吧，我秋天的山坡，你不贫穷，你很富有。

你是秋天的山坡，属于丰收的季节。

我沐浴在秋阳中的好山坡啊。

收录于《蛤蟆居随笔》

金秋阳光

金秋的阳光是好的！温暖、和煦而宁和。在一个和平而欢乐的国度，太阳从地平线上升起，带来了一个巨人的声音：“中国人民从此站起来了！”在江南村落和原野间，我自由自在地行走着，庄肃端严地伫立着，让脸上写满吉祥。这毕竟是一种喜悦的境界。

金秋的阳光照耀着如诗如画的江南，让它显得更加美丽。我所处的这个地方，在祖国的地图上只是一个小小的点，却拥有富足的旖旎风光。我常常把目光投向这片青山绿水，投向这片郊原旷野，心中总充满了灿烂的期望。我的山冈依然翠绿，我的田园依然旷远，我的清泉依然长流，我的歌声依然高唱。当幽谷传来声声鸟鸣，当田野泛起一片金浪，当朝阳把所有的山峰涂染成金色，当天边的彩霞把织锦铺展到我的脚边，我相信在这个时刻，你也会像当年的我一样伫立在家乡的高冈上，那么的欣喜若狂。那是我们共同拥有的青春和力量，是祖国山河大地赋予我们的无上福祉。这就是我们原原本本的生活……

金秋的阳光正照耀在我的田园和村庄上。在群山的怀抱里，我的乐土一片丰裕。阳光下，我的家人荷锄走向田野，开始日复一日的劳作。孩童们背着书包欢快地走在上学的路上。想起这个中秋夜晚，我就坐在这条老街的小阁楼上，打开窗门，一眼就看见夜空中的那轮明月，月光下的风景一派朦胧，我就在这月光下遐想，睡得香甜，学校的雄壮的国歌把我催醒，我知道，你正站立

丰　收（临摹自汉代画像砖）

在队列的前面，把一面国旗升向旗杆的顶端。大家正将手举过头顶，形成一把把燃烧的火炬，虔诚地行着神圣的注目礼。此刻，小镇老街上的人，有的摆好各自的摊位，陈列并出售各自的劳动成果，有的去金黄的田野里收割庄稼。一边是金穗闪烁的稻田，一边是书声琅琅的校园，一边是我发自心灵深处的浅唱低吟，原来这就是美丽的中国，是自然与人文艺术融合的和谐整体，也是世界上最美丽的圣境！

金秋的阳光，从老街鳞次栉比的瓦楞上投射下来，映照在老房子的花格木门窗上，你的父母小憩在温暖的阳光里，看到他们的笑容，我自然地感到满足。现在这老街已成了一个远近闻名的旅游点了。过去商贾云集，现在却恬淡平静得多了，回忆在当下，阳光里是好的，阳光把历史映照在木板壁上，明亮当年流过的水痕。在那一年的金秋时节，老街红灯笼满街张挂起来，流动的抬阁鼓亭，热闹的十番吹打，成了人们心头最亮丽的欢庆景象。岁月就这样缓缓地挺过去了。而今在阳光中唱戏，下棋，品茶，喝酒，畅谈人生，都是我最喜欢的日常生活。只要和平的阳光永远照临着，这里的一切永远是美好的。

金秋的阳光下，我的小街精美绝伦，它使我想起北京的四合院和老胡同。金秋的阳光下，你从中央音乐学院出发，一头走向老胡同，一头走向天安门广场，哦，那是伟大祖国的心脏！树木洒下阳光斑驳的光影，那是跳跃着的音符，在雄壮庄严的乐曲中，你站在金水桥堍，阳光把华表的影子投射到你的身上。你的背后，城楼上的红旗如同太阳一样辉煌，你的对面就是人民大会堂、人民英雄纪念碑、中国历史博物馆，还有国家大剧院。你正站在一个伟大的坐标上。你应当为自己骄傲，你是堂堂正正的中国人，一个大写的中国公民！我羡慕你啊，你可以亲眼看到盛大的阅兵式和国庆的联欢晚会，看见满天飞舞的和平鸽和红气球，相伴遍地盛开的鲜花，你应当感到幸福无比了！

在这个喜庆的时刻，你想想江南水乡穿梭而过的乌篷船，想想故乡云端村落的红山果，想想在乡间田野中漫步的小村姑，此刻，他们也同你一样自在地生活着。阳光下的每一刻，都是你快乐幸福的良辰！

阳光下，我重返云端的小镇，打开小楼的门窗，一股清风扑面而来，摇动着我的小竹林。在飒飒的吹林打叶声中，我敞开衣襟，坐在竹椅子上，翻开一本书，细心地阅读着，那是属于我的阳光一样的文字和图像。我的思绪也像一羽鸽子飞翔起来，在阳光里，我透过华顶莲峰的森林，追忆昨日星河北斗，透过石梁飞瀑水声，倾听云中降临的神圣歌咏。站在唐诗之路、徐霞客古道，看山那边烟波浩渺，追随星辰一般走过的前辈，他们与我一起，“半壁见海日，空中闻天鸡”。太阳正从东方升起，驱散一切阴霾，把它们化作彩霞，化成所有的福分，均等地赐予我们每个人。当我把身边所有对金秋阳光的礼赞写满天空，它给予我们的吉利祥瑞将会成倍地增长。沐浴在金秋的阳光里，我怎能不放声歌唱、鼓舞欢欣呢？

金秋的阳光源源不断，瀑布一样泻落，它和它照亮的一切，终归是美好的！

作于 2022 年 9 月，发表于《台州少儿文苑》。

天台瀑布记

最近几年，浙江天台山风调雨顺，林深木茂，芳草葳蕤，水源丰盈。因建造桐柏水库断流了四五十年的大瀑布，经过数年重整，以“华东最高的水景”迅速“霸屏”，先声夺人，成为“网红打卡地”。其实在唐朝的时候，桐柏瀑就红得发紫。而早在晋代，孙绰《天台山赋》就称颂。“赤城霞起以建标，瀑布飞流以界道”。桐柏瀑与赤城霞成为天台山的标志。

驱车过新昌，到天台境内，连绵的绣壁，如画的翠屏，蓝天白云之下，大瀑布飘扬半空，像越剧女子扬起的水袖。我侧耳倾听到的是她缥缈的歌吟。唐代诗人白居易在《缭绫》一诗中，将大瀑布比作宫中的织姬：“缭绫缭绫何所似？不似罗绡与纨绮。应似天台山上月明前，四十五尺瀑布泉。中有文章又奇绝，地铺白烟花簇雪。织者何人衣者谁？越溪寒女汉宫姬。”瀑与绫，与高蹈的女子融为一体，“天台山月明前”的泉瀑成为最好的喻体。不过在大白天，阳光太强了，瀑布的光色似乎太亮，过于夺目，气势太盛，不够含蓄，而月下之瀑，温柔缠绵而典雅。透过月瀑，我隐隐约约看见正在缭绫的越溪寒女。越地本属天台山麓，越女也该如越地浣纱的西子了。

瀑布如帘幕一般，笼罩于我的头顶。阳光透过瀑水流下来，明澈闪烁的光，随晶亮的水珠飘动。桐柏瀑布旁边是百丈琼台的仙谷。传说唐代高道司马承祯就是沿着瀑布边上的古道走向长安的。在唐代，桐柏宫和大瀑布，都是人们向往的道家圣地。李白写过四首与瀑布有关的诗，皆为上乘之作。他的《求崔山人百丈崖瀑布图》，可与《望庐山瀑布》媲美：

百丈素崖裂，四山丹壁开。龙潭中喷射，昼夜生风雷。
但见瀑泉落，如漈云汉来。闻君写真图，岛屿备萦回。
石黛刷幽草，曾青泽古苔。幽缄倘相传，何必向天台。

这首诗所描写的“百丈瀑”，实乃桐柏瀑布。“崔山人”到底是谁，我觉得应该是崔尚。崔尚是唐代人，武周久视元年（700年）登进士第，唐玄宗天宝初官至祠部郎中。杜甫幼时，崔尚即赞许其才似班固、扬雄。崔尚比李白年长，年轻时诗名大盛，与司马承祯、李白等有紧密的交集。当时朝廷与民间把求仙问道当时尚，崔尚以山人自诩，何尝不可。崔尚写《桐柏观碑记》时担任吏部尚书。此碑由唐玄宗题额：“天台也，桐柏也，释谓之天台，真谓之桐柏，此两者同体而异名，同契乎元，道无不在。”此前南朝时期“山中宰相”陶弘景的《真诰》说：“吴有勾曲之金陵，越有桐柏之金庭，三灾不生，洪波不登，实不死之福乡，养真之灵境。”崔尚所题《桐柏观碑记》道：“长涧南泻，诸泉合漱，一道瀑布，百丈悬流，望之雪飞，听之风起。”这段桐柏瀑文字，清代咸丰皇帝也抄过。天台山大瀑布在皇帝眼中，远胜天下诸瀑，庐山瀑布不能与之相匹。

唐玄宗执政时，桐柏瀑布地位相当显赫。瀑布之下有福圣观，是司马承祯建造的。瀑布上下三个龙潭，人称“三井”，为神龙所居宫府。每遇干旱之年，朝廷就派重臣到这里求雨，并将金龙玉璧等投到潭中，神龙显灵，普降甘霖。传说王乔（太子晋）在瀑布顶上跨鹤升天，天台国清寺将其尊为护法伽蓝。随着佛教天台宗的传播，王乔崇拜也传到日本，形成“山王一实神道”，来自大瀑布的佛道文化传到日本，溯其源头就在这瀑布之中。

桐柏瀑布所在之处，悬崖如削，高耸插云，沿瀑攀登，左旋右转，低头俯瞰天台城，仰首瞻望鸣鹤观。鸣鹤观如在天上，下临悬崖瀑布，山风瀑云同起。在观内品茶，俯瞰瀑布，轰轰水响中，时空急遽后退，身心与瀑布一样横飞。瀑布在急急下坠，我们在袅袅飞升。

桐柏瀑布远远可见，一览无余，有人以“寿布”形容它。寿者，命也。长寿健康，人间至孝，谁不神往呢？宋代隐居桐柏的高道张无梦诗云：

天台瀑布落青天，
观在天台瀑布边。
道士只今烧药处，
仙翁曾是种芝田。
龙居古洞遗残雨，
鹤出高巢点破烟。
暂别灵溪游五岳，
不知重到又何年。

现在的鸣鹤观，不是原来的桐柏宫。老桐柏宫遗址，早已沉潜水下，烟波升腾的彼岸，新桐柏宫巍然屹立。转过新桐柏宫，往东即到石门关天。石峡之中，两边山崖各各相镂如

天台山大瀑布

门，共有十道，尤为险要。峡谷深不见底，中有诸多大小瀑布，从断崖之上飞泻下来。这里人迹罕至，但也有人爬上去，竟在瀑布边的绝壁上刻了一首诗：“两崖青插天，一溪寒漱玉。中有采药翁，采芝引白鹿。”“寒漱玉”的瀑布，远离尘嚣，昭示着山水仙家的真味。李白来天台，也在“石门关天”边行走：“列缺霹雳，丘峦崩摧，洞天石扉，訇然中开，青冥浩荡不见底，日月照耀金银台。霓为衣兮风为马，云之君兮纷纷而来下。虎鼓瑟兮鸾回车，仙之人兮列如麻。忽魂悸以魄动，恍惊起而长嗟。”这是李白游仙诗的代表作。唐代桐柏宫还没出现，石门瀑上方香火鼎盛的洞天宫，却尊贵非常。桐柏瀑和石门瀑都是从洞天宫前的女梭溪流下来的。女梭溪与大瀑布，与白居易的《缭绫》诗又是绝妙的对应。

洞天宫上去，行七八里，即至龙皇堂；再十五里，到石梁飞瀑。石梁飞瀑北流，经沃洲湖，成为李白“湖月照我影，送我至剡溪”中剡溪的正源，桐柏瀑布面南向日，性格直爽，而石梁瀑布朝北，深藏不露，更羞涩妩媚。大兴坑溪流至瓦窑头，遇一挡路石崖。但水流不顾一切地直捣下去，因为石崖太顽固坚硬了，天长日久，便掏出一道长长的罅隙。瀑水也被挤压成细细的一缕，状如太阿倒悬，故名为“铗剑泉”。这瀑布总满怀欢喜。水流一路歌行，浩浩荡荡，穿过一座石拱桥，做一个潇洒的神龙掉尾动作，到了方广寺石墙下与来自华顶的金溪相会。前面又是顽石挡路，它们合力横冲，硬是挖出天眼一般的窟窿来，携手飞奔，腾空而起，顽石悬崖被远远地甩在身后，成为享誉海内外的天下第一奇观，壮美的爱情故事也随之造就了。

石梁飞瀑之奇妙之处，除了瀑布还有悬崖，除了悬崖更有佛寺，除了佛寺更有苍翠山林。此乃和合大美境界也，水木清华，水石相拊，更有诸多诗书画作。天台诸瀑同是人文自然荟萃的佳致，遥想唐代四百多位诗人，自钱塘江沿着水陆两路向这里进发，上华顶，走桐柏，不远千里远长途跋涉到天台山，图的是结识司马承祯。司马承祯是武则天、唐睿宗、唐玄宗三位皇帝的老师，诗人们无非三个目的：请其推荐，在朝中弄个一官半职；拜其为师，一起求仙学道；与其吟诗唱和，探究诗韵。在唐诗中，描绘天台瀑布的诗句不可胜数。

我到石梁来吟诵唐诗，做一生中必须做的最重要的功课。一路行吟，歌声不绝，诗情与山水极为和谐。宋之问云“待入天台路，看余度石桥”；孟浩然云“问我今何适，天台访石桥”“高高翠微里，遥见石梁横”；齐己云“禅馀石桥去，屐齿印松花”；寒山子云“我闻天台山，山中有琪树。永言欲攀之，莫晓石桥路”“室中虽暡叆，心里绝喧嚣。梦去游金阙，魂归度石桥”；拾得云“石桥莓苔绿，时见白云飞，瀑布悬如练，月影落潭晖”；李白云“灵溪咨沿越，华顶殊超忽，石梁横青天，侧足履半月”；李郢云“到日初寻石桥路，莫叫云雨湿袈裟”。天台山文化，用佛家的词语来言说，就是“方广”，“方”为正，“广”为大，正大光明，透彻地体现于逆光下的石梁飞瀑之上。包容万千气象的石梁飞瀑，是五百罗汉的道场。五百罗汉是贴近平常百姓的存在，如济公、寒山，很有亲和力。他们就像瀑布一样，自性修行，千人千面，千姿百态。唐末五代时的贯休、宋代的周季常和林庭珪图绘他们的形象，有观瀑的，有品茶的，皆以石梁飞瀑作背景。宋代方广寺，僧人供养罗汉，华顶云雾茶配石梁山泉水，是真正的茶中上品。陆羽《茶经》云以“山水上，江水中，井水下”。石梁僧人用茶筅击拂茶沫，杯中出现八叶莲花纹和“大士应供”的字样，人皆称奇。石梁瀑布罗汉供茶的仪式，被日僧成寻记录下来，传到东瀛去了。

在方广寺品罗汉茶，是最有禅意的，自有许多感触。凭栏俯瞰瀑布，瀑布中半圆的彩虹，自性身影闪耀，化为圣洁佛光；在瀑下仰望，则有寥廓星河，从九天泻落，撩动心中幽邃的思绪。这石梁飞瀑惊心动魄，构建了山中最震撼人心的险境。徐霞客住方广寺，看石梁卧虹，飞瀑喷雪，于天山一碧如黛的空寂时分，在梁上行走，下瞰深潭，毛骨俱竦。元代张可久则在小令《红绣鞋·天台瀑布寺》中说：“绝顶峰攒雪剑，悬崖水挂冰帘。”“比人心，山未险”，可见石梁的奇险，与人间险恶劫难比，是小巫见大巫了。清代的齐周华说：“深尝世路险，翻觉石梁平。”世间的险恶人心，不像山崖瀑布一样，直观地明摆着，它是掩饰的，伪装得非常美妙，深藏不露，每个人都会不知不觉地陷进去，像仙境一样的陷阱险境，才真正可怕呢。我静下心来，与世无争，善待万物，世间的险恶就自然消泯了。无欲无求，就心无挂碍，当年方广寺僧侣每天走过石梁桥，给罗汉供茶上香，危险的石桥瀑布竟然坦荡如砥，他们的内心多么平静安详啊！

我带着友人顺着石梁瀑布的水流下行四里，与源自眠犬村的银溪相会，再到银溪上游，看小铜壶瀑布，崖穴深凹，如铜壶内壁一样圆浑。瀑布高挂，若茶水从壶嘴中倾出。友人问，既有小铜壶，自然有大铜壶啰？我说是，到大铜壶瀑布去，得从原路返回，从上方广出来，沿公路北行五六公里，过隧道，进入铜壶坑。源自香宝瓶幽谷的溪流，经几户人家的小山村，行到一个崖壁，跌入一个圆形的深潭，一片幽绿。深潭在崖端是看不到的，要俯瞰，得让人拉住双脚，倒挂出崖外才行，这如同走石梁桥一样，是非常危险的。水流在深潭打着旋涡，汩汩作响，冒着泡儿，像茶水在壶里煮着。它从潭外崖下缝隙漏出，又成一瀑，整个崖体与瀑布，就像一把漏底的大铜壶，又像古代的计时器，故以“铜壶滴漏”名之。时光随着日影和水流，飞逝而去。

溪水行三里，又经一崖，左边细细的水流，在坚硬的花岗岩壁上镂刻出深深的凹槽，如龙游过，人称“龙游笕（涧）”。右边宽宽的瀑水，蔽崖而下，水纹层层叠叠，如石磨豆浆一般，崖下深凹岩穴，传说是龙女的幽居。瀑水像别致的门帘，在风中飘荡开合着，煞是好看，此处名为“水珠帘”。依稀记得清代名士潘耒的诗句：

一片银河水，空悬溅宝珠。轻匀落势缓，娟妙织痕无。
鲛泪倾千束，仙衣拂六铢。垂帘应有意，深洞锁龙姝。

龙姝者，龙女也，鲛人也。她人身鱼尾，标准的东方美人鱼，海中织绡的女子，长年累月不废织绩，漫漫长夜，泣泪凝为明珠，又是为谁？她也是越溪的寒女吗？我想起白居易的《缭绫》诗，深洞织绡的鲛人。我想到桃源山中的仙子，居住桃源仙洞的及笄少女，自有瀑布一般飞舞的仪姿与风情。汉代采药农刘晨、阮肇来此，被她们接入洞中，相恋相爱，结成伉俪。瀑布桃树成为绝美的场景。此经典文学故事记载于《幽明录》和《搜神记》中，陶潜的《桃花源记》脱胎于此，重新演绎，带上浓郁的隐喻色彩。

我走向白鹤镇之南的桃源，这是一个幽深的峡谷，桃源溪随山曲折，两岸峭壁参差，如列绣屏。镜潭帘瀑，掩映其间，从潭中望，石峡之内，更有石峡，瀑布之上，更悬瀑布，皆从西北杳冥中来。至此，缤纷乱坠于回崖削壁之上，岚光掩映，石色欲飞。《徐霞客游记》中，优美的描述如是。蓦然抬头，崖壁与瀑布之上，遥远的桃源洞上下虚空，幽邃无比，瀑布挥洒着无限的浓情蜜意，自有浪漫情调。

天台山风景古奇清幽，堆云集雨，灵水长流。化而为瀑，坠而为渊，风雨兴焉，神龙生焉，亦是求雨取水的圣地。我行走桐坑溪龙穿瀑，见瀑布从门楣一般的崖上直落，就感到它雄壮而磅礴的气势。徐霞客在此观瀑，形容瀑布之下九里坑：“回瞰瀑背，石门双插，内有龙潭在焉。”瀑何为龙穿？龙如何穿瀑？值得探究。天台山以神龙命名的胜境，不可胜数，华顶之南有苍山，九龙飞瀑连缀为九龙潭，而天台城西，山如舞龙，中有龙山瀑，为始丰溪国家湿地公园的一处胜景。沿始丰溪上溯到平桥，南去紫凝瀑，则为陆羽所说的“天下第十七水”，为上等的煮茶泡茶之水；从溪头王村沓溪里村进去，可见天台最大的一座石拱桥，上游有五折大瀑布，高不见顶，气象恢宏，让人顿觉自己的微弱，如同瀑中的一滴飞沫。

从街头镇过去，到龙溪黄水村，村南幽谷一挂大瀑布，上下龙潭，名曰“河胤”。龙溪瀑布周边山崖，与桐柏石梁不同，尽管同是花岗岩，但此间岩壁犹如铁浇铜铸一般。瀑下有天然岩石，如灶如柜如床，家具什物，一概齐全，神龙居处如同凡间。传说此神龙崖石黝黑，瀑布洁白，午后时分，阳光照射，银光闪耀，瀑布更加显目。龙溪流域，也包括寒山、拾得隐居的寒岩。此间群崖高排，宛若列阵，连绵不断，如神龙耸脊横卧，当地人称为“十里铁甲龙”。明岩位于龙尾，有瀑布高挂于如瓦檐的崖端之上，细细缕缕的垂珠，颗粒分明，在阳光下，晶莹剔透，俗称“青天落白雨”，为当地奇观。再转山之背面，就到寒岩洞，夕阳中，崖瀑一派通红，瀑水流到半崖，被风一吹，竟如雾烟一般飞到空中，与白云为伍，与明月为俦了。隐隐感觉到瀑声中，融合着寒山子的歌唱。我的身心渐渐地飞升，直到白云的深处。

余家本住在天台，云路烟深绝客来。
千仞岩峦深可遁，万重溪涧石楼台。

时人寻云路，云路杳无踪。山高多险峻，涧阔少玲珑。
碧嶂前兼后，白云西复东。欲知云路处，云路在虚空。

天地之间，响彻我们的歌唱。歌唱和合着万籁。瀑布就像云梯一样，随着我们的音律，在云空中飘荡。设若沿瀑布攀缘而上，就到了天堂，那是白云的家乡。白云升上天空是出世，瀑布流下人间是入世。我和寒山既入世也出世，像洁白的天台山瀑布云朵一样。

发表于《美丽中国》2023年第8期

石梁的夜游

石梁飞瀑是浙江省天台山标志性的景点之一，自大兴坑岭头的大兴坑水跳踉而行，在中方广寺下与来自华顶的金溪水合流，化为三折冲过石梁桥，成为人间的一大奇观。若这里单有天然的石梁桥，没有什么大不了的，但桥下是飞流的瀑布；单是有飞流瀑布也没什么了不起的，但这里有两个著名的佛寺。更何况佛寺建造在石桥一端的悬崖上，翼然凌空，映衬四山的烟岚和翠色，确实能旷人心目。如果在白天来，或许一览无余，风景直露，但游人众多，显得嘈杂不堪。而人静夜深之际，约若干知己，或静卧方广寺中昙华亭上，或小坐瀑布之下溪石之间，或把酒品茗，或高歌长啸，或品诗论文，或谈笑风生，心情会舒畅得多。这不免是人生的一大乐事了。

石梁瀑布的夜游，的确让我忘情。石梁的夜色如茶，能让我细味慢品。

我对石梁夜色情有独钟，已经在石梁方广寺中度过好几个夜晚。我第一次是住在中方广寺的昙华亭里。那时没有月亮，只有疏淡的星光，一片幽邃，对面的远山和下方广寺的灯火也一片蒙胧，如梦如幻。我们靠在昙华亭的栏杆上，静静地端坐。

一位年近古稀的僧人给我们递上一壶清茶，茶是正宗的华顶云雾茶，水是原汁原味的石梁瀑布水，细细一品，清香而且甜润，一片温情透入肺腑。那僧人告诉我，这昙华亭是宋代天台籍宰相贾似道初建的。亭子建成后，寺僧以茶供佛，茶杯中现出瑞花朵朵，稍纵即逝，故名。这有点过于玄虚了，但我是宁相信其有，不相信其无的，特别在这山水形胜之地，有类似这样的几个神奇传说，恰如锦上添花，更添名山风景神采。

我们只是静静地在昙花亭上品茶。石梁的夜色便像这云雾茶的味道四处漾开。寺里钟鼓和木鱼的声音响成一片。下方广寺的梵呗也唱起来了，回应着，融合着，升袅着。在这幽深的山谷里，我突然感觉到一种清灵之气，渐渐地从脚下腾涌而起。我忽然觉得脚下瀑布的声响也宏大了许多，浑厚了许多。现在细加体味，觉得它是富有灵性的。

忽然想起玄奘在《大唐西域记》中所说，震旦（中国）天台山方广圣寺，为五百罗汉的道场。那瀑布中闪现的是五百罗汉的身影，夹杂着老者沙哑的哼唧，小孩的尖叫，当然还有汉子们五大三粗的呐喊。忽然觉得，这石梁飞瀑就像冥冥中演出的一台大戏。这石梁便是一个大舞台了。你看瀑布回旋了几下就猛地联手冲过石梁桥，在西五十米的断崖上翩翩而下，神采斐然，发出震耳欲聋的绝唱，坠入深潭之中，腾起随风飞扬的水雾，充盈在我心头的是一种彻头彻尾、类似于英雄先烈慷慨献身的壮美。有则民间传说，讲罗汉的前世是战国田横部下的壮士，他们听到田横的死讯后，就一同从石梁大瀑布上跳了下去。前些年，天台本地有一对爱情受阻的恋人，也手挽着手从石梁上一跃而下。我倒很喜欢这些壮烈故事，它确实与这石梁飞瀑的壮美相映衬。

石梁飞瀑的雄奇之中有这些故事，也是令我肃然凛然的，那瀑水已经献祭了亿万斯年，一直把这苍山翠崖当作神圣的祭坛。无依的灵魂找到归宿了吗？在一轮明月和一河星汉的烛照下，我也得到涅槃，得到新生了。

在昙华亭里静坐品茗，想追求心灵的一种宁和，但这瀑声让我慷慨激昂，我总不能把激烈跳动的心平静下来。有一年，我带着外地的几个朋友到了这石梁飞瀑，那时正值台风雨过境，溪谷水流暴涨，石梁下的瀑水竟一时难以宣泄，从梁上飞出，急剧地迸涌喷射着，水声更宏大了。夜幕正降临，那瀑水帘幕直向我罩压过来，瀑下已经难以站人了。坐在下方广寺的山门前仰望着，总觉得飞瀑几乎把我们压成齑粉，化为碎末了。雨中的石梁夜游，可能在我的一生中也仅此一次了。我已感受到极大震撼，可惜没有在瀑下站立多久。

我总觉得，在静夜里，没有星月的夜里，尤其是雨中的夜，石梁飞瀑给我的印象除了灵奇以外，就是伟大。石梁飞瀑真的不愧为山中的大丈夫！

让我真正感悟石梁飞瀑温情的，是在一个晴朗的月夜。我与一位四川来的朋友远远地赶来，到石梁已经是傍晚了。夕阳从西山落下，把金色的光影涂抹在石梁飞瀑和周围的山岭上，将寺庙的飞檐黄墙和树木的枝梢罩上一片金色，让我们体会到这里的一派肃穆庄严。我们在石梁飞瀑附近的下方广寺订好一间客房，皎洁的月亮就从东山上升起来了。那月亮升起的山岗就是我的老家华峰。月光柔和，笼罩着石梁飞瀑以及身边的一切事物。微小的山风吹拂着耳际，如母亲的手安抚我的肩头。天山一碧如黛。我们首先来到瀑布的底下，仰望石梁，我觉得它不像苍龙耸脊，而是老妇人弯着的身背，她在一下一下地舀着水，一下一下地纺着纱，一下一下地织着布。我的母亲已故世多年了，但今天我不得不把她苍老佝偻的身影与石梁飞瀑联系在一起。她一直在不知疲倦地舀水纺纱织布，时刻准备着我们这群游子的衣食，我看到她安详中蕴有的意志力，一种来自此间农民的朴素而顽强的进取心！这里的山水是瘠薄的，但她安然面对，就这样一手纺纱一手舀水，劳作经年，毫无怨言。她终于让我打消了许多不切合实际的想法。我终于明白越是瘠薄的地方，越有大好的精神、大美的文章，我分明看见母亲不停劳作中憔悴的脸，漫天飞溅的玉色珠花是她的清泪吧？她边撩水边清唱着谁也不懂的童谣，我想，能听懂的应该是我了！当山间悠远的钟声响起，远寺的梵唱缥缈，谷底的雾霭也轻轻地凝聚起来，我想，我石梁的母亲也会看到她漂泊而憔悴倦归的游子吧！

天台山石梁瀑布

那个夜晚我把那石梁飞瀑比作我不幸的母亲，最重要的原因是我就是石梁小镇华顶山麓的农民，我对这里的农民生活，对这里的一山一石一草一木一虫一鸟一寺一宇了如指掌。我的朋友沉吟良久，说终于听到了川江的号子，石梁把飞瀑当作长纤，拉着生活的沉舟，嗨哟嗨哟，丝毫没有浪漫的情调。朋友想起了故乡，这似乎也有点宿命的味道，但我们终于想到一块了，我们的心已经与石梁的飞瀑共鸣起来了。

端坐在石梁飞瀑宁静的月夜里，怀想得多了，石梁的形象也就渐渐地淡化了，飞瀑的歌声渐渐地温柔了。它能催我入梦。梦中，我看见月下的母亲拥我入怀了，而有谁陪着那位朋友重回故乡呢？我们枯坐了一夜。渐渐地，身上凉起来了。月光安详地照在我的身上，如披上一件薄薄的衣衫。

听家乡的朋友说，天台山要开辟夜游的项目，我很高兴，蓦然想起石梁的夜游，感觉确实有点与众不同。

发表于《北方文学》2013 年第 5 期，收录于《山风海韵》。

石梁的树

仁者爱山，智者爱水，这是中国文化人最高的精神享受。我一直这样想，一处非常奇秀的山水，假使没有葱郁的树木掩衬，又是一幅什么样的景象呢？我自幼在山林里长大，一直对树木怀有深厚的感情，身处浙江天台山石梁飞瀑的奇观中，我不由得为这里的浓荫深深地陶醉了。

为了寻访石梁树木的佳致，我们来到飞瀑对面的公路旁，石梁飞瀑的全景也就尽收眼底了。连绵蓊郁的树木密密层层，累累叠叠，灌木乔木互拥，首先给我的感觉是悠远的。如果把群山比作苍龙和巨狮，那这里的树木也算是纷披的鳞甲和茂密的毛丛了。石梁的层林怀抱着佛日的辉煌，便是一处完美的境地——石梁的树，是超然的。

我们支开画板，竭力想捕捉这石梁众树的奇妙光影。我细察这丛丛的远近高低的深林，去慢慢地品读，顿觉出一种艺术的雅致来。时届深秋，落叶树的灰枝描在常绿树的荫翳里，顿觉显目；而枫叶的红影现于崖端，更加粲然。天空是明净的，一派纯净的蔚蓝，使远山的树木更加清晰与苍翠；近旁的丛树映着日光，一片亮丽。有几朵无名的小菊花淡淡地开放着，便闪现出繁星一样的光点来。这石梁飞瀑的身影潜藏在丛树的怀抱里，抹着一带缥缈的青色，而方广寺的黄墙碧瓦和昙华亭飞翘的深红檐角，使石梁丛林更显色调饱满而层次分明了。这幅画的构图是完整的，其情调是精绝之极、微妙之至的。

我放下画板说，最难画的并不是石梁的飞瀑，而是这些丛树。我们强调了总体构图，却做不好细部的描绘，丰富的色调中有统一的，我们却难以把它们调和。我再看对面的树木，千姿百态，各具千秋，有如朵云者，如蘑菇者，如花卉者，如人物者，不一而足，神采斐然。我们收拾画具，穿岭而下，来到石梁飞瀑的下游。石梁飞瀑的风景已掩蔽在遮天的浓荫里。我看见路边鹄立的几棵树木，光秃秃的，有的欹斜，有的直耸，有的在树干的顶部和中段，仅生长出微小的一枝翠绿，很沧桑，细察脚下的土地，贫瘠得很。脚下全是乱石的山，难得肥沃，可见此间树木生活的艰难。我不禁倾叹起生命的顽强来。我们溯流而上，身旁清泉淙淙，潺湲响翠，翔鱼畅然无虑地游泳，摇荡着岸上的树影，所有的尘俗一晃而空。我一一细看这独特的树木，有两棵紧缠相偎如热恋情侣在路旁的，有横路拦截做绿林好汉的，有卓然修长如逆旅书生的，也有粗壮伟岸如侠客武夫的；有一棵立在道中忸怩伸肢如歌舞少女，另一棵从崖上直坠深潭又猛然腾升如健美体操运动员……树木各有异秉，各领风骚，同中求异，异中求同，呈现出大自然的博大精深。这里的树木是宁谧的，是令人遐想无尽的。

人生在世，犹如嘉木，独木即使异秀，也难成苍翠氤氲。在石梁飞瀑的丛树之间，我不由自主地倾叹起中国传统文化的魅力。天台山寺观庙宇常建于林深木茂之处，如国清，华顶，高明，方广和智者塔院等，方广寺是最有代表性的。可见天台山的宗教也是极为崇尚自然的。古人说“名山好景僧占多”，可见僧人与山林的缘分也非同一般。禅意的获得，艺术的创新，人生的顿悟，无不在山林中完成，譬如梭罗和卢梭的漫步。梵刹中的钟鼓，成为典型的山林音乐。这样想着，我的情绪也就回到山林之中了。石梁的近景出现了，林木茂密，水声琤琤。这石梁犹如微翕的天眼法眼，给我颖悟的眸光，我终于明白人们把佛道的修习之地统

石梁的树

称为“丛林”的来由了。阳光被繁茂的枝柯筛落，映在水石的斑斓间，也在我的脸上描画着七彩的梦幻，一羽黄鹂飞穿在丛林之间，栖息在枝梢上歌唱，而轰然的水声又掩盖了它的歌声。我们沉吟不已了。沉吟之上是一棵树，沉吟之下是一棵树，沉吟之前是一棵树，沉吟之后是一棵树，沉吟之左是一棵树，沉吟之右是一棵树，沉吟之中沉吟者自己也成了一棵树。这就完美了，与宇宙同一了。听水声汇合着鸟鸣，汇合方广寺僧的念诵和风摇树枝的啸响，皆是大智慧音、大圆满音。此刻我沉吟在石梁飞瀑的山林绝响之中，倾听大自然的完美天籁，亦是无上的幸福了。

抬望眼，石梁飞瀑犹在天际。那瀑水一缕一缕地斜挂下来，激起的潮雾一派迷蒙。这是何等壮观的境界啊！假使没有这些树木的掩衬，石梁飞瀑不知又要逊色多少倍！尽管这里的树木声名不如石梁飞瀑，但同样给人以心灵的震颤和人生的感慨。游人们为什么不去细心地注意呢？这简直是暴餮天物了！而我自己，即使流浪到天涯海角，只要想起石梁的众树，便得到一种永远的安慰。

作于1996年8月，发表于《台州文学》1998年第3期，收录于《蛤蟆居随笔》。

深山剑瀑

读老诗翁曹天风句“看瀑布如撞方外钟”，的确妙极。天台山瀑布是举世闻名的，是让我引以为豪的。但真正理解其旨趣的人不是很多。

石梁瀑布是游人必到之处，水珠帘和铜壶瀑、紫凝瀑等，却是人迹罕至之所。就拿石梁上方的铗剑泉来说，真正登临观瞻者寥寥无几。沿着林荫小道漫行，逆流而上，便见一幅十几丈的青嶂屏立着。轰轰的水声鸣于耳际，令我心动神摇。我循声搜索，却看不见瀑布身在何方。只有行到崖下，细瘦的瀑布才露出它的倩影。原来，一块如碑碣般高大的巨崖遮挡住整挂瀑布，不到近处是难以发现飞泉的。

我的目光贴近崖壁，看高崖和巨石把瀑布挤成细长的一绺。瀑布刚从崖端倒坠下来，就被压成一柄长剑。那瀑水撞击着岩石，“哗哗”作响，化成蒙蒙细雨。我刚支开画架，就被瀑水濡了个透湿。这刚伟而倩丽的瀑布却难以描画，我只能用心去揣摩了。仰首观望，那瀑布如一线的天际飞落，直插我的头顶，但假使没有岩石构成的困迫，能有如此的佳致吗？瀑下是嶙峋的溪石，层簇的丛林，远处是翠绿的山峦，这瀑布是怀才不遇的隐者吗？它跃下高崖又被巨石遮挡，从岩下奔突而出了。这小小的岩罅是它撑开的吗？它可不安分呢。因为它在努力开创着属于自己的道路。初出山林的泉流是艰难寂寞的，有巨石拦路，有高崖断途，但它没命地跳

铁剑泉

跟碰撞，迂回激荡，也正因为如此，小溪才汇成江河，江河才流向大海……

铁剑泉下我为自己汗颜不已了。我过去老是哀叹世事的不公、环境的恶劣、命运的不济，独自黯然落泪，而今一想，我微渺得不如剑瀑中的飞沫。虽然身外的一切很难改变，但自身毕竟要靠真我来创造。剑瀑给了我这种勇气，让我敢闯敢拼，即使撞得粉身碎骨，亦精神不灭，像深山的剑瀑一样勇往直前。“青山遮不住，毕竟东流去。”让那些枯木和顽石在烟雨中老朽孤寂吧！

一个苍老的声音响起：“你不是洪水，你就去做人间的小瀑布，你就尽情地歌唱吧。”在铁剑泉下，我会永远地歌唱着！

发表于《浙江日报》1997年5月5日，收录于《天台山游记选注》（西安地图出版社，2004年）、《作家笔下的台州》（浙江文艺出版社，2013年）。

国清周边的夜行

国清寺的夜，是可以听的。茶田瓦舍的主人林先生对我说的时候，后山上有一只鸟飞过，田里的蛙声此起彼落。今晚有空吗？林先生说，我们去国清，去听夜的声音。十二点钟前后，最安静不过了。一切细微的声音都出来了，纤毫毕现，效果特好。

几个朋友远道而来，我们一起紧随林先生，走过木鱼山。往西望去，远处的县城灯光辉煌，正是热闹的时分；近处的小村灯火寥落，农民们早已进入了梦乡。天边，赤城山黝黑的身影隐隐约约，济公院和梁妃塔的灯闪烁在空中，就像星星。

田里的蛙声此起彼伏，伴随风吹林中枝叶的扑簌。树影婆娑，渐渐地密集起来，铺天盖地，隋塔的身影不见了。它已经悄悄地在夜里隐去。身边有虫唧唧地叫。它们每天都这样，就像国清寺僧的课诵。僧人沉睡时分，正是虫子修行的良辰。

我漫不经心地手扶竹篱，觉得聊天也是一种修行，灵感突然被聊出来了，就像溪水里泛起一个小波浪，树林里亮起一点小萤火。就像佛在菩提树下的开悟。一切都豁然开朗起来。但没有萤火虫，大概是人太多了的缘故。这里太喧闹了，萤火虫早已躲到安静的地方去了。它也许是个聆听者，静静地，听风和水的声音，听寺僧念经和钟鼓木鱼敲打的声音。

我说，要是在这里遇到一点萤火虫多好。它肯定飞舞在我眼前，在空中，带我回家，一起走进古寺的香烛火的光影里，可就是没

国清寺七佛塔

有。一点也没有。说着话，不知不觉走过了七佛塔。七佛塔就像七个静静站立的僧人，但俗世之人都说它们在迎宾。干吗要迎宾？它们是站着入定。我才不喜欢迎宾呢。

灯光从寒山拾得亭上斜射下来，但照不到七塔的身上，七塔与隋塔并肩伫立于幽暗里，不在乎人家说什么。一切的话语都是多余的。你最好不说，只管听。于是我缄默了。一行人静静地走，脚步橐橐地响。空空的。

寒山拾得亭是划分世俗和佛门的界线，过去所有的俗念都没了，取而代之的是菩提。我什么都没有。内心空空的。就像铃铛，就像钟。树木越来越高大，枝叶严密地遮住了天空，树下几盏路灯寂寞地亮着。我觉得这灯光也是打扰，干吗要空亮着呢，反正就我们四五个人，没有其他，我们又不要照亮。

我们在幽暗的国清寺外，游魂一般走着，乐得自在，安闲。思维在树林里穿行，就像鸟一般，飘过树的缝隙。自由，顺畅，这就足够。我们坐在丰干桥上，想起寒山、拾得。他俩本是寺里的清洁工和炊事员，干的是临时活儿，连度牒都没有，不算正式的和尚“编制”，工作有一搭没一搭，随时有卷铺盖滚蛋的可能，幸好他们在天台西边的寒石山找到一个岩洞，方有了栖身之地。国清寺做饭扫地的工作，正式僧人是不肯干的，所以总要寒山、拾得干。这是命定的机缘。

而丰干呢，在寺里没活干，他经常骑着大老虎天台东门村庄出来，来到这山溪边，一拍老虎屁股，就倏地从照壁上空蹦过去了，悠悠荡荡地，僧人拦都拦不住。丰干还对僧人说，寒山、拾得是文殊、普贤菩萨的化身，僧人说他胡说，故弄玄虚。最后，寒山、拾得还是靠自己的诗，在石头上，在树上，在毛竹上和村庄的墙上说话。

我忽然觉得，沉默没有用，即使丰干桥下的溪水，也哗啦哗啦地日夜不停地响呢。谁能扼住人家的喉咙，不让他歌唱？国清寺的围墙不高，谁都可以翻墙进去，这是很容易的。但总不能翻，翻进去，僧人照样把你当贼。我这样想的时候，林先生问了个问题，到底是“僧推月下门”好呢，还是“僧敲月下门”好？

我说，当然是“僧推”好，寺院是僧人自己的家，干吗要敲？反插着门闩的门，本来就是有设防的。僧人五蕴皆空，空色无碍，干吗提防人家，从“猫眼”中看人，要人家乒乒乓乓地敲门呢？敞开门，就是敞开心扉，插着门闩，就是自我封闭。

于是有了反驳的声音，说，这是诗歌艺术，要有声音，加上动作，就立体了。但我说，其实不敲的话，推门也有声音的，门轴转动的声音，咿呀，不是更好听吗？唱歌一样呢。又有人说，要知道这是佛门，不是一般的门，不敲门就不得门道，佛门嘛，没根基的人是进不了的。我说，那这佛门与衙门有什么区别呢？真正的佛门，是不讲究级别的，任何人都可以进，用根基等级来限制人家登门，更是自我封闭，是门户之见，这就是一种本能的拒绝，是不博大的表现，违背佛门的精神。与其这样，我干脆不敲门，连推都不想推了。有门等于无门，有个禅宗故事不是说“无门关”

吗？是吧？

大家哑然无语了，一起在桥上拍手，拍手的声音被桥两端照壁反弹回来，“啪啪啪啪”，回音不断，纠缠不清，久久不绝。于是，又有人在桥上蹬了几脚，欣喜地发现，这桥竟能颤动呢。

这个我没想到，没想到僵硬石头砌成的桥梁，也有柔性的一面，我想，背上有许多人跺脚，它会感到难受吗？当许多人的脚步踩在它身上的时候，它会感到痛苦吗？默默地忍受，把痛苦当成快乐，这才是普度众生的本质。我觉得，这桥倒比殿堂上的佛更值得尊敬，尽管我总是把它踩在脚下，不屑一顾，忽略了它的存在。现在，我真的要在桥上跪下去了。

我正要这样做呢，大家叫起来。原来月亮上来了。月亮真的上来了。其实它老早就上来了，只不过它的光被树枝挡住，照不到我所站立的丰干桥。现在看到的月亮已在中天了，身边的树在头

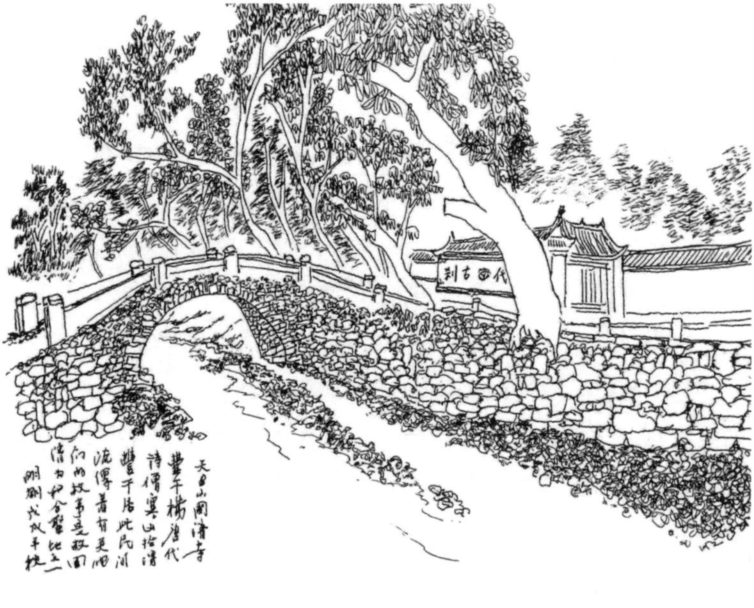

国清寺前双涧回澜

顶围出小小的一片夜空，让我看到急速流动的云，以及云中的圆月。月亮平淡如水，落在桥下的溪流里，闪着微微的光。我隐约看到淡淡的水雾升起，好像许多个小月亮在飘荡，脚下是半明半暗的月光点，闪烁着，如许多小生灵。我想这时候看到萤火虫也好，可是什么都没有。据说国清寺上面曾有个宾馆，生活污水全流到这里了，回澜之后就成了赭溪。估计现在清理得很好了。

国清寺里面的夜景我见不到，那肯定是香火炽盛的。因为隔了一堵照墙，我过不去，我想萤火虫能轻易地飞过去，它不必翻墙，但见到比它亮许多倍的香烛火，它会晕头转向吗？会烦恼得痛不欲生吗？我想，它不会的。真的，不会。

我同朋友们说，国清寺的夜全景，我在十几年前都见过了，那时候我在天台城里工作，一有空，就与朋友一起去这里溜达。当时，隋塔下面有一家茶室，我们一起喝了茶，一路闲聊，沿着山路上坡，看见隋塔在我的身下，不远处，国清寺的全景一览无余，大殿僧舍井井有序，就像一个红尘中的城市。其实，它是按照汉传佛教的寺院结构规则设计建造的，就像《周礼·考工记》中“匠人营国”所要求的那样。寺院里的管理机构和考核机制与俗世没有大不同，只不过换了一个形式而已。在历史上佛教不是没有遭过难，寺院被毁，被变成工场，僧人被勒令养猪什么的，都是命里难逃的劫数。所幸，国清寺作为佛教天台宗的祖庭而留存至今……

从山上看去，规模浩大的寺院建筑，几乎把整个山谷都充满了。那个晚上，对着国清寺的夜色全景，我们在山上呆坐了许久。俯瞰某些没有被灯光照亮的细节，使我想到文化的普及，就像已经有了一盏灯，却没有人去点亮，一些阴暗的角落还是没有照到。有好的愿望是好事，但达成一个好愿望是需要一个好环境的。

我的话说给大家听，说给树木听，说给流水听，说给风听。风吹走了，水流去了，树木在荣枯，风水在流转，最后什么都没有留下。人微言轻，在任何的夜里都是一样的。一行人离开了国清，悄悄地归来。无语。

第二天晚上，月亮更圆更亮，我的朋友说要去外国定居了。我对朋友说，既然你去外国，我给你再看国清的夜景，让你永远记住。于是我们又去了国清寺。国清寺夜色与昨夜无甚两样，我们无言穿过树林，直奔金地岭去。沿着公路漫步，风声扑簌，更觉清凉爽快，虫声流水声交织不绝，明月照亮对山的松林，缥缈如梦，近处的树木边缘被照亮，如镶了玉一般。月亮渐暗又渐亮，我们一边走，一边聊过去未来、故乡异域，从来的地方来，到去的地方去，无所谓去，也无所谓来，自在来去，故名如来，《金刚经》里的含义与我们的心地一下子清澈明晰了起来。

第三天晚上十二点钟，林先生约我们几个朋友，开车上了金地岭头佛陇冈，说看萤火虫，被人嬉笑说是疯子。我们在冈顶的路上席地而坐，上面是真觉寺，比国清寺要早，但夜太深了，我们不打扰僧人了，我们躺在路上仰望月亮，看点点飞过的萤火虫。萤火虫很多，但有许多被月光所掩，它们在我身上爬着，有几个落在我的脸上，让我感到“观自在”的趣味。远望天台城，灯火辉煌，国清寺沉默在幽暗之中。相比起来，山谷中的国清寺，还是不够开阔，它匍匐在我的脚下，如梦境一般。而我的身心，就像萤火虫一样，在空中到处乱飞。

身边有箫声在响，林先生告诉我，那是台湾一位大师的吹奏。空灵，显得特别有精神。朋友说，这夜色，倒真的被永远记住了。

收录于《台州风物》（中国文史出版社，2020 年）

山深闻鹧鸪

我老早就想到鹧鸪山去，去寻找梦中飞翔的鹧鸪。它是山林中一种常见的鸣禽，而本地以鸟命名者，独此山也。

鹧鸪山到底是因山上多栖鹧鸪，还是山形酷似鹧鸪呢？直到现在我也找不到答案。因为它不是一处声名显赫的旅游胜地，在地图上也找不到它，更没有半篇动人的故事述说。人们视而不见，听而不闻，它像一棵不起眼的小树，被遗忘在记忆的角落，静静寂寂，冷冷清清。

毕竟这是一座真正的山，山上有无数充满古典情调的鹧鸪。

偶然间读到现代散文家陆蠡的《溪》。陆蠡勾勒那充满诗情画意的溪边风景，叙述难以忘怀的风土民俗，寄寓无限的少年情愫后，着重点明那条流经平桥岩头背的文溪源头就在这小小的鹧鸪山。我不想考证陆蠡的原名“圣泉”及其字“考源”与文溪鹧鸪山的牵系，只觉得这鹧鸪山的名字使我自然地想到一首遥远的宋词，而我考的是什么样的源头，结的是什么样的情缘呢？

想听一只小鸟的吟唱，想聆一羽鹧鸪的歌声，寂寞的人也像这单身只影的鹧鸪吗？

鹧鸪山是多么令我心驰神往啊！我们徒步登临鹧鸪山，两旁没有葱郁的树，只有一两棵即将落尽枝叶的乌桕，如一双双扬起的手臂在孤寂中为我们指路，给予我们抚慰与浓情。蓝天无云，阳光明媚，对于一个饱经尘世风雨的人，见到这样的景色，也许是一种莫大的福祉了。路上没有其他的行人，我似乎感到莫名的孤独。人生在世，就像走这条崎岖陡峭的山路，在寂寥疲惫中，也会感到幽怨惆怅，即使无奈也非竭力攀登不可。而人们抛弃浮华虚荣和不切实际的虚妄想法后，就会感觉到像我现在一样漫步在山水田园之间，在散淡中观景，亦有不可思议的妙趣。人活在世，就像我们的拾级而上，尽管我们恰似鹧鸪蹦跳，不能如雄鹰般插翅飞上云端。瞧这鹧鸪山并不高，但它不去同五岳、黄山比，不去同琼台华顶比，在这一带的平畴中，它也是挺拔、卓尔不群的。我们挣扎着过日子，好像爬大山，不是很累吗？殊不知还有比我们活得更累的人呢。这样想着，忽然看到一只原本孱弱的小鸟倏地从路边的草丛中跃起，像箭一般冲霄而去，它的鸣声是何等欢乐和旷达啊！

但是，我不知道它是否是我梦中的那羽鹧鸪。

鹧鸪山顶有一个二三十户的小山村，静寂寥落得很。除了坐在门口晒太阳的老人和小孩外，找不到一个年轻人。都说他们出外打工去了，不知几时回来，只有忠实的鸡犬站在门口扑腾着翅膀、摇晃着尾巴，用好奇的目光打量着我们。这里的人和鸡犬都是很纯真善良的，都用同样清澈的目光凝视着我们的一举一动，不知道是什么原因使我们如醉如痴如癫如狂。这木屋，这石桥，这村道，这水井，这歪脖子树，都是极宜入诗入画的，使我感到这里也是最美丽的世外桃源。我有时也不明白，这里的人们向往着城市里物质和文化充裕的生活，而在城市的世态炎凉中浮沉的我们带着满身的创伤回到这里，找回失落多年的自然心境，完全领略到生命的本真，看到穿透迷雾中的一抹霞光，又是多么欣喜！我忽然觉得，人们从乡野走向城市，从城市走回乡野，是一种轮回，又是一种宿命。而我们为什么老是沉迷在自己或者别人设定的圆圈

寒山梦笔生花

里，不能自拔，不能超越呢？这鹧鸪山村里有着深厚的文化气息与精神，而我们却在不经意中与它们失之交臂，渐渐地迷惘了……回望两三鸣禽在房前屋后的草丛树际欢跳歌唱，它们是快慰无比大彻大悟的智者，而我们为什么老是拘泥在自己的窠臼里，穷究一生也走不出去呢？

我们就这样怀想着，走过村庄，端坐在崖顶上，身边是几间废弃了的石屋。它的建造样式非常独特，深得山地民居的风韵，风雨已经揭去了它的屋顶，而残墙依然耸立经年，主人耐不住寂寞贸然离去，它却同苦难的岁月作最后的抗争，直至作为屋舍的生命的终结。这石屋假如在繁华的旅游区，也是一处引人入胜的风景点，可它面对的却是偏僻寂寞的山野，成为令我思绪凝固的废墟了。主人远去了，遍地的荒草还在，满山的群鸟依然飞临这里做窝繁衍，乐享天伦。我不知道它们是候鸟还是留鸟，但它们也一定是热爱故土的那一群。许多雷暴都挺过去了，还惧怕这小小的风雪吗？

群鸟和鸣起来了！我们站在草坡上，回首走过的路，仅仅是细细的一条，早已被芳草淹没了；那历历而去的蹉跎岁月和牵肠挂肚的爱情，早已如行云流水一般飘逸了。在这小小的无名的鹧鸪山顶，我已经拾回了失落多年的自己！我们已经实实在在地生活过了，已经确确实实地拼搏过了，即使惨败得一塌糊涂，尽到了自己的责任，也就无怨无悔了。我不再浮躁，也不再空想，更不再迷失，不再彷徨，心安理得轻松潇洒地度过生命中最美好的时光。蓦然，我觉得这荒草迷离的贫瘠山坡也有一条通往天国的道路。我们就这样放纵在所有的尘世之上，只要有群鸟伴我，我也会感到欣慰无比啊！

群鸟飞翔起来了！我终于明白这鹧鸪山本来就是一羽飞翔的大鸟，我正坐在它的脊背上神游八极呢。就让它驮着我穿云破雾而去吧！山风吹动坡上的茅草，如一团团热情的火焰，又像少女扬起的长发。谁说青春不来、诗情不再？谁知在这里饱餐风景的人们真正敞开了最诚挚的胸襟，使天空更加明净？没有找到自我价值、实现自我超越的人，是找不到温馨家园的流浪汉，他们总像曹操笔下的乌鹊，“绕树三匝，无枝可依”。随和一点，豁达一点，不要抱高不可攀的期待，想要一个家其实不是一件困难的事。

雨霁看云漏，山深闻鹧鸪，这是人生的一大美事，可鹧鸪山上飞翔歌唱的鹧鸪中，有没有我梦中寻找的那一只呢？

作于 1996 年 8 月，发表于《文学报》2001 年 3 月 22 日。

赤城山中秋踏月记

中秋月从五峰山麓冉冉升起，赤城便笼罩在银色的月华里，缥缥缈缈，如海市蜃楼，若人间阆苑。我们一行人拾级而上，仰望星斗，蓦觉走的是一条登天之路。

我去过玉京洞，可惜洞主人老早就睡了，大概他们已经仙化了，习以为常了。走过松月轩，想吟松听月，可守门的老人也身在月宫了。到晤月楼，晤那镜花水月，那里早就人满为患难以插足了，乃转“掬井”和黎元洪“秋霜比洁”摩崖，来到赤城山巅，其西为千仞绝壁，临风一呼，振臂一喊，顿觉神清气爽，若驾风云腾空而去矣！

月亮越升越高，越来越明，晴天无云，长空如洗，更显深邃，在崖顶上南瞰小城，华灯闪烁，车水马龙，好不繁华。星灯交辉，不知天上宫阙，尽享盛世安康。月光下，群山如坐如卧，如狮如虎，环抱小城，若拥明珠。天台山是福地所在，虽是弹丸之地，却人杰地灵，固若金汤，经风雨，历沧桑，却祥和吉庆太平。东望榜山逶迤，为天然屏障，省道上车队开过，车灯闪烁飞动，舞成一条彩龙。看西边高速公路上，车队快速穿梭，流成一条七彩的星河，再看小城的七色霓虹，犹如一句一句美妙的诗。何况中秋月朗，神秀台岳，故郡赤城，亦是人间天堂！

在悬崖顶上或坐或卧，或俯或仰，或腾或跃，或歌或舞，自是一种天趣，得大自在。我俯瞰幽林深谷，更觉身在九霄之上，村庄错落，屋舍俨然，田畴平旷，森林端肃。偶见池塘辉映月光，疑是明月坠落，山风徐来，阵阵沁凉，如沐甘露，尤其中秋赤城踏月迤逦，不觉心旷神怡！

这明月能照亮千里之外的京城吗？我多想与你在赤城踏月，咏歌山水，而今却是“千里怀人月在峰”了。你在京华的哪座楼顶上与我同望明月，翘首凝眸？也许你已经融入熙熙攘攘的人流之中。我想北京的夜空亦是分外明亮的，中秋清气满神州，我站在玉京想北京，不知关山千万重，只待明月鉴一心。

中秋月夜，赤城之巅，放声歌唱，即兴填词，乐而忘时，谈笑风尘。吟诗品酒，不觉深夜。忽有一人大呼月食，光芒渐渐黯淡，我便大吼郭沫若诗句：“我是一条天狗呀！”友人戏称如狗叫狼嗥，也罢，这是荒野的呼唤，放浪形骸，皈依自然。然而极顶上寒风砭骨，只好打手电下山。忽想孩时曾敲破盆骂吴刚嫦娥玩忽职守，腐败变质，母亲竟说我手指月亮骂人，耳朵要被月亮割掉，不觉莞尔。月亮蚀掉了，我们快乐无比。时常有人遥相招呼，此起彼应，便觉自己成不了苏轼，也做不成天狗，更修不了仙道，还是做个凡人脚踏实地工作吧！

中秋之夜，赤城山顶赏月玩月踏月啸月者不下千五百人，与往年不同，我想身在北国的你亦是知道的吧！“千里怀人月在峰”，踏着被蚀掉一半的白光归来，蓦觉心亦蚀掉了一半，月亮复圆后，我的心亦更皎洁了。

发表于《天台报》1997 年 9 月 24 日

随鸟儿穿行花林

随鸟儿穿行花林。

为了看华顶盛开的杜鹃花，我们一早就从外胡村出发，就像三只小鸟，在大雾中穿行，在山道上跳跃，复张开臂膀，像鸟一样起飞。

自村庄一路横走，登上拜经台，却没有见到一棵杜鹃，从峰巅登高望远后，便飞奔而下，犹如滑翔。雨丝飘扬，我看到杜鹃花树，起初是零星的几棵，伫立在路下，矮树小花，寂寞地摇曳着暮春丝丝缕缕迟来的气息。初放的花瓣上还带着几颗水珠，将坠未坠，是不是昨夜凝结的清泪？

华顶杜鹃本是冷傲的，在五月山顶，给我小小的花蕾；到了半山腰，渐渐地花树多了起来，花朵也渐渐开得热烈起来。它们本是一个个寒蹇的书生，迟钝，迟缓，弯腰驼背的，显得那么穷酸，傻乎乎、拘束地站着，木讷，更不善于言辞，在路边举着花枝，不停地招呼着游人，但连一句话也难以说出来。其实它们是因历尽太多的冰雪严寒，才有了这么憔悴的模样。

你真的以为它们是华顶峰的笨树，如呆鸟一般歪斜着身子卑躬屈膝，丝毫没有挺直过脊梁吗？这其实是极大的误解，甚至是侮辱。它们与我一样，是负重上坡的山民，浑身疲累，到半山暂时歇肩，扯着喉咙大呼，唤出许多花朵，引来更多步履踉跄、身肢歪斜的同伴。它们同样不堪重负，驮着花枝，孑然独立于空明，如群鸟展翅啁啾，站成独特姿态，唱着熟悉的歌儿，也像我身边的那群鸟儿，相互依偎，不停地礼赞着——那雾霭中缥缈的自身。

杜鹃花朵绽放，就如我的文字舒展，鸟儿的羽翼飞翔。在寂静时分，让一切情怀和所有热望展开，就像你，扬起手臂，不妨发一声喊，花儿就慢慢地开放了，胸襟就如山谷一样敞开了。

我与你说着话唱着歌，身边倏地飞来几只鸟儿，落在我们的身前，昂起头颅，睁着乌溜溜的眼睛，凝视着，质问着我：你知道华顶杜鹃花开了多少回？我们与花树一起在这里等了多少年？我真的满脸羞愧，面红耳赤，对着杜鹃花朵和鸟儿，我竟说不出一句话来。

杜鹃花含苞待放的三月，我如候鸟一样展翅高翔，冲天而去，不得不与杜鹃花挥手作别。这是命里注定的，我不是山中的留鸟。我曾挥舞着七彩斑斓的文学羽翼，在杜鹃花树下穿行，铺陈着属于自己的文字——“托身华顶一杜鹃”。但现实明摆着，生活，不，生计，是不容许你随便托身为花的！那种浪漫理想，你绝对达成不了，你只能叹息“无可奈何花落去”，指望“似曾相识燕归来”。我曾扛着开山的锄头，在杜鹃花树下扯着粗重的嗓子低沉地吼：“我只为惜惺惺怜同病，不叫你陷落污泥遭蹂躏。”简直是长歌当哭，嗓子嘶哑，如长夜孤狼的嚎叫，伴随着撕裂的风。那痛苦的一瞬间只有花树和鸟儿知道。一曲初歇，山风乍起，雨水哗啦啦地瓢泼下来，杜鹃花瓣细细碎碎飘落于小路，随水流淌，不知道漂到何方。那时我噙着热泪对你说，我要离开村庄，离开花林了，我也对花树说，各自珍重各自保重。我抚摸着布满苔藓的杜鹃树干，发现它全是湿漉漉的，冰冷冷的，心中布满泪痕！

鸟儿也消失得无影无踪了。光阴消逝，我竟倏忽蹉跎了三十年！

三十年啊，华顶山的杜鹃花朵也曾经年盛放，也曾经年冷清，你说那是思念成病的缘故吗？异乡漂泊的我，从南方海滨到北国故都，辗转颠沛流离，三十年来回华顶仅仅三四次，从没有见过杜鹃盛开的艳丽模样，它们也如我一样的憔悴吗？你不知道，我的心中早已落满玲珑剔透的花瓣！

我终于与你随着鸟儿穿行花林了！首先让我眼前一亮的，就是空中摇曳的花枝，还有反复起落翔飞的鸟儿，在身边高高低低跳跃鸣啭，它们该是从杜鹃花林那边飞出来的，给我一种语言上或精神上的安慰。它们事先知道我们特为看花而来吗？

鸟儿在前面引路，我们紧随其后。你所看见的，先是一只鸟儿，然后是两只，三只，最后是一群，两群，三群，那杜鹃树，先是一棵，然后两棵，三棵，最后是一片，两片，三片；那杜鹃花朵儿，起先是一朵，然后是两朵，三朵，最后把整个山坡都铺满了。三十年前，花林里只有我一只鸟儿孤独地鸣唧，因为有花朵，有花朵一样美丽的文字，我终于引来了你这只鸟儿，与你相响以湿，相濡以沫，相忘于江湖。我们在花林里出没，垒窝，哺育出另一只小鸟，那才是我们的女儿。我把杜鹃花朵插在她的头上，发现她笑得那么的灿烂。三只鸟儿，三只最亲密最和谐的鸟儿，在诸多的鸟儿的簇拥下，绕过虬枝密布的杜鹃林，进入古寺茅蓬。在山盟海誓中，在散板如歌中，许多新枝萌发了，许多鲜花盛开了。归云亭边迎面而来的几棵杜鹃花树，在路旁斜倾着身枝，黝黑的枝条托着花舞着叶，在风中飒飒作响，与我们打个照面，它们笑容可掬，确是久违了的好友。它们对我说：坐下聊聊吧！我就坐在石子路上——聊聊就聊聊。想当年我曾经冒犯过、恶待过杜鹃花树，估计它们不会记仇怨恨心怀芥蒂吧！你看我，归来还是懵懂少年。

我知道，杜鹃是山中普通的坚硬的杂木，身枝太扭曲了，取不了直料，甚至做牛轭犁辕都不行，烧火还闷灶膛呢。唯一能做的，就是一刀刀齐刷刷地砍截下来，伐薪烧炭，干脆利落，爽爽快快，一劳永逸。不管城里人还是山里人，都讲实用，不在乎花朵的好

华顶杜鹃林

看与否！不被理解，花树的内心是多么痛苦！但它们并不怨怼，照样给鸟儿歇息停栖。我砍掉许多树枝，也毁掉许多鸟儿的巢。在快意之中，村庄边的杜鹃花树渐渐消失了。

花儿没了，鸟儿也飞了。但现在我想透了，只要山在，只要根在，花树即使被砍掉，还是会萌发出蓬勃的新枝，开出灿烂绚丽的花朵。你看当初的那只鸟，飞出这片杜鹃花林，辗转多年之后，又飞将回来，不就像我回到故乡，回归花林的深处吗？杜鹃花树无法回避它们的厄运，就像我无法最终逃离故乡华顶一样。对于这里的高寒冰雪风雨，它们早已习惯了，遭受自然和人为的蹂躏，但还是学会了坚定与隐忍。那本来秀直的树干早已屈曲，藤蔓一样伸展着，山中雾起，把所有的颜色过滤了，扭曲的花枝变成了水墨画，白雾如墨，渐分五色，那浓淡不一的线条，最具意蕴。路边的几棵花树已经光秃了，树干的中段被风雪硬生生地扭断，撕裂的伤口露出大片的惨白，只剩下半截横斜路边，倔强地撑起几片绿叶，依然开放着仅有的硕大的绚丽花朵——它们还是坚韧不拔地好端端地活着呢！

你看杜鹃花似树非树，扭曲如藤的身枝，如山灵一般，是祖辈的化身，经受着冰雪压顶和风雨摧残。贫瘠困苦的境地，本是自然给予的磨砺，别无选择，柔弱中能凝练刚强品性，自然使它们的体魄强大起来。我喜欢自然状态下扭曲的花枝，在自然环境下，它们乃是性灵与骨肉的舞蹈，它们是艺术山水和合的巅峰和极致啊。杜鹃花树居于冰雪严寒的山上，身肢扭曲变形，而真善美兼具，如山中行者，持戒，忍辱，精进，在严酷的环境下心如止水磐石，宁静禅定而致远。等到春来，花开满枝，予人喜悦，那就是真正的布施，真正的“六度万行”。杜鹃花与山间的白云相游，得到天地间智慧的圆满，你说杜鹃开花，是纯粹炫耀吗？是为了人家的廉价赞赏吗？那绝对不是！它们只是顺应天时天性，花朵只为知己开放，该开花的开花，该凋谢的凋谢，一切都是因缘。花能多开的，就多开几朵，少开的，就少开几朵，开不了花的，干脆就一朵也不开。它们藐视任何强势之力，徒唤奈何。它不会刻意地迎合人家，去开虚假的空花的。它们力求开得实在，开得自在，开得安详。既然开过了花，用心地开过了，也就得到满足，花的生命价值已经体现了，就像鸟在天空白云间飞翔，就像人真心真意狂爱一生，潇洒地走一回，有什么值得遗憾的呢？

我为什么徒步到这里，饱受荆棘戳刺之苦，体验伤痕累累之痛，来看杜鹃花开的良苦用心，你似乎明白了，我这样做的唯一目的，是让你感受生活千辛万苦千锤百炼的成就，如杜鹃花树经受严寒酷暑冰雪后灿烂绽放，如鸟翻飞觅食垒巢后得到的真正安居。在杜鹃花树下进行挫折训练，是对的，是好的，也是必需的。

华顶杜鹃花是经受高寒的树，树下住的自然是高人了，他们隐居苦修在花树之下云雾隐没的诸多茅蓬里，历尽四大名山所无的苦寒，终于得到人天利乐的成就。诸多禅意故事，随着花瓣和鸟声一齐飘落下来，成为我心中的吉光片羽。杜鹃花树构建成大师顶上的凉篷，大师的身心早已与杜鹃花树合一了。

听着身边的风声水声雨声鸟声，看着身边的花影树影云影如影，每一枝妙手托举的无数朵小花团簇成的大花，得大自在，具大功德。你终于明白，华顶杜鹃为什么叫“千花杜鹃”了。我太喜欢这个“千”字了！千者，多也，众也，繁也，盛也。杜鹃花如《千字文》《千家诗》吟咏眼前，似《千千阙歌》响彻心头，千千结绾系人生。你不知道，这千花如心中转瞬一念，化成三千佛的笔墨精灵，乃至大千世界的真谛实谛。

在华顶之上，在千叶的莲峰上散着千花，伴随着千鸟的飞翔。我抬头蓦然发现，在杜鹃的树冠上，停留着许多不起眼的小鸟，它们纷纷振翅鸣叫，与风中摇曳的杜鹃花朵，进行着种种别致的对话。

杜鹃花身周总是围绕着翻飞的彩云和翩飞的灵鸟。当我像鸟儿一样从远方归来的时候，我发现这片花枝更加茂盛了，花朵更加灿烂了，它与彩云相映成辉，如云锦一般铺盖山坡，人们又为其取名“云锦杜鹃”。我才不喜欢“云锦”这个词儿。人们总是喜欢锦上添花，不喜欢雪中送炭。我最大的希望，是让饥者有食，居者有屋，所有的人都能安居乐业，能脱离奔波之苦。与杜鹃花树逍遥自在舞清风，乃是真正的大同世界啊。曾经如鸟一样迁徙的我，更喜欢杜鹃的另一个名字，踯躅。据说杜鹃花如毒蘑菇一样，吃了会产生幻觉，鸟儿迁徙和游子远行之前，总会顿足徘徊，是不是误食了它的缘故？我觉得文学就像一种致幻药，总让我们活在脱离现实的想象中的美好世界。

云锦杜鹃的花朵五彩纷呈，吉祥地开放着。我想杜鹃花是喜欢安静清寒寂寞的，现在也该适应热闹喧嚣了。鸟儿四处乱飞，是因为人们打扰了它们原本安静的生活，但它们不会飞走，杜鹃花林为它们营造了温馨的花园。云雾升起来，连绵的雨水落下，经过沐浴的鸟儿，鸣声更加清亮了。雨水也沿着花树下来，让它抖落身上的尘埃，在风雨中婆娑起舞。当花朵随着风雨飘落下来的时候，我想起佛陀讲经说法时天花飘坠的景象，听见了空中香音神的歌唱，花树微妙的乐音与雨声鸟声合奏，那么和谐。

在花丛中穿行的鸟，除了山雉之外，还有华顶特有的捣药禽、念佛鸟、三宝鸟，它们念着佛号蹦跳前进，或者拖着绚丽长尾，忽高忽低地飞翔，有的吹着筚篥，音律清越，有的如轻叩木鱼，节奏分明，伴着梵唱一路回旋。我行走在山路上，步履声声，萦绕耳畔，伴随众鸟的声韵，在湿润的雨雾中回响的，皆是圆觉之音。

在雨声和落花的沙沙声中，我随身边的那些鸟儿，进入甘露园的圣洁时空。华顶杜鹃林就是一方极乐庄严净土。在花树之下，我们都是妙音鸟，在天籁中，我们穿行于杜鹃花枝构建的意境，演绎着至美的文字。在嘹呖的鸟声中，我读到一些书，得知宋代《太平广记》和明代僧人传灯的《天台山方外志》、日本僧人成寻的《参天台五台山记》，以及王士性、王思任、齐周华等人，都把杜鹃花叫成“鹤龄花”和“娑罗树”。据说是晋代的高僧昙猷带到中国来的。传说，佛陀吉祥卧于娑罗双树之下，抵达生命涅槃。娑罗树与菩提树都是佛的伴侣。有圣树做伴，我与鸟儿自在穿行于杜鹃花雨之中，聆听华顶寺回响激荡的木鱼钟声，仰观杜鹃花树枝与之谐和颤动，宛如金声玉振。在文学家的眼里，这杜鹃花被喻为“琪树”，是天庭里才有的，凡尘极为难得，我想我与鸟儿进入的华顶，就是极乐天堂了。

雨声依然淅沥，那群飞鸟已经被大雾遮蔽了，但鸣唧的歌声依然充盈耳鼓，那么湿润。花是湿润的，似乎承载不住雨水的重量，便掉了下来，它们的归宿还在这片土地。花瓣落于柴草之上，落于石路之上，落于我的头上脸上，倍感幽凉。你似乎知道，杜鹃只能开花不会结果。为什么非得结果呢？为什么人们得到花的芳馨，还想拥有果的甘甜呢？杜鹃花树从小苗成长，从孕育花苞到开放，这生命的轮回不是很值得我们细细关注吗？

华顶丛林

对于杜鹃花来说，开过花也就等于结过果了，就像鸟儿在林中飞翔欢舞鸣唱了，你若等着它下蛋孵化小鸟，却没时间，也等不起。至于我们行走世间的，已经奋斗过了，也等于实实在在地活过了，何必去指望腰缠万贯，奢望长生不老、白日飞升？那到底有什么意义？

随鸟儿穿行过花林，我想做一棵杜鹃花树，满目沧桑，依旧天真。为了知己，为了爱人，我会默默地开放，要多久就开多久。花能解语，石能通灵，我心真诚，一切随性，相信我如鸟一般起落的歌唱与文字，也能通神。

收录于《醉花阴——华顶云锦杜鹃散文集》（浙江文艺出版社，2021 年）

仙居境界

进入仙居这块土地，我就进入清静与欢乐之中，那是一种无忧无虑的境界。这种境界我老早在与仙居朋友的交往中体会得真真切切。他们谈起仙居的风物，从来都是眉飞色舞、神采飞扬的。永安溪就像我们天台的始丰溪一样，酣畅地奔流着。同乘竹筏顺流而下，大家的神态一派安详，倒也如佛如仙了。永安溪将仙居境界如手卷画轴一样铺展开来。

在步路村溪边的小竹轩小坐片刻，品一杯浓茶，遥望溪边的滩林，宁静而舒雅。正是清明时节，细雨连绵，溪岸的风景倒映在蒙眬的涟漪中。我撑一顶小伞，登上竹筏，艄公发一声喊，竹篙就划皱了这里的青山绿水。朋友指着两岸的青峦说，那是鸡笼石，那是半壁山。传说那边山上住着一个叫王温的人，他热心地接待了两个衣衫褴褛满身脓疮的乞丐，并用上好的美酒为他们濯身疗伤，于是他就被乞丐模样的仙人超度到天上去了，当然也包括了他的那些鸡犬房舍。这就是仙居的出处了，虽然此刻我不是神仙，但我可以细细领略仙居的神采，至于什么皇上的封敕，那是不重要的。我想那一半插入云中的山峰，上面大概就有道家十大洞天之一括苍洞吧。

母亲河永安溪，永远安详宁和着。

仙居人非常好客，每张竹筏配上一位歌手导游，真正的乡土神韵扑面而来，如云如雾又如仙。她为我们介绍了溪边的风景后，就唱起本地的山歌来，没有丝毫的雕琢，与溪山烟雨配合得极为和谐。在歌声中静静地回想着，竹筏猛地冲了一下，荡了开去，筏首腾起朵朵晶莹的水花，顷刻间又消失了。身旁，一队水鸭子悠闲地拍打着翅膀，追逐着我们的竹筏尽情地漂游。低头看水中我的脸庞，不是很清晰，因为两岸的青山和云影，早已把我的心情与它们叠印在一起，又渐渐地弥散开来。但我能看清水下的溪石，小蚌水草，和游弋的鱼群。不知不觉地，竹筏已经通过了石仓洞，那是一个采石场，叮当的锤声已经被竹筏的“吱嘎”声和游人的歌唱声代替了——它使我不由自主地想起天台始丰溪边的岩庵黑洞。我因而有了回家的感觉。

我一直以为仙居西罨寺的“罨”与天台“岩庵”的“庵”是同一个字，但翻过字典后，才知道“罨”是网罟覆盖的意思。我曾经为西罨寺这个地名而惶惑。朋友把我带到西罨寺，我终于发觉那里确实覆盖着一种氛围，另一种仙居境界，一直萦绕在我的脑海。在仙居西部的乡村道上漫步，两旁的田园村舍庄稼树木在眼前飘过，这与永安溪的漂流不同。漂流是一种情感的浸淫，而在山谷中漫游同样让我思绪放松。西罨寺的谷口有一片蓊郁的小杉林，许多杉树两两依偎，如情侣携手脉脉温柔在罗曼司里。风从树梢中穿过，发出“吱溜吱溜”的声音，若情人的絮语，多少能给人温馨。鸟儿在林间啼啭着，在深情地歌唱着，而沉凝着的似乎是那座将军岩了。它默默地厮守这一带风景，不知道在想些什么。没走几步，转几个弯，来到一处拱桥上，回望将军岩对面的山脊，竟出现一个古装少女的剪影。她也在枕着高崖“辗转反侧，寤寐思服”吗？这也算是“窈窕淑女，君子好逑”的一种吧。这一山一石也可以化出许多类于“牛郎织女”或“天仙配”的故事来，我终于发觉，西罨寺的山水把人间的情爱糅合得如此的和谐。

西罨寺的奇岩怪石千姿百态，涉目成趣，一块金鸡石，转几步可以化为“神笔画天”，再转几步化成“仙翁观瀑”。这种观赏方式是很传统的，山水的阅读是不需要指点的，山水的情趣在于我们的心情和领会。西霍的山水有点像雁荡，飞天瀑更像雁荡的小龙湫，在瀑下濯足清流，沐浴潮雨，却觉得雁荡似乎过于热闹了，人工的东西太多太杂了。而这里，山水是原味的，或陶醉或呐喊，或攀越或俯瞰，情绪是相当豪放自由的。从一块崖壁上看出斑驳的水痕写成一个大大的“仙”字时，我叹服了，山水有灵啊！沉迷在西霍寺的风光里，竟忘记了时空，连朋友的大声呼唤都听不见了。

永安溪和西霍寺的风景是纯粹的，我乘上竹筏，想漂过水中的天空；我攀上高耸的崖壁，想走在云海的上面。我总想象着自己是一只鸟，是一尾鱼，是一棵树，是一块石，出没在明净的雾霭里。仙居的每一个地方都让我忘情。当我在冥想中不能自拔的时候，朋友拉着我的手，一步步走向皤滩。

皤滩老街

皤滩位于仙居西部永安溪上游，原是一个白沙滩，自下游溯流而上的航船常在此停泊，这里商贾云集，渐渐形成一个集镇。它成于唐，兴于宋，尽管岁月河流淘尽了风沙，它依然是忘川中一块凝重的溪石，沐浴在暮霭与朝云中。如果说，在西霍寺漫行，我仿佛进入了范宽的《溪山行旅图》的话，那么在皤滩的老街上徜徉，我又仿佛置身于张择端的《清明上河图》了。在溪山田园的腹地，能找到原汁原味的宋代遗风，这里的每一块檐阶，每一个台门，每一楞瓦脊，都如一本线装书，写着《东京梦华录》或者《武林旧事》中的某些章节。这条老街是条龙。九个 90 度角的转弯，可算是扭曲翻腾的龙身；中间一些街道分岔，算是虬龙挥舞的脚爪；而街上铺陈的石子，便是龙身上闪亮的鳞片了。低头细看，那石子竟铺成许多条小龙呢！龙形街道穿起两旁的古老民居，那些台门，那些砖雕木刻早已漫洇着水渍，那些雕刻图案总引人驻足探寻。同行的李焕荣先生告诉我，这里是某位小姐的闺房，那里是人家的后花园，还有一处是宋代的青楼。我忽然看见这里走出朱淑真、严蕊、李师师袅娜的身影，她们的一颦一笑渐渐地清晰起来，她们的浅唱低吟渐渐地清朗起来。在一处老民居的木板壁上，我寻觅到早已发灰的捷报，那宋体字渗透到板壁的深处；在皤滩附近的公路旁，我看见了一处小院落，那就是朱熹落脚的桐江书院。我来不及向它投以一个注目礼，它便迅疾地消失在我的视野之外，融入所有的山魂水魄了。

在皤滩，我曾经于一个小小的农家院落里抚摸八仙的剑箫，曾经在八扇连在一起的花格门上重温了一次八仙的旧梦。八仙是吉祥的，就像仙居的安宁境界一样，是都市人群失落经年的林泉高致。在田野的旷远和山林的广袤中，我终于读懂了仙居之地蕴含的人文精神。没有文化底蕴的繁华城市，只是一个美丽的躯壳，要谈什么境界是勉为其难的。我们所缺乏的就是这样一种境界和精神，它是山水艺术文化互为融通的和谐整体。朴实无华，淡泊自然，在商品经济大行其道的浮躁年代，谁能真正地拥有它呢？

在仙居驻足停留，我的思想自由而散漫。仙居境界已经让我完全忘却了自己。

收录于《台州乡土语文读本》（南京大学出版社，2021 年）

石塘的阳光海

今天，我坐在“祖国大陆第一缕阳光”的到达点——浙江省温岭市石塘镇的雷公山向你写信。雷公山是石塘镇东面的小山，海拔不过六七百米，目前却已经成了举世瞩目的焦点。明天，2000年1月1日晨6时46分，这里将举行迎“千年曙光”的仪式和纪念碑的揭幕典礼，并通过电视向世界直播。我住宿的三层楼位于1号看台和2号看台的中间，天边刚出现一片鱼肚白，不一会儿就更加明亮红艳起来，变成荡人心魄的曙光。说到底，太阳就是原来的太阳，彩霞就是原来的彩霞，大海就是原来的大海，形式和内容都是一样的，因为特殊的环境和时刻，而充满新奇的意义和更加悠远的内涵。曙光下的石塘是美的，阳光下的大海是美的，我们关注的是它们拥有的精神境界。

我住所的主人姓章，是朋友林友桂介绍的。林是我很铁的“文学哥们儿”，而章是搞绘画的。章小时候随母姓，用过与我一样的名字“胡明刚”，很是巧合。我们热爱艺术的心灵也是相通的。我们一见面就谈得很投机，昨天一直说到深夜两点多。据说，这次上石塘的艺术家和记者就有上千人，他们都用朝圣般的虔诚礼拜这艺术一样高尚的太阳、海洋和石屋。其实，千禧年、新世纪与我无关，人为炒作的东西与我无关，我只想在这阳光下找到感情上的契合点。在雷公山观日与在老家华顶上观日有点相似，所不同的是，华顶脚下是茫茫的云山和丛簇的绿林，似乎离太阳很

石塘渔村

遥远。在石塘则不同，太阳下大海泛着金色波浪，像眨着许多金色的眼睛，而成了剪影的崖岸和石屋，总给我一种凝重感和内张力。我忽然觉得，在海边离太阳是那么近。

我老早就想写《温岭的海》，同《天台的水》《临海的城》组成三部曲。为此，我专门走访石塘四五次，激动之余总觉得一时无从下手。我到石塘，主要是为了领略那丰富的海天风情。石塘镇紧邻东海，再出去就是太平洋了，理所当然的，它成了祖国大陆“千年曙光”和“世纪曙光”的首照地之一，名不见经传的海边小镇一下子受到人们的瞩目。据地方志记载，石塘镇的居民是从闽南迁徙过来的，至今还完整地保持着闽南一带的风俗。他们奉祀着妈祖林默娘，在日常交往的时候，都说着历史悠久的闽南话。他们相当热情好客，这次我到石塘，找不到朋友的家，当地的一位老渔民，特意为我引了三里的山路。在这里，到处可以看见依山而建的与众不同的石头屋，在晨曦中露出与欧洲中世纪古堡一样的情韵。著名画家吴冠中、丁竹、袁运甫等多次到这里写生。吴冠中在这里小住了十天，除了绘画外，还写了许多热情洋溢的散文。上海的沈柔坚在此驻足流连，不住赞叹说这是“东方的巴黎圣母院”。我有时觉得，这里的建筑有点像水城威尼斯。我的住所面东，一推开门窗，就看见大海和崖上的石屋，它们总给我一种沉稳凝重感，是当地艰难浮海生活派生出的艺术精髓。这里淡水奇缺，我看见不少挑水沿着岩坡而上来的当地妇女，总给我沉重得喘不过气来的感觉。在这里，到处可以看见依山而建的与众不同的石头屋，高低错落，很有音乐节律。如果说，石塘的山崖像一架钢琴，那这里的石屋就是此起彼伏的琴键了，它被岁月的手，被海风的手，被那些在波峰浪谷风口中沉浮出没的讨海汉子的手弹奏着，山与海、古与今、人与自然和谐的交响，这浑厚而悠扬的音乐阴阳合璧，刚柔相济，铺陈着石塘镇海边人家的无限风情。石头的墙壁，石头的门窗，石头的街道，是富有力度和弹性的凝重音符，总让我感到一种震撼。一推开门窗，我就看见浩瀚的大海和高崖上的石屋，更显凝重。在村道上漫行，看每一所渔屋都有特色，绝不雷同。石头砌墙，木板构壁，窗明几净，一尘不染。崖上的老屋不是很高，猛一抬头，就同檐子上挂着的鱼亲吻了一下，脸上就沾满浓郁的腥味，犹如海上吹来的风。听老渔民回忆旧时的浮海生活，真的是不堪回首。

那次我来正值清明节，在石塘四周的山上漫步，我看见累累石砌的墓茔和纷纷上山扫墓的渔民，把许多红红绿绿的纸片放在墓顶上，用石头紧紧压住。渔民告诉我，这纸片代表着瓦片，用石头压住是防止被风刮跑。渔民一出海，就把生命交给海了。为了谋生，有些人一出海就回不来了，安放在墓里的只是逝者的衣衫。我看石塘的房屋，石砌的墙壁很厚实，屋顶的瓦片上压了很多石块，犹如被西西弗推着上山，耳边萦绕的是此起彼落的鞭炮声。如果说，石塘的风情是十番古乐，那连绵起伏的石屋就是威风十面的锣鼓了。

说到锣鼓，我自然要向你介绍石塘流传了千年的民间舞蹈——大奏鼓。这是祈望和庆贺丰收的民间仪典，常在鱼汛期间举行，大龙旗在海滩上高扬的时候，荡气回肠的舞蹈就开始了。与众不同的，是头戴橄榄形帽子、耳挂金耳环的穿橘黄色斜襟短袄和深蓝色灯笼裤的女装男子，他们把脸涂成白色，在额头上画着如太阳一样的圆圈，他们手拿锣、磬、木鱼、唢呐，在涛声中呐喊着，如醉如痴，如癫如狂，把整个情感投入进去。多么让人心动神驰！每当年关，这里家家户户门前生起篝火，男女老少歌舞着在火堆旁；元宵之夜，人们则扛起燃烧的火镬，那“火镬公”“火镬婆”轮流吹着火筒，把美好生活的火燃烧得更加炽烈。那火就像今天的太阳，是幸福希望的使者，能把喜悦带给每一个人。这就是艺术，来自浙江东部海岸线最底层百姓的艺术，焕发着实在的生活光彩，永远让我们难以忘怀！

石塘渔村是个出艺术和艺术家的地方。我温岭的许多同行都在海边出生长大。他们义无反顾地选择了绘画和诗歌。郭修琳先生是土生土长的石塘人，现在已经成了著名的海洋画家，出版了《海疆万里行》画册。出于对大海的热爱和钟情，他给自己两个孩子取名为“大篷”和“小橹”，孩子也不负他的苦心，一个搞绘画，一个拍起了电影。还有石塘出生的郭献忠，专门搞渔村剪纸，也形成自己特别的艺术风格。林友桂的父亲是专门为当地渔船画“眼睛”的“老司”，也颇有知名度。石塘人对艺术和艺术家是很尊敬的。几年前，我在诗歌和绘画中认识了石塘的阳光海。那时，温岭的朋友丁竹、江健、老枪等创办了三角帆诗社，海洋味十足，成为富有特色的东海诗歌群体，在全国诗歌界有很大的影响。这些朋友常带我走过石塘，品味富有渔家特色的敲鱼面和鱼丸，别有一番情调。听他们介绍，做石塘的敲鱼面要将鲜鱼和海鳗剔出净肉，用木锤敲打成一个薄饼，放锅里烧至半熟，经年不坏。而鱼丸由山粉和鱼肉蛋搅拌蒸熟而成，切成菱形块，是当地不可缺少的美食佳肴。海边成长的温岭朋友，是有好酒量的。喝烈性酒，唱烈性歌，跳烈性舞，情感张扬到极致。这里的激情和豪放，这里的艺术和风物，是大海的馈赠，是自然的赐予，也是我们的福分。

我忽然记起曾经与林友桂和另一位朋友余跃华一起乘着小渔舟，沿着石塘海岸线从石塘到箬山，那段海路的确让我记忆犹新。我们从石塘的码头下去，海天迷蒙，海雾笼罩在四周，我不知道船朝哪个方向行驶。渐渐地，海雾一缕缕地散去，太阳从雾中蒙眬地露出脸来，害羞地与我们捉迷藏。我感到海是温柔的，我伸出脚，让海浪轻轻抚摸着我的脚踝，我闭上眼睛，深深地陶醉了。渐渐地，海雾飘远了。我的面前立起一道雾的城墙，一片纯粹的蓝，一尘不染的蓝，远远望去，石塘和箬山的石屋浮荡在空中，缥缈得犹如蓬莱仙境。我发觉那时的海光确是一首诗，是朋友李萦枝

归港

的诗。“海给我翅膀，给了我飞翔的感觉。”那是真的。在温岭的阳光海中，海风吹起我的衣襟，我仿佛听到一首外国歌曲《秃鹰飞去》—— 在这灿烂的阳光海中，我就是秃鹰，一羽自由自在的秃鹰啊。

我住在石塘朋友家里已经三天了，连续看到三次宁静的海上日出。每天打开朝东的玻璃窗，一眼看到海上升起的朝日，听到激浪拍打礁石的声音。这是一幅画，一段交响乐，类似莫奈《日出·印象》的画，类似贝多芬《欢乐颂》的交响乐。艺术和生活是什么？活着究竟为的是什么？我们几千年走来，许多往事被记录或遗忘，几千年之后又是怎样，我无法估量，也无法预言。我的愿望就是活得平安一些，健康快乐一些，实在而有意思一些。真的，新千年对我没有特别的意义，2000 年元旦有什么意义呢？我不想留在石塘看那千年的曙光了，我要回家去亲近妻子孩子，只要送给亲人和朋友一片冬日阳光的温暖，就足够了。

在温岭的阳光海里，我终于明白了一切，在新世纪的曙光中，沧桑岁月和我的思想情感如秃鹰飞去。但愿新的太阳给我们带来好运。

什么时候同我一起畅游石塘的阳光海呢？我等着你啊。

1999 年 12 月 31 日晨完稿于温岭石塘雷公山

发表于《江南晚报》2000 年 1 月 3 日

雁荡山中微雨

很想去浙江雁荡山一游了，这不只是家在比邻雁荡山的天台山上的缘故。民间传说天台、雁荡和普陀本是观音大士发髻上的三朵莲花。雁荡自晋唐以来就人文鼎盛、名闻域中了，这使我想起它与天台山的某些关联。据西域佛书记载，五百罗汉居于天台山石桥飞瀑下的方广寺，其中第十六罗汉诺讵那隐居于雁荡山顶的小龙湫。在雁荡山方言中，湫就是瀑布了，雁荡的大龙湫和天台的石梁瀑有异曲同工之妙。沐浴在瀑布和微雨的迷蒙中，自得山水造化之功。

雁荡山绝顶上有雁湖——湖在江南一带均称为荡，譬如芦苇荡就是长满芦苇的湖。书中说，雁荡一名“雁宕”，“荡”为水名，“宕”为岩名。沈括的《梦溪笔谈》说：“雁荡诸峰，皆峭拔险怪，穹崖巨谷，皆包于诸谷中，岭外仰见，至谷中，则森然干霄，原其理，为大水冲激所致。沙土尽去，唯大石岿然挺立。”家乡天台的一些景物，譬如百丈石梁是雨水冲刷而成的奇迹，所以，到雁荡选择一个微雨的日子，是最合适不过的了。雁荡的神妙之处恰恰在烟雨迷蒙之际，下了瓢泼大雨，不易出行；晴天朗日则少韵味。而和风细雨中，独撑一顶小伞，穿行于林壑翠崖之间，则浪漫中一种宁静幽清的意蕴油然而生。雁荡山的微雨，把这里的山水高致一一铺陈。应该说，它是雁荡的精灵。

昨天刚下了一场透雨，把雁荡的山崖洗刷得一片净洁。沿溪两岸，丛树苍翠欲滴，屏峰林立，宛如泼墨。行于其中，自有一种酣畅淋漓之感。伴我的女导游来自雁荡山脚下的一个小村，她的活泼清纯，犹如山泉的欢跃，令我悦目清心。溪涧水涨，激浪迸涌，但照样清澈见底，导游告诉我，脚下的溪水深达两米，但水底的鹅卵石和游客随手丢下的硬币依然能看得清——据说，这是雁荡山水的吉祥之相，暗示着财源滚滚。我想，财运固然重要，但以牺牲环境为代价，是得不偿失的。不过在雁荡山主要景区内，林木保护还是做得很出色的，至少保持了原来的自然野趣。在微雨的掩映下，更能撩人心魄。

雁荡山的微雨恰能怡情，在丝丝缕缕的雨帘中，时见两三片云自深谷中如轻纱一般飘来，如絮如绢，升腾纠缠，铺天盖地。那山峰淹没在云雾当中，犹如琵琶半遮面，有的则舞起水袖挡住羞涩的脸。我忽然觉得，那险峭的山峰竟如山地少女那样温柔可爱，让我深深地怀恋。微雨赋予雁荡山水以生命，以情感，以灵气，需要我用心去领略。在云雾中穿行，我似乎看到慈眉善目的观音、静穆端坐的诺讵那罗汉。我竟发觉，我的身心早已被这里的微雨浸得透湿了。

雁荡山的灵峰和大龙湫太著名了，游客甚众，但那里的热闹不适合我，瀑布的韵味也与天台的差不了多少。灵峰的月色是美丽的，人们关注的却是它的剪影，在微雨中我同样可以把它们看作一对依偎的夫妻。我喜欢的倒是那些地处偏僻名不见经传的小景，因而选择了那绝壁之上的方洞。方洞原是悬崖中的天然石洞，上下悬空，很难登临，但当地的三个村民看好了这个绝妙的所在，自筹资金在山脚开设索道，“养在深闺人未识”的胜景终于被揭开云雾般神秘的面纱。缆车在雾雨中徐徐上升，清风细雨轻拂我的脸庞，让我的精神为之一振。俯瞰脚下，那树木，那田畴，那农舍一点点地低矮下去，我轻快地在云中出没，像一只小小的风筝。雁荡方洞在悬崖峭壁之上，云遮雾罩反而更有韵味。某些地方看得太透彻了，游赏起来倒也觉得兴味索然。雁荡山水的美妙就在迷离的微雨中。这里的山水如果没有雾雨“加工”，自然要逊色许多。在方洞的栈道中行走，脚下升起团团的云雾，仿佛行走在云头之上，自然有些飘飘欲仙，而当雾渐渐地退去，我竟发觉自己与脚下的深渊只隔着一根铁栏杆而已！在自己的洋洋得意和自我陶醉中，竟有着如此胆战心惊的危机。“跟着感觉走”是一句时髦话，但感觉往往把自己的智慧蒙蔽了。

当我走到一个快乐的所在，猛然清醒过来时，常常感到自己已经无路可走了。这是雁荡山给我的一个刻骨的感悟。在方洞外面两崖之间的悬空索桥上站立着，山风和细雨赐予我透心的凉，栈桥晃动不已，我也战栗不已了。云雾填塞着脚下的深谷，让我感到生活中不经意的险象。在雁荡山，我暗暗地折服，就是这平常的风景，也有一种逼人的气势，蕴含了多少山水的玄机，多少人间的巧夺天工！

没有游雁荡的时候，我就在乐清市地方文学杂志《箫台》上读到不少文笔优美、情感丰富的文字，这次来雁荡，我自然多了情感和文化知识上的准备。净名谷原是雁荡山一个不甚显眼的小峡谷，也是当地的一个山民投资开发起来的。进入谷口，在翠崖和丛林的掩映下，一座座富有雁荡山居特色的小木屋依山而筑，显得古朴雅致，不亚于其他地方的星级宾馆和别墅，住宿价格也很实惠。木屋附近是远近闻名的铁城嶂和游丝嶂，朝夕晨暮，山色盈窗。一觉醒来，那微雨早已将青岚涂抹了半个天空。在崖下行走，时见微雨与山泉蔽崖而下，抬头仰望，青崖与天空融在一起，侧耳倾听，溪中的蛤蟆叫声与山寺中木鱼和鼓板的清响并无二致。身边的溪流欢畅地流淌着，能洗涤一切幽怨。净名的旨趣就在于此啊，它使我想起天台山的幽溪。当年佛教天台宗智者大师在佛陇讲的也是《净名经》，净名是佛家的一种精神，我竟在这里找到一种与众不同的共鸣。指引我的是雁荡的微雨呢，还是那位罗

雁荡山合掌峰

汉诺讵那？我无从得知。据说这谷中有一处达摩洞，洞里有一股神泉，很清甜纯净，是非品尝不可的，据说能治百病。大概这神泉是来自山，来自风，来自雨，也来自云霞，是自然的精灵所化的吧？

雁荡山最勾起我回忆和留恋的就是方洞和净名谷了，当然还有那如诗如歌的微雨。那微雨有神有韵地铺陈着，是雁荡天开图画的点睛之笔。直至现在，耳畔依旧萦绕着那位朋友的话，净名谷要在“净名”，净是一种心境，净也是一种情操，它是雁荡山水的主题。那是一种纯美的境界，属于我的那位朋友，也属于与我一样众多的游人。我已经把自己的情怀寄托在雁荡的山水之间了，在我的心头挥之不去的，还是那飘飘洒洒的微雨。

发表于《北方文学》2003年第10期

三清影

三清山离怀玉山不远，但从怀玉山走到那里，需要一天时间。早上起身，黄昏到达，两山间开通专用通道后，可以连成一线。三清和怀玉宛若双璧。两山相对，如遥应之双星。

行到三清山下，远远地看见天边的山影，如淡墨涂抹一般。山抹微云无墨画，诚然。每座山都有独特的峰影天际线，如音乐的旋律。怀玉的山峰是和缓的，如同箫笛二胡吹拉出来的长音，悠长，舒曼。三清则不然，如同锣鼓敲打，琵琶弹奏，急促，顿挫，富有力度。

三清山上原先只有羊肠小道，人们需援葛扶草而上，极为艰难，更况山中绝壁悬崖，登山者时刻有性命之虞。许多人中途畏缩退却了。但有勇敢的摄影家冒险登上了山巅，摄取了两张最动人心魄的倩影——“巨蟒出山”和“东方神女”。这是三清山的精绝之处，照片刊出之后，寻胜探幽者纷至沓来。三清山撩开面纱，露出本来面目。

以“倩影”一词来形容三清山的风姿，显然太过一般。我应该将它改成“清影”。“清影”一词见之东坡词：“不知天上宫阙，今夕是何年，我欲乘风归去，又恐琼楼玉宇，高处不胜寒，起舞弄清影，何似在人间。”所表达的应是向道之心。三清山是一座道教名山，旁有龙虎山，为汉代张道陵的栖居之所。三清山则是汉代葛玄炼丹的佳处。张道陵和葛玄同生活于汉代，有历史文献的确凿记载。三清山中可守真抱朴，可服雾餐霞，可羽化登仙。道家强调清静无为，蹑虚归真。仰望绝壁万仞的远峰，我不由自主地至心朝礼。三清山影令我想起老家的华顶，那里是葛玄最早种植茶叶的地方，山中的云茶算是极品。与三清的云雾旨趣相同，在葛玄炼丹的传说中，我知道山中的云雾里，自有灵魂的栖居之处。

三清山有玉虚峰、玉华峰和玉京峰，为玉清元始天尊、上清灵宝天尊和太清道德天尊列坐。清也是道家追求的境界。老子一气化三清。清也应是一种气。气流转方成太极，始成阴阳，孕育世界万物。万物运转，如气之鼓动，混元一体，归为太极。此气在三清山上，成为激荡的风，鸣响的雷，飞升的云，沉降的雾。三清真境，大道妙界，让我感受到云雾中的清虚。三清山主峰玉京，令我想到天台赤城的“上玉清平之天”，流云与彩霞映照，便成人间佳致。而今三清山上，我能寻觅到真正的玉京吗？

我曾经仰望紫微垣和北斗七星，而今神圣的身影落实到眼前的座座崖峰上，非常直观而具体，令我更加虔敬。其实神圣的本身就是眼前的山水和缥缈的云雾，山云林涛自然成了最好的表现。

小住山下，设想三清山影的神圣和玄妙，深邃无尽，于是渴望登山。次日一早，天刚蒙蒙亮，便等候缆车，却发觉早已人头攒动。缆车渐渐升起，俯瞰身下，丛树簇簇，奇石磊磊。飞泉瀑布，翠崖苍松，云雾升袅，如同天界。隔着缆车的玻璃，总觉得山景与我那么的遥远。

走下缆车，沿步道而行，石阶层层，上插云空，下落雾底，环顾四周，白茫茫一片。头顶就是西海岸的栈道，如彩带虹桥，横架空中。拾级而上，转过一个弯，到了三清山最险的一段。栈道架阁，下临深谷，壁立悬崖，深不见底。云雾笼罩之时，不知今夕何夕。尽管山峰近在咫尺，苍松翠叶伸手可触，却终感遥不可及，隔着万丈深渊。我不是飞鸟，也不是飞仙，可以在云中俯瞰，在毛骨俱悚战栗晕眩之余，体验着针灸般的感觉，全身贯通着一股清流。耳边脸庞，吹拂三清山的朗朗长风，有苏东坡赤壁之下的升仙感慨，我在绝壁之上，更有一种飞翔的感觉。我忽然想，能跳下去的话，我也许立刻化身为山中的一只鸟、一棵树，多么惬意的事，但我总放不下更多的牵挂。其实，任何事物都有所牵挂，比如悬崖上的树，必须牵挂在崖石方寸之土；山间的流云，还是要沉潜到幽谷之中。而我必要依傍着我的家庭、我的妻子儿女。在三清山顶，我想念家中的小小书桌，以及卧榻座椅，那也可以让人心静气闲，气沉丹田。看深谷，看崖树，我感到一种平和，一种淡定。

西海岸的栈道，高挂在悬崖之上，上下虚空，需要一锤一凿开辟孔眼，然后把水泥预制板嵌入其中。据碑文记载，这段空中栈道，修建工程可谓奇迹，似有神助。在栈道上行走，如在天街之上，云雾徐来，遇到绝壁，几经翻腾，化为柔柔细雨，让我感受到“天街小雨润如酥”。终于，云开一线，对岸的山影映入眼帘，宛如仙阙。那是神仙居住的地方，刚凝视一会儿，就如海市蜃楼

三清山

一般变形消长，散隐而去。蓦然，眼前又出现许多巨松，或直立，或欹斜，却总是那么端严。在悬崖之顶，在松树之巅白云之顶漫行，胸中终有风雷激荡。我和同伴对着空山灵雨，或大声呐喊，或引吭高歌……

在我的心中，无论是玉皇大帝、诸位天尊，还是岳渎山川的真宰，都是一种心境的呈现而已！有时感到世间的一切，都是混沌的，人们行走俗尘，懵懵懂懂跌跌撞撞，不明了清静无为的要义。清净的本身，就是无，能了解无，进入无，什么都豁然开朗了，心头的锁匙自会开启。

西海岸的栈道，是最震撼人心的警句。三清山的文章，刚刚开了一个好头。

登临栈道之时，三清山之雾无限深浓，浓得化不开。几十米之外，不辨形色。所见峰影，蒙蒙眬眬，亦幻亦真，似梦非梦。西海岸的绝壁上，竟有宁静清澈的一碧澄潭。潭水绿得那么纯净，那么可爱，绕过去，走一段路，就到了三清宫。这是山上仅有的一处道观，在云雾之中更显得端肃庄严，乡土庙宇的风格，让人感受到亲切、安慰，它和附近的一些石头营垒的建筑，如九元应天府、纠察府、龙虎殿，浑然一体。尤其是崖顶上的风雷塔，用整块石料制作，在雾海浮荡隐现，更有仙风道韵，恰如云中蓬莱。三清宫奉祀三清，建筑为明代的遗存，石头营造的大殿，石头敷设的牌坊，就地取材，精心打造，与山体融而为一，同周围的幽林共生和谐，尤为庄重端肃。此处就是三清山人文精神的集中体现，也是大好文章的点睛之笔。

三清山西海岸栈道之外侧，所见皆是险峻的绝壁，给人居高临下的飘逸感觉，又给人大自然鬼斧神工的巨大震撼。而三清宫一线，有着道家的清净宁静清虚安详。我在“无”中行走，在虚空中行走，似在步罡踏斗。我走在人间的“大道”，也走在神仙的“大道”。

转弯，扭身，攀缘。我身如猿猴，敏捷轻松，在这样的山光云影中，心情放松了，把所有的忧愁都抛弃到九霄云外了。

三清山上下笼罩着浓雾。浓雾清冷而潮湿，从头顶渗入，从脚尖流出，如一元真气的贯通。只有行走不停，方能运气于丹田，周身生出缕缕热力，抵御山间的清寒。走过三清宫，趋向玉京巅，走过擎天柱，又瞻女神峰。山上的石阶路，在奇峰绝崖中缠绕，如神龙盘绕。沿途可见的松树，有些秀直挺立，如身穿盔甲的将军，守卫路道两旁，还有的横身空中，如杂技芭蕾表演。时见枯树两三，在崖缝之间，经年不倒，犹如凝固的雕塑，沉静，安详。其中，在一座山崖之上，有两棵松树，下面的一棵已经枯死，居上的一棵则生机勃勃，当地人名曰“生死恋”，象征至死不渝的爱情。三清山的松树，无论在悬崖之顶，绝壁之间，还是幽谷之下，与周围众多的石峰一样，都是天造地设的人间佳致。在缥缈升沉的云雾之中，它们仪态万千，不亚黄山之松，但透过雾霭层层发现道心的明净，是黄山所无的。

玉京峰最高点为观景的绝好地点，如果云雾飞散，可见奇峰排衙，似群仙列队，蔚为大观。据说在这里观日出，可使身心更为轻扬，亲近神圣。在云雾中，可以看到自己的影子，有着七彩的光环，如神明一般，人称“摄身光”。想象自己的身影，飘忽于三清山的群峰崖壁之间，天地佳致道家旨趣总摄于心，也是一种玄机造化。可现在雾锁山隐，只能蒙眬看到“巨蟒出山”，在浓雾中，“巨蟒”猛然腾起，冲霄而去，似化身为龙。人行孤峰之下，似乎感到它摇摇欲坠，不禁毛骨悚然。这景象难以拍摄，却深深地印在心头。看三清山的介绍，诸多的奇峰异崖，摹形象物，尽出天然之妙。如“猴子观宝”，在云中，石猴据石而坐，把玩蟠桃，栩栩如生，仿佛孙大圣回到花果山一般，陶然忘机；而“东方神女”则端坐山巅，黑发飘飘，俯瞰群峰，神色安详，手捧瑞松两棵，送去人间一片翠绿；双乳峰，崖上两石，浑圆可爱，顶上突起如乳头惟妙惟肖；另有一石峰，如道士端坐品茶，前面放一茶壶，别有生活气息。此中妙景，不胜枚举，但都隐没在浓雾之中，即使望穿秋水，也难得一见。我渴望目睹它们的清影，期盼它们能带给我内心更多的愉悦和欣喜，但是它们总没有出现在我的眼前。难道我的心不诚，错过了应有的福德机缘？

我自千里之外的京城专程赶来，拜谒三清山，看不到云雾中的清影，有些遗憾。到达光明顶的那一刻，我感觉到自己的想法是错谬的。我忽然觉得，美妙的恰恰是这样的雾影！有了乳白色的雾，有了凌空的栈道和悬崖，我找到如鹤一般飞升的感觉。有什么不满足的呢？我发现，我在山上的歌唱，与长空鹤唳没有什么不同。石峰和丛林都是我忠实的听众！我忽然明白，山雾本身就是一种精神，石为山之骨，水为山之精，雾则为山之灵，山之气！道家讲究的就是这种灵和气。雾起云涌，山峰起舞婆娑，如仙凌空而飞，空山中行走的我，是不是同样身轻如燕？

唐代陈寡言羽化之时作诗云：“我本无形暂有形，偶来人世逐营营，轮回宿债今还毕，搔首翛然归上清。”这也许是此间云雾、道家精神与我内心情感的融合。三清山中云雾深锁，可以让人感知更深邃的玄幽之处；雾中蒙眬的山峰和树影，也在为你导引，牵着你的手，忍耐，入静，穿过迷蒙和混沌，到达清寂的虚空。唐代天台桐柏山高道司马承祯，修习于白云之间，著《坐忘论》。所谓坐忘，就是要调心，调气，调息，消除一切烦恼和忧虑，达到身心内外俱净，与三清山尤为契合。我发现，以前的浮躁，而今都归于虚无。我渴望“吐纳余暇，琴书自娱，潇洒白云，超驰玄圃”，但总是做不到，为生活所左右，难免感伤。但三清之影使我记起年少时唱过的歌谣：“三十三天天外天，天外之上有神仙，神仙本是凡人做，只怕凡人心不坚。”司马炼师云“神

三清山之“巨蟒出山”

仙亦人”，靠自然的禀赋，“修我真气，遂我自然，内不知其一身，外不知宇宙，与道合一，万虑皆遣”。三清山的雾影，就是天人合一、物我合一的标本。玄而又玄，众妙之门。此刻的三清之门，已经为我打开了。

在寂静中得道，悟真，坐忘，行走止息于三清山的雾中，渐渐进入一种清净玄妙的境界。三清之影，让我真正地明白什么是返璞归真。

收录于《玉一样的山，玉一样的人》（百花文艺出版社，2009 年）

梦摩崖

清晨做梦。我在山中徒步。眼观六路，脚踏八方，不觉脚下一绊，从山坡滚下，身体撞在木石上，发出敲锣鼓一般“镗镗”的声音。

但我不觉得疼痛，反而很是舒服。忽然抬头见到一片破损的石碑林，碑上刻满字迹，清晰可读。有“禅茶一味”“我心如石”“临波照影”“读山品水”“水墨精神”，有一些寒山诗，还有日文韩文，内容为忏悔感恩、歌颂天台华顶、渴望和平等。

忽然遇到一人在身边转悠，是我的挚友。他喜欢坐在石上吹箫，脚下风云四起。于是我们结伴同行。

沿途的崖石，高低错落，都刻满文字，正草隶篆，各种字体都有。一一细读，我的心情放松舒畅，便靠在石头上打盹。

我猛一抬头，看见一根大木棍，上端束缚着老人木雕，高速旋转，口眼放射着红光白光。它一边旋转着，一边大喊乱叫。别人看了似乎很害怕，但我倒喜欢。那老人木雕停止旋转，化一活人，伫立在我的面前，虔诚地说：“我在山上苦学，从少年到白头，直至百年命终，没有丝毫觉悟，觉得脑袋如同木头花岗岩，丝毫不开化。于是人家将我雕成木像，束缚在木棍之上。虽然能高速旋转，放光呐喊，但我越转越糊涂，越喊越糟心，头昏脑胀，不知白天黑夜和东西南北。有求不得，有感不应，我苦恼万分。”略加思索，我说：“你可以借风雨雷霆助力，等木棍倾倒，身体着地，沿着山坡滚落，一路碰撞树木石头，如敲锣鼓一样，你就可以得到觉悟智慧了。如果你的身体掉落水边，有蛤蟆鱼虾爬虫贴在你身上，你便是渡船；随水漂浮，载渡生灵，抵达彼岸，看见百花盛开，你就功德圆满了。我从山上滚下，身撞木石，也如同敲锣鼓一样，都是文学艺术的钟灵造化。虽然名响一时，但并不久远。文字话语放光，如能照亮天地，指人迷津，则功德永恒，无量无限。一切都是因缘和合，不必刻意苦求，否则百般烦恼同起，就不能得到无上快活。”

友人高举洞箫说：“因缘和合，就是天地圆融，一法通万法通。就拿我本人来说，我喜欢坐在石头上吹箫，对着山林，对着清泉，对着明月，对着晚霞，每当箫声响起，身心犹在天际，行运犹如日光霞彩，便是潇洒极乐了。这种情形，如同胡兄的文学写作和唱歌一样自由逍遥了，比缚于木棍之上旋转放光好得多了！”

我说：“老人木雕束缚在木棍之上，旋转放光，实际如我们吹箫作文一样，要遵守规则法度，但只要内心良善自在，其意蕴便如山崖上文字，也是至善大美的境界。这里本是莲花山巅，是真正的‘优山美地’啊，你拥有天地独步的文心，抱山水明月在怀在胸，‘万物皆为我所有’，何不成就无上功德啊。”

老人笑容可掬，与友人合掌相和。他又问我：“我曾有万卷书册，藏在山间石室，但丢失了钥匙，没办法进入书室之中，不知你有何法门？”我说：“有门就是无门，不需要钥匙。心通天地，万物便可通了。”我拾起一块尖石，在崖壁上胡写，先是“ABCD”，不行；“我命在天”，无用；“上下左右”，不行；“南北西东”，无用。最后干脆写个大“×”，忽听有声，石门开启，果然看到藏书万卷。一阵风来，它们全化石头，上面依旧有好字美文。我欣赏了好久，忽然心里一阵悸动，轻轻抚摸几下，随即退身而出。

老人问：“你为什么不看了？”我说：“这些书都是用石头制作的，我搬不走，留着无用，这里我也不敢久留。万一被封印在石室里面，如木雕束缚于木棍之上，兀自空空地转动，不能挪移半步，失掉独立思想自由精神，便得不偿失。想当年寒山拾得行走在天台山上，自在放纵地行吟，与草木虫鱼为邻，与日月云霞为俦，得其自在，其乐便无以复加了！”

老人与好友哈哈大笑，异口同声地说：“今日听您一席话，胜读十年书了。”老人脸上露出极乐大喜之色，又化为木雕，束缚在木棍上，继续高速旋转，口眼放光。我对他唱歌：“日月经天，江河行地。木石旋转，无限快意。善哉美哉！浑然一气。自由逍遥，横空出世。”老人木雕愈转愈快，笑声犹如雷鸣，火光飞迸，我飞起一脚，踢倒木棍，訇然一声爆炸，化为漫天繁星。空中现出老人幻象，合掌微笑：“我曾是穷老苦行之人，今已脱化了！”

我对老人说：“脱化与否都是空虚名堂，内心善美自得其乐即可。譬如我写歪散文作打油诗，喝酒吃肉啃白米饭，伴老友吹箫弹琴唱歌；不愁衣食住行，唯求妻儿相亲，快乐无涯。”老人呵呵大笑，作礼而去，我回顾身边，木雕木棍早已炸得无影无形。

老友继续与我携手同行，观赏崖上无数刻石，都有独特神韵与精神。我对友人说：“今日所见摩崖石刻文字，俗人难见，皆非寻常，可拍摄存档，编辑成书印刷，全中国全世界全人类可见，有不可称、不可量、不可思议之功德！”

友人问有相机否？我说没有，但有手机拍摄可发微信朋友圈。摩崖文字几十几百年后磨损无存，书籍则永久传世也。与其空喊弘扬文化的口号，不如山上拍摄摩崖、排版印书好。回首脚下，房屋矗立如同麻将牌，此即天台小城。身边摩崖石刻愈发高大。

于是与朋友一同狂蹦乱跳按拍摄钮，一阵噼啪乱响，如同鞭炮齐鸣。忽然摩崖文字全失，屋前农民卖菜，手扶拖拉机驶过。

2024 年 3 月

行板如歌

寒山之旅

有的是时间。岁月造就了你和我。你衣衫褴褛，负重而行，布裘破敝，桦皮为冠，飘摇于林莽之中。我则肃立端庄于溪水之滨，唯思绪缥缈成一带雾嶂。什么风为你呼啸，什么雷为我前导，什么云为我乘骑，什么雨为我招摇？

身后骤然呈现林立的石笋峰群。

一羽兀鹰低低地翔过，巨翼蔽空。什么神祇指引我来到这幽邃的处所？石径斜斜。有茅舍结庐于众山之围，有清流淙淙地绕过，崖畔一片平畴。稼穑飒飒地漾动。花果的馨香漫天飞扬。

夜将降临，溪山迷蒙。月出东山冷光凄凄。我们孑然穿过旷野，放荡不羁地腾跃。无论顺逆。终于，太阳在宇宙中画了个硕大无比的圆圈，预示着轮回：

一切的结局乃是开始。

无终！

我们从盛唐中走来。诗歌繁华中的銮舆声影悄悄地远去。那边的都城，尘嚣杂乱地喧响，人流浊浊地攒动，熙熙攘攘的是什么样的风景？我们的苦衷无可言说。不见山峦，不见丛林，你犹如一只失群的囚禁在樊笼里的小鸟，尖声地号叫，期待着一片苍茫，猛地冲——霄——而——去——

循进这片谷地。望巨崖如屏。我们早已精疲力竭，倚靠着山岩，权以苍松作笔，蘸如血的暮色，洒洒洋洋。我们不会因为凄苦而逃逸尘世，不会因为炎凉而暗自悲伤。个中情缘只有自己知道，知道。我可以静居在清古洞中寻仙参禅，在寂寞之中展开玄妙的心境。心灵的鹤羽悠扬，洞箫和琵琶的宫调从远方而来。

那西域大漠的石窟中，有谁至今轻扬而飞天？她们的身影早已凝固在崖壁之上，众生生生死死死死生生，万物明明灭灭灭灭明明，又是为了谁？你昂首于凌空的石上，独自对月啸傲，又有谁告诉我世界之源、祸福之因？

万籁俱寂，俱寂。我即将涅槃。心灵的神骏尽情地飞驰。我看见了我的出生地，我的灵魂故乡。“重岩我卜居。鸟道绝人迹，庭际何所有，白云抱幽石。”不必作非非想、非非行。一生的痛楚也就是欢乐。我们的诗歌终将脱颖而出，我们的主题就是：

归乡。

寒岩

立于忘川之上。寒明就在不远。要走就顺其自然明明白白地走。无所牵挂。世界响起了大彻之音。山魂水魄在歌唱中款款地行出，落于群岩，惟妙惟肖如各种有情的生灵。圆通之趣仅停留在空中的鹊桥，灵芝和伞岩在夕照中隐隐约约，任一旁伫立的天柱峰为我合十——为我祈祷，为我念诵，为我顶礼吧！

我们坐卧在山石之上。生命的“八寸关”和“一线天”早已倏地穿过。在一声沉闷的轰响中，我们穿壁而出，追随的灵感化作崖上的五马之影，仍在向人展示我们的衷情。而今，又有谁细细地以心观照，细细地侧耳倾听？

你我都没走远。我们只是圆寂。在深深的岩层中。

人说，这里就是寒岩。人们似乎永远无动于衷，我们似乎永远寂然无为。

你终要无声无息地走远。几时再有无忧无虑之行，放浪形骸之外，拾掇回曾有过的童真？家山依旧绵绵。空留古老的故事悠长，悠长。蓦然，谁的佛号破空而来——

——啊，诗人！

远处的梵钟正绰绰约约地呼唤着你和我的名字。我们的名字与身周的一切浑然一体。谁是你，谁是我？谁是山，谁是水？谁是石？谁是草？谁是木？谁是虫？谁是鱼？谁是禽？谁是兽？智慧的金锄在虚空中挥动。我们归来了！眼前的潜真洞一侧，“唐郎”为你“钓蟾”，“独鲤”为我“朝天”！

我们清醒了，我们无碍了

诗人啊，我们的归宿就在寒山。

作于1986年5月，收录于《相聚天台山——全国诗文大会作品选》（中国大地出版社，2017年）。

乌药乡土

为了寻访梦中的乌药。我跋山涉水，栉风沐雨，日夜兼程。攀藤附葛，踏上云雾山岭。

蓦然回首，我走的这条漫长而悠远的山径，来自远方迷茫的尘世之城。

幽径从汉时延伸，不知经历多少岁月。

踏着刘晨、阮肇的脚印，今日，我成为山中的草民。

桃源依旧，溪水长流，洞府幽寂，花朵飘零。

谁家的女子情泪纷纷，滋养着漫山遍野的乌药。

她们的身姿早已凝固，成为长相厮守的双峰。

在桐柏，在桃源，我看见了成片的乌药。在路边，在山脚，在坡上，在崖顶，一丛丛，一丛丛的乌药，枝叶茂盛，绿色清清。

风吹动它的枝叶，呈现着一个古老的神话传说。

乌药摇曳于山野风中，如我久违的故友，我的亲人，晃动双臂，高呼着，迎迓远方的游子：归家吧！我怎不欣喜若狂呢？我因此气爽神清，身轻如燕，身心飘飘荡荡而飞升。我终于登程。

长满乌药的乡土，诚意方殷——

一丛丛的，一丛丛的乌药如同芬芳的茶树，吐绿吐青，围绕我的田地、我的山村。

荷锄采药的药农唱着山歌行过，笑容可掬，鹤发童颜，“黄发垂髫，并怡然自乐”。我一步步地紧跟。

我会随他们采集乌药。我的乌药，让我见识空谷深林中的黄精、党参、百合、柴胡、白术、芍药、灵芝、竹荪和香蕈。

我由此想见天台乡土，神泉自流，琪树不栽，弥山药草，满谷丹材。想起呵护乌药的神灵，深入天台山中，与我一路同行。

我将乌药随身携带，朝夕食用，服雾餐霞，忧虑烦恼消泯殆尽。我无所牵挂，安静入定，耳目清净，身心康宁。

揣一把天台乌药于心，我时时刻刻满怀乡情。

我将乌药冲泡于玻璃杯中，绿意澄明，眼前出现了一带桃源佳境。

乌药唯天台山出产的是上品，有许多美好意蕴：

山水的孕育，日月的照临，甘露霜雪的滋润，风云雷霆与四季寒暑的砥砺，岁月凝结的性灵与氤氲。

乌药总让我时时忆念起天台丛林，忆念山居中的坐卧烟霞，以及云水中的潇洒行脚。回首山中路，乌药横翠微——

我感知到生命自在的绚丽缤纷。

作于1997年3月，收录于《相聚天台山——全国诗文大会作品选》。

水彩风景

（一）渐近黄昏

渐近黄昏。

此刻，我们如你远牧在荒原上的一群牛羊，蜷伏着，以期待的目光等候着你的归来——

看你用牧鞭当笔，在天幕中画出一轮通红的夕阳和霞色，我久久地仰望。

你的牧鞭还插在我的身后在不停地晃摇呢。

你唱着牧歌远去了。

此刻，渐——近——黄——昏——

水 乡

风吹过密密的草丛，燃起一片绿色的火焰。烧灼着游子匆匆的情绪。

没有树木，没有村落。没有苍翠的群山，也没有你！

你在为我寻找那泓滢滢的碧波吗？

我是你远牧的那群牛羊中的一只，总是期望你能指引我归家的路，一步一步走向水滨。

渐近黄昏。你的身影仅留在一片空旷之上。

你说有星辰伴我呢。有虫鸟的鸣唧，随我在苍穹下做一个幽清的梦。我无所谓孤单寂寞和凄凉。

同伴都睡了，星月也上来了，泉水一般涵澹。

而你呢，唱着牧歌的你呢，驾着夕阳悄声地走远了。

我是你远牧在郊原上的那群牛羊。我看见梦中的栅栏——

田园出现了，农家也出现了

此刻，渐——近——黄——昏——

（二）水乡：欸乃

嫂子，你摇橹从什么地方归来呢？那首歌谣随你的小舟临近周庄。

欸乃，欸乃。

欸乃，欸乃。

木船是一羽飘零的木叶，回到故乡。

那水巷深处的木屋中，那耸立的瓦脊下是你的老家吗？

嫂子。那墙壁那台门也如你的乌篷船一样苍老了，印上了沧桑的水痕。

欸乃。嫂子的船橹搅动着水上的民居。

那条水路也不见叠起的波澜。

嫂子为儿女们，也为他的爱人奔波了一生。

嫂子把岁月挽成了脑后的一个发髻。

一扇扇窗门随着你的橹声而打开了。

儿女们都长大了，每个晨昏都在惦念着远在故乡的母亲。

嫂子啊，你是否听见一把老二胡和一管洞箫的呜咽？

欸乃。水巷盈满了泪水。荡荡漾漾，是否也把你的老屋摇成一叶不系之舟？

欸乃。那座石桥上，那木屋的门前，儿女们都焦灼地等候你，瞻望你啊。

你把船摇得更近了，更近了。

欸乃。欸乃。

欸乃。欸乃。

风 过

（三）水乡：风过

妹妹你看见阿哥的小船了吗？
哥哥把船停泊在你的门口，如停泊在你几度轻唱的小调里。
哥哥没有成家，哥哥驾着木舟自城里来。
你看他的脸上漾满新潮的风，
此刻在哪里能寻找你的身影呢？

只有风过。

缆绳还是紧紧地系在岸边的那棵树上，在水波上悠悠荡荡呢。哥哥正带着一舱异域的风景，跨过你的门槛。

他将向你说起你闻所未闻的故事。

你只觉得城市的那些红男绿女，还不如哥哥送你的那尾红鲤鱼。

微风过处，炊烟又起，水乡蒙眬而扑朔。

你和哥哥又站在河岸上，你说这里流过许多甜蜜的日子，有许多含香蕴玉的轻吻。

你却羞红了脸，低头淘米，洗菜，剖鱼。

哥哥含笑凝望着你，两颗如明眸般的小石子落在水中，激起一丝丝波澜，你指着水中并排的两艘木船说：

清波使它们暂时分开，也使它们靠得更近……

只有风过。

（四）山村微雪

弟弟从他乡流浪归来，已经一无所有了。

山村刚下了一场大雪，农舍和远山都洁净得不染一点红尘。

弟弟缓缓地打开了门，生一盆负疚的炉火，暖我也暖你啊——

山村终于下雪了，宁静得像一个遥远的梦境。

哥哥耕完一季的地垄，那冬雪就纷纷扬扬地落下来了。

他不知道流落他乡的弟弟已经回来吗？

哥哥赶着老牛一步步地沿着山道走来。

雪落在他的头顶上，雪落在他的棉袄上。

雪落在老牛的脊背上，我雪中行走的哥哥是一尊雕像。

山村、老牛，还有我的哥哥呀，融化在谁的风景里？

山村终于降雪了，轻柔得像一幅古老的图画……

哥哥放下了他的弯木犁，看见敞开了的大门，怎能不惊奇？

我孤寂的哥哥啊，你终是窗外的那棵老桑树——

我远行的时候，你的叶子正茂密地遮住半个天空，肃立在村口为我送行，我归来的时候，你只挥舞着光秃秃的枝干在空中倔强。

木窗户和屋顶上的雪正在融化啊，点点滴滴都是清泪啊。

山村终于降雪了，纯真得像一个古老的童话……

哥哥与我同拥一个小小的火炉，同话来年的夏天。

微醺的火光映照在脸上，一抹抹酡红。那炽热的情感透过窗户

笼罩着落雪的村庄，那是一个温馨的家园

山村终于落雪了，那是一首平安的歌谣……

作于 1986 年，为上海水彩画家何强华先生作品配文。

云路飞羽

夏日的飞鸟，在我的窗前唱歌，又飞去了。
我的情致将紧随你的福音。
这是我，也是你的迦陵频伽，妙音之鸟。
来自极乐的国度，展示着一种至美至真。

而我不是一片黄叶。
我是你身上遗落的一片毛羽。

祈祷在静寂的时分，礼赞在遥远的云路。我只有独自行空。
你的飞鸟，可否听见我深切的呼唤，可否再度光临我的头顶？

而我不是一片黄叶。
我是你身上遗落的一片毛羽。

我来自东方的华峰，你来自西天的际缘。
带着你的至善，你的体温。
在每一个严寒的冬日里，期待一阵野火焚燃。
我也会因此舞蹈在明亮的星光中，任丽日煦影与我仪姿万方。

而我不是一片黄叶。
我是你身上遗落的一片毛羽。

云路迢遥，我不会就此驻足。

我终无定，我终无住。

我终要自由自在地漫天游飞。

而我不是一片黄叶。

我是你身上遗落的一片毛羽。

黎明之渡

历尽多少虫沙劫，走过多少风雨路。我才来到这迷茫而旷远的古渡头。

只有风吹起一带苇丛和深林，只有新月和飞鸟在浓云间静静地穿行，漫漫的长夜正悄悄地逝去。

黎明的流水正汩汩响着诗歌的韵律——

我肃立在你的湄岸，遥望东天。

一轮朝日正升起彩霞的篷帆，一艘兰舟正舞着桂桨冉冉地　向我驶来。光明如鸟一般降临在你的桅樯上。

而掌舵的皓首老人正一声声地高唱神圣的赞歌。

我的心因此轻扬在和煦中。

而你一脸庄肃。我听见你悄声对我说：

这里没有家，这里没有休息的床。

这里只有你自己的一双翅翼和无路的天空。

鸟儿，呵，我的鸟儿，听我的话，不要垂翅吧。*

哦，你驶来的远岸就是船的家乡，也是我栖身的大陆吗？

老人不语。唯有他的美髯飘扬成一面熹微晨光中的号旗。

＊引自泰戈尔《园丁集》第67首

作于1987年

爱歌盒带

妹妹，送一盒小小的磁带与你。

在每一个月明星稀的秋夜，或者云雨连绵的春昼，独对孤窗唯感寂寞的时候，这盒磁带只需你轻轻地放进小小的收录机里吧。

妹妹，你按下机键，就按下了我所有的渴望。

我心旋转，所蕴藏的一切声音，在你脸上升腾，幻化成家乡美丽的山岗与村庄。

这一盒磁带只需你反复聆听。

如梦的音乐，来时迷离，去时依稀。

妹妹，你会想起你的冰倩、我的美辰，那日思夜想的温暖家园就在此间呈现。为你打开窗口，我则端坐在你对面的松林里，一遍一遍地，苦苦地把你张望。

我看见你的明眸闪闪烁烁。

我听见你在击节而歌。

所有的浪漫和纯真留存此际。

妹妹，送一盒小小的磁带与你。

作于 1987 年

挑夫

嗨嗬！

你，一步步走上了蜿蜒的山道。黎明之光从云海中迸射。穿过丛丛的森林，在天幕上投射一个粗犷雄健的身影。

看你沉重的步履跨过坚实的石阶。山道渐渐延伸到空中。你哼号不绝，是因为不甘寂寞吗？

你迂回行路，隆动的胸肌和肩膀，映着日晕霞彩，闪着亮色。

你越过山脊，一如缓缓移动的青铜古雕。

山路迢遥，唯步步登高。

作于 1986 年，发表于《台州日报》。

经行

依靠赤城的山巅，一个无家可归的游子，在寂寞地等待。

等待你的身影，降临在我的身边，然后坐下来，沐浴仁和的花雨。

哦，我的前辈！哦，引我行路的人！

我就是一个孩子，一个需要呵护的孩子啊。

不堪风的肆虐，不堪雷的鞭笞，不堪雪的侵凌。

在山顶，我早已瑟缩一团，期待着你，我的前辈。

看你披着天边的红霞来，戴着灿烂的星月来。给我戴上金色的帽子，给我披上人间温暖的星辰衣衫，给我穿上一双蒲草鞋，跋涉于坎坷的大地！

哦，我的前辈！哦，引我行路的人！

从山村，到城镇，从田野，到街衢。

那些涌动的岁月之潮，那些起伏的时光之云，那些熙熙攘攘的苍生之水，在尘埃四起的薄暮时刻，伴着霞光的缤纷。生命明澈而蹁跹，是怎样的神色？

是谁，让我对这人世备受疑猜！是谁，让我明白这紫陌红尘本来就是一个无法解答的谜语！

哦，我的前辈！哦，引我行路的人！

这样，我只能与你并肩而行，和衣而睡。

头顶是一条银河，无私地照耀与汹涌！

你的放纵里有你的无奈，我的忧愁中却有你的欢欣！

是谁，将你佝偻的身影投射在我的身上，让我微醺？是谁，为我消除胸中难释的块垒？是谁，将心中的疲惫和劳顿，和着你的诗句铭刻在我的心中？是谁，让我体味到另一种悲情？

是谁，将漠漠的灯火点亮，让我看见不堪回首的光阴？

哦，我的前辈！哦，引我行路的人！

青山成为我们的卧榻，穹苍成为我们的床屏。

在风的摆动中，安稳地睡上一宵，然后在东方既白之际，猛然起身，走向所有的不平。

从江南到北国，从春天到秋天，

我的身子就是你的影子，你的前尘就是我的今生。

哦，我的前辈！哦，引我行路的人！

作于 2003 年，收录于《相聚天台山——全国诗文大会作品选》。

空屋

空屋破败，无声无息。就像，梦中衰老的母亲。

门楣歪了，窗口斜了，烟囱塌了。

往日村庄里连绵不绝的炊烟也歇了。母亲，随着那道光走了。

母亲去了哪里呢？

她成了空屋后面的那座断崖，屋前的那一棵老树，墙脚的那朵落花？

我想她应该是屋顶上的那片青瓦，可以为我挡风避雨……

在空屋里，我与家人团团围坐在一起，吃饭，喝粥，拿着竹筷搛着田家菜，拿起大碗喝起农家酒，然后扯开喉咙吼起山歌——那是我向往的旋律。

平常日子里，我能看到些许丝丝缕缕的幸福。

而今，母亲没有了踪影，我的兄弟姐妹都星散了，走向四面八方。

母亲的瓦片掉了，碎了，唯留空屋的墙壁在寒风中抖动。

一只猫在梁上跳跃而过，带来一线光明，

光线射进来，驱逐所有的黝黑与迷茫。

埃尘在光线中起舞，如许多圣灵，不需要太多的朝拜和致敬。

它自顾婆娑，翩跹起舞着，随处安放。

记忆中的母亲，总是绕着烟熏火燎、布满水渍的灶台打转。当年的木勺在水缸内搅动，舀出的清凉竹笕泉水，倾倒于烧红的锅中，冒出一团白汽，并发出“吱”的一声。

我从空屋的光与尘埃中，看见母亲的那双手，青筋暴露，瘦骨嶙峋。木勺轻轻地搅动扁圆桶中的米，掀起小小的波浪，我听见

张家桐

快刀切菜，磕碰砧板的节奏，融合灶膛里柴火的歌唱，母亲内心的力量，开出翻滚的莲花——

而今我与母亲，就隔着一座难以逾越的“灶山”啊。

母亲的光影叠映在灶台上。灶下的红木桶本是她来时的嫁妆，箍儿掉了，盖儿缺了，残破的篮子和簸箕能否盛起旧日的时光？就这样悄然挂在角落。蒙尘，积郁了许久许久，让我想象……

终于我看见这一缕一线的微弱的光，看见尘埃中的母亲飞舞的身影。我想有一缕的光就足够了，有一米的阳光也足够了，我的空屋不再寒冷空寂。

我希望母亲的光与埃尘引领我，一步步走出黑暗——

写于2008年，发表于《台州少儿文苑》。

旭初之鸟

水鸟。那是幸福的旭初之鸟。一群卓立于净水绿岸、飞翔于蓝空中的白色之鸟，一群出没于晨光中的灵秀之鸟。

白鹭，在古典诗歌中闪现身姿，在水墨风景里亭亭玉立。

少女一样清秀，音乐一般清雅。

它低头看自己的倒影，进入冥想境界，宛如入定的禅者。

那么热切，那么柔情。

哦，亲爱的！我将永远为你舞蹈，为你歌唱。

两羽白鹭。鸣啭，腾跃，翩跹，是那优美的体操。

它们的翅膀拨动着明亮晶莹的水光，拍打起凉爽的风声。

优雅而娴静的水鸟，仪姿万种，风情万千，婉转的音韵悠然漾开，清风一样的吹拂，雾霭一样的升袅。

光影深邃。旭初之鸟，体味自然的清馨与安宁。

一尾鱼倏地在身边游过。忽然跃起，倏地消逝，那是自然给予的馈赠，那是爱者之贻。

静候的水鸟猛地飞起，翅膀掠过风声，优雅矫健的身影，如白色的闪电，在空中猛然落下，溅起朵朵的水莲，忽又腾起，如一支翎箭冲向天空。

那是一种别致的爱的表白。水鸟，最终还是降落，回归清净。

飞翔又栖息，栖息又飞翔。

白鹭的翅膀，挂满星月和朝露，还有绚丽的霞光。

七彩波浪泛起，如一双双热切的眼睛，闪烁着奇幻的光圈。

这片水域，是它们的家园，是它们的舞台，

明澈水波升起，将每个倩影摄下，将每个姿势驻留。

幽清的水域，漾绿的湄岸，呈现极乐的景致。

旭光初照时分，温情脉脉而缠绵，终究成为我们的良辰。

在我们的注视里，纯洁的水鸟，神采飞扬。

旭初之鸟，飞翔抑或栖息，在每个梦的内外。

发表于《绿色中国》，收录于《绿色如此美丽：〈绿色中国〉杂志五周年优秀作品选》。

隋梅

已经千年了，隋梅从一棵纤弱的小苗长成大树，顷刻之间，老了。

多少日月光华，多少岁月凝露，都落在身上，化成了花，化成了雪。

寒山村

花谢了，果没了。雪融了，春天也就来了。

看着摇摇欲倒的花树，我问，本来你是正直的，但为何歪扭着身子？是风吹斜的，还是人摧残的呢？

隋梅摇头，忽又点头。是还是否？对还是错？它的态度模棱两可，难以捉摸。

我干脆不问对错，不论正斜。对错正斜与我有何相干！

该开花的还是要开花，该结果的就要结果！

雪只是一种陪衬，雨同样如此。

隋梅说，我只做自己的事，环境的好坏，别人的评说，与我无关！

树下伫立的我，保持着寒梅一样的姿势。

梅花如雨如雪，落下。

那是智慧仁和的法雨。

平桥的油菜花

我是一个爱花的人。春天，我离开了家，到深山里去找我心仪的兰馨。从这山翻到那山，心仪的幽兰一朵也没有找到。

那朵崖上的空谷幽兰，依然高傲地对着我冷笑。她在笑我的俗气寒酸吗？

我落泪了，我愤怒了，我蹦跳着，发泄着心头的愤懑与痛苦：

谁叫我是个穷愁的人？

我无精打采地回到了我的家。我的家是平桥的一个小村。

在破旧的石屋中，我看到连绵的油菜花，充满田垄，闪烁点点的碎金。

油菜花亮光晃眼。我笑她俗不可耐，俗到了家，竟然对她冷若冰霜。

她却依然向我热情地招手，拉着我的衣袂，带着凝露的笑容。

走出好长一段路，我忽然感到她的温情。乡村姑娘柔美纯真。

我发现她蕴含的朴素，充满人间烟火味，洋溢着青春健康而灿烂的精气神。我对幽兰的怨恨也消泯了。我忽然发觉自己爱上了油菜花。她似乎很俗，但实在自然。她懂得什么是真正的生活与爱情。

我真的很俗！俗人还是俗花配的。这也是种和谐啊，我安慰着自己。

我与油菜花携手行路，把她带回了自己的家里。

每天早上，在窗前，她对着我微笑，带来灿烂而乐观的清晨。

她告诉我，又一个春天来了。我把油菜花当成了自己的爱人。

作于1997年3月，收录于《相聚天台山——全国诗文大会作品选》。

第四辑

天地文心

老　街

一棵树·一座城·一群人

一棵树、一座城和一群人，既风马牛不相及，又息息相关。从一个层面讲，树和城是人的生存环境；从另一个层面说，树和城就是人的文化空间。

曾经在我的家乡，许多事情都成了热门话题。据说在浙江某个村口，盘踞着一棵千年的老樟树，那棵樟树似乎是在倚老卖老，其实它只不过是江南乡村常见的风水树而已。它压根没想到所站的位置是高速公路的必经点，真可谓是"一'树'当关，万夫莫开"了。有人不禁要说，这树一点用场也没有，虫子把树身蛀空了，砍掉做箱子还不行，只能当干柴火烧，这种树山上多的是。但静下来一想，像这样有几千年寿命的老樟树，在本地已是凤毛麟角了，经过保树和毁树者唇枪舌剑的较量后，这棵树还是被留下来了。

一棵树能引起人们的重视和关注，是一件大幸事。或许有人认为，一棵树就是一棵树，无须小题大做，更不值得沸沸扬扬。但这棵树潜藏着无限的价值。或许老樟树是常见的，可如果不去保护，随便地毁坏，在不久的将来，它会变成"大熊猫"。当樟树变成"大熊猫"的时候，我们的生态环境又会是怎样的呢？我们完全可以明白，一个绿树婆娑、绿草成茵、处处生机的城市，完全不同于风沙遍地、满目苍凉的大漠废墟……

一座城市，一处地域，除了森林沃野山川之外，当然还要有深厚的文化根基。我们透过那亭亭如盖的树冠和枝条的缝隙，把目

桥　棚

光投向树荫下那古老民居的瓦檐、斑驳的老墙、台门上锈蚀的门环，还有那些砖雕木雕图案的时候，一种肃然凛然，一种凝重仰敬，一种悠悠情怀，在我们的心头油然而生。这是一座城的形象和标志，体现一方风土民俗和历史文化积淀，是此城有别于彼城的真正所在。一座历史文化名城的骨架，是任何东西都无法代替的，是不可再生的人文瑰宝啊！或许有人说，这种破旧寒酸的老房子老建筑，阴暗，潮湿，灰尘累累，与当今快节奏的生活无法同步，碍眼，肮脏，大笔一挥，一俟推土机隆隆地响起，那些老房子就吱吱嘎嘎地呻吟着倒塌了。在一些文化人士看来，城市的悲哀恰恰就在这里！

人们在拆毁的古城废墟中流连的时候，心中敞开的肯定是一种深深的难以愈合的伤口。被毁坏的文化遗迹是无法复原的。即使有些人良心发现了去弥补它，也不是原汁原味的了！但在某些人的眼里，历史文化遗产并不那么重要！现在要讲经济，要讲发展，保护古城古建筑就是抱残守缺，仿佛它们是社会发展历史前进的绊脚石！

但我认为，历史的发展和经济的繁荣是一个循序渐进的过程，也是一个文化传承递变的过程。一座城市，一个地域，经济发展只是多面体的一面，除了经济发展，还需要山川风土人文风情的滋润，那些古建筑古民居就是人文的缩影！那些专家学者和文化艺术工作者，恰恰是促进地域文化振兴繁荣的有生力量！如果不考虑他们的敬业奉献精神，不发现和珍视他们的价值，文化建设工作就会遇到很多的问题！

在报上得知，江苏昆山周庄镇毅然拒绝有关部门要在周庄建设一条通衢大道的要求。同济大学教授阮仪三先生竭力呼吁，据理力争。那条大道会把周庄一分为二，破坏周庄的整体建筑布局，建设它也许会产生一定的经济效益，“集合水乡之美”的周庄却会受到难以挽回的损失。总之，我们需要保存更多有关历史文化的老树和古建筑，需要更多致力于振兴地域文化精神的人！

发表于《安徽文学》2004 年第 3 期

前　山

呼唤天籁

说起儿歌，其实是一件很艰难的事。同小说散文报告文学影视戏剧等诸多文学品类相比，诗歌创作不景气的；同成人文学创作相比，儿童文学是不景气的。在儿童文学中，与校园小说、青春散文、魔幻童话相比，儿童歌曲更是弱不禁风。

有一次我到幼儿园接孩子，老师问：你是做什么工作的？答曰：作家。老师说，既然如此，为什么不给我们的孩子写一些儿歌，在 20 世纪五六十年代，我们唱的是《娃哈哈》，几十年过去了，孩子们唱的还是《娃哈哈》！我顿时感到汗颜，恨不得找个地洞钻进去！

那些儿歌我也唱过，许多都带着明显的时代烙印。“小燕子，穿花衣，年年春天来这里，我们建起了大工厂，装上了新机器。”“队里养了两只机，什么机，什么机，哗哗哗哗抽水机呀，哒哒哒哒拖拉机呀。”现在是电脑时代，面对的是因特网和信息高速公路，如果我们的儿童听的唱的还只是四五十年前的儿歌，用一个不合适的比喻，是不是就像让孩子赶着老牛破车摇晃着前进？

儿歌是不是儿童诗的一种呢？诗与歌就是串在一起的蚱蜢，儿童更喜欢的还是如歌的充满童趣的诗！儿童歌曲的艺术美是纯粹的。我们不必把成人化的思想强加到儿歌上，否则就是小人头戴大人帽，多么的不协调啊。而我们往往强调儿歌的教育作用，忽略了它的认识作用和审美作用，忽略了它的自然美艺术美。我们把青蛙说成“庄稼卫士”，把蚂蚁当作集体主义的典范。我们常把狼当成丑恶的象征，将狐狸说成狡猾的代名词。因此，儿歌又陷入了模式化中。杂陈太多的大人思想，甚至带着浓厚说教意味、情趣索然的所谓“儿歌”，不被岁月淘汰掉也要被儿童自己筛选掉。

赵景深说，儿童文学的说理太多了，就更接近不了儿童。陈伯吹说，儿童文学要尊重儿童，要有一颗童心，“善于从儿童的角度出发，以儿童的眼睛去看，特别是以儿童的心灵去体会”。张天翼说，儿童文学要做到新、真、奇、趣。儿童文学要做到这些很难，儿歌则更难！好的儿歌就像玉雕的虫鸟，不着杂质，却剔透玲珑生趣盎然。以这种标准去要求，许多的所谓的儿歌就不算真正的儿歌了！

无论是大人还是小孩子创作的诗或歌，要让儿童接受并能传诵，首先应当是儿童所喜闻乐见的，让儿童有艺术快感的，能激发童心和童趣的。那是悲天悯人、具有博大爱心的天籁之音。

在表述上，儿童诗趋于自然流畅。那些花里胡哨玩弄技巧的“美轮美奂”对孩子来说毫无作用。试看中国古诗词中那些脍炙人口的诗作。“锄禾日当午，汗滴禾下土。”“慈母手中线，游子身上衣。”“松下问童子，言师采药去。”它们在悠久的岁月中流传，蕴含着最让人感动的纯真无邪的意味。谐美的儿歌，就如泉水的跳跃、花朵的绽放、彩蝶的纷飞，是自然而然的，没有什么特定的技巧，但浓郁的童趣在自然的表述中体现出天人合一的境界。

目前中国儿歌创作的平台还不够，儿童诗创作难，发表难，出版难。这是一个共识。出于经济效益的考虑，广播电视里很少播放儿歌，出版社也较少出版儿歌和儿童诗。作为社会公益文化传媒机构，作为文化艺术阵地，应当为儿歌留下生存的空间。如果将充足的资金投入儿歌创作，催生一些优秀的儿歌，不也是造福我们子孙后代的大事业吗？

默写汉代画像砖

儿童的第一任文化艺术教师，是儿歌，是童谣，然后才是童话、绘画、电影、戏剧、舞蹈等。儿童诗毕竟是我们的天使，是孩子们心中渴待的天籁。 我们的社会，我们的儿童，呼唤更多的天籁之音。

发表于《词刊》2005 年第 12 期

关于歌剧的随想

振兴歌剧，不仅仅是建造一个大剧院

最近从电视上看到有关“国家大剧院”的消息，心里一阵激动振奋。作为一个历史悠久文化灿烂的国家，我们有了自己的国家大剧院，让人欢欣鼓舞。中国的歌剧院应当与澳大利亚的悉尼歌剧院、法国巴黎的皇家歌剧院、意大利的罗马歌剧院相媲美，但是大剧院只是一个“硬件”，重要的是许多“软件”，好像电脑一样，没有好的软件，不管怎么好的主机也是一种摆设。

国外曾有一家歌剧院排演《图兰朵》，邀请中国著名导演张艺谋先生执导，结果演出取得相当成功。后来张艺谋把《图兰朵》带到北京的太庙，演出了好几场，也引起了轰动。其时，四川的魏明伦也创作了一个《图兰朵》与之“叫板”，反响亦相当强烈。而今“国家大剧院”草案已定，对关注和支持中国歌剧发展的人士来说，这无疑是一个福音。

中国不是没有好的歌剧。从延安时期创作演出的歌剧《白毛女》，到新中国成立后的歌剧《江姐》《洪湖赤卫队》《红珊瑚》《刘胡兰》《柯山红日》《刘三姐》《阿诗玛》，等等，都轰动一时，成为我们的经典。直到现在，人们还是如数家珍。我们随时可以听到这些歌剧中的选曲，不管是《北风吹》还是《洪湖水浪打浪》，不管是《珊瑚颂》还是《红梅赞》，不管是《马铃儿响来玉鸟儿唱》还是《清粼粼的水来蓝莹莹的天》，都能激发我们浓郁的怀旧情绪。时隔数十年，我们随时能报出许多来，虽然那些作品有着鲜明的时代印记，但唱起来依然让人振奋，激情汹涌。它们的许多歌词和曲调很好地吸取了民歌的素材，是真正属于民族的东西。它们来自民间，又回归民间，这就是它们取得成功的第一要素。艺术为工农兵服务，这些歌剧具有很强烈的大众性，深受不同文化层次人士的喜爱和欢迎。

令人感到遗憾的是，我们还缺乏自己的《费加罗婚礼》，缺乏自己的《魔笛》和《茶花女》，缺乏自己的《自由射手》和《卡门》，缺乏自己的莫扎特和普契尼，这是与我们这个有十几亿人口的泱泱大国极不相称的。我们总怀念为《刘三姐》作词的乔羽和作曲的雷振邦，而像他们这样的人才如今还远远不足。

归根结底，歌剧创作和表演是“高投入低产出”的事业。由于词曲创作和表演的原创性，许多人担心观众一时间接受不了，再加上节奏慢，曲高和寡，其社会和经济效益甚至赶不上我们的京昆越剧和黄梅戏。歌剧似乎与当今这个快节奏的喧嚣世界格格不入，但我们有许多成功的经验，譬如《刘三姐》之类的优秀作品，不是妇幼皆知家喻户晓的吗？事实是，一边老百姓看不到自己喜欢的歌剧，一边歌剧正在逐渐地脱离大众，这也许是歌剧的尴尬。歌剧还是需要引导的。一个国家的大剧院老是演出外国的歌剧，总是不行的。我们需要的是既属于中国又属于世界的歌剧。在维也纳，每年的新年音乐会都要演奏约翰·施特劳斯的作品。它们属于维也纳，属于奥地利，而我们有多少属于自己的歌剧呢？

国家兴建大剧院是值得高兴的一件好事，但是我们的歌剧需要全社会特别是我们政府部门的支持，才能走出困境。我们需要自己的新歌剧，如果不鼓励扶持我们的歌剧创作和表演，即使有了自己的歌剧院又怎样呢？振兴歌剧照样是空话。

发表于《文艺报·艺术周刊》2000 年 3 月 2 日

振兴歌剧要留住民族的根

2001 年 1 月 1 日的《文艺报·艺术周刊》，编者就中国歌剧振兴的话题，专门约请了中国艺术研究院研究员、歌剧理论评论家居其宏和中国艺术研究院编审、音乐评论家缪也两先生进行对话。报社欢迎关注歌剧的各方面人士提出高见。我不是专业人士，但作为一个爱好者， 我想把一些“低见”呈上，再来凑凑热闹。

我曾写过一篇《振兴歌剧，不仅仅是建造一个大剧院》小文，发表在《文艺报·艺术周刊》2000 年 3 月 2 日的头版上。我提出一个问题：中国能否再出现像《白毛女》《洪湖赤卫队》《江姐》一样家喻户晓的优秀作品呢？这个貌似简单的问题说起来容易，要解决却十分困难。没想到这篇充满“牢骚”的小文引起人们的注意，令我欣慰。

居其宏和缪也两先生的对话谈的还是创作艺术方面的问题，对歌剧技术操作性上的批评是中肯的。歌剧作为一种艺术存在方式，说到底还是一种民族文化的表达形式，中国的歌剧无疑是中国文化精神的体现，所反映的是中国特有的人文历史地理环境，要表现出中华民族的特色。中国歌剧是《奥赛罗》《卡门》《茶花女》等所代替不了的，在故事情节、音乐语言、表演程式上，无法用西方歌剧的标准模式套用或替代。首先，中国歌剧的内容是纯中国式的。《白毛女》演的是陕北农民翻身的故事，音乐用的是类似于陕北“信天游”的民歌旋律，《洪湖赤卫队》说的也是湖北洪湖红军的革命故事，音乐吸收了当地一些民歌小调的风格。同样，《刘三姐》和《阿诗玛》则从广西云南的民间传说演化而来，音乐上也明显地带有壮族和彝族民歌的旋律，展现的是桂林和石林一带的民俗风情。我认为一部成功的歌剧，首先要为民间群众所喜闻乐见，为老百姓所接受，如果失去民间特色（也就是民族特色），仅在什么“织体学”和“对位法”上打转，歌剧就变成少数人才能欣赏的“高雅艺术”，振兴歌剧就是徒劳的——成为无根之木、无源之水，怎么能生存下去呢？

中国的歌剧与欧洲的歌剧不同，欧洲的歌剧中往往用长段长段的宣叙调和咏叹调、咏叙调来铺陈，衡量歌剧演员的标准往往是能唱出多少个八度音，往往使观众望而却步。中国毕竟不是法国德国奥地利，中国歌剧要正视中国自己的国情，要淋漓尽致地体现中国的民族文化特性。回过头来看中国成功的几部歌剧，《白毛女》《洪湖赤卫队》的选曲，曲律优美动听，通俗易学，民族特色浓郁，因其特有的艺术长处，容易被群众接受，形成自己的定势。歌剧如何表现民族特色，如何做到雅俗共赏，我觉得比独唱、重唱、合唱的组合以及结构详略、场面安排来得重要。只有民族的才是世界的。如果用西洋的歌剧理论来约束中国本土的歌剧创作表演，中国歌剧的路子会越来越窄，最后真的会走进死胡同里去的。

中国的歌剧是自由流畅的，歌剧艺术是无法用理论框架去套的，中国的歌剧题材很多，随便遴选一下就可以脱颖而出。例如《牛郎织女》《白蛇传》《孟姜女》《梁山伯与祝英台》等，都可以出好的歌剧，用全新的思路、全新的歌剧语言去表现，在民族性的强化和深化上下苦功。20 世纪 50 年代周总理出访外国，就把越剧戏曲片《梁祝》带到外国去，说它是中国的《罗密欧和朱丽叶》，外国人也看得津津有味，尽管它是用浙江的方言演出的。小提琴曲《梁祝》一问世，日本指挥家小泽征尔也钦佩得五体投地。我认为歌剧可以同中国的戏曲联姻，20 世纪 50 年代有一部《马兰花》就是很成功的力作，现在重演，观众依然追捧。80 年代，甘肃搞出一部歌舞剧《丝路花雨》，用中国西部的歌舞语言来表

吴晗创作的京剧《海瑞罢官》
（马连良饰海瑞，裘盛戎饰徐阶）

达。这里的歌剧音乐作品在展示中华特有地域风情和文化风貌的同时，把自然和人性的和谐张扬到极致。我想孔繁森的光辉形象完全可以展示雪域高原绚丽的景色和清醇的藏族风情，把孔繁森的光辉形象完全融入歌剧，不愁出不了好作品。只要在弘扬中华民族特色和文化精神上花大力气，在戏剧结构、音乐语言和表演程式上吸取其他剧种的长处，中国歌剧是完全能开辟出一条属于自己的生路的。

歌剧并非同现代格格不入，它的致命伤是远离了广大群众，拘泥在西方或者前人僵死的教条中，在自己的象牙之塔中打转，画地为牢。我们的歌剧艺术家理论家苦思冥想、苦心孤诣的时候，歌剧已经被观众冷落了。歌剧不怕曲高和寡，只怕它过高地估计了自己，找不到自己的定位。把歌剧观众的流失归因于大众审美水平退化的说法，是错误的。让歌剧这一“王谢堂前燕”，走入“寻常百姓家”，并赋之以平民色彩、大众气息和民族精神，是每个关心和从事歌剧创作表演的人所要考虑的头等大事。

振兴歌剧，不但要留住民族的根，而且要让它顺其自然地发扬光大，进入大众的心灵深处。

发表于《文艺报·艺术周刊》2002年2月28日

音乐充盈时分读亚当斯

一个戴着礼帽的老人站在一座高山的极顶。他的三脚架和摄影机也矗立在山之巅。他忘情地伸出双手，仿佛高呼呐喊，好像尽情地拥抱苍茫的大地。他就是安塞尔•亚当斯，他的生命艺术永远镌刻在美国内华达州的一座山峰上，他的名字也成了山峰的名字。亚当斯1902年出生于美国的旧金山。14岁那年，他游览了美国西部内华达州的约塞米特森林公园后，就开始了自己的摄影生涯。我从一本1985年上海人民美术出版社出版的小画册上重新品读亚当斯的作品，认识了一个真正的安塞尔•亚当斯，非常感动，通过摄影画面与他作倾心的交谈。从自摄像看，他是一个慈祥微笑而心态平和的小老头子，看起来很像海明威。

亚当斯是第一个在摄影领域中应用“区域曝光法”的人。从他的代表作《月亮高挂半圆丘》中，我完全体会到黑白风光摄影中独特的美的内涵。这种美恰恰有彩色摄影所不具备的朴实和畅如流水的月光纯粹的美。幽邃的画面中，那山崖的黝黑与天空相映衬，太阳为崖石抹上一片金色，然后收尽最后一缕余晖，把西山的剪影投向崖下的森林,一种宁静而幽雅的凝重感在眼前升腾起来,直逼过来，令我透不过气。山崖左上角的穹苍中竟高挂着一轮圆月，月光清凉地倾泻在山崖的背面，让山崖更显安详。有人说看到“海上生明月”会激起“天涯共此时”的感慨，亚当斯的山间明月和月下沉静宁谧的意境，让我不由自主地想起故乡天台月夜中的华峰琼台，让人静静走进一个个幽清的梦里。

壮观的山崖，深邃的丛林，宁静的湖泊，亚当斯让我听到鸟的欢歌、风的絮语。我终于找到了亚当斯，一位沉浸在山川风物中的欢乐知音。我一直为他的辛勤劳作沉醉着。亚当斯的作品始终充盈着一种音乐感，一种类似于夕阳箫鼓或者高山流水的旋律。

某天清夜，月色当空，看那月光下朦胧的山脊，翻开亚当斯的风光，倾听肯尼基的萨克斯，一种情感穿越时空的渺茫。亚当斯从小受过良好的音乐教育，因为喜爱山川风物，他在钢琴和摄影机之间徘徊，最后义无反顾地选择了摄影，但他的作品中依然带有音乐的神韵。面对月亮高挂的半圆丘，亚当斯从不同角度拍摄了它不同光照下的形象。就是这些山崖树林的照片，制成挂历后销路大增，名声大噪。在充满机器冷漠气息的大都市中，这些照片犹如炎热的骄阳下吹来的原野风和森林风，抚慰着那些无奈、受尽生活重压而变形的心灵。

亚当斯关注的是人们忽略的自然物，譬如一个烧焦的树桩，一丛新长的绿草，一条落尽叶子被风雨磨白了的水边枯枝，还有盈盈水波中起伏的草茎，纹理干裂的枯松，还有崖上独放的山茱萸。无论特写还是全景，都令我失却许多浮躁，重回恬淡，亚当斯的摄影就像清泉水冲泡的绿茶。亚当斯的作品是没有人物的，用他自己的话来说，这些作品里始终有两个人，一个是摄影者，一个是读者，他们时刻有着心灵之间的契合。在他们身上，都落满大地真正的投影。

在浮躁的城市里读亚当斯是最幸福的事，尤其在音乐充盈的时分。音乐融进眼前的一山一水、一草一木，充满了智性。阅读影像就等于同亚当斯一起在山间旅行了，把思想的履痕印在他所流连的峡谷岩石和草甸上，你会感到大地的投影是博大的。那里有你的投影，智者的投影，一种与世无争、淡泊澄澈的投影，画面已经与你融为一体了。

在芜杂而喧嚣的城市，我们缺乏的正是心灵与大地真正的投影。

发表于《光明日报》2001 年 11 月 15 日

白云之书

在天台山上的小楼中，我与一明兄静夜品茶，说起人生往事，感慨良多。一明兄自架上取出新著《归云轩书札》赠予，言：此书刚下印厂，香浓郁而味新鲜也。与一明兄结交多年，同在某著名保健品公司从事文字宣传工作，朝夕面对，同住一室，合被而卧，品书论文，相互勉励，受益匪浅。一明兄前在华顶林场居住七年。林场友人潇江兄，朝夕吟哦，写森林禅诗；一明兄则整日搦管，书行云流水文字。冬日，山高气寒，滴水成冰，一明兄伴一小火炉，在空中揣摩笔意，以嘴呵热冻得梆硬的笔墨，在纸上激扬文字，挥斥方遒。如是，书艺于潜移默化中，突飞猛进。

山民直截了当，将书法说成写字。写字，实在，自然。书法者，有书有法也。书为写字，法乃规则，亦是真法度、高境界也。华顶莲峰、灵墟福庭、黄经古洞、羲之墨池，皆是书圣遗迹；永字八法、半壁鹅碑的传说，逸兴遄飞。王羲之师从天台紫真白云先生，于黄经洞裂帛书写《黄庭》，并著《记白云先生书诀》，乃中国书论之典论。《兰亭集序》中二十几个“之”字，各有神韵，自有白云飞动之万千气象。一明兄奉为圭臬，将其书命名为《归云轩书札》，心香一瓣，自是对书圣的至心朝礼。

面对华顶朝云，日升云起，云起雨生，一明兄揣摩白云一般书法的笔势精神，多有心得。纵观其书法，自然雅畅，神韵飘扬，合乎法度，辄不逾矩，有宁静淡泊之味。当今书家，或狂躁虚浮，或张牙舞爪，或虚张声势，或故弄玄虚，或滞塞枯涩，恰如浅水之鳞，缺少龙腾凤翥之象，有其形无其神。是故，一明兄道："今则画家拙于书，书家疏于学，书道遂凋零矣。"可谓一言中的。一明兄力求除积弊，学书兼学道，以增进学识为前提，以独立思想为标识。一明之书，继承二王法脉，提笔之时，一笔一画，至诚虔敬。运笔之中，兼顾虚实、偃仰、刚柔、疾徐，抑扬、顿挫之和谐，皆有章法，富有张力，于自然放达中深得灵机妙杼，洋溢清灵之气；融合情怀，彰显个性，如行云流水一般，收放自如，动静适宜，得大自在境界也。

一明兄学书之余，颇多感慨，每有所得，随手记下，是为"语录""札记"也，论书如论文论人论事，充满睿智。有曹天风先生的《牧狼庵偶语》和流沙河先生的《Y先生语录》与此相类，惜未有书法作品行世。如一明兄论书论道诉之翰墨，并形成书法作品，罕见少有。历史上如孙过庭之《书谱》者，为数不多，《归云轩书札》为当今书界之首创。

一明兄是虔诚的书法朝圣者，他在寂寞清修中自觉觉他，顿悟大道。他对二王礼赞有加，钦佩五体投地："羲献父子，一圣一仙，如日月经天，江河行地。右军兰亭，妙不待言。观其笔法，当由隶入。惜今人学王，多依样画符，流于妍媚。余钟情二王书，不嗜智永、永兴、元章、松雪诸家。前者，法乎自然，有象外之象；后者，庶几完美，却乏书外之味。"一明兄所言，皆出自独立思想，非为他人左右，所求的是书艺间内心与自然交融的天人合一境界。

一明兄学书，已逾三十年矣，随和低调，独居一隅，摆脱世俗功利、繁文缛节的缠缚，追求个性的解放与自由。2009年起他追随中国美术学院教授陈大中先生，书艺理论学养更渐精进。笔墨之外，多创新意，谈书论道皆是行话。他说："无技不成书，书乃道为上。技、道双修，方可证悟。"又道："道存于技，技载乎道。能臻人书俱老之境者，可谓入道。尚技者纵一时风光，终不免人老书废。”书法之“鹅游、云变、剑舞、蛇行……古之书家所谓自兹悟理得法，貌似玄乎，实证一理：书，肇于自然也”。他论笔意：“汉字源自象形，写字本是画字。知此，方可会书之根本。汉简率意，充满天趣，其中可窥隶向行、草演化轨迹。书至魏晋，笔法具而五体备也。”其论见大智慧。一明兄习颠张醉素，褚欧颜柳，虞世南、苏东坡、黄山谷，陆游、八大、板桥、金农诸法，强调“心境学问，过人之胆气，独特之视野，创造之精神”。技乃运笔，而法，要进入化境。法乃道也，从技到法，则如水化云、鱼化龙，升袅空中，神游八极也。

这就是书法蕴藏的玄机吧！一明兄“每日临池，兴至而书，兴尽辄止，悠然桃花源中人”，又道：“如美玉之通灵，犹红颜之可人。书法无言，与之为伴，涤虑怡情。”书法如音乐诗歌绘画，雅致怡情之外，则抛弃俗世烦恼，重归净土，个中境界，天台山上唾手可得，随时体会，每时每刻沉浸于风云里，揣摩自然的呼吸，在泉水中聆听万物的脉搏，将其融之于情感，形之于书法文字。我想每个爱好艺术的人，理应如一明兄一样去践行领悟之。

道家说“坐忘”“悟真”，忘，真，乃是无为，譬如云起于青岫，归于空谷，雨兴云归，包罗万象，方能抵达入静空无的境界。书法同理矣！书为心画，意在笔先，心净字灵，神定字畅。一明兄能始终保持恬淡心情，褒贬无涉，宠辱不惊，端坐入定，注目存想，豁然开朗，如入桃源仙境；情感之流形于书，如白云流动，自然流畅，自得安适。

一明兄与我一样，曾经历许多漂泊无定的辛酸日子，但在家乡山林与艺术之中，找到了真正的归宿。书法乃游心所归，与一明兄和诸多友人学书论道，我也回到了山居家园。艺术令我们心安，山中本是绝佳妙处。

作于 2015 年 4 月

感光观色

陆绍阳先生的《看画小记》，是他欣赏美术精品时的随想心得与片断感悟。通过看画，让灵魂如水一样自由流淌，也像火一样热烈升腾，星辰一样的明亮闪烁。

陆绍阳先生说，艺术是还原的过程。无论绘画雕塑影视，都在还原自然风光和生活场景，它表现的绝不是幻象，而是鲜活的现实。美术通过构图、景深、光影、色彩、线条来呈现，光影色彩成了最基本最重要的元素。光色能让一切的人物与景象栩栩如生，神采焕然，凸显内在的精气神。

我们先把目光投在一个古希腊雕像身上，那是一位吹双管笛的乐手，不辨男女，不见五官，脸朝天空，洁白如玉的肢体赋予人们联想。乐手不专注于乐器，而放眼于辽远，无声音乐缥缈空寥，目光深幽对接苍穹，令我想起了昭君出塞，“手挥五弦，目送归鸿”。“手挥五弦”可以具象，“目送归鸿”则难把握其“度”。乐手雕像以虚为实，不见七窍，看似混沌，但声气出自无窍无形，灵机潜藏。伊萨卡岛的女神雕像目光里有深情的回望。她突然被微妙的声音所打动，微微扭头，低首凝视。目光深邃，是否在静寂中，穿越诗与远方的故乡？

《看画小记》中的人像作品，无论绘画还是雕塑，每一缕目光都同样深沉，充满深深的忧郁。从画在庞贝古城墙上美丽少女的背影，可以感知“巧笑倩兮美目盼兮”；蒙娜丽莎的目光里含着缕缕忧伤；波提切利的《春》中，“美惠三女神”眼神里隐约的忧愁，与维纳斯眼神的忧郁相应……光是目光，色乃神色，是画面的亮点与中心，是画面人物与画家、观者目光心灵的连接。目光交会之时，情思心弦就自然地共振起来。

陆绍阳看乔治·德·拉图尔的系列作品，无论《油灯前的抹大拉》《新生儿》，还是《木匠圣约瑟》《吹火盆的女孩》，黑色凝重的阴影和摇曳的烛光成了亮点。烛光照亮人物形象动作神情心态，蕴满温暖和希望。希望美好，如同烛光，抵达神性，抵达心灵。米开朗琪罗不满于世俗尊卑，生活难继，宛如苦行，从《哀悼基督》主人公眼中的悲哀，到《大卫》中看透生死的决绝、坚毅，显现的也是艺术家的忧伤。阿格桑德洛斯等人创作的《拉奥孔》，被蛇缠绕的父子眼神中满是身心紧缩的痛楚。法国画家库尔贝所画底层劳动者，如《筛麦者》《碎石者》，赋予劳动者神性的色泽。尼德兰画家博斯对世俗社会毫不妥协，内心痛苦不堪，画面中的三头鸟、鱼身人，躲在果实中的人，还有坐在红嘴鸟身上沉思的人，都成了最扭曲的隐喻。世界虚妄浮躁不安时，绘画的光彩光影让画家找到了灵魂的突破口。创作的过程是痛苦的，但也是自我愉悦、自我慰藉的最好方式。

是的！历史上许多艺术家生活清贫，境遇悲惨，他们把目光放到极远之处，超越广袤时空，照亮通往灿烂世界的路径。此刻，我与绍阳先生一起，沉浸于米勒的《沐浴的放鹅少女》。画面的主色调是暗淡的，群鹅的白羽倒映在水里，拍打着轻浪，“让鹅的叫声响彻整个画面”。米勒的孩子将要出生，但家里断炊了。画家目光中有些许的愁绪，却被画面中白鹅的欢唱和翅膀的拍打掩盖了。画家希望的目光，映亮天域。同样，我的目光与米勒《晚钟》《拾穗》中农妇农夫的目光共振，与麦田上荡漾的钟声和鸣。米勒画中的麦田，洒满温和的阳光，而那些劳作在麦田之上的穷人目光里的忧伤，映射着米勒贫困潦倒的影子。米勒的麦田可与梵高的麦田媲美，不过梵高的麦田上空，回旋的不是钟声，而是黑色的鸦群。麦田依然炽热，与向日葵相映照，光色眩晕，烟花般地在一刹那一瞬间迸放，融合进漩涡一样回转的璀璨星空之中。绍阳先生对画面上光影和色彩的读解，非常专业精准。他这样解读伦勃朗的《夜巡》："画家用光线强化画面中的主要人物，让暗部承担弱化消融的功能；聚光产生强烈的明暗对比，画面左侧门窗透过的光线，将强光砸在人物的身上，投射于最强烈的地方，吸引欣赏者的视线。色彩的红与黑，色调的冷与热，光线明与暗，鲜明对比，呈现独特的戏剧效果。"荷兰画家维米尔的《挤奶女工》《缝纫机女仆》，阳光从左边的窗户射进来，光线均匀地落在忙活的主妇和佣人身上，人物的脸部基本向光，用强光突出人物的轮廓线，突出主体，整个房间和人物，都笼罩在散射的光中，柔和，自然，宁静，唯美，充满人性与诗意。对此光色，绍阳先生独具慧眼的解析，宛如点穴点睛。再看安格尔的《泉》，康斯太勃尔的《干草车》，一是人物，一是风景，光线运用熟稔，逼真，立体，细致，光感强，质感纯，有极大的景深和空间感。《干草车》中呈现树叶和草地上的反光。光点在莫奈的《日出》《池塘•睡莲》中，同样精妙。日本画家草间弥生将彩色闪光圆点组合，成为细胞、种族、分子、日月星辰、宇宙太空，运用到极致。

诸色皆因为光而存在、呈现，光之不存，色将焉附？色彩因光而呈现勃勃生机、万千气象。绍阳先生说杨•凡•艾克的《羔羊的礼赞》光色舒服和谐。整幅画底色是绿色，绿草地、灌木丛，生机勃勃，蓝天、白云，白色、红色的花朵，穿白色衣服的天使，穿暗红色蓝色袍子的众人，相互呼应，富有层次，生机盎然，崇高圣洁，有极大的亲切感与温馨感。雷诺阿的《小艾琳》画面色彩明艳，暗调背景下，瀑布般的披肩发，以多种笔触的棕红色调构成，衬现娇嫩透明的肌肤，冰清玉洁。玫瑰色和粉红色

村庄秋色

描绘少女的柔润而富有弹性的肌肤，白色和黄色、橘色、绿色、茶色，“彩虹色的调色板”，给人光滑的瓷器一样的质感，有着坚实肉体的生命质地。这种个人独特的感知，与众共享，乐哉！光色和谐，密不可分，这在莫兰迪的作品中得到最好的呈示。莫兰迪摒弃鲜艳的色彩，用土灰色作中间色，将块面和色彩线条协调搭配处理，广泛用于瓶瓶罐罐的装饰，给人高雅细致的感觉，令人舒服。现代设计中广泛运用的“莫兰迪色”，来自莫兰迪运用色彩的经验，单纯，又给人以活力。法国德拉克洛瓦、卢梭及俄国列宾、希施金、列维坦的作品，画面精细具象，把光线运用到极致。毕加索大块涂色的《亚威农少女》，蒙德里安以各种颜色方块表现的《百老汇的爵士乐》，美国波洛克的“大泼彩”，罗斯科的《橙红黄》，个性张扬，但容易从一个极端滑到另一个极端。钻进形式主义和个性主义的条条框框里，局限自己，不能自拔，是极端痛苦的事情。

我想，解脱的唯一的方式，或许是用最简单的颜色：黑白。水墨分五色，渲染渗透，层次分明，意蕴深涵，旨趣悠远。光色只是画面意境和思想情感的呈现方式而已，充其量是一种巧术，独立的思想情感和个性情趣才是骨子里的东西。

发表于《台州日报》2022年3月5日

金 界

此刻，正是落日时分。金山岭的阳光将长城和四周的山峦涂抹上一道道金边。站在山巅耸立的金山楼上举目西望，太阳正一点一点地沉落，耀眼刺目的光芒消泯了，变得那么和煦温情与艳丽。我们与身边的城墙敌楼一起沉浸在金色的流光之中。

金山岭，多么切景而动人的命名！

现在我正伫立在群峰之顶，金山岭的长城夕照，洋溢着无限的悲壮，笼罩着神秘与庄严，渗透着苍凉的神韵。这都是摄身摄神摄灵之光。金山岭长城的落日与天安门升起的初阳，没有什么不同。太阳之光，无法界定，更没有任何的界限。

我摄下了我与金山岭长城的身影。金山岭与长城把我的身影叠印于老墙的缝隙之中。我也将成为城头上的一棵树或一棵草，迎风摇曳着，如同迎着太阳飘动的旗帜。放眼望去，眼前的长城如绶带一般，在山脊上舞动着它特有的柔和而刚劲的曲线。长城迎着阳光的一面，宛如镀金一般，垒砌长城的老砖竟如刚出窑一般，还没有冷却，带着通红的温热之色，又仿佛黄金铸造似的那么富丽堂皇。长城背着阳光的一面，纯粹的青黛甚或黝黑色，质地如同苍玉，与向阳的一面形成鲜明的对比，色调显得那么的丰满与厚重。伫立远眺，长城在山脊上画了一条金色的亮线，从慕田峪、古北口逶迤而来，一直向东延伸到司马台，直到蒙胧的雾灵山之巅，一波三折，抵达长空，倏忽不见，那绝顶上的望京楼，成为云雾虚幻中的一个小点。金山岭长城，在梦幻和现实之间，在往昔和今日之间，画上了一条鲜明的界线。

落满夕光的金山岭竟是那么鲜艳夺目！长城萦绕在绿色丛树和黛色崖峦之间。漫行其上，我的脸上吹拂过幽幽的北风，金色的高秋季节带着丝丝的幽冷扑面而来，我感受到古诗中“朔方塞外”的荒凉。往昔的时空里，这来自塞外的长风鼓动着猎猎旌旗，裹挟着金戈铁马，越过身边的山脊，直向中原挺进。寒冷驱散温煦，却在金山岭遭遇城墙屏障的抵御，不得不回马而返。在悠远的时光里，随朔风一起进逼的敌寇，在这里遭到驻守军士的殊死阻击，不得不撤离退却。我想象在震天动地的杀声中炮火连天、矢石如雨、马革裹尸、血肉横飞的情景。叱咤风云的英雄豪杰都成为古战场城墙脚下的一抔泥土、一片枯骨。残阳如血，转瞬即逝！金山岭长城曾在我眼前呈现唐朝诗人李华笔下的景象：“河水萦带，群山纠纷。黯兮惨悴，风悲日曛。蓬断草枯，凛若霜晨。鸟飞不下，兽铤亡群。”苍凉萧飒之中，弥漫着蔽日的煞气，一个个壮烈故事，在落满残阳的垛口，在落满烟尘的崖岸，让我久久寻觅和拾掇，倾听到丝丝缕缕哀伤的沉吟。“伤心哉！秦欤？汉欤？将近代欤？”烟尘冲天而起，我约略知道，长城原来就是一条地理的分界线。而今，战火纷飞的景象早已模糊。在金色余光中，遗迹没有隐去，依然醒目地横贯在群山之间，苍烟落照中。

朔风又起，金色长城与金色山岭却显得那么苍凉。

金山岭长城是明代抗倭英雄戚继光主持整修的。戚继光曾在浙江山东等地建造过许多坚固厚朴的雉堞，又在这京畿关山重地修整了连绵不断的墙垣，带来沿海卫所的构筑风格，在北方山地里呈现着别样的神韵。蓦然回首，戚继光驻守过的将军楼和库房，早已淹没在阳光的金色瀑布之中。我身后一座行将倒塌的敌楼，破洞累累，残墙兀立，摇摇欲坠；一个即将坍塌的拱门，像慷慨赴死的将军，落满了埃尘与血色霞光，倔强地挺立着，僵而不仆。阳光从破洞中射出来，一双炯炯有神的眼睛睁开了。敌楼的剪影投射在天幕之上，宛如一个雕像，周边的城垛都成为一个个凝重的陪衬。原来，每一座敌楼，每一个烽燧，都是一个个持戈待旦的士兵！在肃穆的守候中，送走一个个夜晚，在寒风苦雨中，迎来一个个清晨。

随着夕阳之光投射角度的衰减，金山岭山巅由金黄转为血红，然后逐渐成为青黛，幽暗中显出更加斑驳的质地。阳光渐渐凝滞，暮色渐渐蒙尘，而行走城头的我们是否永远感到轻松，感到年轻？我们无法回避眼前盘踞着的更繁重的现实：我们的目的是什么？我们到底为谁活着？与我们较量的对手是谁？生存，健康。健康，生存。安居，乐业。乐业，安居。日子就如长城的敌楼墙垛那样不断地重复，许多严峻的问题如烽火台那样傲然兀立。我们把日常生活的一切都当成了假想敌，身心总是那么难以安宁。不知不觉地，我们渐渐地与这里的阳光和城垛一起苍老下去。在年轻和衰老中，在浪漫与现实之间，我心目中的金山岭长城，又将画出一条什么样的界线？

天色渐渐暗了下去，太阳挂在将军楼的檐下，犹如一盏风中的马灯。这盏灯的光焰摇晃不定，渐至熄灭，而西天的晚霞又燃起滚滚的街市霓虹。这长城的太阳沉落在雉堞上，都市的太阳却淹没在红尘里。艳阳丽日、草木纷披的金山岭，不再是让人安静的世外桃源。城墙上依然有人流慢慢地涌动，依然有杂沓的脚步橐橐地响过。这些来自都市的红男绿女们，歌唱着，奔跑着，跳跃着，然后又火球一般奔向市廛的时尚喧嚣与繁华。在街市与山林之中，在俗世和理想之间，我们的眼前有没有横亘着什么边界，难以逾越？

太阳很快地坠落了，消磨最后的微光，匆匆的行旅终于销声匿迹。空寥寥的金山岭长城上只剩下蹀躞踯躅的我们，依然自在散漫地感慨和啸傲。山鹰在头顶掠过。峡谷幽邃，群山沉沦。寒风凛冽，长空雁鸣。仰望穹苍不见一片曦月，却在西天亮起一粒长庚，报告着夜晚的来临。这长庚就是启明星，也昭示着清晨。旷寂中，有神谕响起，山中的每个敌楼和烽燧，甚至每棵树都在虔诚地倾听。在朝暮之间，在昼夜之间，在东西之间，长城一线贯通，半是青黛，半是火红，划开了昨日和明天，划开了过去和将来。我们走在这界线上，身体轻盈得没有一丝分量，思绪如飘忽的云路飞羽，无声无息地飞扬起来。

长城脚下的村庄，灯火逐一被点亮，闪烁缥缈，照亮的到底是漂泊者的程途，还是飘忽如诗如歌一样的灵魂？它能否给那些迷惘的人一些慰安，指引冥冥中生命的归宿？在落日城头，我们对着已经沉落的太阳祈祷。我的命运之神啊，你的故乡在何方？是在城上的敌楼上，还是在城下的村舍中？是在风霜凄凉的朔北边塞地，还是在云水乍起的江南鱼米乡？哪里才是我的幸福之地？在故土和异域之间，金山岭长城划开所有的乡愁，哪里才有谁都能拥有的梦想？

在二道梁村，我们终于找到了落脚的地方，度过一个宁和的夜晚。在小的农家院里，我邂逅了周万萍，一位闻名遐迩的长城风光摄影家，尽宾主之欢，促膝长谈，相当融洽。几十年前，长城与小村一样沉寂悲凉，城墙上长满茂密的荒草荆棘，他幼年时曾在城上砍樵放牧，青年时曾与村人一起背起沉重的城砖上山。他举起相机，长城非同一般的谐美立体地呈现在他的眼前；他按下快门，长城的晨暮霜雪、雷电雾云，永远地留在镜头和脑海之中。晨曦初露，风雨无阻，他走到山顶库房，忙碌着他的活计；夕阳西下时，他唱着歌，踏着霞光回到农舍，贤惠的妻子早已做好香甜甘美的饭菜，牵着小孩笑容可掬地等候在门口。“窗外长城舞万山”，城墙自然成了他家的院墙。周万萍说，城墙之北属河北承德的滦平县，城墙之南为北京的密云。我对着他，对着我的爱人，忽然想到了一个绝妙的词：金界。爱人说，“金界”甚好，但不能胡乱地去简单界定。长城就是长城，山脉就是山脉，即使金界一线，也不必人为地割断，自然地延续才好。

金山岭长城速写

翌日凌晨，天色尚暗，周万萍邀我一起登城，到了将军楼和库房，边品茶边看云雾中的长城日出。昨天告别过的太阳又升起来了，不过是新的愉悦面孔，笑容可掬。

在阳光下，在晨曦中，长城透亮，一条金色的界线，往东延伸。顺着这条金色的界线，我们走过一个个烽燧，走过一座座敌楼，走向司马台，走向太阳，走向绚丽的霞彩里去。在长城上，我发觉，我们与灿烂蓬勃的晨曦和朝阳没有任何距离，没有任何的界限。

发表于《北方文学》2012 年第 6 期，选载于《西部散文选刊》2012 年第 5 期。

河畔

我拐上了小路。白杨林中，我一个人独自行走，分析自己的精神是否出了问题。为什么一见到树和庄稼就欣喜若狂呢，一见到田野就感到畅快？路边的草丛中，跳出一只青蛙，或者钻出一条蛇来，我都会把它带回家，当作我的朋友家人，悉心地照顾。可现在已经是秋天了，天冷了，连个虫子也没有，一片安静。

一路上都是白杨树。白杨最高的地方，就是运河的大堤。各地运来许多泥土，固定地倾倒在河边，成为长条呈梯形的大堤，上面植了许多树。树以杨和柳居多，只要随便一插，就成活了。在这河边，有没有农人遗忘的柳条扁担搭拄，或者散架了的柳条筐呢？有意栽花花不发，无心插柳柳成荫。有些时候，有心还不如无心。对任何事情，不抱着太多的希冀，反而更好。

河堤上，白杨和柳树的根交相纠缠，抱住了大堤，因此，大堤经受住流水的冲击。杨和柳与大堤相依为命。本来，堤坝是预防洪水的，而水是杨和柳的生命之源，化成了它们的盘根错节，成为一道有力的屏障，杨和柳喜水，但在温柔的后面，有着坚韧而强大的力量。许多人称“杨柳”，其实，杨不同于柳，只是许多人种杨的时候，也种柳。作家刘绍棠对人说过，没有柳，杨也长不大，所以杨柳一合，成了水边的风景。运河的杨和柳，使我想到了老家的杨柳河，在杨柳河岸上行走，不是柳永笔下的“杨柳岸，晓风残月”，而是缠绵无尽的爱情。

安静的，一下午的时光，在一座水泥桥前停止了。水泥桥上就是高速公路，各种车辆轰隆地响，杨和柳的风景到这里断了节。我只有从桥洞里穿过去，水面映着桥影，桥边的杨和柳，还有玉米地。我穿过了桥洞，绿荫更浓，亭亭如盖，阳光被筛成了细细的点，闪烁如眼睛，落在地上，宛如泪光晶莹。

杨和柳与堤坝同病相怜。堤坝临水的一面，长着许多的矮树，不适合种大树。大树一来遮挡风景，二来不喜欢招风，运河道本来就是一个风口，水带着风来，大树是吃不消的。但是，这段河道没有航船，河水泛着微微的轻浪，倒映着两岸的风景，转了一个优美的弯，消逝在遥远的天际。运河水是纯净的，此刻就我一个人。我不孤独，我的身边有麻雀在叽叽喳喳，像开万人大会，飞落又飞起。树顶上有许多鸟窝，宛如灯笼，这是最好的装饰品。个头很小的乌鸦在树顶上起落，哑哑地叫，我听到它们的欢乐和无忧。乌鸦，真正的太平鸟，我爱听它的叫声，至少比人家屋檐下叽叽喳喳的喜鹊和“鸟模人样”的八哥可爱得多。

渐近黄昏。倏地，身边飞起了几羽美丽的鸟，身子是黑的，羽翼的顶端，却是白色的，就像海鸥，但是飞起来比海鸥好看，如同仙鹤。这是一种水鸟，我在电视里见过，它将翅膀张开，在水

通州运河之冬

里留一个阴影，鱼儿以为找到一个蔽身的地方，就欣喜若狂，谁知道这是一个美好的陷阱。鸟遇到陷阱，人也会遇到。可我茫然不知。运河边对我来说不是一个陷阱，而是一个很温馨安静的画廊，或者说，是我灵魂的又一个放逐地，一感到劳累和烦躁，我就会到这里漫行，在无心中看到最真切的自然风景。

杨和柳或密或疏。密的时候，遮天蔽日，疏的时候，能看见成片的平野。我发现，平野中，每有大树的地方肯定有一座村庄。设若不是大的村庄，至少也有一两户人家。屋顶躲藏在高大的树冠后面，炊烟渐渐地升起，把屋顶也抬升起来。哦，炊烟！城中没有的炊烟，我久违了的炊烟，诗歌一样的炊烟，散文一样的炊烟！音乐一样的炊烟，邓丽君和王菲歌声里的炊烟！“又见炊烟升起，暮色照大地。想问阵阵炊烟，你要去哪里？夕阳有诗情，黄昏有画意，诗情画意多么美丽，我心中只有你……”屋顶和树冠在炊烟里隐没，重现，宛如仙境。

我的拼音输入法老是出问题，总是把“陷阱”打成“仙境”，但绘画就不会把“仙境”和“陷阱”弄混。绘画是具体的，几只鸡鸭，一条小狗，还有树冠下的篱笆墙，鱼塘，都是很优美的，有江南的情味。这样的场景，我在浙江到北京的火车上曾经打眼过，一闪而去，现在就这么近，这么让我亲近感知。收割了的田野，被收割机碾过，好像拆迁后的工地，但是我看见就在轮辙碾烂的泥土上，几点嫩绿探头探脑，那是小小的麦苗，还有两三片的叶子，像农家女孩的羊角辫子。这些麦子已经被车轮碾过，现在又被我践踏。它们还要经受严霜酷寒，冰雪的封冻。它们的兄弟，玉米，已经在前一个季节里，被端掉了金黄的棒子，然后经受一场火烧，脚下的泥土被熏黑。但是，它们还是没有仆倒，残留的叶子，在风中“呼啦呼啦”地飘着，像一面面旗帜，也像一方方头巾。玉米的兵团！玉米的军队！玉米的战士！我把玉米秆比作一支枪，它使我想起美洲的印第安人！他们头上戴着冠冕，威风凛凛，风在玉米丛中吹过，诸多的玉米叶，干枯的玉米叶，宛如铃铎，音乐的铃铎，在秋日里索索发响，玉米的军团守卫着他们的土地。壮士，是永远不会倒下的！

这些兀立的玉米秆，成片成群，定格了战火纷飞的刹那，它们会怀念夏日的阳光以及雷雨吗？而今，地里已经泛白。玉米依然立着，精神永驻。与玉米一样站立着的，还有向日葵，在通州人的土语中，它叫作“转日莲”，在刘绍棠的笔下，它则化为一个可爱的村女，“望日莲”，很好的名字。运河边上的高秆植物中，我想，玉米们是丈夫，向日葵们是妻子，玉米们是兄弟，向日葵们是姐妹。玉米和向日葵象征的也是乡村的男女吗？现在，向日葵早已没了脑袋，躯体却还是坚定地立着，老而不死，死而不倒。此刻，对着玉米和向日葵，我真的想跪拜顶礼。玉米是印第安人之神，向日葵是梵高之灵。而我竟成了运河边上的印第安人和梵高了！

我以为那些死了的玉米秆子是干枯的，其实不然，我拔起一根，撕掉外皮，玉米秆的汁水四溢。咬在嘴里，“嘶啦嘶啦”地响，玉米汁冰凉甘甜，不亚于甘蔗汁。小时候，在我们的江南老家，感到口渴，就到地里拔一根玉米秆子嚼，感到饥饿，就掰一个嫩玉米棒放在火上烤熟，很是香甜。这使我想起刀耕火种的岁月。

刘绍棠在运河边上放了一阵子牛，一边放牛，一边读书，可现在牛没了，大家用拖拉机耕田，要牛干什么呢？运河边上找不到一只牛。但有羊，像我一样灰头土脸的。羊啃草，但不能啃玉米叶，因为玉米叶很高，羊是撩不到的。我啃玉米秆，仿佛是一只牛，只有牛才嚼秆子呢。而现在，我真正成了自在于运河边嚼玉米秆的游荡的“孺子牛”！

我折了几根玉米秆，在运河边上边走边嚼。我喜欢玉米的花，也喜欢芦苇的花。水边一丛芦苇，花朵如清代官员的顶戴花翎。

运河之畔，作家刘绍棠故里儒林村

运河岸边我自在地漫步，一手拿着芦苇花，一手举着玉米秆，身边一辆农用车开过去，车斗上坐着很多人。车开出老远，那些人还向我张望，仿佛我是一个外星人。

玉米秆被我嚼完，满嘴是玉米的味儿。走了一会儿，从土路上拐出去，到了公路，是到河北香河去的。再走了几步，来了一辆车，我带着芦苇花上了车，在车上，我遇到了许多同样的好奇的眼神：你采这种花干吗？这种花落在头颈里是很痒的。我把花扬了扬，现在还不会落，很牢的。那你采来干吗？我说，画画，这种花比别的花难画呢。

其实我的回答是无心的，但是他们问得有意。这种花在我的眼里象征着永恒的爱情，白头偕老。

我确实喜欢画画，有心去画这种花，反而画不好，无心去画，倒觉画得很出色。在运河岸边的美好时光里行走，意趣无穷。

节选自长篇散文《通州，通州》，部分发表于《农家书屋》《绿色中国》等刊物。

柏林月光

在柏林禅寺中沐浴着月光，是一种绝好的因缘。

柏林禅寺的月光，与江南不同。

甲申年农历四月十一至十五日（2004年5月29日至6月2日），“新散文”网站首届笔会在柏林禅寺举行，十八位朋友，一一游赏寺内景物，穿行在绀宇黄墙和青灯古佛之间，驻足于柏林塔影之下，倾听暮鼓晨钟的回响，市廛喧嚣和尘世的烦忧便一一烟消云散了。睽违多年的明净月光，近在咫尺，伸手可掇。我又回归宁静之中。

无论在柏林禅寺，还是在天台深山，无论在城市街衢，还是在山坡郊野，月光平等地施予每一个人，给每个人心头点燃一盏慧灯，观照万物，使人想得更透，看得更远。真际塔下，柏林丛中，月光下缥缈之处是天台的寒山。我同样能看得清月光下佛殿高翘的檐角，听得见风铃在清夜的叮当，林中宿鸟清脆而和谐的啁啾，还有殿宇间萦回的梵唱。这里的万物有各自的呈现方式，在月光下，展现着无限的景致。

月下的柏林禅寺的确是另一种境地。这里毕竟与江南不同，江南的山寺周围有苍郁的森林，有青翠的农田，有连绵的青山，有兀立的绣崖，还有飞泻的瀑布，本是风景绝胜之处，而柏林禅寺所在的赵县城厢，似乎不见山水的佳致，一马平川，寺僧安禅于一片喧嚣中。为便于香客祈福，该寺不收门票，黄金周早已人满为患，白日里香烟升腾人影憧憧，夕阳含山时却又是一片宁静。

俗话说："小隐隐于山，大隐隐于市。"柏林禅寺中的人们，必须要在红尘中清修，在浊世间静坐，孑然独立，如一枝出水的莲花，淡然自清。唯有月光朗照一切时，他们勘破天地，行止坐卧于都市红尘和云端水际，与月光融为一体！

我静静地等候着心中久违的月光。没想到，在柏林禅寺我真的如愿以偿了。

柏林禅寺的上空，高高地照耀着一轮空灵皎洁之月。

刚来禅寺时，天上下着淅沥的雨。北国之雨，实在难得。这细雨如甘露法味般滋润，荡涤一切的尘虑，予人智慧，给人清凉。坐在居士寮中，透过古色古香的花格门窗，看雨滴从飞翘的瓦檐上点点坠下，眼前不由自主地现出天台山居的瓦舍，有"清明时节雨纷纷"的意味。忽然我看到居士寮边的门上，镌刻着这样的字句：

红尘不到

莫负烟霞

另有一副别致的对联：

莫放春秋佳日过

最叹风雨故人来

我的心打了一个激灵，连称"绝妙"。我一直在风雨中漂泊，从南方到北方，无定无住，在柏林禅寺，我竟成了一个名副其实的"故人"。天台山是佛教名山，我对山上的寺院如数家珍，国清寺、万年寺、高明寺、华顶寺、方广寺、天封寺、大同寺，还有寒岩寺、明岩寺、传教寺，不一而足。我从小在日常生活中便受到一些佛家精神的熏染，与柏林禅寺方丈明海法师交谈，说得最多的还是天台山情致，从智者大师、寒山、拾得、丰干说到济公，不免得眉飞色舞，神采飞扬。这柏林禅寺作为禅宗的名刹，建于汉献帝年间，原为观音院，是中国北方历史最悠久的观音菩萨道场。一想到慈眉善目的观音，我多少有点温馨的感觉，我来自与普陀山近邻的天台山，自然算得上禅寺里的半个“故人”吧？

“最叹风雨故人来！”这副楹联让我怦然心动！行走寺院中，抄录了寺中的楹联和题字，它们无不透现出清灵之气。记得江南山寺中有一副楹联：

明月桂子天际落

天香法雨云外飘

在柏林禅寺，“天香法雨云外飘”，我确实是领会到了。桂子没有找到，却有满庭的柏树子。透过柏树看明月，情趣亦盎然！

唐代大中年间，八十高龄的从谂法师来到这里，驻锡四十多载，人称“赵州古佛”。有人问从谂法师：“如何是祖师西来意？”法师答：“庭前柏树子。”庭前的柏树子有这么深厚的旨趣，直到现在还是很少有人参透。但只要在柏林禅寺，看庭前的月光照亮柏树子，终能走出迷津，参透这幽邃的灵机……

明镜如月，磨过之后，黑漆漆的，未磨之前，照破天地。这大概是一则禅宗公案，为什么我们许多人老是琢磨不透？柏树子和明月，在柏林禅寺更显精神。估算了日子，隔几天就是农历十五，天上应该挂着一轮明镜似的皓月，我没有在佛前拈香顶礼，只是在心里发愿。心诚则灵，想着柏林寺的月光，我浑身上下充满了欢喜。

农历十四日（6 月 1 日），中午，雨渐止，天放晴。云开日出，阳光灿烂，落日把这高塔和殿宇的影子斜斜地投射到我的身上，我抬头看见十五的圆光了，明亮着我的欣悦。

在万佛楼东侧的殿宇中，听明海法师有关佛教与自然环境的

柏林月光

开示，领略了珍惜生命、众生平等的含义，也实践了行禅的滋味。出殿时，有位信士指着空中的浮云问：“像不像一条龙？这也算是一种瑞象，月光在云彩之上，散发着玄妙的光。

前几天，禅寺里做了一堂很隆重的法事，是香港的信士结的善缘，超度那些死于医学实验的动物的亡灵。原来，我们的健康和医学是以无数的动物生命为代价的。钟鼓和梵唱震颤耳膜的时候，我心中一阵阵悸动，看着云缝里的月亮，像睁圆了的一只眼睛，透视着我和每个人内心的一切闪念。

月光静静地照在身边的柏林和古塔上。禅寺山门有一副对联：“寺藏真际千秋塔，门对赵州万古桥。”这千秋塔，就是从谂法师的舍利塔，是元代的遗物。从谂法师自幼出家，活了一百二十岁，禅名显赫。唐昭宗乾宁二年（895 年），赵王将其迎接到镇州（今河北正定），打算为他建造寺院，法师说，你若动一点草木，我就回赵州去了。他寄寓在一个果园中。乾宁四年（897 年），他泰然地对弟子说，我要归真了，同年十一月，他便安然端坐圆寂了，谥为真际大师。他很自在，在世上走了一遭，就像一次月下的散步，多么潇洒自如啊。

在浮云中，月光摇晃着前进，却如我一个人穿行在禅林之中、古塔之下。寺里的许多事物，有生命的，无生命的，都活动了起来，充满灵性。柏树，古塔，石桥，狗，青布衣衫，钵盂，饭碗，萝卜，茶。诸如此类，皆是有情的东西，这个情蕴藏着最本质的东西，是智慧在瞬息之间闪现的灵光。柏林禅寺是先有柏林后有法师，还是先有法师后有柏林？没有人告诉我这一切，我不知道，也无从探究。

柏林禅寺中里与柏树子相近的就是茶了。有人问：为何曾到者吃茶去，未曾到者也吃茶去呢？法师照例说“吃茶去”。有僧望禅师乞示，禅师问：喝粥了吗？答：喝了。禅师说“洗钵去”。禅，就像日常所用的茶碗和钵盂，充满着许多只可意会而难以言传的东西，不华丽，也不虚幻，如同茶碗钵盂一样，实在、真切、自然，生活化，拙朴得很。人生的精神和生活体验，就从拙朴的饮食起居中透出来，犹如我们经常忽略的月光。

朴素的月光，人称“素月”。张伯驹先生写过《素月楼联语》，过去我对这本书的名字难以理解，现在明白了许多。张伯驹是个诗词大家，诗词的最高境界就是“朴”，趣中涵情，趣中涵雅，秀在“朴”之中、之外，月光照耀，就是一个“朴”字。“朴素”的“朴”，“古朴”的“朴”，“质朴”的“朴”，“拙朴”的“朴”。“朴”中修行，重归于“朴”。了解这点容易，做到这点难；感受月光容易，托身明月难。

我在月光下，念念有词，“朴朴朴朴”。脚踏实地，步步声声，到后来竟成了“普普普普”。“朴”和“普”明亮于空中地上：双腿在行走，“普”；思想在逡巡，“朴”。“生活禅”说的就是“朴”和“普”。朴实的言行，普惠的心境，在生活中卓显自如，就像明月一样。明月不是因朴素才能普照大地，让一切事物置于银色的光中，让它明净美好起来吗？在朴素中普，在普中朴素。月光照临大地，融进日常生活，潜移默化地影响着我们的心灵。

是的！我们在致力着“朴”，努力着“普”，它们都是踏实的修为，看这柏林禅寺普照的月光，丝丝缕缕，都落到实处！

在柏林禅寺的月下漫步，心头忽然明亮，豁然开朗了。朴实的我努力传播文化，不也是在“普”吗？在“普”中，返璞归真；在“普”中，充实人生；在“普”中，奉献智慧；在“普”中，接近神圣。

月华如水，静静地流淌，朴素地普照着。它凝结起一切甘露，滋润着一切生灵。

身后是指月楼。何谓“指月”，如何“指月”，指的何月？我们所指的是自己，是身周的一切富有灵机的事物。苹苹群山，茫茫大地，潺潺流水，苍苍松柏，皓皓月华，灿灿星辰，习习清风，静静心境，淡淡关爱。朦朦月光下，身边的老柏树枝影横斜，肃立无声，而俊秀的小柏树也端严伫立着。耳边回响风的微音，身周萦绕着如烟的月光。月光升腾着。一切都凝结成梦境。

我绕着真际塔右转三圈，仰头而望。真际塔举着一只手臂，一动不动，手指的是月，头顶的是星。

明月在心，明心见性。世事洞明，浑然一体。

因指见其月

月是心枢要

这是独行天台的寒山子的诗句。

烟霞缥缈尘无迹

水月空灵性自明

心光烛照

这是柏林禅寺我寮房中的对联。

在月下的禅林中漫行，不觉午夜。

忽然发现，明月之外有一个大大的七色光晕，这是吉祥的圆光。

一个老僧打着手电过来，寂然无声，像一朵云。

他双手合十：时间晚了，睡觉去吧。

是要睡觉了，我在月光下安然入睡，我静养我的精神。

2004年6月3日记于河北赵县柏林寺

发表于《禅》2005年第4期，收录于《新散文百人百篇》（人民文学出版社，2005年）。

家 园

“家园”是北京通州的一个小区。四五年前，这里还是一片田野，属李老公村管辖，而现在成了一片热闹的地方。欧式的建筑，尖尖的屋顶，红色的外墙，白色的窗框，罗马式的石柱和喷泉，使我感觉回到了中世纪。

在这里，我感到了另一种时间的流转。

我刚来的时候，这里刚建造地铁，现在又新建了许多小区，从鸟鸣蝉噪、萤火点点、荒草迷离的田野，到繁华舒适的居民区，是时空的跨越。用忘年乡友高汉先生的话来说，美国人用了三十年的时间，我们用了三年的时间，中国日新月异的前进步伐，令

“家园”小景

我感到骄傲与自豪。“人定胜天”这句话或许不过时，自然是伟大的，而人类改造自然的力量更伟大……

我看好的就是“家园”这两个字了，它使我感到亲切，感到温馨。在北京我想拥有自己的一个家。我在这个家里感到温暖，也感到漂泊的无奈。所有的一切都是天经地义、约定俗成的，不忍受也得忍受，只能习以为常。作为一个“北漂者”，四海为家处处家，果然在“家园”落脚了，我预支了我们一家人几十年劳作的积蓄，向能借贷的朋友告贷，终于成为一个名副其实的“房奴”。我想经常换工作，可生计没着落了怎么办？过去我老是倾叹自己是没有壳的蜗牛，而现在背上多了一个壳，行走的速度却比蜗牛还要慢。不过这个壳还是让我感到幸福，感到欣慰。

“家园”南北通透，光线明亮，视野开阔。刚来的时候，南面是一片荒野，还能看到许多的杂草和豆棚瓜架，能听见鸣唧的虫声，但是现在那里已经成了一个喧闹的小区。我朝北的窗户与幼儿园面对，每天上午九点，幼儿园会定时播放国歌和体操的音乐。国歌响起的时候，那些四五岁的男孩女孩排整齐的队列，稚嫩地敬礼，笑脸对着阳光，如同一片原野上的向日葵。《小青蛙呱呱呱》《花仙子》《小汽车真漂亮》《男儿当自强》《中华有神功》《天鹅湖》《拉德茨基进行曲》，各种曲子的拼图。在音乐中，我家孩子蹦蹦跳跳，尖声高叫，我在看她，她在看我。我觉得，在这样的家园里居住着，有满足感，有真正的幸福，我觉得我们的努力没有白费。我在幼儿园的《歌声与微笑》的齐唱中，我开始写自己的文章，童年的歌声和生活与我很近又很远，仿佛一个梦境。我们无法回望童年，不知不觉地滑过中年的边界，逐渐沧桑，就像房舍外墙蒙上一片片埃尘。满目沧桑，依然天真，在“家园”，我寻找明亮的窗户，倾听着明澈纯净的童年歌唱。

几年过去了，我的孩子小胡坡已经幼儿园毕业，成为一名小学生。出“家园”南门，过一条街，就到了小学校。每天早晨，在太阳的温煦光中，我拉着她的手穿过马路，远远地，我看见门卫老爷爷笑容可掬地喊：“古月土皮，早！”我的“古月土皮”笑脸如花。“古月土皮”的个子是班级上最矮的，但成绩优秀，她的画经常上墙，绘画作品发表了几幅，作文也获得几个奖，她肩膀上多了几根杠，成为班长，全校四个领操员之一。她蹦蹦跳跳跑着上学，我总是叮嘱她，上学路上要注意安全，上课要专心听讲，认真做好功课，就像爸爸妈妈上班做好本职工作一样，那是一种活计，一种生存之道啊。

“清晨听到公鸡叫喔喔”，这种感觉随我童年的回忆消失了，而“推开窗门迎来晨曦到”，倒还有一些感受。晨曦给东面的楼群遮挡住三分之一。早上六点四十分，我事先调好的两个电子闹钟响了，它们开始轮番履行职责，一只在我的左耳演奏苏联时代的歌曲《喀秋莎》，另一只在我的右耳奏响中国民歌《茉莉花》。《喀秋莎》和《茉莉花》温柔得像小姑娘，也刚强猛烈得犹如火箭炮。闹钟芯片传出来的电子乐曲不亚于大炮的轰鸣，我睡意浓重，双眼如漆，在《喀秋莎》和《茉莉花》的轰鸣中起床，与流逝的时光展开角逐。我洗完脸，烧一壶水，煮三个蛋，熬一锅粥。我拧开煤气灶，发现自己映在不锈钢茶壶和锅中的脸，变长变扁，扭曲消长，正接受火焰的烧灼。内心火烧火燎的痛感，这就是日常生活，我明白了煎熬的意义。

催孩子起床，吃饭，送孩子上学回来，已是上午九点钟。我打开了电脑，开始编织臆想和现实中的文字。我编辑一些文化艺术类的书稿，也写一些属于自己的散文诗歌。房子还不完全属于我们，我们必须努力工作。我不用坐班，但总遇到朝九晚五的邻居，他们整天挤闷罐车汗流浃背，却有着比我更多更稳定的经济收入，至少没有我那么多的后顾之忧。我羡慕起他们的安稳。吃得安稳，睡得

家园小景

安稳，住得安稳。安稳，多么可爱的美好的词，比什么词都完美重要，蕴涵着更多幸福的东西。安稳包括健康幸福、衣食丰足，虽然不比做大官连升三级，做商人生意兴隆，但我满足安详。我们努力踏实地办事，规避所有的风险，把每一刻过得安稳。我们渴望安详地坐在阳台上，在明媚的阳光下，读一些自己喜欢的书，听一些自己的音乐，三口之家相携出门。在“家园”溜达，我生出一个奢侈的念头，拥有一辆车去看附近的山水，得到乡野的熏陶。我的妻子在同一个时刻，也打开电脑，为她的学生授业解惑。电话响了，经常是她学生的问候。他们遇到生活上的学习上的迷惘和烦恼，或者一些起伏波折的事情，总是会找她诉说，我也品尝到酸甜苦辣咸诸味杂陈。阿慧脸上洋溢着温馨的神色。那些文学少年管她叫老师、妈妈、阿姨、姑姑、大姐，她也在努力扮演自己的角色，笑靥洋溢，就如一朵莲花。莲花一样的温馨宁和。

莲花，是阿慧最喜欢的。沧浪水波中的莲花，在污泥中挺立的莲花，在贫寒中呈现高贵的莲花。阿慧喜欢莲花，她说：最好整面墙上都是莲花，水墨的，大幅莲花，莲花用水墨写意，更为传神，摄影的太华丽了，不灵动。她需要朴素自然传神一些的，用枯笔一划，就是残荷的断梗，破笔晕染的荷叶，有着一种沧桑之后的淡定。仿佛是季节的一种痕迹。莲蓬，阿慧藏了许多，插在瓷瓶中，莲子早已空了。莲子落在池塘里，被小孩子摩挲。它们是否会在来年的夏天，擎起“接天无穷碧”的莲叶与“映日别样红”的荷花？

“家园”中心有一个小池塘，夏天蓄满了水，种上许多的莲花，莲花一种上去，水就自清了，再也不腐败发臭了。莲花是天然的清洁工，把所有的腐殖质转变成叶子的翠绿，莲花的红艳，与喷泉的躁动形成了别致的对比。这里显得安静宁和，坐在水池边的椅子上，数着寥寥如晨星的蛙鸣，回想江南荷塘的温馨情味，我眯缝着眼睛。莲荷与我们近在咫尺，但可望而不可即，隔着水波，我只是静静地等待秋来。结果是花儿落了，梗儿枯了，那莲蓬早已被最先涉足者所攫取，被扯得破碎不堪。莲花的生命，在叹息哀婉中消失了，却驻留在“家园”的墙上。那油画的一幅，犹如雕塑，颜色有些凝重，仿佛是干枯了，旁边是观音大士的石刻拓片。这刻石是朋友在普陀山为我们拓的，创作者是老家天台的一个不知名的画家。每天荷花和观音踏浪而来。观音的脚下，就是名叫“补怛洛迦”的莲花山，南海缥缈烟波中一座玲珑剔透的精致岛屿，它与天台华峰没有多大的区别。天台华峰脚下浮荡的不是浩浩荡荡的水，而是缥缈如同天界的无边云海。此刻的“家园”就像一座小小的莲花之山，也应该安稳如山啊。

邻居老马送来许多微笑的观音，莲花，《心经》，还有许多绿色的茶叶——普洱茶，藏茶，滇红茶，乌龙茶，铁观音。他带来许多茶具，按照茶道程式，与我们一起端坐饮茶，一一细致地赏、闻、观、尝，体味茶叶的形色香味。只有饮茶的时候，我才能多少返回自己的本色。老家的茶人远远寄来罗汉云蘖，是真正的天台佛茶，我又想起华峰的云海、林木、瀑布、伽蓝、钟鼓和梵呗。绿茶盈满云水的滋味，使我的内心安顿下来。喝茶使我安静镇定，品茶，读着老马编辑的茶书，我内心一动，想到也应该为老家天台茶写一些翠绿的文字了。我的努力不白费，我的如茶文字，居然也能出版发行了，也能够使人安静淡定，体味到山中美好而温馨的温软时光。

文字随茶香四处漫溢，伴随音乐的流动，一阵刺耳的轰鸣声从窗外传来，把美好的幻觉打得支离破碎。那是割草机的声音，在旋转的刀刃下嫩绿的草叶残骸乱飞，空气中散发着草汁气味。我触目可及的窗前的行道树和花木，也难以避免。一片片花木，被园艺工人理成长方形的“面包”。秋天，树叶落了，园艺工人爬上树冠，拉动锯子，截断亭亭如盖的树枝，在断裂的声音中，树木成为一根根光棒子。在来年的春天，它们又会长出新的枝条。割草机一直在响，我无法写作，我只能看碟片，《迁徙的鸟》《鸟人》《蓝色星球》《白色星球》《翠堤春晓》《微型世界》《钢琴课》《海上钢琴师》《天堂电影院》《天堂的颜色》《孩子梦天堂》……家就是天堂，听古筝，听二胡，听钢琴，家里充满天籁，天籁音乐，天籁文字，天籁家园，在心头驻足。音乐如茶韵一样袅娜开来，佛乐，道乐，交响乐，轻音乐，民乐，摇滚乐，爵士乐，乡村音乐，什么都有，音乐消除了所有视线的阻隔。

在音乐中，我打开一本书，就像打开一扇窗，我看见了远方的寒山，与景仰的济公、寒山相遇，在烟云中对话，在烟霞中坐卧，仿佛颠摇行吟，自在潇洒，让我的歌唱在空中弥漫。“登临寒山道，寒山路不通。溪长石磊磊，涧阔草蒙蒙。苔滑非关雨，松鸣不假风。何当超世累，共坐白云中。”天台寒岩风景与我的“家园”有何区别呢？我完全可以把“家园”当作宴坐的岩洞，把高耸的塔楼当成我的明岩，把曾经长满莲花的池子当成我悠悠的茶绿山溪。

忽然，对面的窗口飘来断断续续的钢琴声，不甚熟练，估计是小孩弹奏的。我喜欢这种不熟练的音乐，这就是孩提一样的纯真的天籁。曲子是朝鲜族民歌《道拉基》，也叫《桔梗谣》：

桔梗哟，桔梗哟，桔梗哟桔梗
白白的桔梗哟，开满山野
只要挖出一两棵，就可以满满地装上一大筐
哎咳哟，哎咳哟，这多么美丽，这多么可爱哟
这是我们的劳动生产

桔梗是一种中药。山里很多，像茶叶一样，但是“家园”里还没有它的影子，不见它的生长。在“家园”，我仿佛是一个采桔梗的山地女子，城市里没有我的桔梗，却有我的莲花。

节选自长篇散文《通州，通州》

老家春来

后　记

2002 年春暖乍寒时节，我从江南到北京谋生，坐绿皮火车，从黝黑夜晚坐到旭日东升，心里激动而不安。我写下《列车穿过夜幕》，开始“北漂”生活。2003 年的一个雪天，我坐在柱子挂着蓑衣的茶室中听诗人朗诵，信笔写下《江南蓑衣》，蓑衣成了我文学和生活的两难象征，透着淡淡丝丝缕缕的忧伤，延续着我一贯的暗色调。这篇文章挂在“新散文”网站上，没想到被《中华散文》杂志的编辑选中，发在杂志最后一页，《读者·乡土人文版》转载了，把它列为封面重点文章。半年后它成为全国和各省市高考中考语文模拟试题，入选《中国现代诗歌散文欣赏 阅读训练》等三十余种教辅教材，直到现在还不停地“折磨”着学子们。没想到区区千字文，二十几年来一直以各种形式被人鉴赏释读，拥有一大批的读者，我感到无比的欢喜。每年在中国和全世界发表的文学作品恒河沙数，一篇文章能有多少人注意到呢？这对农民出身的我是多么大的幸运！

每次听到“喜马拉雅”网站诸多网友朗读播送《江南蓑衣》，看到诸多师生的教学视频、教案和赏析读后感，我有喝蜜的感觉。2023 年年底，在去北京的高铁上，我正尽情陶醉于车窗外掠过的田野村庄和晚霞，忽有一著名编剧通过微信联系我，说他遇到我的最忠实粉丝了：她原是中央电视台编导，“90 后”女生，时尚专业作家，读高中时答过《江南蓑衣》的考试题，对“江南蓑衣”喜欢得不得了。她把自己的名字改了，在“衣”字上添了个单人旁，“蓑依”。一位美丽的妙龄女子，靠在挂蓑衣的柱子或墙上，情韵依依，多美。我惊呆了。春节期间山东有位十二岁的赵姓小学生，说她和姐姐与老师讨论文中的“故都”一词是不是“古都”，起初以为是民国时期的作家写的。她们在网上搜到我的信息，通过微信联系到我，问起这个问题，我坦承用拼音打“古都”，不小心选成“故都”，没校对就挂网站了。既然编辑发表了，那就权当我是民国时期的作家吧，有几位还是我特别敬仰羡慕的呢。于是皆大欢喜。

“北漂”二十几年，我依旧是外胡村农民。感谢老家政府乡亲和家人的支持帮助，我曾进入著名企业从事文秘工作，在市文联做文学杂志编辑，到北京后干图书杂志内容策划和采编的活儿，现在在石梁山上创办文化工作室和书院，从事写作出书和文化策划设计，以此维生。算起来我已经出版过十几本书，虽没有什么大的建树，但常接到一些机关企业学校社团的邀请，做讲座交流，小小书院，高朋满座。我感到无上欣慰。我像钟摆一样在江南北国之间来回晃荡，以文字维系绵绵乡情的红线。

大家鼓励我出版这本散文集，我表示衷心的感谢。三四十年来，我写下的作品够出好几本这样的书了。但因为一路漂泊，相当部分的作品都遗失了。幸在网上搜到一部分，再加上铁杆朋友提供的一部分，方可进行选编修订。文章乃心血情感所凝，总有点敝帚自珍，不以发表级别为准，只以艺术趣味为上。排版时不想浪费空位，便配上自作插画点缀，增添阅读的趣味快感。若能给大家一些写作上的借鉴帮助，我就心满意足了。

山水不欺人，写作不累心。对我来说，写作更多是为谋生，如农民在地里插秧扦番薯丢洋芋，同样指望收获多多。若能与大家一起亲近人生真善美境界，得大快乐，就一切大吉，万事大吉。

胡明刚

2024年清明前夕，于北京通州大运河畔

谷雨时节改于浙东天台石梁山上书院

图书在版编目（CIP）数据

江南蓑衣：山上美文精选集 / 胡明刚著 . -- 上海：学林出版社，2024. -- ISBN 978-7-5486-2054-9

Ⅰ. I267

中国国家版本馆 CIP 数据核字第 2024VM5351 号

责任编辑 徐熙纯
封面设计 周剑峰
版式设计 胡明刚

江南蓑衣：山上美文精选集
胡明刚 著

出　版 学林出版社
（201101　上海市闵行区号景路 159 弄 C 座）
发　行 上海人民出版社发行中心
（201101　上海市闵行区号景路 159 弄 C 座）
印　刷 上海盛通时代印刷有限公司
开　本 890×1240　1/32
印　张 11.125
字　数 27 万
版　次 2024 年 12 月第 1 版
印　次 2024 年 12 月第 1 次印刷
ISBN 978-7-5486-2054-9/I · 259
定　价 68.00 元